余生漫漫皆为你

[上册]

浮屠妖 著

青岛出版社
QINGDAO PUBLISHING HOUSE

图书在版编目（CIP）数据

余生漫漫皆为你 / 浮屠妖著. —青岛：青岛出版社，2020.6

ISBN 978-7-5552-8718-6

Ⅰ. ①余… Ⅱ. ①浮… Ⅲ. ①长篇小说－中国－当代 Ⅳ. ①I247.5

中国版本图书馆CIP数据核字(2020)第025484号

书　　名　余生漫漫皆为你
著　　者　浮屠妖
出版发行　青岛出版社
社　　址　青岛市海尔路182号（266061）
本社网址　http://www.qdpub.com
邮购电话　18613853563　13335059110
　　　　　0532-85814750（传真）　0532-68068026
责任编辑　李文峰
特约编辑　孙小淋
校　　对　耿道川
装帧设计　梁　霞
照　　排　梁　霞
印　　刷　三河市良远印务有限公司
出版日期　2020年6月第1版　2020年6月第1次印刷
开　　本　16开（640mm×920mm）
印　　张　35.5
字　　数　450千
书　　号　ISBN 978-7-5552-8718-6
定　　价　65.00元（全二册）

编校印装质量、盗版监督服务电话　4006532017　0532-68068638

建议陈列类别：畅销·青春文学

目 录 [上册]

C O N T E N T S

目 录 [下册]

C O N T E N T S

第一章

最大的缘分，是久别重逢

余氏集团。

高耸入云的摩天大厦，屹立在H市寸土寸金的金融中心。所有员工，整齐地站成两列，迎接boss（老板）的到来。

一辆奢华的跑车，稳稳地停在了摩天大厦的门口。首先映入众人眼帘的是包裹在黑色西装裤下的两条修长的腿。男人完美的脸庞露出来后，在场的人都忍不住深吸了一口气。

他的面部轮廓棱角分明，俊眉如飞，一双眼睛深不可测，微微上挑的嘴角似笑非笑。

“寒少！”守候在两旁的人异口同声地问候道。

余越寒单手插在裤袋里，纯黑的短发在阳光下散发着光芒，他收回目光，在众人的注目下缓缓地走上台阶。一切有条不紊，直到——

“爸爸！”一道稚嫩的声音打破了此刻的安静。下一秒，众人就见一个粉嫩嫩的“糯米团子”不知道从哪里进来了，她站在人群之后，扒开大家的腿，踉跄地往前走。一个一岁多的小孩子，在所有人来不及反应的时候，走到了余越寒的面前。

“爸爸……爸爸爸爸……”银铃般的声音，清晰地传到了每个人的耳朵里。

爸爸？！简单的两个字，却如同魔咒，让在场的人都疯了！谁不知道余越寒是不近女色的，他怎么会突然有了一个孩子？

“松手！”余越寒低头，盯着抱着自己小腿的奶娃娃，冷冷地、不耐烦地对奶娃娃说道。他从来没有碰过任何女人，怎么可能凭空多出一个孩子！

周围的保镖被这冷酷的声音唤回神志，连忙走上前，准备将这个孩子抱走，手刚伸出去，他们似乎瞥见了什么，动作顿时僵住了，像见了鬼一样，瞪大了眼睛，说道：“寒、寒少……这孩子……”

哇——跟保镖的惊呼声同时响起的是奶娃娃响亮的哭声。软糯糯的小团子像是知道自己被人嫌弃了，噘着小嘴，哭得那叫一个可怜。水汪汪的大眼睛，豆大的泪珠吧嗒吧嗒地往下掉。她仰起头的瞬间，露出精致的小脸蛋，五官竟然跟余越寒有七分相似！

可真正让保镖惶恐的不是这孩子的长相，而是她身前挂着的一张纸：“寒少，这孩子身上有一份DNA检验报告。”保镖恭敬地取下报告，小心翼翼地递到余越寒面前。

余越寒看清报告上的内容后，瞳孔蓦地一缩，捏紧了手里的报告：“封锁这里，把孩子的妈妈给我找出来！”

顶层的总裁办公室是黑白分明的装修风格，简洁大方。此刻，偌大的空间里充斥着压抑的气息，压迫得所有人连头都抬不起来。

保镖站在前方汇报：“寒少，都问过了，没有人知道这个孩子是怎么出现的，监控里也查不到。”这个孩子就像凭空冒出来的一样，没有任何痕迹。

“查不到？”余越寒冷冷地问。

他手一抬，啪的一声将手上的DNA检验报告拍到了桌子上，眼睛一沉：一个这么小的孩子，不可能自己出现在这里。

“还有，那孩子身上的DNA检验报告已经被证实是真的……”保镖硬着头皮回话。

这个奶娃娃真是余越寒的女儿。

办公室里气压低沉，像是暴风雨来临前的宁静。只有沙发上的小糯米团子没有感觉到危险的气息，眨巴着黑漆漆的大眼睛，朝着余越寒爬过去，一脸求抱的表情。小奶娃一对上他的目光，小嘴吧唧一下，奶声奶气地喊道：

“爸爸——”

“……”

余越寒胸口一震，一股无法言喻的悸动瞬间穿透四肢百骸。他看着那张跟自己极为相似的小脸，眼睛一眯，旋即又想到她来路不明……复杂的情绪涌上心头，他心烦气躁地伸手扯了扯领带。下一秒，一颗毛茸茸的小脑袋就蹭上了他的胸口，像是在寻找什么：“喝奶奶——”

他的身体微微一僵，还来不及反应，他就瞥见怀里的奶娃娃已咧开小嘴，开心地朝着他的胸口咬来！

哎呀——

两年后。

“师傅，就在前面的医院下车。”年小慕拎着蛋糕，一下车就往登记处走。

“你好，我来找精神科的谭医生……”

“麻烦大家让一让！让一让！”随着一声高喊，医院的入口处迅速拥入一群人。这群人朝着她的方向拥过来，触目惊心的血迹刺激着所有人的瞳孔。

“怎么回事？”

“前面的街道发生了车祸，有几个伤者紧急送到我们医院抢救，伤势最严重的是个孩子……”率先从救护车上下来的医生忧心忡忡地跟同事说道。

闻言，年小慕的目光下意识地看向面前的手术推车，一个三岁左右的小女孩静静地躺在上面，白色的公主裙被血染红，精致的小脸苍白如纸，小小的身体蜷缩成一团……年小慕只是一瞥，心脏就莫名地揪紧了！

“这个孩子是B型血，可是我们医院血库B型血告急，从别的医院调血可能来不及了！现场有没有人愿意献血？”有人从另一个方向过来，焦急地说道。

“这么突然，我到哪里去找人献血？”

“这可怎么办？时间不等人……”

年小慕还愣在原地，满脑子都是刚才看见的那张小脸，听罢，几乎本能地冲上前：“我是B型血，我可以给她捐！”

输血的流程很简单，检查、抽血。护士拔出针头后，叮嘱了一声：“年小姐，献完血最好休息一下再走。”

“那个孩子没事了吗？我可不可以去看看她？”年小慕按着手臂上的棉球，有些不放心地问道。

“这个……可能需要病人家属同意。”护士犹豫地看了年小慕一眼，欲言又止。她知道得不多，只是听说这个孩子不是普通人家的孩子，小女孩刚进手术室，手术室门口就多了一群保镖。

“对了，年小姐，你的东西。”护士将蛋糕放到桌子上。

年小慕看着眼前的蛋糕，脑子里闪过一道白光：糟了！她怎么把正事忘了！她腾一下从椅子上站起来，按住一阵眩晕的脑袋，拎起蛋糕就往外跑。她急匆匆地出了抽血室，刚准备进电梯，拐角处突然出现了一道高大的人影，猝不及防地往她身上撞！

“啊！”年小慕被撞得往后倒去，脚底一滑。求生的本能让她手往前一抓，径直揪住了对方的衣服。

刺啦！耳边响起衣料裂开的声音，她只看见了一双漆黑的眼睛，人就摔到了地上。没等她呼痛，就有人压到了她的身上，不经意间，他的唇还擦过了她的唇。陌生的气息涌入鼻息，带着淡淡的薄荷味。年小慕有些蒙。

余越寒压根儿没想到，他急着去看女儿会发生这样的意外，面色微微一沉，迅速地站起身，毫不犹豫地伸手擦擦薄唇，眼底透着嫌恶，强大的气场让周围的气压都变低了。

“少爷，你没事吧？”助手看着眼前这一幕，神色一慌。谁不知道他家寒少不近女色？这下好了，不知道从哪里蹦出来个女人，一来就亲上了。

年小慕被这声惊呼震得回过神，抬起头。这位大哥，现在是我被撞了，你家少爷怎么会有事？现在是我有事！她伸手按住发晕的头，察觉自己的手空了，顿时一怔！她扭头往旁边一看，摔在地上的蛋糕，奶油都已经溅出来了……

“我的蛋糕！”年小慕胸口一痛，爬起来就去捡蛋糕。盒子里已经看不出蛋糕原来的样子，只剩下黏腻腻的一坨。她再一抬头，撞她的人居然要走！

“这位先生，等等！”年小慕丢下蛋糕，气呼呼地冲上前拦住了他的去路。要不是他突然撞上来，她就不会摔倒，结果他一声不吭就要走。

等看清男人的脸，年小慕微微一怔，一个“帅”字形容不了他的容貌。可这人身上的气息太冷了，他就像是从冰窖里搬出来的冰疙瘩。被他的眼神一扫，她居然起了鸡皮疙瘩。下一秒，他垂下眼帘，越过她离开了……

“这位小姐，我家寒少赶时间，你需要多少赔偿款，我来跟你谈。”助手见余越寒脸色不对，连忙上前解释。余越寒得知女儿出了车祸，几乎是疯了一样赶来医院，这会儿还没见着人，突然被一个陌生女人拦住了，肯定着急。

“我不要钱，我要他跟我道歉！”年小慕看着男人离开的背影，朝他喊了一声。

余越寒脚步微微一顿，但他没有回头，而是离开了。

“小姐，我给你道歉。另外，这是我的名片，如果赔偿的事情你改变主意了，可以联系我。”助手将一张名片塞到她的手里，转身就追了上去。

等他们到了手术室门口，手术灯还亮着。

“寒少，你的衣服破了，要不要先去换一件？”助手指了指他身上纽扣已经崩开的衬衫，小心翼翼地问道。他跟在余越寒身边这么多年，还是第一次看见余越寒这么狼狈。衬衫纽扣掉了，衣服皱了，裤腿上还沾着奶油。

“不用。”余越寒冷冷地开口，目光一直没有离开手术室。

很快，手术灯灭了。手术室的门从里面打开，医生走出来，摘下口罩：“孩子已经脱离危险，只是还没过麻醉期，估计要再睡一会儿。说起来，也是这孩子命大，本来我们医院B型血不足，好在现场有个好心人给她献了不少血，这才捡回了一条小命。”

医生说完，余越寒眉心微微一蹙，扭头看向身边的助手。女儿的救命恩人要好好感谢一下。助手会意，忙往抽血室跑。助手很快就跑了回来：“寒少，护士说人已经走了，刚走。”

“……”刚走？余越寒刚准备说什么，就看见了被推出手术室的小丫头，立刻走上前。

年小慕在原地愣了好一会儿，回过神后扫了一眼手里的名片，气得鼓起腮帮子，刚准备将名片丢进垃圾桶，想了想，又塞到了包里，转身进了电梯。出电梯后，她走到精神科医生的办公室，先是敲了敲门，听见里面有人回答，立刻露出最可怜的表情，推门而入。

“亲爱的，我对不起你，你的生日蛋糕被毁了。不过，我可以以身相许……”年小慕的话还没有说完，一份表格已经朝她飞了过来，她下意识地伸手接住，好奇地眨了眨眼睛，问道，“这是什么？”

“你的工作我给你选好了，详细的要求都在上面，明天面试，有问题吗？”办公桌前，一名戴着眼镜的年轻女子抬起头，朝她努了努嘴。

谭崩崩，她最好的朋友，也是她最大的债主。这几年，为了她的医疗费，谭崩崩不只倾家荡产，还欠了一屁股外债。年小慕现在最想做的事情，就是赚钱还她的债。

“没问题。”年小慕将表格收好，眼珠一转，“那你生日蛋糕的事儿……”

“某人刚才不是说了吗，要以身相许。”

“我突然想起来，撞坏你蛋糕的人留了张名片让你联系他，以身相许的事儿他比较合适。”年小慕从包里掏出名片，往桌子上一拍，在谭崩崩的脸上亲了一口，“亲爱的，我去准备面试了，生日快乐！”然后她脚底抹油，跑了！

年小慕认真地做了准备，第二天一早就出门了。她找到了招聘资料表上的地址，下了车之后，人却愣住了。

眼前的余家别墅，庭院深深。余家不愧是H市第一大家族，光是门面就足够威慑人。此刻，别墅的大门外面，黑压压地挤着一群人，都是来面试护工的。

年小慕来之前，对雇主做过功课。余越寒，H市身家最高的钻石单身汉，未婚，却有一个三岁的女儿，霸道、强势、冷酷。她听说，余越寒的长相堪称“绝色”。在网上搜到这些言论的时候，她脑子里不由自主地蹦出了昨天在医院，那个撞了她不道歉的男人的脸，就是不知道跟余越寒比，他俩哪个更好看。

“登记过的都跟我进来。”管家收起面前的简历，转身就往里走。管家刚走几步，突然停下来，然后，所有人停住了，齐刷刷地立正站好，恭敬地看向大门，下一秒，一辆炫目的跑车从大门外开了进来。不约而同的注目礼，彰显着来人的尊贵，直到车子消失。

“喂，你还站着干什么！”耳边响起的低吼声让年小慕回过神。她看着身边不耐烦的门卫，眼前闪过的全是车里那张熟悉的侧脸。是她眼花了吗？她居然在余家别墅看见了昨天撞她的那个冰疙瘩！

奢华的别墅前院。

管家正一脸严肃地坐在桌子前。这是最后一关的面试，年小慕也是面试者之一。忽然，一道诧异的声音传来：“年小慕，你怎么会在这里？”

年小慕抬头，看清眼前的人后，瞳孔微微一紧。

“别告诉我，你也是来面试的！”方真依双手抱胸，眼神里透出轻蔑，“一个半吊子护工，有什么资格照顾余家尊贵的小小姐？”

年小慕是中途上的护理课程，而方真依刚好是她同学，也是班级里的第一名。

“年小慕，你凭什么跟我竞争？”方真依傲慢地走到她面前，盛气凌人地说道。

自从年小慕进入班级，“班花”的称号就从自己头上消失了。可年小慕除了长得美，哪里比得上自己？

“管家你看，这个方真依不错，学历和资历都是这些人里面最优秀的……”

方真依听见面试官提到自己的名字，立时抬头挺胸，摆出端庄贤惠的样子，加上她姣好的面容，看起来确实很专业。

“是不错。”管家看了一眼，点了点头。小小姐可是他们家寒少的心肝。这招进来的护工必须是顶尖的，否则出了什么差错，他们谁都负不起责任。

方真依到了这会儿已经觉得胜券在握，越发得意了，压低了声音说道：“年小慕，识相的话，就自己主动退出，免得一会儿输得太难看！”

年小慕眼睛一眯，刚要说什么，就见管家站了起来。就连他身旁的人，也都齐刷刷地站了起来。这画面，有点儿熟悉……没等她想明白是怎么回事，就见一道俊逸的身影踱步而来。

那人有着深邃的眼睛、高挺的鼻梁。他那性感的薄唇微微上挑，似笑非笑，他身上穿着简单的白衬衣、黑西裤，举手投足间全是逼人的贵气。那张完美的脸，任凭谁看过一眼都不会忘记……

年小慕看着正一步步朝她走过来的男人，眼珠子几乎要瞪直了！刚才不是她眼花，居然真的是那个撞了她不道歉的男人！哦，不对，他怎么会出现在这里？

“少爷！”管家恭敬的问候声，像是一道闪电，劈在了年小慕的脑门儿上！

年小慕一想起两个人之间的过节儿，娇小的身子立马往人群里一缩，恨不得隐身。她得罪了大boss，还有通过面试的可能吗？

早知道，她昨天就该抱着蛋糕，趁着他没看清自己的时候，赶紧转身就走。再不然，她也该装出一副无所谓的样子，跟他笑着挥手说一句："是我不长眼，被撞了活该，您慢走！"

现在年小慕的心里真是一千一万个后悔！可谭崩崩已经下了死命令，要是年小慕面试不通过，接下来的一个月她都别想有好日子过。她现在只求余越寒只是路过，压根儿没有看见她。对，堂堂余氏集团的大总裁，怎么会关心招聘护工这种小事？他一定只是路过！

年小慕暗暗地在心里祈祷，眼巴巴地看着正往别墅客厅走的男人。就在她以为余越寒要进去的时候，他忽然在门口停了下来，侧目看向管家："这些人是做什么的？"

"回寒少，她们都是来面试照顾小小姐的护工的。"管家恭敬地回话。

照顾他女儿的护工？余越寒眼睛微微一眯，刚走到门口又折了回来，性感的薄唇微启："有选中的吗？"

"有两个不错。一个叫方真依，一个叫年小慕，成绩和资历都差不多，不如寒少来定一个吧。"管家将简历递给余越寒，指着两人的方向说道。

方真依一听见自己的名字，立时往前挤，抬头挺胸，生怕余越寒看不见她。

在余越寒朝她看过来的时候，周围明显响起了羡慕的吸气声。这可是寒少，H市最英俊、尊贵的男人，能在他面前露一次脸，这一趟就来值了！

年小慕看着去而复返的余越寒，心瞬间沉到了谷底，她又听见管家提起自己跟方真依，让余越寒选一个，她已经心如死灰。现在最好的办法，就是她死活不露脸，这样还能有五成的把握。想到这里，年小慕不仅没有往前走，反而一直躲在人群后面，想尽办法避开他的目光。

"年小慕？年小慕？"管家迟迟等不到人上前，着急地喊道，"寒少要见你，还愣着做什么？快点儿过来！"

年小慕还想躲，然而她前面的人听见管家的话，已经齐刷刷地让开了。她回过神，抬起头的时候，一双深邃的眼睛正冷冷地盯着她！

年小慕心里咯噔一下，那一瞬间有种跟死神面对面的感觉。她硬着头皮往前走的时候，只能一直安慰自己：我今天穿得很正式，跟昨天的T恤、牛仔裤不一样。为了凸显专业性，她还特意给自己化了个十分老气的妆容。他们昨天就是撞了一下，他不一定记得她。

"寒少，这就是年小慕，说起来也巧，她跟方真依是同一所学校毕业的。"管家见余越寒一直盯着年小慕，忙不迭地解释。

“是吗？”余越寒漫不经心地吐了两个字，森冷的目光像是激光一样，从她脸上扫过。只是简单的两个字，旁边的人都琢磨不透他到底是什么意思，只有年小慕听懂了：他认出她了……完了！她刚把他得罪了，就自己送到他手里，这下彻底没戏了。

紧张的人不只年小慕，还有胜券在握的方真依。这会儿方真依看见余越寒一直盯着年小慕，从头到尾都没有正眼瞧过她，心里顿时慌了。年小慕那张脸，有多让男人拒绝不了，她是知道的。可她好不容易面试到最后一关，绝对不能输，尤其不能输给年小慕！

方真依手心一紧，霍地抬起头：“管家，你可能误会了，我跟年小慕虽然在同一所学校待过，不过，我们可不一样。”

“什么意思？”管家被这突如其来的话弄得一怔。就连余越寒的目光也从年小慕脸上移开，朝方真依看过来。

方真依见自己终于成为众人的焦点，既激动又紧张。她朝余越寒露出了最美的笑容，才缓缓开口：“说起来，我跟年小慕确实是校友，不过如果我没记错的话，她的护理课程只上了一半。”

简单的一句话，却像是一块巨石投进平静的湖面，瞬间激起千层浪。这句话里的意思，在场的人都明白。如果年小慕没有上完课程，那她的证书是怎么来的？她居然敢拿着假证书来余家面试，简直是吃了熊心豹子胆！

“你说什么？你再说一遍！”管家回过味来，脸色立马沉了下来，扭头就让人去查年小慕的证书。

“年小慕好歹是我的校友，我本来是不想说的，可是又担心小小姐，万一有一个不会照顾她的护工，那她的伤势……”方真依的话只说了一半，剩下的一半故意留给大家去想。这话里话外的暗示，比直接说年小慕不会照顾人狠多了。

管家的脸直接黑了：“年小慕，你自己说，你的课是不是真的只上了一半？”

年小慕从听见方真依开口的那一刻就有种不好的预感，这会儿听见她的话，心反而落回了肚子里。

“是。”她只回答了一个字。没等管家跳脚，她清澈的目光就朝管家看过去，“学校的课程我是只上了一半，但我没有骗人。”

“你拿着假证面试还说没骗人……”管家的话还没说完，就听见旁边的人惊呼：“她的证居然是真的！”

真的？管家被这声惊呼弄蒙了，一巴掌拍向那人的脑门儿：“课都没有上完，怎么可能考得过，你胡说什么！”

被打的人也委屈了，举着手里查到的证书号：“她的证书就是真的，不信你自己看！”

证书是真的？管家反复看了几次，不敢相信地瞪大了眼睛，将手里的证书和查到的资料都递给了余越寒。

相比其他人的吃惊，余越寒的表情从头到尾都没有变化。他淡淡地扫了一眼资料，挑眉看向一直抿着嘴、一脸倔强的年小慕。他的眼神终于出现了一丝变化：没有念完课程，却考到了证书，只说明一点，课程里的内容，她只花了别人一半的时间就学会了。他自己就是从小跳级，当然明白。这种人，在学校里通常有一个统一的称呼：天才。

在场的人，哪怕是反应慢一点儿的，也都明白了。众人看向年小慕的目光，从鄙夷变成了崇拜……

方真依只知道年小慕没有读完课程，就认定了她的证书是假的，想借机让她丢脸，却没想到会搬起石头砸自己的脚。方真依的脸色一瞬间变得很难看！方真依看向年小慕的眼神变得怨恨起来……为什么年小慕什么都要跟她争？

“寒少，那我们要留的人是不是年小慕？”管家跟在余越寒身边很多年，看出了他眼底的欣赏，立时开口。

年小慕这时候听见自己的名字，也挺起了腰杆，心里抱着一丝希冀：或许，他不会公报私仇。

“留方真依。”余越寒将手里的简历递给管家，只淡淡地吐了四个字。

“什、什么？”管家蒙了。放着一个天才不要，要一个普通人，他家少爷是怎么想的？

被点到名的方真依也蒙了。她以为自己没戏了，结果峰回路转，简直跟天上掉馅饼一样。不只他们两个人，在场的其他人也都蒙了！

余越寒的目光越过其他人，径直看向年小慕，他淡漠地道：“医学知识比的不是背书考试的速度，而是治病救人。”他的女儿不能交给一个速成的护工。

年小慕一愣。她没有想到余越寒是因为这个不要她。她的证书是速成的，但不代表她的护理能力比别人差。她刚准备据理力争，余越寒跟前的管家就已经将她拦住了：“少爷的决定，从来不会更改。”

年小慕："……"

"爸爸！"一道稚嫩的声音突然从别墅客厅里传来。客厅门口，一抹软糯糯的身影从保姆的身上滑下来，自己扶着受伤的手臂，一蹦一蹦地跑到余越寒面前。没等众人回过神，她就蹭到了余越寒的怀里，指着年小慕，奶声奶气地撒娇，"爸爸，我要那个漂亮姐姐照顾我！"

这突如其来的一幕，让所有人愣住了。

"小六六，你说什么？"余越寒眉心微蹙，弯腰将她软乎乎的小身子抱了起来，他垂眸盯着她粉雕玉琢的小脸。别人不知道，他心里很清楚，他给小丫头请的保姆照顾了她那么久，小丫头还是只喜欢黏着他。她不会那么快就喜欢上一个陌生人，还非要那个人照顾。

只是因为年小慕长得漂亮？余越寒想到这里，深邃的眼睛缓缓抬起，朝年小慕的方向扫了一眼。只见她五官令人惊艳，黑白的职业套装掩盖不住曲线动人的身材，一双灵动的眼睛里藏着狡黠，一举一动都是风情，活脱脱一个勾人的小魔女……偏偏，她脸上过分老气的妆容破坏了那份美感，让人对她素颜的样子充满好奇。

余越寒薄唇微启："不行。"

"爸爸，要亲亲，要抱抱，要漂亮姐姐！"小六六见他不同意，小脑袋在他的怀里蹭，委屈成了一团。她再次抬起小脸的时候，骨碌碌的大眼睛已经变得红红的，蓄满了眼泪，像是余越寒再说一句不同意，她就马上哭给他看！

余越寒拒绝不了自己的女儿。他沉吟了几秒，冷冷地看向年小慕："你只有一个星期的试用期，如果做不好，马上离开。"

没等年小慕从自己突然被录用的惊喜中回过神，窝在余越寒怀里的小丫头已经开心地朝她跑过来。

一只白嫩的小手，牵住了她的手："漂亮姐姐抱！"

年小慕看着眼前的小丫头，半晌都没有反应。其他人只当她是被录用惊喜过头，却没人知道，她从小丫头出现的那一刻，神魂就已经被震飞了。年小慕做梦都没想到，她在医院捐血救的那个孩子居然就是余越寒的女儿。小丫头叫小六六？可年小慕记得，自己献完血就走了，她们根本没有见过面，小六六怎么会记得她？年小慕心里蹦出的疑问比余越寒还要多。

"漂亮姐姐，我带你去看我的房间。"小六六似乎很喜欢她，一只手拽着她就是不肯放。

年小慕瞥见小六六缠着纱布的手臂，想起她刚动完手术，连忙弯腰将她抱起来。小六六也不怕生，直接往她怀里靠，小脸贴在她的胸前，是最亲昵的姿势。两个人明明是第一次相处，却熟悉得像是演练过了千万次。

直到两个人消失在眼前，吃瓜观众才回过神。一个个都是被雷劈了的反应……

余越寒收回目光，脑海里全是小六六靠在年小慕怀里的画面，眼底掠过一抹诧异。他从来没见过小六六对他之外的人这么亲近。这个年小慕，到底有什么特别之处?

“寒少，那方真依……”管家走上前，恭敬地询问。

“跟年小慕一样，一个星期的试用期，择优录用！”余越寒冷着脸丢下一句话后，就离开了。

房间里。

砰！一进房间，年小慕伸手关上门，旋即将怀里的小六六放到沙发上，认真地打量起眼前的小丫头。

只见她那细软的头发扎成了一个丸子头，粉嫩嫩的小脸蛋完全遗传了余越寒的优点，明明很相似的脸，放在小六六身上就是可爱，余越寒就是一座冰山。对上小六六笑眯眯的小脸，还有甜甜的小酒窝，年小慕的心都要被融化了。

“为什么要我照顾你，你记得我？”年小慕走上前，坐到小六六身边，宠溺地捏了捏她的小脸。这是年小慕唯一能想到的理由。

“小六六疼，流了好多好多血，看见漂亮姐姐了。”小丫头听见她的话，着急地想解释，连受伤的手臂都比画上了。她虽然小，但是谁对她好，她都记得，医生叔叔说是漂亮姐姐救了她。

“手不能乱动！”年小慕神经一紧，连忙按住了她的手臂，小心地给她检查了一遍，确定伤口没有撕裂，却发现她该换药了。

“乖乖坐着等我一会儿。”年小慕嘱咐了一声，扭头在房间里找医药箱。结果医药箱没有找到，房门被人推开了。

方真依扫了一眼布置得精致、奢华的公主房，眼里闪过一抹惊艳。她压下眼里的贪婪，挑眉看向年小慕：“寒少说了，是我们两个人一起照顾小小姐，你把人藏在房间里是什么意思？”

年小慕原本并不打算理方真依，可抬头的瞬间，却发现自己找不到的医药箱在方真依的手里。

方真依对上年小慕的目光，脸上是得意的神色，耀武扬威地拎着医药箱上前："管家说小小姐该换药了，担心你照顾不好，特意让我过来。"她说着，挤出一抹笑容，"来，小六六，姐姐给你换药。"

小六六的眼珠转了一圈，身子朝方真依挪过去，却不是让她换药，而是用没受伤的那只手拖着医药箱挪回了年小慕身边。小六六笑弯了眉眼，甜甜地开口："我只要漂亮姐姐。"

方真依："……"

书房里。

原木的办公桌前，余越寒伟岸的身躯陷在办公椅里，手上拿着一份资料。他只看了一半，身上透出的寒气就要冰封千里。

"少爷，根据车子检查的情况，小小姐的车祸很可能不是意外……"助手顶着压力，小心翼翼地开口。

助手说完，余越寒手里的资料就被狠狠地摔在了桌面上，幽深的眼睛如同一汪深潭，怒火不断地在瞳孔里燃烧，却被他死死地压制着，最后归于平静："暗中调查，一定要查出是谁！"

"是！"助手恭敬地答道，又将手上的另外两份资料放到了他的面前。

"方真依和年小慕的背景都查过了，方真依的背景很普通，职工家庭出身，自己也一直规规矩矩，倒是年小慕……"助手一脸纠结，欲言又止。

"嗯？"余越寒挑眉。

助手忙道："回少爷，我们查不到年小慕二十岁之前的资料，一点儿都查不到！"这个人像是从石头缝里蹦出来的一样，没有任何痕迹。连余家都查不到的人，除了这个名字是假的，就应该是她的背景被人动过手脚！

"对了，少爷，年小慕二十岁之后的事情还是查到了，不过这就跟方真依没有太大区别了，在护理学校念书，然后考证……"助手将自己查到的事情，一字不落地告诉了余越寒。

相比方真依，年小慕倒是显得很低调。学校里关于她的话题也特别少，像是临时出现，去打个酱油火速考个证，然后就消失了。

余越寒坐在办公椅上，用骨节分明的手指敲着桌子的边缘，脑海里闪过的是他第一次在医院遇见年小慕的画面：年轻、貌美、有活力，这三个词，用在她身上再贴切不过。一双灵动的眼睛，看不出半点儿心机。被他质疑没有资格留下来照顾小六六的时候，她身上那股不服输的倔强，倒让他有些意外。

余越寒的目光落到桌面上的车祸报告上，眼神一冷："她现在人在哪里？"

助手一怔："在陪着小小姐。"

闻言，余越寒收回目光，从椅子上站起来，抬腿就往外走。他刚走到楼下，就看见小六六一个人在客厅里吃点心，而她身边只有管家。

"照顾小六六的人呢？"余越寒眉心一蹙。

管家连忙上前："小小姐不愿意让两个人照顾，我就排了班，让方真依先回去休息，现在是年小慕在照顾小小姐，她在房间里……"

管家的话还没有说完，余越寒已经越过他，朝房间走过去，一身的寒气让人忍不住哆嗦。管家一个激灵，愣是没敢跟上去。余越寒刚走到门口，就听见咚咚的声音，像是在搬东西。

"小六六，你先别进来，在客厅玩一会儿，我马上就弄好了……"年小慕刚将房间里现在不能让小六六玩的东西都整理出来，正抱在怀里准备放到角落。她一抬头就看见一抹颀长的身影站在门口，一双幽深的眼睛冷冷地看着她。

"寒、寒少。"年小慕一看清眼前的人，身体瞬间就绷直了。她下意识地想后退，却忘了手里还抱着一堆大大小小的玩具，脚下一个趔趄，人瞬间往后栽去！

"啊——"

预想中的疼痛没有来临，年小慕茫然地睁开眼睛，人还晕着，耳边就传来一道森冷得像是要吃人的声音："还不起来？"

两个人刚才的距离有点儿远，余越寒冲过来刚接住她，脚下不稳，被她带着一起摔到了地上，给她当了垫背。

年小慕一慌，刚撑起来的身体没稳住，瞬间又摔到他的身上。熟悉的淡淡薄荷香飘到鼻子里，医院里两人初遇的画面回到她的脑海里……带着死亡的气息！

年小慕浑身一激灵，像是触电一样，猛地从他身上弹起来，想也不想地往后退，彻底不敢去看余越寒的脸。她现在说她不是故意拉他当垫背的，他会相信吗？或者，她现在先说对不起会不会死得没那么惨？她纠结了几秒，最后还是遵循了身体的本能，缩到了距离他最远的墙角："我不是故意的，我给你道歉！"

余越寒从地上起身，黑着脸盯着缩在角落里的人。就在年小慕以为自己在劫难逃的时候，他却忽然狠狠地瞪了她一眼，然后就走了……走了！

年小慕跑到门口，看着他离开的背影，整个人愣住了：这人也太喜怒无常了。

“寒少，我们就这么走了，让年小慕照顾小小姐吗？”助手跟着余越寒走出客厅，伸手擦着额头上的汗水，没有注意到神色不对劲的余越寒。

听见他的话，余越寒脚步停了下来，俊美的脸庞神色复杂。脑海里，全是刚才看见年小慕摔倒的那一幕。他刚才完全可以假装看不见，然后看着她摔在地上。可他的身体却像是完全控制不住一样，扑上前去接住了她，最后还被她拽着摔到地上，给她当了垫背。他伸手揉了揉眉心，或许是见她那么上心地照顾小六六，连保姆的活儿都抢着干，所以他难得地心软了一回。

助手等不到他的回复，又开口道：“寒少，小小姐出车祸的那辆车，原本是准备去接你的，我们的人怀疑对方的目标很可能不是小小姐。”

余家是H市第一家族，荣光无限。可是家族里，却并非外人看起来那么平静。相比背景简单的方真依，查不到任何资料的年小慕，真是太神秘、太危险了！

“你想说什么？”余越寒转过身，薄唇微启。他已经恢复平静的面容，看不出任何情绪波动。他抬起头，目光越过助手，落到别墅的门口，只见夕阳透过窗户，落在地板上，晕开了一层层橘色的光，透出丝丝暖意。客厅里，年小慕正抱着小六六，在给小六六受伤的手臂换药，温柔的目光，嘴角浅浅的笑意，原本就干净的五官越发明艳动人。距离有点儿远，他听不见她说了什么。只见她缠好纱布之后，坐在她面前的小六六就开心地笑弯了眉眼，然后扑进她的怀里，仰起小脑袋，在她的脸上亲了一口……

余越寒瞬间眯起眼睛，脸上的神情已经不是“诧异”二字可以形容。他从来没有见过小六六对他之外的任何人这么亲昵。她是真的很喜欢年小慕。

助手背对着别墅，没有看见这一幕，听见余越寒的询问，直言不讳地道：“寒少，为安全起见，年小慕不能留在余家！小小姐的伤势，我问过医生了，只留一个护工照顾也是可以的，万一年小慕真是那边派来的人，反而危险。”

余越寒听见助手的话，目光微微闪烁，最后，眼神复杂地看了一眼客厅里的两人，转身离开。

客厅里。

“年小慕，你可以下班了，今天晚上让方真依来照顾小小姐。”管家走上前开口提醒道。他身后跟着消失了一天的方真依。

此刻，她的心思压根儿不在一个孩子身上，目光急切地在别墅里看了一圈，她没有看见余越寒的身影，眼神变得失落。方真依再抬头看见年小慕的时候，狠狠瞪了她一眼！要不是年小慕抢了她照顾小六六的机会，今天一天跟寒少相处的人应该是她。她就不用等到现在才过来，寒少都已经走了。

方真依看着一直黏在年小慕怀里舍不得让她走的小六六，眼神变得更加阴鸷。不行，她好不容易才进余家，绝对不能让年小慕毁了自己的前程！

“管家，我能提个要求吗？”方真依说完，不只是管家，连年小慕也抬头看了她一眼。这女人，又想作妖？

方真依温婉地笑着看向管家，说道：“是这样的，每个人护理的方式不同，为了更加妥帖地照顾小小姐，我需要年小慕跟我做一下工作交接。”

只是工作交接？年小慕眼底闪过一丝诧异。这么简单的要求，就是管家不答应，她也会答应的。小六六的手术很成功，伤口恢复得也很好，可毕竟是个孩子，很多方面还是要照顾她的人多加小心，年小慕也正想提醒方真依一些需要注意的事情。

“可以，我看着小小姐，你们交接。”管家将小六六抱起来，干脆利落地说道。

方真依听见管家的话，眼底闪过一抹得意的光，她转身就往房间里走去。第二次走进小六六的房间，她眼底的惊艳还是掩饰不住。这就是有钱人的生活，一个孩子都过得跟公主一样。

“先从哪里开始？”年小慕慢一步走进来，直接地问道。

方真依听见她的声音，将眼底的艳羡收了起来，眼神变得傲慢，随手朝着医药箱一指：“就它吧。”

“我是下午六点的时候给小六六换的药，你只要睡前再给她换一次……”年小慕打开医药箱，认真地开始交接。

没等她把话说完，方真依就打断了她：“这里只有我们两个人，你还要装吗？”

年小慕一怔。方真依这话是什么意思？一直在装的人，难道不是她吗？

“年小慕，你到底要怎么样才肯离开余家？”方真依走上前趾高气扬地问道。

年小慕总算明白了，什么交接，都是借口。方真依哪里是真的关心小六六，她是来示威的。

“无聊。”年小慕刚要关上医药箱离开，方真依伸手拦住了她。

“年小慕，你今天不想离开也得离开！”说完，方真依伸手端起桌子上的水杯往医药箱里一倒。

“你在做什么！”年小慕错愕地扣住了方真依的手腕，用力地将人往后一扯，着急地抱住医药箱，检查里面的药，那可是小六六晚上要用的药。

没等年小慕把药拿出来，方真依就将手上的空杯子放回了原处，然后跑到门口大喊：“年小慕，你居然把小小姐的药都弄湿了，你是怎么照顾她的！”

这一声瞬间惊动了客厅里的所有人。年小慕根本来不及做任何反应，管家已经进了房间，看见被弄湿的药，还有抱着医药箱的年小慕，脸色瞬间沉了下来。

“不是我……”

“年小慕，这件事你最好给我一个合理的解释！”管家一甩手就推开了围观的其他人，出了房间。

客厅里，管家阴沉着脸，站在前面气得浑身发抖，不停地指着面前的年小慕：“你、你、你……怎么解释你干的好事！”

“还有什么好解释的？管家，刚才你也看见了，药全湿了。如果不是我要求交接工作，今天这事就全成了我的责任。”方真依抢先说话，一开口就委屈得红了眼眶。

她正要再说什么，就听见门外传来一道恭敬的问候声：“寒少！”

谁也没想到余越寒会在这个时候回来，一时之间，客厅里的人都抬头朝他看过去。管家第一个回过神，立时迎上前：“寒少。”

余越寒的目光扫过客厅里的人，视线有意无意地避开会影响他情绪的年小慕，他淡淡地启唇：“发生了什么事？”

“寒少，是这样的，我刚来接班，就发现小小姐的药居然都被人弄湿了。”方真依几乎是急急巴巴地冲上前，抢在管家前头开口的。她从看见余越寒出现的那一刻，眼睛就直了。如今，听见他问话，她怎么可能错过这个既能让自己露脸又能诋毁年小慕的机会！说完，她似乎意识到自己表现得太急切了，刻意抬起手擦了擦眼角根本不存在的眼泪，“对不起寒少，我太担心小小姐，刚才失态了。”

她原本以为余越寒就算不记得她这号人物，起码会因为担心自己的女儿而呵斥年小慕几句。可谁知道，她说完，他居然一点儿反应都没有，甚至没有正眼看她，就这么越过她，走到了年小慕面前。

“你来说。”余越寒清冷淡漠的声音带着磁性，莫名好听。

年小慕心里正憋着一股火，突然听见他的声音，微微一怔。他刚才说什么？为什么他的语气不像是要质问她，更像是……他不相信方真依的指控，让她自己来解释？年小慕的心里掠过一丝暖意，就连胸口的愤怒都被抚平了不少，她说道：“药不是我弄湿的……”

“年小慕，都这个时候了，你不承认自己的错误，还敢当着寒少的面撒谎！”方真依迫不及待地冲上前，“寒少，当时房间里只有我们两个人，我亲眼看见药箱在她打开的时候就是湿的，除了她，还能是谁？”

小六六是余家的小小姐，身份尊贵。小六六的房间里肯定不会安装摄像头，当时的情况还不是她说什么就是什么？方真依眼底闪过一抹得意的神色，添枝加叶地道：“寒少，还有……”

“闭嘴！”余越寒冷冷地开口。

“年小慕，听见了没有，寒少让你闭嘴……”方真依说到一半，微微愣住，错愕地抬头看向余越寒。

“我是让你闭嘴。”他冷冷地、一字一顿地道。

什么？方真依蒙了。

管家回过神，立时板起脸：“方真依，在余家，寒少没让你说话的时候，不许多嘴！再有下一次，我会马上请你离开。”

方真依一愣，这个时候，他不是应该很生气要将年小慕赶走吗？为什么现在被教训的反而是自己？

余越寒转身在客厅沙发上坐了下来，这副架势是准备亲自过问这件事了。

管家虽然有些疑惑，但也不敢说什么，连忙催促年小慕：“你还愣着做什么？”

年小慕咬着唇，眼神已经不像刚才那么愤怒了，看向余越寒的时候心情反而有点儿复杂。她也不知道怎么回事，今天居然觉得冰疙瘩不只帅，还有点儿顺眼，尤其他刚才让方真依闭嘴的时候，简直霸气到要闪瞎眼！

“药不是我弄湿的，是方真依端了桌子上的水，当着我的面倒进了药箱，还贼喊捉贼。”年小慕挺直腰杆，将事情的经过说了一遍。年小慕一想到为了逼走她，方真依居然毁了小六六的药，眼睛里就染上了怒气。

“寒少，我没有……”方真依在一旁听得心急，刚要说话，想起管家的警告又讪讪地打住，整个人急得像热锅上的蚂蚁。她害怕余越寒会相信年小慕的话，下令将她赶出余家。

“证据。”余越寒淡漠地吐了两个字，眉宇不动，眼睛深沉，看不出他到底信了谁的话。

年小慕一怔。他没有说信她，却也没有像管家那样，从一开始就认定了是她，而是给她机会让她证明自己的清白，可是……

她抬头看着别墅周围的监控，眉心皱了皱。如果她没有猜错，余越寒那么疼自己的女儿，是不可能像监视犯人一样监视小六六的。可如果没有监控，当时房间里只有她跟方真依，她根本没有证人。

年小慕突然想到了什么，眼睛一亮，说道：“我没有证据证明我是清白的，可方真依也没有证据证明药就是我弄湿的，她也是嫌疑人。”

既然只有她们两个人，那就是谁都有可能。方真依可以指控她，她也可以指控方真依！

余越寒眼睛一眯，一抹赞赏从眼底一闪而过。余越寒察觉自己的情绪又受到了她的影响，蹙了蹙眉：“在公司里，如果工作交接结束之前出了问题，你觉得该谁负责？”

年小慕怔了怔，很快就明白了他的意思。方真依来之前，是她的工作时间，如果出了问题，找不到证据证明是谁的过错，就只能算她的责任。

“我再问你一次，你有没有证据证明自己的清白？”余越寒薄唇微启，冷酷的态度一如她第一次见他的时候，高高在上，任何人都无法接近。不只年小慕被震慑住了，就连一直跟着他的助手都糊涂了。他以为寒少是来替年小慕出头的，怎么看这架势，好像哪里不对……

余越寒从沙发上站了起来，单手揣在裤袋里，随意的姿态给他完美的脸庞增添了一抹邪魅，眼睛定定地看着年小慕，眼底透着她看不懂的光：“你被开除了。”说完，他转身准备离开。

“余越寒，我不服！”年小慕呆滞了几秒回过神，冲着他的背影脱口而出。这简单的六个字，却让客厅里的人都倒吸了一口凉气！

她是吃了熊心豹子胆吗？她居然敢直呼寒少的名字，还是用这种语气。周围的人看向年小慕的眼神都透着同情，好像已经看见了她被人丢出别墅的结局。

年小慕也是气糊涂了，等注意到周围人的目光时才意识到自己干了什么。可一想到余越寒居然不分青红皂白地开除她，她就气不打一处来，说什么也不肯先低头！

余越寒的脚步顿了下，颀长的身影伫立在楼梯口，周身萦绕着寒气。客厅里的气氛一瞬间就变了。

大家屏住了呼吸，替年小慕捏了一把冷汗。下一秒，就见一抹软糯糯的小身子从房间里跑出来，直接跑到余越寒身边，一把抱住他的大腿，说道："爸爸不能赶走漂亮姐姐，我要漂亮姐姐照顾我！"

小六六鼓着腮帮子，一双大眼睛瞪得圆溜溜的。她的手臂受伤了，一只手无法抱紧余越寒，就手脚并用地挂在他身上，拖着不让他走。

"我已经给过她机会了，是她连自己的工作都做不好。"余越寒头疼地看着挂在自己身上的小丫头，身上的寒气瞬间就卸了下来。他弯腰将小六六抱起来，"爸爸答应你，明天给你找一个更漂亮的姐姐照顾你。"

"我不要，我就要这个漂亮姐姐！"小六六嘟着小嘴，难过地吸了吸小鼻子。

"小六六，不许哭！"

哇——余越寒的警告声还没有落下，怀里的小丫头一想到要跟年小慕分开，眼泪已经开始哗哗地往下掉，伤心欲绝的模样让人的心脏都跟着揪了起来。小脑袋直往他胸口蹭，她委屈地哽咽着道："我、我就要、要漂亮姐姐……坏爸爸……"

余越寒一阵头疼，沉声道："我什么事都可以答应你，就这件事不行，她今天必须离开！"他说完，没有看年小慕一眼，抱着怀里的小六六转身上楼。

客厅里一片哗然。只有方真依脸上挂着掩饰不住的喜悦。

"余越寒，你不要后悔！"年小慕气愤地朝着他的背影怒吼一声。对上得意扬扬的方真依，她眼睛一眯，伸手端起茶几上的水杯，毫不留情地泼在了方真依的脸上。

"啊！年小慕，你疯了？"方真依没想到年小慕居然会在众目睽睽之下用水泼自己，吓得尖叫出声。温热的水瞬间就弄花了她脸上的妆，加上她鬼哭狼嚎的样子，简直惨不忍睹。

“这杯水，是我还你的，出去最好不要让我遇见，否则我见一次泼你一次！”年小慕将手上的杯子重重地放到茶几上，没再看客厅里的人一眼，转身就走。

管家回过神：“年小慕，你今天的日结工资……”

年小慕：“不用了，留给你家寒少治脑子！”

治、治脑子……余家别墅里的人都傻眼了！就连管家没说完的话，都被噎回了肚子里，他们眼睁睁地看着她走了出去。

年小慕出了余家别墅，站在外面，扭头看着金碧辉煌的余家大门，气得咬牙：“余越寒，就你这黑白不分的猪脑子，余家在你手上迟早要完！”

气死她了！气得她心肝脾胃肾都疼了。年小慕气呼呼地走到路边等车，想起刚才因为她而哭得伤心的小六六，又不放心地回头看了一眼。也不知道她走了，方真依会不会好好照顾小六六。她一想到这里，原本丢了工作的愤怒全变成了牵挂。旋即她又用力地拍了拍自己的脸：“年小慕，你醒醒！现在可怜的是你！”

余越寒那么疼爱小六六，怎么会看着她被方真依虐待？倒是她，刚给谭崩崩报喜，说自己面试成功，才不到一天的工夫，她就被开除了。这下要怎么解释？说余越寒是个大变态，留在余家工作太危险，还是说余越寒太蠢，智商太低会传染？不行不行，估计谭崩崩会直接把她打成白痴。她得赶紧找个能赚钱的工作，先把自己的大债主稳住。

余家别墅的主卧室里，余越寒黑沉着一张脸，守着哭了很久都不肯停下来，最后累得枕在他手臂上睡着的小六六。余越寒看着她粉雕玉琢的小脸上布满泪痕，眉心拧成了一条线。小丫头跟着他两年了，还从来没有这么哭过。她不过跟年小慕相处了一天……想起那个名字，他脑海里闪过的是今天下午年小慕给小六六换药的画面。岁月静好，佳人温婉，这是他当时想到的八个字。她有没有弄湿医药箱他心里清楚，可她背景成谜，不适合留在余家别墅。

“我要漂亮姐姐……不要坏爸爸……”怀里的小丫头突然抽噎起来，小手紧紧地抓着他的衣襟，人还睡着，在说梦话。小六六紧闭着双眼，眼角还挂着没干的泪痕，这让余越寒胸口一阵闷痛，现在连最爱他的小公主都觉得他是个坏爸爸，不想要他了。

“寒少，小小姐睡着了，需不需要叫保姆过来将她抱走？”助手小心翼翼地询问。

“不用了，她今天就在我的房间睡。”余越寒目光一闪，小丫头这会儿正在气头上，要是将她丢给保姆，估计她能跟他怄上一个月的气。

他收回目光，将她放到床上，转身到浴室拧了条热毛巾出来，轻轻地替她擦着哭红的小脸蛋。他看着眼前这张小脸，眼前总是不受控制地闪过年小慕气愤的样子。他居然觉得小六六倔起来的样子，跟年小慕有点儿像。等他回过神，才发现小六六的脸色似乎有些不对劲，忙伸手摸她的额头，滚烫的温度让他立刻变了脸色！

深夜的余家别墅，灯火通明。家庭医生匆匆赶来给小六六检查。

“小小姐情绪波动太大，又哭了一阵，伤口有些发炎，我已经重新处理过了。就是她烧得有点儿厉害，可退烧药怎么也喂不进去，必须想办法让她的体温降下来。”医生从床边站起来，一脸凝重地说道。

“我来喂。”余越寒听见医生的话，伸手接过药，将床上的小六六抱了起来。小丫头烧得难受，这会儿也迷迷糊糊地醒了过来。

“小六六，你生病了，把药吃了。”余越寒耐心地哄着。

“不要吃药……要漂亮姐姐……”她小嘴一嘟，看见余越寒就想到自己的漂亮姐姐没有了，难过得想哭。

余越寒眉心一蹙，都发烧了，还惦记着年小慕，年小慕到底给小六六灌了什么迷魂汤？余越寒看着她越来越红的小脸蛋，语气也跟着软了：“你先吃药，等烧退了我们再聊别的。”

“讨厌坏爸爸！没有漂亮姐姐，不吃药。”小六六抽泣了两下，小手推了推他的胸膛，软糯糯的小身子就从他身上滑了下去，自己钻进了被窝。

余越寒又蹙了蹙眉心，她这是真生气了。小小的一个人，蜷缩在被窝里，像一只受伤的小狐狸，在自己舔伤口。

“寒少，小小姐身上还有伤口，这药不能不吃呀！”医生在一旁着急地提醒道。

“你以为我不想让她吃吗？”余越寒声音沉了下来。这是他的小公主，看着她不舒服，他心里比谁都难受。可他的女儿，他了解。小六六从小什么都好，就是生病了不肯吃药这一点怎么也改不掉。以前别人没辙的时候，小六六只要看见他就会乖乖听话。这次小六六正好在气头上，连他都不管用了。被自己的小公主冷落的滋味，他算是尝到了。

“寒少，要不然让我试试吧？”一直站在门口的方真依，看见余越寒似乎要妥协了，突然开口。她好不容易将年小慕赶走，绝对不能让年小慕有机会再回来。而且现在大家都没有办法，如果她能让小六六把药吃了，不只断了年小慕的后路，还能让余越寒对她刮目相看。想到这里，她兴奋了，仿佛已经看见自己未来人生的美好前景。

“你？”余越寒听见她的声音，像是突然想起还有这么一号人物，冷冷地扫了一眼站在门口的人。

方真依连忙点头：“对，我之前照顾过不少孩子，对哄孩子还是有点儿办法的，或许我能让小小姐吃药。”

“寒少，试试也好，小小姐越早把药吃了越好呀！”医生提醒道。

余越寒眼睛深邃，盯着方真依的眼神不置可否，看不出在想什么。

见状，方真依立功心切，只当他同意了，连忙走上前：“小六六，我是方姐姐，我们见过的。”她一开口，就见小六六从被窝里探出小脑袋，扭头朝她看过来。大家都惊喜万分地看着这一幕，就连方真依也觉得自己快成功了。哪想到下一秒，小六六突然小嘴一撇，哇的一声哭了起来，哭声瞬间传遍了整个房间。方真依还想再说什么，可没等她靠近小六六，小六六已经扑进余越寒的怀里，像个被抛弃的孩子，抱着他号啕大哭。

“我不要她，我只要漂亮姐姐……

“没有漂亮姐姐，小六六要死掉了……”

“胡说！”余越寒心口一抽，抱着她的手臂无声地收紧，“有爸爸在，不会让你有事。”

“没有漂亮姐姐，要难过死了……”小六六的眼泪哗啦啦地往下掉。

余越寒头疼欲裂：“都愣着干什么？还不快去找年小慕！”

“寒、寒少，你的意思是重新让年小慕来照顾小小姐？”管家被吼得一愣，旋即呆呆地问道。

余越寒横了他一眼：“不然呢？”难不成眼睁睁地看着他的小公主难过得死掉吗？

“是是是，我马上去请！”管家领命，扭头就跑。

管家一走，房间里的气氛仿佛都变得轻松了不少。小六六听见年小慕要回来了，眼泪一下就停住了，豆大的泪珠挂在眼睑上，说不哭就不哭了。她蹭在余越寒的怀里，软糯糯地撒娇：“爸爸抱。”

余越寒看着瞬间暴雨转晴的小丫头，伸手揉了揉眉心：“先把药吃了。”

“不要，要漂亮姐姐喂。”小六六人小鬼大，将脸埋进他的胸口，奶声奶气地拒绝。她见不到漂亮姐姐不能吃药。万一她吃了药，爸爸又不让漂亮姐姐回来了怎么办?

余越寒抱着连他都提防的小丫头，别提有多心塞了：“给管家打电话，让他在最短的时间内把年小慕给我带回来！”

第二章

她身上到底藏了什么秘密

单身公寓，年小慕回到家，化悲愤为睡意，洗洗就睡了。可她也不知道是被气糊涂了，还是实在放心不下小六六，翻来覆去就是睡不着，折腾到半夜才有点儿睡意。

叮咚——

叮咚——

叮咚——叮咚——催命一样的门铃声响了一遍又一遍。

“几点了？信不信我投诉你们扰民……”年小慕霍地拉开房门，看见站在门外的人，瞬间顿住了。

管家穿着一身黑白的职业装，带着几个保镖，正像门神一样站在她家门口。管家看着她的眼神灼热得像是看着一块金疙瘩，让她浑身禁不住抖了抖。她这是在做梦，还是见鬼了？

“年小姐，是这样，我从你的简历上找到了你家的地址，这趟过来是希望你能回余家照顾我们小小姐。”管家俯了俯身，无比客气地开口。

“请我回去？”年小慕指着自己的鼻子，不确定地问了一遍。是余越寒赶她走的，余家别墅里的人居然还敢请她回去？

“是的，请你回去。”管家一脸殷切地重复道。

年小慕掐了掐自己，怀疑是她的幻觉。余家真的来人要请她回去？可余越寒那个冰疙瘩前脚才不分青红皂白地开除她，怎么又会突然请她回去？

想到当时的情景，年小慕就气不打一处来："余越寒不是很讨厌我，觉得我照顾不好小六六吗？让他找别人去，我不干了！"她心一横，伸手就准备关门。

"年小姐等等！"管家没想到她会拒绝，忙挡住要关上的房门，"年小姐你听我说，我这次过来请你，就是我家寒少的意思，他非常信赖你，所以才会让我请你回去照顾我们小小姐。"余越寒已经下了命令，要他在最短的时间内把人请回去。要是他空着手回去，恐怕自己也会被开除。

"他不开心的时候就觉得我照顾不好小六六，赶我走，现在开心了，又觉得我能照顾，让我回去，他把我当什么？"年小慕双手抱胸，气呼呼地问道。她想：这钱她不赚了！余家的工资给得再高，她也不想再回去看见那张冰块脸！

"年小姐，就没有商量的余地吗？"管家伸手擦了擦额头上的冷汗。

年小慕看着一脸为难的管家，灵动的双眼一眨巴："要我回去也不是不可以。"

"年小姐有什么要求，你说！"管家脸上一喜，恨不得马上就答应她的条件，让她跟自己回去。

"我记得我走的时候，是余越寒亲口开除我的，现在要我回去，除非他自己来请我，否则免谈！"年小慕一口气将话说完，才觉得胸口的闷气消散了一些。如果她这么灰溜溜地回余家，指不定还得被欺负。她说什么也得讨点儿利息回来。

"你、你说什么？让寒少亲自过来……这不可能……"管家立马变了脸色。他家寒少身份尊贵，怎么可能亲自过来请一个护工？管家又道，"年小姐，除了这个条件，你说什么我都可以答应你。"

"除了这个，我什么都不要！"年小慕说完，径直关上房门。她转身就回了房间，关灯，继续睡觉！

门外，跟着管家过来的几个保镖没想到年小慕这么硬气，都蒙了："管家，我们现在怎么办？"

"你们问我，我问谁？"管家咬咬牙，"不管了，先回去。"

一行人怎么来的又怎么走了。

管家匆匆回了余家别墅，走进房间。

"年小慕呢？"余越寒看着管家回来，下意识地朝他身后看，却发现他身后已经没人了。

“年小慕不肯回来，说是……说是……”管家紧张得出了一身冷汗，半晌才憋出一句，“她说除非寒少你亲自去请！”

余越寒的脸色瞬间就黑了。没等他开口说话，窝在他怀里的小六六，一听见自己的漂亮姐姐不回来，大眼睛一眨巴，委屈得眼泪就要掉下来。

“我已经答应让她回来了，是她不肯回来。”余越寒见自己的小公主要哭了，立时沉声道。

“坏爸爸，惹漂亮姐姐生气了。这下好了，漂亮姐姐再也不回来了。”小六六抿着小嘴，刚说完又伤心地钻进了被窝。

余越寒怀里一空，连带着心脏也好像被人掏空了，英俊的脸上只剩下阴霾。他沉默片刻，颀长的身影缓缓地从床上站了起来，骨节分明的长指优雅地整理了一下自己的衣领，好看的薄唇微启：“管家，备车。”

“寒少，你这是……”管家错愕地瞪大了眼睛。

“去掐死年小慕！”余越寒挤出一句话，越过完全呆滞的管家出了房间。

公寓里，年小慕刚睡着，门铃又响了。催命一样的铃声，让她嗖一下从床上爬了起来，她伸手扒了扒自己的头发，眯着眼睛，就朝着门口摸索过去。连续两次被吵醒，她的起床气已经完全爆发了，她用力地拉开房门。

“有完没完？我说了，除非余越寒亲自来请我，否则我是绝对不会答应……咯咯！”年小慕的话说到一半噎住了。她看着门口的男人，像是见了鬼一样，下一秒，想也不想地关上了门！

砰——震耳欲聋的关门声，让年小慕找回了一点儿真实感。她抬手掐了掐自己的脸，看向窗外。天都还没有亮，做什么白日梦？余越寒怎么可能会真的来请她？不行，她一定是太困了，困得都产生幻觉了！对，肯定是幻觉，再看一眼肯定就不见了。

年小慕做好心理建设，重新拉开房门。破旧的公寓门口，余越寒挺拔的身影站在那里，显得楼道格外狭窄、逼仄。他单手揣在裤袋里，微微侧着身，斜倚在楼梯的扶手上。

他听见开门声，头微微一侧，露出帅气的脸、深邃的眼，任凭哪个女人被他用这样专注的目光盯着，都会忍不住心跳加速，小鹿乱撞。可年小慕此刻只觉得死神在向她招手。她想跑，双脚却像是被钉在了地上一样。就见余越寒一步一步朝她走过来，冰冷的眼神，直勾勾地盯着她……

“余越寒，杀人是犯法的，就算余家有钱有势你也不能……啊！”年小慕刚开口，余越寒就已经伸手抓住了她的肩膀，将人往自己面前一拉。旋即他一转身，将她按到墙面上。

他单手撑在她的身侧，垂眸盯着她震惊的脸，修长的手指缓缓地挑起她的下巴，问道：“不是让我亲自过来请你吗，嗯？”

年小慕一阵无语，她当时一定是脑子被门夹了，她很想说，她现在后悔了。可眼前男人的眼睛看似平静，实际暗潮汹涌，淡漠的语气里带着威胁，撑在她身侧的手，因为两人的身高差，他的手掌正好与她的脖子平行，仿佛只要他一不高兴，就可以掐断她的脖子！

“我、我……”年小慕压根儿没想过他真的会来。被开除的怒气，在看见余越寒的那一刻，都变成了震惊。等她回过神，想起自己应该要求他道歉时，却被他眼底的杀气震慑到了，半晌都憋不出一句话。

“现在可以跟我回去了吗？”余越寒收回手臂，往后退了一步。他隔着短短的距离打量她错愕的脸，眼神依旧淡漠，哪儿有半点儿上门道歉的样子？

“我只说了让你亲自来请，没说你来我就一定跟你回去。”神志一回笼，年小慕立时拒绝。他还没有跟她道歉呢！他说开除就开除，说回去就回去，她不要面子的？

“嗯？”余越寒眼睛一眯，眼底掠过一抹冷光。周围的气压仿佛都随着他说的这个“嗯”字，变得低了很多。

狭窄的楼道里，年小慕整个人贴在墙壁上，她只觉得脊背一阵阵发寒。她想跑，可是他就站在她面前，也不知道他是不是故意的，他正好对着她家的门口，她想跑都跑不掉。她扛着压力，倔强地抿着唇，就是不肯认输。

“寒少，别墅来了电话，说是小小姐烧得又严重了，让您赶紧回去！”管家蓦地上前，着急地说道。余越寒脸色一变，转身就要走。

“等等，你们刚才说什么？小六六发烧了？”年小慕一回过神，下意识地抓住了他的手臂，脱口而出。没等余越寒开口，她就绕到了他面前，“你来找我，是因为小六六发烧了？”

闻言，余越寒挑了挑眉，捕捉到她脸上担忧的表情。他脸色一沉，说道：“小六六闹脾气，见不到你不肯吃药。”

年小慕瞬间愣住了，眼前闪过小糯米团子扑到她怀里撒娇，抱着她亲，还有余越寒说开除她，小六六哭着不让她走的画面……现在还因为她，生病了都不肯吃药。

“浑蛋，你们怎么不早说！”年小慕松开手，转身锁了门，走到前面。

“寒少，她这就答应跟我们回去了？”管家看着消失在楼梯口的身影，喃喃地问道。

刚才还宁死不从的人，突然就改变心意了，比六月的天还善变！

余越寒听见他的话，目光微动。年小慕是为了小六六才同意回去的，一个人的眼睛骗不了人。她对小六六的关心是真的。

“回去。”余越寒看着自己被她抓过的手臂，克制着波动的情绪，丢下两个字，迅速下楼。

余家别墅。车子一停下来，年小慕就率先推开车门下车，拔腿往里跑。沿途的保镖刚要拦她，就发现她身后居然跟着面无表情的余越寒，又默默地将路让了出来。年小慕一路畅通无阻，一上楼，她就看见了站在门口一脸不甘的方真依。

方真依怎么都没有想到，她费尽心机地将人赶走，还不到一个晚上，年小慕就又被请回来了，还是余越寒亲自去请的。她放狠话：“年小慕，你不要得意得太早！”

年小慕原本担心小六六，并不想理她，可听见她的话，脚步一顿。年小慕侧目瞟了方真依一眼：“你说，如果我非要余越寒赶你走才肯照顾小六六，他会不会答应？”

“你敢！”方真依脸色一白，眼底掠过惊慌。小六六现在高烧不退，又非要年小慕照顾，万一她真的……

“我劝你最好给我消停一点儿，否则，我保证我离开余家之前，先把你弄走！”年小慕丢下一句话，越过脸色惨白的方真依，径直进了房间。

房间里很安静，只有一个医生守着小六六。医生正因为小六六不肯吃药而急得团团转。

“你是谁？”医生的话音刚落，余越寒也进了房间，手微微一抬，示意他配合。

年小慕也不啰唆，径直走到床边，刚准备伸手去摸小六六的额头，发现小六六一直在呓语。她凑近了听，才发现小六六在喊她：“漂亮姐姐……”

年小慕胸口狠狠一震，心脏像是被一双小手掐住了一样，难受得喘不过气，忙将被窝里的小人儿抱了起来。

“小六六乖，姐姐来了，你睁开眼睛看看我。”年小慕哄了两句，立时抬头看向医生，“退烧药呢？快拿给我。”

医生一反应过来，连忙上前帮忙。

小六六因为发烧，小脸透着绯红，被弄醒的时候，小嘴委屈地嘟着，白嫩的小手攥成拳头，揉着眼睛。她看清眼前的人后，大眼睛眨巴眨巴，像是害怕自己看错了一样，定定地盯着年小慕看，小嘴抿着，就是不说话。

“小六六，我是漂亮姐姐，我来看你了。”

哇——听见她的声音，小丫头终于相信自己不是在做梦，软乎乎的小身子扑到她的怀里。小六六手脚并用地抱着她，害怕年小慕又会消失。这一幕，让房间里的人都禁不住红了眼眶。

小六六：“漂亮姐姐，不走。”

“好，我不走，你在发烧，先把药吃了。”年小慕忍着心疼，轻声哄着怀里的小丫头。

小六六：“吃完药也不走？”

“嗯，不走。”年小慕想也不想地点头。

得到保证，小六六才松开手，乖乖地坐在她怀里，任由年小慕喂药，然后贴了退烧贴……一系列的措施结束，烧总算是退了下来。

余越寒一直站在旁边，眼睛一眨不眨地盯着靠在年小慕怀里甜甜睡着的小六六。这是他第一次看见小六六没使小性子就乖乖地吃药。

“寒少，小小姐的烧退了，伤口我也检查过了，只要让她好好睡一觉，醒了就没事了。”医生松了一口气，提着医药箱走到余越寒身边回话。

余越寒的目光这才从年小慕身上移开，示意管家送医生离开。

“那小小姐今天……”管家看了一眼床上的年小慕，欲言又止。这里可是余越寒的房间，小六六留在这里睡就算了，现在看起来，年小慕也得留下来陪着。可余越寒的房间，从来没有女人留宿过，这、这……管家纠结着，要不要提醒一声？

“还有事？”余越寒不耐烦地抬头，冷冷地问道。

闻言，管家立马将已经到嘴边的话咽了回去，转身送医生离开。

房间里的人相继离开，渐渐安静了下来。年小慕一直在照顾生病的小六六，等小六六睡沉了，才轻轻地将她放到床上。年小慕一扭头，才发现房间里已经没有人了，只剩下她跟余越寒，还有睡着的小六六！

他就坐在她对面的沙发上，修长的双腿慵懒地交叠着，单手撑着头，微微侧着脸，额际的发丝遮挡住了他的眼睛，让人琢磨不透他的心思。

年小慕意识到自己在看着他出神，连忙轻咳了两声。她正犹豫着要不要跟他说一声再离开，起身的瞬间就发现一只小手正紧紧地攥着她的衣角。小六六就连睡着了，手都没有松开。

“漂亮姐姐抱。”睡梦中的小六六像是感应到她想离开，奶声奶气地嘟哝。

年小慕好为难。

“你今天晚上就留在这里照顾小六六。”余越寒低沉的声音缓缓地响起。

年小慕心里一惊，几乎是脱口而出：“那你呢？”

她知道这里是他的房间，刚进余家别墅时，管家就警告过她，二楼的主卧室，没有寒少的允许，任何人都不许靠近。她睡了余越寒的房间，那他要睡哪里？

余越寒嘴角一勾，像是故意折磨她，一字一顿地道：“我认床。”

年小慕差点儿跳脚，这话的意思，是要一起睡？

年小慕浑身一激灵，再扭头看，余越寒居然正在脱衣服……

“流氓！”她瞪大眼睛，双手立马护着自己的胸口。

闻言，余越寒将外套往沙发上一丢，挑眉瞥了她一眼，眼神充满戏谑。他明明什么都没有说，可那眼神就像是在嘲笑她。

年小慕哪里受得了这种鄙视，顿时松手，抬头挺胸！

凹凸有致的身材，绝对算得上是女神级别，加上她出门匆忙，来不及掩饰的绝美脸蛋，真正应了那八个字：天使面孔，魔鬼身材。她活脱脱就是一个小魔女！余越寒眸色深了深，很快又恢复平静。他慢条斯理地解开领带，朝着两米多宽的大床走过去，潇洒地躺到一侧。没等年小慕反应过来，他慵懒地闭上眼睛。他那副架势，就像是在说：我先睡了，你自己慢慢纠结。

年小慕继续纠结地看着安心睡着的父女俩。

房间里，只剩下他们三个人。余越寒和小六六睡着了，她也折腾了大半宿，早就困得上眼皮跟下眼皮打架了。可一看躺在床上的男人，她立马又强迫自己打起精神，不能睡，千万不能睡！下一秒，她又忍不住瞄向那张帅得一塌糊涂的脸。他闭上眼睛的时候，少了那股拒人千里的冰寒气息，多了几分温润，棱角分明的脸，每一个角度都完美得像是精心雕琢过的艺术品。

年小慕第一次这么近距离地打量他，看着看着，不觉入了迷。等她意识到自己在做什么的时候，立马一巴掌拍向额头，心里低咒一声：关键时刻，犯什么花痴？余越寒就算是佳肴，也不是她的菜！她要是一不小心吃了，保不齐得噎死！

床是肯定不能睡了，可她总不能一直在这里站着吧？她在房间里搜寻了一圈，最后直勾勾地盯着床边的沙发，眼睛一亮。她小心翼翼地移开小六六抓着她衣服的手，确定小丫头没有醒，才转过身朝着沙发走过去。她抓过抱枕，猫着身子躺好。这个位置，正好可以看着小六六。

年小慕熬了快一夜，窗外已经隐隐约约泛出白光，她实在太累了，眼睛一闭，就睡沉了。静谧的房间，很快就只剩下了均匀的呼吸声……

就在这样安静、和谐的气氛中，看似睡着的男人，霍地睁开眼睛，眼神清明，哪儿有半点儿刚睡醒的样子？余越寒望向在沙发上睡着的年小慕，眼神透着探究，耳边不断响起助手的提醒。他身边的人都知道，一个背景不明的人不适合留在余家。他明明已经将她开除，可偏偏还不到一个晚上，她就回到了余家。

余越寒走到沙发前，垂眸盯着她恬静的睡颜。他看见她睡着了还紧蹙着的眉心，居然忍不住想伸手替她抚平。

“年小慕，你到底是什么人？”余越寒幽幽地启唇。

“嗯？”年小慕像是听见了他的声音，一翻身，眼看就要掉下沙发。

余越寒本能地伸手托住她下坠的身体，刚吐了一口气，就发现好像哪里不对劲。怀里的人就像是被冻着了，一碰到温暖源，就努力地往他怀里钻。

余越寒平时几乎不会出现任何情绪的脸，此刻表情有些复杂。旋即他转身将年小慕丢到了床上。他看着完全不打算醒的女人，眼神变得复杂。他瞥见她打了个寒战，皱着眉走上前，刚想替她盖上被子，年小慕忽然转过身，不知道梦到了什么，蓦地呓语：“我一定会活下去。”

闻言，余越寒伸到半空的手猛地一顿，微微眯起眼睛：一定会活下去？这是什么意思？她到底是什么人，身上又藏了什么秘密？无数的疑点，随着她不经意的话，在他心底浮现。

“小六六不怕，有姐姐在……”年小慕蜷缩了一下身子，又嘟哝了一句。她紧蹙着的眉头像是牵挂着谁。

余越寒微微一怔，看着在她身边睡得格外香甜的小六六，目光变得柔和。他对她的怀疑，随着这句话消减了几分。或许，是他多心了，不管她是什么人，至少，她对小六六的关心不是伪装出来的。

窗外，天色渐渐变得明亮。

余越寒一夜未眠，眉宇间也出现了一丝疲态。他走上前，将窗帘拉紧，转过身，就发现小六六不知道什么时候蹭到了年小慕的怀里，像只小猫似的窝在她的胸口，满足地吧唧着嘴。年小慕睡得很沉，可手臂还是无意识地抱住了她怀里的小人儿。她们明明长得并不像，这幅场景却异常和谐，仿佛一切就该是这样子，恬静、美好。

余越寒瞳孔一缩，看见眼前的这一幕，脚步一下顿住了。

他留下来原本是为了试探年小慕。不管是她的身份、背景，还是她第一次照顾生病的小六六，都让他不放心。可现在，他看着眼前亲密无间的一大一小两个人，竟然有一种错觉，仿佛他才是多余的那个。

年小慕这一觉睡得很沉。她迷迷糊糊地睁开眼睛，看见眼前陌生的房间后，马上从床上坐了起来。

"小六六……"年小慕急忙往身边看。她身边是一个可爱的小人儿，正趴在枕头上，睡得歪七扭八。小六六的烧已经退了，精致的小脸蛋又恢复了粉嫩。

年小慕提着的心落回了肚子里。旋即她就感觉有什么东西从她身上滑了下来，低头一看，是被子。她呆滞了几秒，混沌的脑子渐渐恢复神志。下一秒，她发现自己居然睡在余越寒的床上，惊得差点儿跳起来，双手捂住嘴，不让自己叫出来。然后，她想也不想地朝着床的另一边看过去！

在床的另一头没有看见余越寒，她的小心脏总算没有从嗓子眼儿里蹦出来。可无数的疑问瞬间涌进了脑海：她明明睡在沙发上，为什么会跑到床上？余越寒又去了哪里？他们昨天该不会真的……睡在一起吧？

"你是猪吗，居然睡得这么死……"年小慕揪着自己乱糟糟的头发，懊恼地在心里骂自己。她跟余越寒待了一晚，竟然什么都不记得了！

年小慕正拼命回忆的时候，二楼的书房里，方真依正脸色发白地站在书桌前。一大早，她就被管家叫到书房。她一想到能见到余越寒，激动得差点儿连路都不会走了。她想趁机在寒少面前好好表现，没想到，她都在书房等了几个小时了，坐在书桌前的男人却连看都没有看她一眼。而她站了一个上午，腿都麻了。

可余越寒不开口，她也不敢贸然打扰，只能继续等着。她偷偷地抬头，看着无论何时何地都邪魅贵气得让人无法移开视线的男人。每多看他一次，她心里的爱恋就增加一分。别说嫁给余越寒，成为H市最尊贵的余家少奶奶，只要他肯多看她一眼，就是让她没名没分，她都会死心塌地！

她也不知道自己站了多久，终于看见余越寒放下手里的文件从书桌前抬起头。他的视线明明从她身上扫过，又像是什么都没有看见，仿佛在他眼里，她根本不值一提。他的手微微一动，将一份文件丢到了桌面上。没等方真依看清是什么，就听见他淡漠的声音响起："你叫什么？"

"回寒少，我叫方真依！"她心里一喜，往前一步，急切地开口，"方正的方，真善美的真……"

"小六六的药箱是你弄湿的？"没等方真依说完，余越寒冷冷地打断了她的话。

前一秒还无比兴奋的方真依，脸色一下就变了，双手心虚地攥成了拳头，脸上却努力保持着镇定："寒少，你说什么，我听不懂，药箱不是年小慕弄湿的吗？你还因为这事，把她开除了呀。"不能慌，不能慌！当时只有她跟年小慕在场，只要她矢口否认，年小慕不想承认也得承认！她想到这里，脸上连最后一点儿心虚都消失了。她抬起头，正要说什么，就对上了余越寒讥诮的目光，仿佛是在嘲笑她的天真。

啪的一声，余越寒伸手抓起桌子上的文件，丢到了她身上："想清楚了再回答我的问题。"

方真依一愣，错愕地看着掉在地上的文件，半晌，才伸手捡了起来。她只看了一眼，脸色便变得惨白，难以置信地盯着手里的东西，惊恐地问："怎么会这样？"

她以为小六六的房间里没有监控，就不会有人知道药箱是她故意弄湿的。可她怎么都不会想到，余越寒会让人去检查小六六的房间，甚至将她泼水的那个杯子拿去检验，从上面采集到了她的指纹！那杯水是用人端进去的，上面却有她的指纹。这说明，年小慕从头到尾都没有碰过那个杯子！

"寒少，不是的，你听我解释！"方真依抓紧了手里的文件，扑到前面，"我当时只是因为太口渴了，就喝了小小姐房间里的水，所以杯子上才会有我的指纹，药箱在我进去之前，就已经被年小慕弄湿了……"

"够了！"余越寒沉声道。只是简单的两个字，就让方真依吓得腿软，瘫坐到地上。

"寒少，我真的知道错了，你再给我一次机会，我是真的很想照顾小小姐。而且，我比年小慕专业。寒少，你难道忘了吗？她只是个半吊子护工，她是照顾不好小小姐的。"方真依抓着余越寒的裤脚，声泪俱下地道。

“你如果真的想好好照顾小六六，就不会不顾她的伤势，弄湿她的药箱！”余越寒用力地甩开面前的人，目光扫过被她抓过的裤腿，嫌恶得像是上面沾了什么脏东西。

“寒少，我当时是被年小慕刺激得鬼迷心窍，我以后再也不会了，你再给我一次机会！”方真依伸手擦掉了脸上的眼泪，重新爬到他面前，看着他，说道，“只要寒少让我留下来，不管让我做什么，我都愿意！”

如果她真的被余家开除，还是以这样不光彩的理由开除的，往后就绝不会再有人聘请她了。那她在这一行就彻底没了出路。更不用说，她还得罪了余越寒。方真依一想到这里，浑身就抖得像筛糠。

余越寒眼睛微闪，眼神复杂得让人看不懂。良久，他才幽幽地启唇：“你只有最后一次机会。”

方真依顿时欣喜若狂，点头如捣蒜：“谢谢寒少，你放心，从今往后我一定会全心全意地照顾小小姐。”

余越寒挺拔的身躯缓缓地从椅子上站起来，眼神冷漠。他听见她的话，如同听见一个笑话：“你以为我还会让你照顾我女儿？”

方真依愣住了，不知道这句话是什么意思，茫然地看着他。

“我可以让你留在余家，但是你记住，从今天起，你不许再接近小六六，有关小六六的事情，我都不许你碰，听明白了吗？！”余越寒不容置疑地道。

“是！”方真依根本不敢反驳，很快，又疑惑地抬头，“那我要做什么？”余家不会养一个闲人，如果她一无是处，寒少怎么可能答应让她留下来?

“做什么，管家会告诉你。”余越寒收回目光，示意她可以离开了。

方真依还想问什么，对上他警告的目光，讪讪地打住。等她的身影在门口消失，助手才走进来。

“寒少，你明明已经怀疑方真依有问题，为什么还要让她留下来？”助手不解地问道。

余越寒长指一动，手上的钢笔就扣在了面前的文件上：“这幢别墅里，现在有问题的岂止她一个？”

助手瞬间反应过来，余越寒这是让方真依跟年小慕互相监视，互相牵制，就看谁先沉不住气暴露自己！

“还有事？”余越寒淡漠地启唇。

助手这才回过神，连忙回话：“寒少，年小慕醒了，正一个人在卧室里，行为有点儿奇怪……”余越寒看了他一眼，从椅子上站起来，踱步就朝着二楼的主卧室走过去。他刚走到卧室门口，就听见里面传来细细碎碎的声音，像是有人站在门口，正在自言自语：“出去还是不出去？万一撞上了怎么办？装作什么事都没有？不对不对，本来就什么事都没有……”

余越寒一阵无语，她醒过来之后就一直在纠结这个？莫名地，他脑海里浮现出一抹娇小的身影正站在门后咬牙跺脚，想要出来又不敢出来的模样。

门后面，不知道门外有人的年小慕，还在努力地做着心理建设。现在离开余家是不可能了，先不说她本来就需要这份工作，就是不需要，她也放心不下小六六。在小六六伤势痊愈之前，她不能走。可她一旦决定留下，就势必要面对余越寒那个冰疙瘩。还有，昨天晚上……她怎么会莫名其妙地睡到他的床上？

年小慕快要被自己的胡思乱想折磨疯了，最终咬了咬牙，做了决定：“不管了，见到就见到，本姑娘年轻貌美身材棒，就是一起睡了也是我吃亏！”

她说完，伸手拧开房门，大步往外走。不想刚出来，她就一头撞进了一堵结实的胸膛，被撞得往后一退！她正晕乎的时候，一只强健的手臂揽住了她的腰，稳住了她快要摔倒的身体。

“谢谢。”年小慕按着额头，下意识地开口。下一秒，她就看见站在她面前的男人猛地一愣。还有，不知道已经站在门口多久的余越寒……她说的话，他都听见了？！

没等年小慕稳住心神，余越寒用深邃的眼睛上下打量了她一眼，像是在检验她刚才那句“年轻貌美身材棒”。

年小慕的脸一下红了，她尴尬地站在那里，不知道要说什么。就在她准备假装什么都没发生，溜之大吉时，余越寒已经收回目光，淡淡地说道：“叫小六六起床，她该吃饭了。”

年小慕顿时松了一口气，转身的瞬间，还不忘感激地看他一眼，没想到冰疙瘩也有善解人意的时候。

“还有……”年小慕刚走进来，身后就响起了一道低沉又有磁性的声音，语气里透着揶揄，“某人要是觉得自己吃亏，我不介意陪她再睡一次。”

流氓！亏她刚才还觉得他善解人意，绝对是她脑子被门夹了！年小慕憋得满脸通红，迅速冲进房间，用力地关上门。

余越寒微微侧头，看着她气急败坏的样子，双手插在裤袋里，眸色渐渐变深。原本打算告诉她，他昨天根本没有睡在卧室的念头打消了。

别墅餐厅里。

年小慕抱着小六六走进去的时候，余越寒已经坐在里面了。她想起刚才的事情，身体微微一僵。旋即她刻意无视了那个气场强大的男人，径直抱着小六六走上前。

小糯米团子刚睡醒，人还有些迷糊，正靠在年小慕的怀里撒娇。她一看见好吃的，一双漂亮的大眼睛立马变得亮晶晶的！

"饿了？"年小慕捏了捏她的小脸，将她放到儿童椅上，将厨师早就准备好的早餐端到她面前。

"漂亮姐姐也一起吃！"小六六用没受伤的手抓起小勺子，舀了一口粥，送到年小慕面前。

年小慕摇了摇头，刚准备拒绝，就听见余越寒淡淡地吩咐管家给她准备碗筷，让她陪小六六一起吃。

年小慕看着面前的碗筷，下意识地抬头朝余越寒看去。只见他从容地坐在餐桌前，俊美的脸庞，因为逆光，晕染出一抹清冷、尊贵的气质，让他举手投足都无比吸引人。他像是压根儿没有注意到她，只是在慢条斯理地用餐。倒是她身边的小六六，一看见管家拿上来的碗筷，就立马拽着她的手："漂亮姐姐快点儿坐，好多好吃的！"一双晶莹的眸子，如同闪烁的星，眼底透着期待。

年小慕本来还有点儿纠结，她只是一个护工，跟余越寒和小六六一起吃饭会不会不太好。可对上小六六期待的眼神，本来就没有什么阶级观念的她，索性拉开椅子坐下。年小慕拿起筷子，往小六六的小碗里夹了菜，刚要叫她多吃点儿，就见小丫头笑眯眯地仰起脑袋："漂亮姐姐只爱我，只给我夹菜，不给爸爸夹菜。"

年小慕心想，余越寒有手有脚，哪里需要她夹菜？小六六伸手，一把将余越寒的碗拿到了面前："漂亮姐姐，爸爸也要菜菜！"

年小慕有些为难，夹还是不夹？虽然她的筷子没有用过，可谁知道他会不会有不吃别人夹的菜之类的毛病。算了，反正如果他介意，放在碗里不吃就行了。

年小慕心一定，往他的碗里夹了跟小六六一样的菜。她正准备吃饭的时候，一只小手就将她的碗推到了余越寒的面前，小六六笑得像只小狐狸："爸爸，你还没有给漂亮姐姐夹菜。"

年小慕一惊，刚要说不用了，余越寒已经抬起筷子，往她的碗里夹了一筷子青菜。

"爸爸好棒！我最爱漂亮姐姐了，你们要一直相亲相爱！"小六六开心地拍着手，一开口就差点儿让年小慕从椅子上摔下来。

她好不容易稳住身子，再看向余越寒，总觉得哪里怪怪的。什么相亲相爱，说得好像他们是一对。餐厅里，气氛一瞬间变得有些暧昧。不知道的人，如果现在走进来，一定会以为这是一家三口在用餐，温馨和谐，让人不忍心打搅。

相比年小慕的坐立不安，他们父女俩倒是很平静，小六六依旧开心地吃着饭，自己拿着小勺子，努力地往嘴里塞好吃的，还不让人帮忙。至于余越寒，从头到尾就没有说过话，可是他对小六六的纵容，又让人摸不准他的心思。

"寒少，老夫人来了！"管家匆匆从外面走了进来，一脸惊慌地禀报。

闻言，余越寒的脸色瞬间变得诡异，他毫不犹豫地开口："你先带小六六回房间！"他将筷子往桌子上一放，就从椅子上站了起来，转身就往外走。

年小慕刚要去抱小六六，就看见客厅外一名慈祥、和蔼却气质高雅的老奶奶，正拄着拐棍儿有些着急地推开扶她的人："你们都别拦着我，我要看看我的小心肝！"

年小慕正疑惑着她的身份，就听见怀里的小六六开心地喊道："太奶奶！"

"奶奶，你怎么过来了？"余越寒走上前，伸手扶住来人，声音依旧清冷，只是态度十分恭敬。看得出来，他是真的敬重眼前的老人。

"臭小子！我的小心肝出了车祸，你居然不告诉我，你的眼里还有我这个奶奶吗？"余老夫人气呼呼地推开他，朝着小六六走过去。老太太心疼地抱着小六六，上下左右地看了个遍。她看见小六六缠着纱布的手臂，眼眶一下子就红了。

"我早就说过了，你工作忙，没时间照顾我的小心肝，就早点儿找个人回来照顾她，你瞧瞧，你瞧瞧，我的小心肝不只瘦了，这下连胳膊都断了！"余老夫人一转身，瞪了余越寒一眼。

“奶奶，只是意外，小六六已经没事了。”余越寒被训，神色依旧没变化，淡淡地开口解释。

“太奶奶，我已经有漂亮姐姐照顾了。”小六六从年小慕怀里探出小脑袋，帮着一起安慰。

“姐姐哪里管用，你需要的是一个妈妈！”余老夫人顺着她的目光看过去，看见站在一旁的年小慕，眼神顿时就变了。眼前的女孩长得漂亮，气质又好，配得上她孙子，并且，看这身段，绝对好生养！

“老夫人好。”年小慕刚开口，手就被人握住了。

余老夫人一转身，就走到了她面前，握住她的手：“小姑娘，结婚没？”

年小慕：“……”

余老夫人：“要是单身，考虑一下我孙子？”

年小慕：“……”

余老夫人：“有钱、个子高，还长得帅，一结婚你马上就能当妈！”

年小慕：“……”

这是什么情况？为什么她有一种走进超市，赶上了清仓大甩卖的错觉？

“奶奶，年小慕是小六六的护工，你这样会吓到她。”余越寒像是听惯了这样的话，波澜不惊地启唇。

他的父母很早就过世了，他算是奶奶一手带大的。可余老夫人是出了名的老顽童，快七十岁的人了，还像个孩子，尤其一提起他的婚事，就一副恨不得将他打包送人的架势，让余越寒头疼不已。

“原来你叫年小慕？”余老夫人牵着她的手，听见余越寒的话，笑得更加和蔼了，“别怕，奶奶不吃人。”

年小慕：“……”

“奶奶，小六六饿了，你确定不让我们先吃饭吗？”余越寒瞥了一眼呆若木鸡、半晌回不过神的年小慕，竟然说了句为她解围的话。

他说完，余老夫人的目光总算是从年小慕身上移开了。旋即，她白了孙子一眼：“你就知道敷衍我，要不是你迟迟不肯自己找个好姑娘，我至于着急吗？”余老夫人越说越心塞，转身坐到椅子上，“你说说，这都两年了，小六六的妈妈……”

“奶奶！”余越寒蓦地启唇，声音变得低沉，仿佛刚才提到的那个人是禁忌。

余老夫人看了一眼一脸蒙的小六六，也察觉自己说多了，清了清嗓子：“先吃饭，等会儿我再教训你！”

年小慕这是第一次见到余家除了余越寒和小六六之外的人，也是第一次听见有人提起小六六的妈妈，那个似乎从来不存在的女人……

等她回过神，就发现场面有些尴尬了。大家都坐下了，只有她还站着。关键是，餐桌上多了一个长辈，还是余家的当家主母。老人家会不会比较古板，不允许她上桌吃饭？

“小慕慕，你发什么愣，快坐下来吃饭。”余老夫人似乎看出了她的犹豫，手一伸，就拉着她坐了下来。没等年小慕反应过来，老夫人已经往她的碗里夹了不少菜，像个长辈一样叮嘱，“多吃点儿，别学其他年轻人，动不动就说减肥。”

“谢谢老夫人。”年小慕捧着碗，心里除了惊讶，还涌起了一丝莫名的暖意。

“不客气，你慢慢吃，吃完了我们再商量结婚的事儿！”余老夫人一脸慈祥地补充道。

“咯……”年小慕不争气地被呛到了，目瞪口呆地看着眼前的老人家。这页是翻不过去了吗？余越寒居然也不阻拦？不行不行，她不能再想了，就当哄老人家开心了。

年小慕低头开始扒饭，恨不得将刚才发生的事情都忘记。她没有注意到，余越寒幽深的目光，从她低头的那一刻起，就一直盯着她，眼神里透着探究：她很怕嫁给他？

“奶奶，是谁告诉你小六六出车祸的事的？”余越寒收回目光，薄唇微启。

余老夫人一愣，慈祥的脸上闪过一丝犹豫。

管家突然走到余越寒身边，压低声音说了些什么，余越寒的目光瞬间变得冷漠。那种拒人千里的寒意，在他身上乍现。

没等年小慕弄明白发生了什么事，餐厅外就传来了一道尖锐的声音：“我说外面怎么一个人都没有呢，原来是在吃饭，小婶婶是不是来得不巧？”一名打扮奢华、举止透着傲慢的中年妇女从外面走了进来。她嘴上说着来得不巧，脸上却没有半点儿不好意思的表情，只是在看向余越寒的时候，眼底流露出一丝怯意。

“有事？”余越寒眼睛微抬，一点儿寒暄、客套的意思都没有，伟岸的身躯斜靠在椅背上，只是随意地瞟了一眼，就让程秀璐起了一身的鸡皮疙瘩。

程秀璐的目光连忙越过余越寒，看向坐在餐桌前的余老夫人，她说："妈，我都跟你说了，小六六没事了，你怎么还是跑来了！"程秀璐走上前，面露焦急之色，像是担心余老夫人才赶着追过来的。说完，她又扭头看向余越寒，"是小婶婶不好，今天陪你奶奶聊天的时候，不小心说漏了嘴，让她知道小六六出了车祸，才惹得她担心，非要过来看看。"

闻言，余越寒深邃的眼睛立时变得阴冷，如同一道冰凌朝程秀璐射过去！

余家的孩子不多，到了他爷爷这一辈，余家只有他爸爸一个儿子。只可惜，他爸爸英年早逝。余越寒从小跟着爷爷奶奶长大，后来接手集团。偏偏，在他爷爷病重那年，突然多出了一个私生子，也就是他的小叔。

余老爷子当时已经是弥留之际，他经历过丧子之痛，唯一的心愿就是让自己流落在外的小儿子认祖归宗。为了避免余家继承权有变，老爷子在接回小儿子余晖维的同时也立了遗嘱，余家的一切由余越寒继承。留给余晖维的就是住在余家别墅里的资格，还有集团的一些分红。只要他安安分分，就能一辈子不愁吃喝。

可惜余老爷子一世英明，临死前却看错了人。余晖维的野心，可不是当一个富贵闲人。他刚回余家，就妄想插手集团的事务，被余越寒严令禁止他碰触任何跟集团有关的业务之后，又将主意打到余家别墅里，比如这次小六六的车祸，嫌疑最大的人就是他！

"越寒，小婶婶也知道这次是我不对，你奶奶身体不好，我不该惊动她，可我也是担心小六六。"程秀璐见他脸色不豫，连忙假惺惺地解释道。如今的余家，完全掌握在余越寒手里。他是高高在上的少爷，余氏集团的掌权人，他们就是有再大的胆子，也不敢在明面上得罪他。

"是吗？我还以为小婶婶急着当余家的当家主母，故意刺激她老人家呢。"余越寒挑眉，冷冷地说道。

余老夫人已经快七十高龄，因为余老爷子临死前突然多出一个私生子的事深受打击，身体一下子差了很多。医生交代过老太太需要静养，平时最忌讳受刺激。这也是小六六出了车祸，余越寒却将消息压下来的原因。可他没想到，消息还是传到了她老人家的耳朵里！

"我冤枉呀，妈，你快帮我跟越寒解释解释，我真的是无心的！"程秀璐妆容艳丽的脸一转，扭头向余老夫人求救。她一开口，眼泪就跟着下来了。

“好了，都少说两句，还让不让我的小心肝好好吃饭了？”余老夫人只看了她一眼，就皱起眉。她挥手让管家添副碗筷，示意程秀璐坐下。

程秀璐被训了，心有不甘地握着拳，可一想到余越寒在场，愣是不敢发作。她老实地坐下来，在餐桌上扫视了一圈，目光落到了坐在小六六身边的年小慕身上。

“这位是？”程秀璐状似无意地开口询问。她见余越寒和老夫人都没有要回答的意思，又兀自说道，“我听说小六六多了一个特别能干的护工，小六六喜欢得不得了，成天‘漂亮姐姐’‘漂亮姐姐’地喊，该不会就是这位吧？”

管家闻言，恭敬地回话：“就是她，她叫年小慕。”

“年小慕。”程秀璐轻蔑地叫了一声，旋即将筷子重重地放到桌子上，扭头呵斥，“管家，你是老糊涂了吗？余家祖宗定下来的规矩，你居然都敢擅自更改！”

“夫人，我没有。”管家一脸茫然，瞪大了眼睛解释。

“还说没有？那她是什么？余家什么时候连一个护工都能上桌了？”程秀璐指着年小慕，像是拿到尚方宝剑的小人，趾高气扬地训斥管家。

没等管家回话，程秀璐的目光就转向年小慕：“还有你，别以为仗着小六六喜欢你，就可以在余家放肆，就算老夫人老了，余家还有我，轮不到你们不守规矩！”

年小慕真是体验了一把什么叫“人在家里坐，锅从天上来”。这个女人有病吧？她明明什么都没有做，怎么到了程秀璐的嘴里，自己就成了祸国殃民的妖孽？

就连小六六也被程秀璐这突如其来的一顿吼给吼蒙了。她眨巴着一双大眼睛，含在嘴里的饭都忘了要咽下去。

“说够了没有？”余越寒不耐烦地问道。

“越寒，我知道我说的话你不爱听，可是余家的规矩，是你爷爷在世的时候就立下的，可由不得他们胡来。这个年小慕，说什么都不能留在饭桌上！”程秀璐盯着年小慕，一副她不起来绝不罢休的架势。

余越寒脸色一沉，他刚要说什么，坐在他面前的人突然站了起来。

年小慕早就坐不住了。从余越寒给她夹菜，到他奶奶突然拉着她谈婚事，余家的人一个接一个地出现，跟做梦一样。直到程秀璐指着她的鼻子，质疑她没有资格出现在这里，她才找回一点儿真实感。她再傻也知道，这是神仙在打架。她这种凡人，当然是跑得越快越安全！她正纠结着找什么理由溜掉，这会儿听见程秀璐的话，简直跟听见了特赦令一样。她二话不说，噌一下站了起来。

“老夫人，寒少，我已经吃饱了。”年小慕说完，转身就走。

程秀璐却快一步拦住了她的去路：“小六六还没有吃完，你一个照顾她的护工，准备去哪里？”

年小慕一怔，旋即她反应过来，站到小六六身后，照顾小六六吃饭。这下程秀璐总算满意了，慢悠悠地走回自己的座位，拉开椅子坐下来：“对了，我听说照顾小六六的护工有两个，怎么就只看见了一个人？”

程秀璐说完，在餐厅四处打量起来。她看着富丽堂皇的主别墅，心里别提有多忌妒了。同样是余家的人，他们只能住在小院，这么大的主别墅楼全给了余越寒一个人。现在就连一个护工的地位都比她高，让她怎么甘心？！

“还有一个叫方真依，不过现在不是她当值的时间，所以不在。”管家在一旁恭敬地回话。

余老夫人年事已高，余越寒又没有妻子，这余家当家主母的位置，或许有一天要落到程秀璐的手里，所以管家不敢怠慢她。

“给我盛碗饭。”程秀璐慢悠悠地开口。

管家闻言，刚要转身，就见她手一抬，指向一旁的年小慕：“我说的是你。年小慕，你既然是余家聘请来的，自然就是余家的用人，帮我盛碗饭，应该不会太为难你吧？”程秀璐说着，脸色冷了下来。她对付不了老太婆，惹不起余越寒，难不成还收拾不了一个小护工？

年小慕没想到，她都低调成这样了，居然还有人惦记着她。不过是盛碗饭，瞧这个女人一副高高在上的样子，比起端庄优雅的余老夫人、一身贵气的余越寒，这个女人究竟哪点儿像余家人？简直就像一个暴发户。

她眼珠一转，没有太多犹豫，上前给程秀璐盛了一碗饭。她刚放下碗，准备离开，又听见程秀璐傲慢的声音响起：“再给我盛碗汤。”

她这是没完没了了？年小慕忍着将米饭扣在她头上的冲动，皮笑肉不笑地开口：“夫人稍等。”

余越寒从她走过来的那一刻，就一直盯着她，自然也没有放过她咬牙切齿的小动作。脑海里闪过他当初要开除她，她冲着他喊的样子。他倒是有点儿好奇，她今天能忍到什么时候？

“夫人，你的汤。”年小慕将汤放到餐桌上，正要往后退，就瞥见程秀璐伸手端起了汤碗，下一秒，程秀璐尖叫了一声：“好烫！”一碗汤突然泼向了年小慕！

一切来得太突然，根本没有人会想到。就连年小慕也愣在了原地。等她意识到自己该躲的时候，已经来不及了，只能眼睁睁地看着那碗汤朝自己泼过来。

电光石火之间，一道颀长的身影忽然挡在了她面前。他伸手抓住她的肩膀，将她按进了一堵结实的胸膛！

哗——还冒着热气的汤径直泼到了余越寒的背上。

砰！程秀璐没想到，汤会泼到余越寒身上，吓得手一抖，汤碗掉到了地上，立时摔成了碎片。她的脸色也瞬间变得苍白，她看着余越寒湿透的衣服，哆嗦着唇瓣：“我、我不是故意的……”

余越寒松开手，缓缓转过身，阴沉的眼里闪烁着嗜血的光，看得程秀璐浑身发抖，不自觉地往后退。她的身体刚抵到餐桌的边缘，余越寒森冷的目光已经扫向她，他咬牙切齿地道：“我不打女人，可如果你再不懂收敛，我不介意为你破例一次！”

一句话就把程秀璐吓得腿脚发软，她跌坐在地，一不留神坐到了地上的碎瓷片上，大哭道：“哎哟，我的屁股！”却没人理会她的鬼哭狼嚎。

余老夫人忙拄着拐棍儿上前：“越寒，你的衣服都湿了，有没有烫到？管家，快喊医生！”

年小慕错愕地看着站在她面前的男人，她一直以为他很讨厌她，不分青红皂白地想要赶她走。可是刚刚……年小慕的心脏，像是被什么撞了一下，心悸得说不出话。

“我没事，上楼换件衣服就行。”余越寒安抚完惊慌的余老夫人，便上了楼。年小慕鬼使神差地跟了上去……

二楼主卧室。

年小慕拎着药箱，踌躇了好一会儿才上前，刚抬手准备敲门，就发现房门只是虚掩着。

“余越寒，我进来了。”她伸手推开房门，下一秒就瞥见他光着上身，正在换衣服。她忙低下头，红着一张脸，“你是为了救我才会被汤泼到，我可以帮你处理伤口。”

那碗汤是她盛的，汤的温度她很清楚，虽然没有程秀璐演的那么夸张，可确实有点儿烫，泼到身上不可能没事。他刚才是为了安抚老夫人才故意装作没事的吧？

“你？”余越寒挑起眉，斜睨了她一眼，似乎是在怀疑她的能力。

“你不要狗眼看人低，就算我的证书是速成的，也不代表我的专业操作不行！”年小慕脱口而出。说完，她才发现自己居然骂他狗眼……一抬头，她就发现余越寒的一双眼睛正冷冷地盯着她！

“我的意思是，我的技术还可以……”年小慕弱弱地道。她终于理解刚才为什么他小婶婶被他瞪了一眼，就吓得腿软了。她的双腿现在好像也有点儿不听使唤。

年小慕努力站直身体，不让自己脸上露出害怕的神色，直勾勾地盯着他。下一秒，她瞥见他健硕的胸膛，又红着脸扭过头，看也不是，不看也不是！她索性一咬牙，朝着他走过去：“转过身，让我看看你烫伤的地方。”

她的话音落下，房间里一瞬间安静得只剩下两个人的呼吸声。

他就站在她面前，强大的气场让人喘不过气。

年小慕很快回过神，朝着他的后背看过去。跟她猜的几乎一样，他背上被汤泼到的地方已经红成一片。虽然没有起水疱，可是红成这样，泼到的时候肯定很疼。他居然能一声不吭，还若无其事地安慰余老夫人。

“谢谢。”年小慕下意识地说出这两个字。

余越寒意外地挑眉，不置可否。

年小慕连忙转身去拿医药箱：“烫得不轻，虽然不用去医院，但还是要处理一下，涂点儿药膏。”她从药箱里翻出了治烫伤的药，正担心余越寒会不信她，就见他已经趴到沙发上等着上药。

这个男人……真的是喜怒无常！

年小慕甩了甩脑袋，不让自己胡思乱想，走上前替他处理伤口。她的手指碰到他的背时，指尖还微微地颤抖了一下。她咬着牙，不让自己去注意他的身材，用最短的时间上完药，起身的时候，忍不住将藏在心里的问题问了出来：“你刚刚为什么要救我？”

那碗汤朝着她泼过来的时候，就连她自己都没有反应过来，他却能那么快地挡在她面前。年小慕实在想不通，他那么讨厌她，想尽办法要赶她走，怎么会好心救她？甚至用自己的身体替她挡下了那碗汤。

闻言，余越寒的眼底闪过一抹复杂的光芒。被他刻意忽略的问题，此刻被她问出来，竟让他有种哑口无言的感觉。

“你是小六六的护工，她针对你，不过是打狗给主人看，我不是帮你。”余越寒收回目光，从沙发上坐起来。他没等年小慕开口，就淡淡地吩咐，“替我拿一件衬衫。”

年小慕被他使唤得莫名其妙，可一想到他刚救了自己，还是帮他从衣柜里拿了一件干净的衬衫，看着他穿好，才拎着药箱下楼照顾小六六。

余越寒没有下楼，而是等她的身影消失后，走进了书房。

他坐在书桌前，摆在他面前的是一台笔记本电脑。屏幕上，连接的是在客厅的监控，此刻，里面显示的是正在客厅陪小六六捏橡皮泥的年小慕。她认真照顾小六六的样子真的很专业。如果不是背景成谜，恐怕他根本不会怀疑她的身份和她进余家的目的。

听见门外有脚步声，余越寒手一动，将面前的笔记本电脑合上。他一抬头，就看见正拄着拐棍儿从门外走进来的余老夫人。

“奶奶。”余越寒眼眸微动，从书桌前站起来。

“别扶我，我老太婆还能自己走。”余老夫人越过他，径直走到他的书桌前坐下，用眼神示意他也坐下，感慨万千地道，“奶奶快七十了，老了。”

余越寒道：“奶奶会长命百岁。”

“你别哄我，让我说完。”余老夫人瞪了他一眼，继续道，“我这一辈子，什么风浪没见过，唯一放心不下的只有你和我的小心肝。你就老实告诉我，你找了这么久，小心肝的妈妈到底有没有消息？”

余越寒脸色微沉，良久，他才启唇：“没有。”

这也是他接手余家以来唯一的耻辱！他莫名其妙地多了个女儿，却连孩子的妈都找不到。

“怎么可能没有消息？你自己做过的好事，心里都没点儿数吗？”余老夫人拍着椅子扶手，直白地问道，“你跟奶奶说，你是不是欺负了哪个女孩子，没对人家负责，人家一气之下把小六六给你送回来了？！”

“奶奶！”余越寒的脸色顿时就黑了，他咬牙切齿地道，“我没碰过任何女人！”

一开始，他怀疑过小六六不是他的亲生女儿。后来，他也怀疑过，对方将孩子送到他身边是不是有什么目的。只要他耐心等，她迟早会露出马脚。可是整整两年，那个女人一直没有出现过，就像是将小六六送到他身边，只是为了让小六六认祖归宗！

“没碰过、没碰过，你们男人嘴上说得信誓旦旦，结果孩子不都生出来了？”余老夫人脸一扭，像个赌气的孩子。

闻言，余越寒意识到他的话让她想起了过世的爷爷，还有他那个突然多出来的“小叔”。他眼底的戾气缓缓褪去，走上前，握住余老夫人的手：“奶奶，这件事我还在调查，一定会查个水落石出。”

“那万一一直找不到小六六的妈妈呢？你打算让我的小心肝一直孤零零的？还有，你的终身大事……”余老夫人话锋一转，说到了正题上，“我看那个年小慕就不错，人长得漂亮，气质也不差，便宜你了！关键小六六也喜欢她，你是没看见，刚才我上楼的时候，她正在楼下陪小六六捏橡皮泥，我都多久没看见我的小心肝笑得那么甜了！”

余越寒眸色变深，没有告诉余老夫人，她说的，他也看见了。要是不知道的人看见那一幕，只怕都会把年小慕当成小六六的妈妈。

“奶奶老了，也不知道还能替你占着余家当家主母的位置多少年，你要是不找个妻子，难不成真的要等我死了，让你小婶婶打理这偌大的余家别墅？”余老夫人说完，就从椅子上站了起来。

“我回去了，你别送我，你要真有良心，就赶紧给我找个孙媳妇！”余老夫人说完，朝着守在门外的管家喊了一声，让管家扶着她离开。

书房一下子就只剩下余越寒留在书桌前了，他似乎想起了什么，伸手打开笔记本电脑。监控视频的同步画面里，立时出现了年小慕娇俏的脸庞。她正抱着小六六坐在沙发上给小丫头剥橘子。两人你一口我一口，很温馨、和谐的画面。可这画面持续了不到三秒，就被打破了……

客厅里。

程秀璐一手捂着自己刚包扎过的屁股，一瘸一拐地走上前：“年小慕，你给我起来！”

年小慕一愣。

“我都伤成这样了，你还有脸吃橘子？还不快扶我回小院！”年小慕被吼得莫名其妙，朝着程秀璐看过去，瞥见了程秀璐身后的方真依。

方真依消失了大半天，一出现正好遇上程秀璐被碎碗的瓷片刺伤屁股，替她做了包扎处理。按理说，程秀璐就是想要回小院，也该让方真依扶着才对，特意过来是想把伤了屁股的账算到她头上吗？

年小慕眼珠转了一圈，将小六六放到沙发上，站了起来：“夫人，寒少吩咐了，要我寸步不离地守着小小姐，我恐怕送不了你。”

“别以为用小六六当借口，我就拿你没办法！”程秀璐走上前，指着茶几上的橘子，“这些水果都是给小六六准备的吧？你一个护工居然敢偷吃小六六的东西，要是我追究起来，你连留在余家的资格都没有！”

年小慕眉心一皱。这些水果确实是给小六六准备的，可是小六六非要喂她吃。年小慕拗不过，便陪着小六六吃了一点儿，这也能被程秀璐挑出错来？多一事不如少一事，她就假装配合程秀璐好了，让这个女人出了这口气，免得这个女人以后天天盯着自己。

年小慕嘴角一扬，扭头叮嘱了小六六几句，然后扶着程秀璐离开了。

余家别墅很大，除了主别墅区，还有两个小院，就在左右两边。余老夫人喜欢清净，余老爷子过世之后，她自己搬去了右边的小院住。左边的小院，自然就留给了突然被接回余家的余晖维夫妇。虽然叫小院，可那华丽、舒适的程度，比外面普通的别墅好了不止百倍。

“夫人，如果没有别的事，我就先走了。”年小慕刚把程秀璐送到小院门口就准备离开。

“等等！你这是什么态度？我让你扶我回房间，你居然把我放到门口就想走，余家请你来，就是让你做事虎头蛇尾的吗？”程秀璐一把抓住年小慕，沉声呵斥。

年小慕眉心微微一蹙，这个女人动不动就训话的本事，真是让人大开眼界。

“轻一点儿！你是不是故意的……哎哟！”程秀璐挪着脚步，好不容易才回了自己的房间，刚坐到床上，就痛得又站了起来。程秀璐看向年小慕的眼神，恨不得吃了她！

“夫人身上有伤，还是少动肝火为好，免得引发炎症。”年小慕不痛不痒地笑着叮嘱。她把人送到，转身就想走。

“我渴了，你给我倒杯水。”程秀璐使唤她使唤上瘾了，见她站着不动，又冷下脸，“看我干什么？你既然喊我‘夫人’，那给我倒杯水，也不算委屈你吧？”

程秀璐趴在床上，微微撑起身体。她现在这样，躺着不行，坐着也不行，真是越想越憋屈。到了她的地盘，看她不好好修理修理这个年小慕！

“好。”年小慕听见她的话，看出她打的主意，反倒笑了，转身出了房间。

“夫人，你的水。”年小慕手一抬，将一杯沸水放到了她的床头。

程秀璐趴着，没看就伸手去拿，手一碰到杯子，她立马尖叫出声：“哎哟！”她噌一下缩回手，烫得从床上蹦了起来，结果一不小心扯到了屁股上的伤，又疼得摔回床上。程秀璐气愤地想将水泼到年小慕身上，却发现她已经站到了门外，正双手抱胸地看着自己。这个距离，程秀璐根本泼不到她！

“夫人怎么这么不小心？你看看我，刚被夫人的汤泼过一次，就记得给夫人递东西时要躲远一点儿。”年小慕对上她恨不得吃人的目光，嘴角勾着戏谑的笑，慢悠悠地开口。

闻言，程秀璐顿时气得咬牙切齿，想要再使唤年小慕，又怕她出幺蛾子。可是就这么放过年小慕，程秀璐又不甘心！

“夫人，你之前订的发卡送来了。”小院的用人拿着一个盒子，进了房间。

年小慕见有人来，刚准备找借口走，就听见程秀璐指着她：“年小慕，你给我拿过来。”

年小慕脚步一顿，脸色沉了下来，她的耐心已经快耗光了。要是程秀璐不懂得适可而止，就别怪她不客气了！

年小慕伸手接过盒子，走到床边，递给她：“夫人，你的发卡。”

“你瞎吗？没看见我受了伤，行动不便？替我打开，让我看看。轻点儿，这可是钻石发卡，要是弄坏了，十个你，都赔不起！”程秀璐焦急地说道，看起来，倒像是很在意这枚发卡的样子。

年小慕了然，原来是好东西，难怪她这么紧张。年小慕伸手打开盒子，递到程秀璐面前。

一枚造型精致、奢华无比的发卡静静地躺在盒子里，光影折射散发着璀璨的光芒。

“你拿出来，给我戴上。”程秀璐只看了一眼，就着急地想要起身，哪知又扯到了伤口，随即躺了下去。

年小慕看着程秀璐，没有动，她还得回去给小六六换药，没时间一直在这里耗着。

“替我戴好发卡，你就可以走了。”程秀璐看懂了她的表情，咬牙喊道。

闻言，年小慕脸上闪过一抹笑意，将发卡从盒子里拿出来，随意地往她头上一戴。

“我不打扰夫人休息了。”她后退一步，没给程秀璐反悔的机会，离开了房间。

程秀璐看着她的背影，眼神变得阴狠。她从旁边拿过一张纸，包住发卡，从头上取了下来。程秀璐看着璀璨的钻石发卡，嘴角勾起得意的笑：“年小慕，看我怎么收拾你！”

年小慕刚回到别墅客厅，就发现小六六不见了。她正要问管家，却见管家朝着楼上指了指：“小小姐被寒少带上楼了，寒少让你回来后马上上去。”

年小慕见管家的脸色不对劲，便没有多问，径直上了楼。她走到主卧室的门口，正犹豫着要不要敲门，就听见里面传出一道有磁性的声音：“进来。”

他有透视眼？居然知道她上来了？年小慕心里咯噔一下，伸手推开门。

主卧室很宽敞，地中海的装修风格，简洁大气，跟他的书房一样，给人一种雍容华贵的感觉。

年小慕也不知道是不是因为余越寒替她挡了那碗汤，心怀感激，反正她现在在他面前，总觉得矮了一截，怎么都抬不起头。

余越寒站在卧室的沙发前，手里拿着一个洋娃娃在陪小六六玩。粉嫩的娃娃在他手里透着违和感，他的脸上却没有一丝不耐烦的神色。只是，朝她看过来的目光冷得瘆人：“你还记得你是来照顾小六六的？”

年小慕不知道该说什么好。

“我记得我跟你说过，让你寸步不离地守着小六六，刚刚你人呢？”余越寒将手里的洋娃娃放下，踱步走到她面前，眼睛幽深，如同一汪深潭。

“是夫人说她行动不便，让我扶她回小院，我已经用最快的速度赶回来了。”年小慕认真解释。

“只是这样？”余越寒没有错过她脸上的任何一丝神情，眯了眯眼睛。

“嗯。”年小慕想也不想地点头。

余越寒还想说什么，一只小手已经扯住了他的裤腿，他一低头就瞥见刚才还坐在沙发上的小糯米团子正鼓着腮帮子，一脸不高兴地看着他：“爸爸，你不可以欺负漂亮姐姐！小六六最喜欢漂亮姐姐了！”

小六六以前最喜欢的人不是爸爸吗？这才认识年小慕多久，胳膊肘就往外拐了？这样想着，余越寒沉下了脸，却见跟前的小糯米团子已经朝着年小慕跑过去，然后抱住她的小腿，一脸求抱抱的表情。

“寒少，我可以给小小姐换药了吗？”年小慕弯腰将小六六抱了起来，恭敬地问道。

年小慕突然这么守规矩，余越寒反而变得不习惯了，他深深地看了她一眼，看她心情不错，不像被程秀璐欺负了的样子，又松了一口气，语气却不怎么好：“在这里给小六六换药。”他冷漠地丢下一句话，就坐到沙发上去了，颀长的身躯斜靠着沙发。

看这架势，他是要监督她换药了？年小慕怔了怔，很快就回过神来，去拿医药箱。小六六很听话，就算是正在玩玩具被打断也不会发脾气，窝在年小慕怀里，乖乖伸出受伤的胳膊让她换药。

“伤口恢复得很好，已经开始结痂，这几天可能会有点儿痒，小六六不能用手抓，知道吗？”年小慕捏了捏小六六粉雕玉琢的小脸蛋，叮嘱道。

小丫头听见她的话，在她怀里翻了一下身子，突然奶声奶气地问：“漂亮姐姐，你觉得我爸爸好看吗？太奶奶说，有好多好多人喜欢我爸爸，你喜不喜欢我爸爸？”

喜不喜欢他？年小慕被这个突如其来的问题问得一愣，抬头朝着余越寒看过去，对上他深邃的眼睛时，她突然觉得口干舌燥。当着本人的面，这问题也太尴尬了。万一她说不喜欢，他会不会觉得自己的魅力受到质疑，直接上来掐死她？可要说喜欢，保不齐余越寒会将她当作那些别有用心的女人。小六六真是给她出了一个难题，因为怎么回答都是死路一条！

余越寒看着眼前的人一脸纠结的模样，瞳孔一紧。乍一听见小六六的问题，他并没有放在心上。可不知道为什么，如今看见她的表情，他的心里反倒生出一丝异样来，就连他都不知道自己希望听见什么样的答案。

房间里的空气像是凝固了一样。

“寒少，小院的夫人又来了，说是有急事要见你！”管家的声音蓦地在门外响起。

年小慕如释重负，抱着小六六站起来：“我先带小六六回房间。”

她刚打开门要回房间，管家就拦住了她的去路：“年护工，夫人说要见的人里，还有你。”

第三章

只要你在我身边，我就会护着你

客厅里。

刚刚离开的程秀璐，此刻正端坐在奢华的真皮沙发上，看见从楼上下来的余越寒，她立刻站了起来，挤出几滴眼泪，急着上前：“越寒，你奶奶年纪大了，我不好惊动她老人家，可这件事，你一定要给我一个交代！”程秀璐说完，没等余越寒开口，手就指向了他身后的年小慕，“年小慕，你好大的胆子，竟敢在余家行窃！”

年小慕不明所以地皱起眉：行窃？她偷什么了？

“别以为你不承认就没事，我的钻石发卡送过来之后，只有你进过我的房间，现在发卡丢了，不是你，还会有谁？”程秀璐走上前，一伸手就扣住了她的手腕。

“我没有！”年小慕甩开了程秀璐的手，刚要说什么，程秀璐就已经抢在年小慕前面开口了：“既然你说你没有偷我的钻石发卡，那你敢让人搜身吗？”

年小慕没想到程秀璐为了报复她，居然诬蔑她。程秀璐明知道钻石发卡不在她身上，还要搜身。年小慕没有说什么，径直走上前，让一旁的女佣帮忙搜身。

“回寒少，夫人，年小慕身上并没有钻石发卡，连发卡都没有。”女佣搜完，如实说道。

“现在可以证明我的清白了吗？”年小慕转过身，冷冷地看向程秀璐。

“谁说偷了东西就一定会藏在身上，没准儿你藏在其他地方了！”程秀璐的话音刚落下，就见一个用人从年小慕的房间跑了出来，“夫人，钻石发卡找到了，就在年小慕房间的外套口袋里！”

程秀璐脸上顿时露出得意的笑。她一步上前，说道：“这次人赃俱获，看你还有什么话好说！”她扭过头，望向余越寒，“越寒，这样手脚不干净的人，绝对不能留在余家别墅！”

余越寒从下楼开始，脸色就有些冷。他还在想着，年小慕会怎么回答小六六的问题，结果他没等到答案，就被来势汹汹的程秀璐打断了。此刻，他缓缓地走近年小慕。原本以为，他会看见她惊慌失措的模样，可他看见的只是一双倔强的星眸。

“就算发卡在我的房间，也不能证明就是我偷的。我记得我从小院回来之后，管家就直接让我上楼了，我一直留在寒少的房间没有出来，管家和寒少都是我的人证。”年小慕抬头挺胸，理直气壮地道。

“你还敢狡辩！”程秀璐没想到会这么巧，这件事还把余越寒牵扯进来了，她一时有些慌。可她毕竟是有备而来，很快就冷静下来了，“呵，说得好听，什么一回来管家就让你上楼，谁知道管家看见你的时候，你是第几次回来？没准儿你是先把东西藏好了，才假装刚从外面回来。”

程秀璐转过身，气势逼人地道：“管家，你自己说，你能保证你看见她之前，她没有偷偷进房间藏东西吗？”

“这……”管家一愣，欲言又止。管家扭头看向余越寒，却没从他的脸上看出什么指示，只能照实说，“别墅入口有监控，只要查一查，就知道年小慕有没有偷偷回过房间。”

“那别墅的监控能告诉你，她就算没有偷偷回过房间，也能从房间外面的窗户将藏了发卡的外套丢进去吗？”程秀璐的手指几乎要戳到管家的额头上了，“是不是年小慕给了你什么好处，才让你这么帮她说话？”

管家大惊：“夫人，绝对没有！”

“谅你也不敢！”程秀璐见管家没再说话，这才满意地看向年小慕，“年小慕，现在你还有什么话好说？”

“夫人的意思是，发卡在我的房间找到，就一定是我偷的？”年小慕双手揣在外套口袋里。

“不是你，还能是谁！”程秀璐眼神变得阴狠，年小慕不是她的人，留在余越寒身边只会坏她的事。

年小慕听见她的话，蓦地抬头：“按照夫人这个理论，我也可以说，是夫人你让人搜房间的时候，故意把发卡放到我的外套里陷害我的，毕竟没有监控拍到，说什么都可以。”

“你……”程秀璐扭头看向余越寒，见他不说话，可是他的脸上已经露出不耐烦的神色。这件事必须速战速决，她又道，“你要证据是吧？好，我给你证据，只要将发卡拿去检验，看看上面有没有你的指纹就一清二楚了！”

一句话说完，年小慕的脸色微微一变。她脑子里闪过的是她在小院替程秀璐戴发卡的画面。她再抬起头，就见程秀璐已经将发卡交给管家，让他马上拿去检验。

“不用了，我确实碰过那个发卡！”她现在总算明白，当时程秀璐为什么非要她帮忙戴发卡了。原来是一早就准备好了要陷害她，将她赶出余家别墅。

只怕她当时碰过那个发卡之后，程秀璐就没让人再动过，而是神不知鬼不觉地放到她的房间里。这样一来，发卡上只有她的指纹，等检验的结果出来，她说什么都不会有人相信。她的手段好狠毒，好高明！

“你终于肯承认了！”程秀璐得意扬扬地上前，眉眼间透着狠意，“如果不是你偷的，发卡上怎么会有你的指纹？别说是我让你帮忙戴过发卡，谁不知道我屁股上的伤就是你害的，我哪里还敢使唤你？”

虽然这就是事实，可是程秀璐抢在前面说了，要是年小慕再这么说，只怕大家都会当她是在给自己找借口。

“越寒，现在人证、物证俱在，你要是不知道怎么处理，我就只有报警了，就是不知道偷这么贵重的钻石发卡会怎么判？”程秀璐得意得尾巴都要翘起来了，她还不忘说两句，“说起来，你奶奶年纪大了，你又没有娶妻，这余家别墅里缺个能管事的女人，这才让这些人一个个都吃了熊心豹子胆，又是怠工，又是偷东西的。要是让我来管理余家别墅，我一定给他们好好立立规矩，绝对不会再让这样的事儿发生！”

这话的意思是在说余老夫人老糊涂了，不如尽早退位让贤。余越寒的脸上露出愠怒的神色，他刚要开口，年小慕便走上前，淡淡地道：“夫人非说我偷了你的发卡，那我想问一句，余家别墅里有那么多值钱的东西，我为什么不偷别的，偏偏跑去偷一个不值钱的发卡？”

“你在胡说八道什么？这可是钻石发卡，价值连城！”程秀璐气得差点儿晕过去。她特意挑了自己最贵重的东西，就是为了让人相信年小慕是见利心动才会偷窃。

“钻石？我看是块玻璃才对。”年小慕走上前，从管家手里接过那枚发卡，她微微扬起手，让大家看清了发卡。

微光中，发卡上的钻石散发着璀璨的光芒，格外耀目。

程秀璐的底气一下子就足了，她只当年小慕是想要为自己脱罪才故意这么说，顿时冷笑了起来：“我看你是疯了，才敢信口胡诌！”

“夫人看清楚了，真正的钻石，光彩强烈，视之耀眼，可这发卡上的钻石，却生硬呆板，一看就是假的！”年小慕将手上的发卡丢到程秀璐的怀里。没等程秀璐回过神，年小慕又慢悠悠地补充，“如果我没猜错的话，夫人发卡上的这一块，应该是立方氧化锆，也就是人造仿钻石。”

程秀璐彻底蒙了，抱着手里的发卡，怎么看都看不出年小慕说的差距在哪里。下一秒，年小慕走到程秀璐面前，明明是一个护工，却高贵、优雅得像个公主，她一字一顿地道：“几块钱就能买到的东西，只有夫人会当成宝！”

年小慕说完，周围的人一齐倒吸了一口气，看向程秀璐的眼神都变了。

如果她手里的钻石发卡是假的，不只年小慕可以洗脱偷窃的嫌疑，还等于告诉了所有人，堂堂余家的夫人，居然连真假钻石都分辨不出来，抱着个假货嚷嚷价值连城。这简直比当众扇她的耳光还丢人！

“你个贱人，在胡说八道什么？我的钻石发卡怎么可能是假的，分明是你想要给自己脱罪，指鹿为马！”程秀璐对上周围人嘲讽的目光，脸色一阵青一阵白，她愤怒地大吼。她都看不出来发卡上的钻石是假的，年小慕一个小小的护工怎么可能看得出来?

“我是不是胡说八道，只要将夫人手上的钻石发卡送去专业机构鉴定，就能分清楚。”年小慕看着恨不得冲上来撕了她的程秀璐，往后退了一步，将之前程秀璐栽赃自己时说的话都还了回去！

“其实也不用那么麻烦，只要几个简单的小测试就能证明夫人发卡上的钻石是假的。”年小慕缓缓开口，一连说了好几个方法。

从用眼睛看到如何借助小道具检验，年小慕都详细地教了程秀璐一遍。年小慕说得越简单，程秀璐的脸色就越难看。那么容易就能看出来是假钻石，她居然一点儿都没有察觉，还被一个护工在众目睽睽之下指了出来。

余晖维原本就是私生子，被接回余家的时间不长，程秀璐自然也没见过什么大世面。只不过听人家说钻石值钱，名门望族的千金小姐和富太太都喜欢钻石首饰，她就跟着买了。

没想到居然买到了假的，还用一枚假钻石发卡来陷害年小慕，偷鸡不成蚀把米。要是余家夫人连真假钻石都分不清的话，传出去她还怎么在上流社会立足？

程秀璐的脸色一下就白了，她攥紧了手里的钻石发卡。现在已经不是要不要赶年小慕离开余家别墅的事情了，而是怎么挽回她的颜面。

“别以为你说得天花乱坠就一定是对的，你要是真懂那么多，怎么不去当鉴宝师，当什么护工？”程秀璐底气不足地吼了一句，旋即故作宽容大度地抬起头。

“不过余家这么多人，进进出出的，虽然发卡在你房间里找出来，但也不一定是你拿的，我大人有大量，今天就不跟你计较了，下不为例！”程秀璐转身看向余越寒，“越寒呀，你看钻石发卡也找到了，小婶婶也不是咄咄逼人的人……”

“小婶婶刚才既然说了，余家别墅是因为没有人好好立规矩，才会出那么多事情，那么今天这件事，我绝对不能含糊处理！”

余越寒低沉的声音冷漠地响起。他走到沙发前坐下，修长的双腿慵懒地交叠在一起，挑眉看向管家：“还愣着做什么？将夫人的发卡送去做鉴定！”

此刻，程秀璐的脸上已经看不出表情，整个人愣在原地。她眼睁睁地看着管家上前从她手里拿过钻石发卡后，匆匆离开。她怎么也想不明白，原本是想要让年小慕丢脸，将年小慕赶出余家，为什么到最后颜面扫地的人居然是自己？

有余越寒的命令，发卡的鉴定结果很快就出来了。跟年小慕说的一样，程秀璐发卡上的根本不是天然钻石，而是人造仿钻石，就连成分年小慕也说中了，正是如今人造仿钻石中最常见的立方氧化锆！

“寒少，发卡上的钻石是假的，成本价也就几块钱。”管家将送回来的发卡往茶几上一放，恭敬地回话。

这些话，年小慕之前已经说过了。只是当时并没有多少人相信她，众人抱着看好戏的心态等着看结果。如今鉴定报告就在面前，连余越寒也微微挑眉，眼睛里闪过一丝隐晦不明的光。

他伸手将茶几上的发卡拿起来，把玩了几下。钻石光芒璀璨，耀目生辉，加上发卡造型别致，一眼看过去，确实可以以假乱真。就连他，如果不是仔细看，也不敢说能看出来上面的钻石是假的。年小慕是怎么做到的？一个护工又为什么对珠宝鉴定那么了解？

余越寒的眸色变深，视线若有若无地扫过年小慕，想从她的脸上看出什么。

她对上他的目光，没有半点儿心虚，反而走上前："寒少，既然我能看出来这发卡上的钻石是假的，根本不值钱，自然就没有理由冒这么大的风险在余家别墅偷东西，现在可以证明我是清白的了吗？"

余越寒看着她娇俏的脸，一双星眸灵动迷人又透着神秘高贵，让人忍不住想要去探索她身上的秘密。

余越寒斜视着程秀璐，说道："小婶婶拿着一个假货就来诬蔑我的人，是不是需要给我一个解释？"

"我、我……"程秀璐感觉脸上火辣辣地疼，吓得差点儿从沙发上摔下来，她慌乱地解释，"越寒，这件事是小婶婶不对，可我也是被人骗了呀，以为丢了个真的钻石发卡，所以一时着急，才会、才会……"

程秀璐话说到一半，想到了什么，霍地扭头看向年小慕。年小慕既然一眼就能看出钻石是假的，为什么帮她戴发卡的时候没有说？

"小婶婶急着立规矩是好事，不过余家的当家主母，可不能连这么低劣的仿造品都看不出来。"余越寒缓缓地从沙发上站起来，颀长的身影俊逸非凡。他明明是在嘲讽，却让人挑不出一丝毛病。

程秀璐一句话都说不出来，脸色要多难看就有多难看，她没等余越寒开口，就灰溜溜地夹着尾巴逃走了，就连丢在茶几上的发卡都没拿走。

年小慕仰起头，眼底藏着笑意，余光瞥见还在客厅里的余越寒，没敢太放肆："寒少，如果没有什么事，那我就……"

"你跟我到书房。"余越寒冷冷地打断她的话，越过她，踱步上楼。

年小慕还在愣怔，他的身影就已经消失在了楼梯口。

一旁的管家连忙催促："年小慕，寒少喊你，你还不快去！"

年小慕终于回过神，原来不是她的错觉，他真的喊她了。难不成，他还是不相信她没有偷发卡？

年小慕揣着一肚子的疑惑，抿着嘴，慢吞吞地跟着上楼。她走到书房门口，发现门只是虚掩着，并没有关紧。

"寒少，我来了。"她喊了一声，才抬手推门而入，刚走进去，人就微微一怔。

余越寒坐在书桌前，原木的书桌古色古香，柔化了他身上的寒气。微光从他背后的窗户透进来，在他身上晕开了一圈光晕。

他微微侧着脸，细腻的皮肤让女人都自叹不如，光在鼻翼投下的阴影让他的五官看起来越发深邃立体了。

不知道为什么，看着眼前的画面，她的脑海里莫名响起了他刚才对程秀璐说的那句："诬蔑我的人，是不是需要给我一个解释？"

他的人……

年小慕心口一悸：原来这就是有人当靠山的感觉。她看向余越寒的眼神有些复杂。谁说女人长得好看就是祸水？照她说，男人也是，比如她眼前就有这么一个妖孽！

"你看得满意吗？"一道清冷的声音蓦地在耳边响起。

年小慕猛地回过神，这才发现自己居然在对着他的盛世美颜发呆。她忙抬起头，对上他幽深的眼睛，完全猜不出刚才的问题是认真的还是在嘲讽她。

年小慕尴尬地轻咳两声，掩饰自己的心虚："寒少，你找我有什么事吗？"

"我以为你会有什么事想要单独跟我解释。"余越寒手肘放在书桌上，骨节分明的手指交叠在一起，撑着好看的下巴。他明明什么都没有做，浑身上下却透着迫人的压力。

年小慕心想，他果然不相信她，撇撇嘴："我之前说的都是事实，我只是送夫人回小院，她让我帮她戴发卡，我就帮她戴了……"她刚解释了几句，就发现他的眼神不对劲，锐利的目光像是要将她解剖。她身体微微一僵，没等她想明白自己又怎么得罪他了，就听见他冷漠的声音响起："你是什么时候看出那枚发卡上的钻石是假的的？"

年小慕一阵无语，原来他专程把自己叫到书房是因为这个。可她是要说实话，还是说善意的谎言？

年小慕纠结了一下，最后看着男人阴沉的脸色，还是觉得说实话比较保险："她让我帮她戴发卡的时候，发卡拿在手里的感觉很奇怪，似乎比一般的钻石发卡要重，加上光泽不对，所以我当时就多看了一眼。"

如果换作其他人，她或许会善意地提醒一声。可是程秀璐明显在针对她，让她到小院，指不定要出什么幺蛾子。所以她当时就多了一个心眼儿，什么都没有说。也正是因为这样，她今天才没有被当成小偷。

"你对钻石很了解？"余越寒眉心一蹙，心有疑惑：一个普通人，接触贵重首饰的机会不会很多。加上钻石还是镶嵌在发卡上的，她只是靠手感就能察觉不对劲，这只能说，她经常接触奢侈品，对这种东西已经非常熟悉！可这样的人，非富即贵，她怎么可能只是一个小小的护工？

余越寒眼神变得阴鸷，望向她的目光仿佛要将她看穿。

“我学护理之前，当过一段时间的专柜销售，卖的就是钻石饰品，钻石只要在我面前一过，我马上就能看出真假！”年小慕没注意到男人探究的目光，笑眯眯地回答，一双灵动的眼睛里闪烁着自信的光芒。说完，她似乎又想起了什么，开口解释，“你放心，我现在是专业护工，一定会照顾好小六六。”

专柜销售？余越寒一愣，自己居然忘了，还有这样的途径可以经常接触钻石饰品。可为什么他觉得，她说的话并不完全是事实？

“寒少，如果你没有别的吩咐，那我就先下楼了，小六六在等我。”年小慕说着，已经巴巴地看向门口。

她担心小六六是真的，害怕余越寒也是真的。不知道为什么，她总觉得他看她的眼神让她瘆得慌！再待下去，她怕自己扛不住压力会和盘托出自己能看出钻石真假，不是因为她在专柜当过销售。相反，她有机会进入高档首饰专柜是因为她有一双火眼金睛。任何宝石，只要让她看一眼，她就能看出真假，估出价值。虽不说百分之百准确，可是八九不离十。就连她自己也不知道是怎么回事。要是她告诉余越寒，万一他不相信，反而更麻烦。

年小慕见他没说话，就当他默许了，转身飞快地离开书房。她的身影刚消失，助手立时从隔间走了出来：“寒少，如果年小慕说的是真话，那今天的事情，应该都是巧合。”

他们一直担心照顾小六六的人是余晖维安插进来的。可看程秀璐那么针对年小慕，反倒可以洗脱年小慕的嫌疑。

“你觉得是巧合？”余越寒往椅背上一靠，长指有意无意地在书桌上敲着。

助手微微一怔。旋即他像是想到了什么，霍地抬起头：“寒少是担心，今天的事情不过是有人安排的一出戏？”

程秀璐针对年小慕似乎很突兀。一个第一次见面的人，就算有什么过节儿，程秀璐也不至于费这么大的功夫，专门设计陷害。

这一切有点儿说不过去，除非程秀璐针对年小慕有别的理由。要不然，年小慕本来就是程秀璐的人！

程秀璐知道余越寒想赶年小慕走，所以两个人联手故意在他面前演了一出戏，来洗脱年小慕的嫌疑。

这样就能解释为什么年小慕只是一个护工，却对钻石那么了解。如果她早知道程秀璐手里的钻石是假的，再准备那些话，就太容易了。

这么分析下来，助手的脸色变得很难看："寒少，那年小慕到底是不是卧底？"

如果是，不能再让她留在余家别墅了；如果不是，程秀璐却费尽心思地想要赶她走，那必然有不可告人的秘密，他们就不能贸然把人赶走，尤其现在，年小慕背后还有一个连余越寒都束手无策的靠山——小六六！

助手的脸彻底垮了，这局他破不了！

听见助手的话，余越寒的瞳孔微微一缩。她是不是卧底，他也很想知道。第一次，有一个人站在他面前，他居然听不出来她说的是真话还是假话。

她就像是一个谜团，一层层剥开，你以为要看见真相的时候，最后却只看见她的一颗真心。在准备相信她的时候，你又发现她背后还有更多无法解释的事情……

年小慕，你到底是什么人？

小院里。

程秀璐刚进房间，就挥手让伺候她的人先出去，扭头看向已经藏在里面等候多时的人。她一步上前，抡起手臂狠狠地一巴掌扇了下去。

啪——狠戾的耳光直接将方真依扇到墙上，连头都被撞了一下，痛得她惊呼出声！

"没用的东西，你给我出的好主意，说什么一定能赶走挡路的年小慕，结果呢？"程秀璐咬牙切齿地道。

年小慕没有被赶走，反倒让程秀璐成了余家别墅里的笑话。现在还有谁不知道，堂堂余家夫人居然是连真假钻石都分辨不出来，抱着假货喊"价值连城"的土包子？！一想到这里，程秀璐就恨不得撕了年小慕，连给她出主意的方真依也成了迁怒的对象！

"夫人，这次的失误只是个意外，毕竟谁也没有想到，钻石发卡居然是假的。"方真依好不容易才回过神，捂着脸，含着眼泪开口。

说到底，她的办法根本没有问题，是程秀璐自己连真假钻石都分不清，才让计划落空，现在却迁怒到她身上。方真依眸色变暗，紧咬着牙。

“意外？是谁告诉我，年小慕不过是个连护理课程都没有念完的半吊子，很容易收拾？”程秀璐走上前，在沙发上坐了下来。不料她压到了屁股上的伤口，又倒吸了一口气，脸上的表情更加扭曲了。

“一个护工，连宝石鉴定都懂，你居然不知道？你是怎么给我打探消息的！”程秀璐狠狠地瞪了方真依一眼。

只要一想到她亲自出马，居然折在一个小护工的手里，她这口气就怎么也咽不下去了！别的不说，单她分不清真假宝石这一点就让人抓住了把柄。下一次她再提管理余家别墅，肯定会有人翻出这笔账。她今天这么辛苦，结果是搬起石头砸自己的脚！

“夫人，我是真的不知道，年小慕在学校的时候，经常不来学校，神神秘秘的，也不知道在做什么见不得人的勾当。我根本没想到，这次会让她瞎猫碰见死耗子，侥幸替自己开脱了。”方真依着急解释，一开口，就扯到了嘴角的伤，疼得她倒吸气。程秀璐下手也忒狠了，她的嘴角都流血了。

“不知道，不知道，你除了会说不知道，还会说什么？”程秀璐一巴掌拍在沙发上，脸色铁青，“我花了那么多的精力，给了你那么多钱，让你混进余家别墅，不是让你来跟我说不知道的！你现在别说接近余越寒，就连个孩子都搞不定，亏你还有脸说自己是‘第一护工’！”程秀璐越说越气愤。

当初程秀璐就是打听到方真依在这一行的名气，才想到收买她，让她替自己办事的。现在倒好，平白蹦出来个年小慕，就将方真依彻底比下去了。余越寒也就算了，连小六六也完全向着那个女人。这样下去，最后被赶出余家的人一定是方真依！

“夫人，寒少和小小姐都被年小慕骗了，她那张脸，哪个男人能抗拒得了？也不知道她施了什么媚术，不只把寒少哄得团团转，就连小小姐也非她不可，我根本找不到表现的机会。”方真依提起年小慕时，也是恨得咬牙切齿。

在学校里，她就因为年小慕，被夺走了光芒。现在她好不容易进了余家，竟然又是年小慕来挡路！

方真依收回目光，嘴角的笑容变得诡异：“不过夫人放心，寒少已经开始怀疑年小慕，还特意让管家给我安排了新的工作，就是负责监督年小慕，只要让我抓到她的把柄，迟早能将她赶出余家！”

“这次再办不好，有你好看的！”程秀璐沉声警告，见方真依连连保证，才高傲地挥挥手，“去拿点儿冰块敷敷脸，看不出来了再回去，免得让人起疑。”

“是。”方真依恭敬地俯了俯身，转身往外走。她刚走出门口，眼神就变得阴狠。她伸手捂着自己红肿的脸，扭头看向身后的房门差点儿咬碎牙关！

程秀璐不过是仗着自己有几个臭钱，真当自己是余家的主子对自己呼来喝去。要不是看在程秀璐能帮自己留在余家，让自己能天天看见寒少，她才不会伺候这种人。等她赶走了年小慕，让寒少重视自己，今天这一巴掌她迟早会还回去！

方真依眼睛一眯，将自己的心思都藏起来后才离开小院。她刚走到主别墅的门口就撞上了正往外走的余越寒。

余越寒穿着一身黑色手工西装，黑色仿佛是最适合他的颜色，将他衬托得冷酷强势，如同帝王。

方真依痴迷地看着他，直到对上男人冷漠的眼神，她才猛地回过神，走上前。

“寒少。”她故意把手放下来，露出红肿的脸，声音也带着哽咽。

余越寒的目光从她身上掠过，视线落到她的身后。他看出她是从小院的方向过来的，眼神带上了几分冷意。他瞥见她脸上的巴掌印时，眸色变暗了。

“是我不好，明知道年小慕惹夫人心情不好，扶她回去的时候还不够小心，这才惹怒了夫人，让她打了我一巴掌。”方真依瞅准时机，没等余越寒开口询问，自己主动说道。

说完，她还故意将自己肿得老高的脸颊朝他的方向转。她话里话外都想让余越寒以为她是因为年小慕得罪了程秀璐，才害得她被程秀璐迁怒。这样一来，不仅能让余越寒觉得年小慕是害人精，没准儿还能让余越寒对她心疼几分。

方真依认为自己虽然不是倾国倾城的大美女，可也有几分姿色，再加上一副柔弱可怜的模样，但凡男人见了都会忍不住关心几句，尤其像余越寒这样尊贵又强势的男人，怎么可能无动于衷？

她泪眼婆娑地看着他，就等着他开口，可惜她等到的只是他转身上车的冷漠背影，他就连正眼都没给她，更别提什么心疼！

方真依当即愣住了，呆呆地看着奢华的房车从她面前驶离，半晌都回不过神。

“寒少，刚刚收到消息，余晖维又到集团闹了，说你苛待他这个小叔。”助手一边开着车，一边小心翼翼地回话。

余老爷子过世了。余老夫人人到晚年才惊觉丈夫居然背叛过自己，还有一个私生子，本就深受打击，自然对余晖维的事情恨不得当作从来不知道。

有关余晖维的事，只能交给余越寒来处理。可从辈分上讲，余晖维是他的小叔。余越寒打不得骂不得，还得遵照老爷子的遗嘱，好吃好喝地供着这个闲人。余晖维稍不满意，就会找借口闹到余氏集团，说余越寒要对他赶尽杀绝。那荒谬的言论，连助手听了都恨不得上去抽他两个耳光！

“这次又是因为什么？”余越寒手一动，飞快地在文件上签了名，合上文件夹。那淡漠的神情仿佛任何事情都无法影响他半分。

“余晖维说，他回到余家已经有一段日子了，可余家连一个像样的欢迎酒会都没有，正好老夫人的七十大寿就要到了，他提议大办，正好可以在酒会上让大家知道他也是余家的子孙。”助手冷汗涔涔地回道，一个私生子，却要求在老夫人的七十大寿上隆重介绍，这不等于打老夫人的脸吗？

余越寒安静地坐在那里，脸色黑沉得吓人。

车子里，气压瞬间变得低沉，隐隐透着骇人的气息。

余越寒缓缓启唇：“他做梦！”

“可是寒少，老夫人已经答应了。”助手伸手擦了擦额际的冷汗，硬着头皮接话。

“你说什么？”余越寒眯了眯眼。

爷爷跟奶奶鹣鲽情深，在H市是出了名的模范夫妻。余晖维的出现撕破了恩爱的表象，爷爷过世了，奶奶却要留下来面对自己千疮百孔的爱情。还有一个私生子，时时刻刻提醒着她丈夫的背叛……

现在，还要在她的大寿上正式介绍余晖维，她怎么会答应？

“我不同意。”余越寒刚启唇，手机就响了。

他扫了一眼来电显示，拧着眉，接起电话：“奶奶。”

“哎哟，听我宝贝孙子这语气，是有人把余晖维的事儿告诉你了吧？”余老夫人笑吟吟地问道。

余老夫人这打趣的语气，让车子里的气氛变得缓和。

“这件事我会处理，奶奶不需要为了我而向任何人妥协。”余越寒平静的面容晕开一层冷意。

“臭小子，别往自己脸上贴金，我可不是为了你，寿宴的事，我心里有数，我老太婆还没死呢，绝不会让人欺负到头上来。”余老夫人顿了顿，继续道，“想想我都快七十了，我倒也没有什么想要的，就是缺个孙媳妇，不如今年大寿，你就给我找个孙媳妇吧。”

余越寒眉心微蹙，又来了，这哪里是七十大寿想要的礼物，这分明是从他成年开始，余老夫人每年都挂在嘴边的话题。

“奶奶，公司到了。”

“臭小子，你先别挂，我看你身边那个年小慕就挺不错……”余老夫人的话还没有说完，余越寒就已经将手机递给助手，率先下了车。

余家别墅。

少了程秀璐没事找事，年小慕总算过了大半天的自在日子。年小慕将小六六哄睡，替她盖好被子之后，才回自己的房间。

夜色正浓，窗外黑漆漆一片，没有半点儿月光。

她刚往床上一躺，肚子就咕咕地叫了两声，这才想起来，晚饭的时候她光顾着照顾小六六了，自己倒是没吃几口。这会儿她还没睡呢，就已经饿了。

她勉强躺了一会儿，还是饿得睡不着，窸窸窣窣地爬起来，摸黑往客厅走。现在已经很晚了，别墅里的人这个时候都已经休息了。她轻车熟路地穿过客厅，进了厨房。

余越寒因为欧洲分部临时的视频汇报，刚刚从集团回到别墅。下车之后，他疲惫地揉了揉眉心，挥手示意助手不用跟着自己。

他没有惊动任何人，独自进了别墅。他刚走到客厅，就发现厨房亮着灯，似乎还有人在唱歌？

他皱了皱眉，不自觉地朝着厨房走过去。他刚往前走了几步，就看见年小慕哼着歌，穿着睡衣从厨房里大摇大摆地走了出来。

她还端着一个碗，餐厅的灯都没开，她一屁股坐到餐桌边。光线有些暗，他站在餐厅门口，看不清她面前的碗里装着什么，只能闻到淡淡的面香味。没等他猜到是什么，就听见了某人吃面的声音。

热腾腾的面条，吃起来的时候，声音格外诱人。她像是饿坏了，也没等面凉，随意地吹了吹，就大口地往嘴里送。她吃了一口面，热气在她脸上晕开，下一秒，她吐了吐被烫到的小舌头。那率真的模样，让她原本就美艳的脸庞越发动人了。

光影有些暗，可此时此刻，余越寒竟然能看见她脸上的每个表情，尤其一双俏皮的眼睛里流露出来的满足，让人不自觉地好奇，她面前的那碗面到底有多好吃？

余越寒几乎是下意识地朝她走过去。他走近了才发现，她的面前不只放着一碗面，还有一杯酸奶。他有些好奇，这是什么搭配？

“怎么忽然有点儿冷？”年小慕将挂在嘴边的面条吸进嘴里，抱着面碗，就朝阴森森的背后望去。她瞥见站在身后的人影，噌一下从椅子上蹦了起来，“鬼呀！”

年小慕抱着面碗，不要命地往桌子上爬，下一秒，餐厅的灯就亮了。通明的灯火照亮了餐厅的每个角落，也包括她看见的“鬼”。

“寒少，怎么会是你……”年小慕惊魂未定地抱着自己的面碗，呆呆地坐在餐桌边，一脸错愕地看着眼前脸色阴郁到极点的男人。

余越寒没有回答，而是低头朝自己的身上看了一眼。

年小慕这才发现，她不知道什么时候将酸奶踹到了地上溅了他一身。他身上黑色的西装沾到了白色的酸奶，黑白相间，使他看起来活像一头奶牛……

这个念头刚刚产生，年小慕顿时就察觉一道嗜血的目光正冷冷地盯着她。她浑身一激灵，连忙从桌子上爬下来，抽了张纸巾冲到他面前。

“我马上给你擦干净！”她纤细的胳膊像是上了马达，自上而下飞快地收拾着残局。下一秒，她突然停了下来。她看着他西装裤某处沾上的一大片酸奶，手就停在距离他不到一厘米的地方，像是触电一样，急忙缩了回来。

她的小脸腾一下变得红扑扑的，她将纸巾塞到他的手里：“那里、那里要你自己擦。”怎么那么巧，刚好弄到那个位置，也太尴尬了。

余越寒低头，看着手里突然多出来的纸巾，再挑眉看了一眼在他面前羞羞答答的女人，莫名地身体一紧。在她察觉异常之前，他冷酷地转身离开。他刚走到门口，脑海里忽然闪过她抱着面碗吃得一脸满足的模样，脚步一顿，扭头看向身后呆滞的人，薄唇微启：“现在做一碗面，送到我房间。”他说完，颀长的身影迅速在门口消失。

年小慕半晌都回不过神，她是护工，不是厨师，也不是保姆，为什么要给他做面？而且半夜三更的，她下班了！

年小慕愤愤不平地腹诽，可一想到自己泼了他一身酸奶，又认命地耷拉着脑袋进厨房煮面去了。

她端着面上楼的时候，房门没有关。她刚要走进去，正好遇上了洗完澡从浴室出来的余越寒。他身上的西装已经脱了，只披了一件深灰色的浴袍，腰带随意地系着，露出精壮的胸膛。打湿的短发，发尾还滴着水，棱角分明的脸庞，俊美中又透出丝丝邪魅。

年小慕看见眼前这一幕，人微微呆住。她端着面，就这么看着，忘了自己该有什么动作。直到余越寒的目光朝她看过来，她才猛地回过神，走上前。

“寒少，你的面。”她将面碗放到沙发前的桌子上，等着余越寒开口让她走。可是她等了一会儿，只看见他丢下擦头发的毛巾，然后自己坐到沙发里，用骨节分明的手拿起筷子开始吃面。

咕噜——余越寒刚夹起一筷子面条，还没来得及送进嘴里，就听见了一道不和谐的声音，侧目朝旁边看过去。

只见年小慕笔直地站着，抬头挺胸，假装刚才那声肚子叫跟自己没有任何关系。

余越寒嘴角一勾，将面送进了嘴里。香软又带着一点儿筋道的面条，口感很不错。他刚夹起第二口，咕噜——这次的声音更大了。

年小慕抱着肚子，默默地在心里扎小人。

她好饿，她的面才吃了两口。原本还想着，给他送上来交差，她就可以下去继续吃。可冰疙瘩竟然从头到尾都没开口让她走。等他吃完，她的面只怕已经坨了！

“寒少，如果没有别的吩咐……”

“我吃东西的时候，需要安静。”余越寒淡漠地打断了她的话，低头继续吃面。

年小慕无语至极，她走后他想多安静都不会有人管他！可这里是余家，他的地盘。他没开口，她便不能走。

年小慕饿着肚子，可怜巴巴地看着他一口一口、优雅从容地吃完了一碗面。她的肚子别说叫了，交响乐都不知道演奏了多少遍。

她恨不得在他身上捅出几个血窟窿……

余越寒将汤都喝光了，才慢悠悠地放下筷子，拿起纸巾擦嘴。余光瞥见她气到绯红的小脸、紧抿着的唇，她明明气呼呼的却很可爱……他胸口那股刚用冷水澡压下去的火仿佛又烧了起来，他刚要开口让她离开，忽然听见门外传来了脚步声，还有小孩子的哭声。

余越寒微微一怔，刚意识到什么，就见一抹软糯糯的身影从门外跑了进来。

“爸爸！”小六六一看见余越寒，就哭着扑进了他的怀里，小脑袋蹭着他的胸口。

“怎么了？”余越寒心口一紧，想也不想就抱住她，瞥见她粉雕玉琢的小脸挂满了眼泪，心脏就像被人掐住了一样。

“我的漂亮姐姐不见了……”小六六委屈地撇嘴，大眼睛一眨巴，豆大的眼泪噼里啪啦地往下砸。

“你说的是她？”余越寒抱着小六六，微微一转身，指向站在沙发旁的年小慕。

年小慕：“……”

这就有点儿尴尬了，她就是半夜肚子饿，起来煮碗面，怎么感觉像是做贼，还接二连三地被逮着。

“漂亮姐姐，你为什么会在我爸爸的房间？”小六六找到人，开心地抬起小胳膊，把眼泪擦掉。下一秒，她像是又发现了什么了不起的事情。

没等年小慕解释，小六六就笑眯眯地在余越寒的怀里打了个滚：“漂亮姐姐跟小六六一样，喜欢跟爸爸睡觉，对不对？”

喜欢跟爸爸睡觉？这都什么跟什么啊！年小慕看着眼前单纯的小六六，又看了一眼抱着小六六的余越寒，脑子里浮现的是某人刚才让她饿着肚子，看他吃了一整碗面的悲愤！

“小六六，我对你爸爸……”

“爸爸，漂亮姐姐脸红了，是害羞吗？”

年小慕：“……”

她那是被误解的气愤，气红的！

年小慕的耐心都要被消磨殆尽了。她趁着自己还没情绪失控上去弄死他之前，朝小六六伸手：“时间不早了，姐姐抱你回房间睡觉。”

她的话音刚落下，小六六就从余越寒的怀里爬了下来。不过，小六六不是跑到年小慕身边，而是径直跑向房间里的大床，脱掉小鞋子，蹬着小短腿爬了上去。

小身子躺到中间，然后朝年小慕招手：“漂亮姐姐，你快来，我们可以一起陪爸爸睡觉！”

“……”

年小慕看着卖力招呼她的小六六，呆滞着一张脸，完全不知道自己该是什么反应，她现在双眼一闭直接装死行不行？

咕噜——肚子不合时宜地叫了一声，年小慕眼睛一亮：“我的面还在楼下，你们先睡，我得下去把面吃了。”

她刚要走，小六六忽然握拳揉起眼睛。小嘴一撇，没有哭，可是眼睛里蓄满了眼泪："我想跟漂亮姐姐睡觉。"

"……"

"爸爸可以分你一半。"

"……"还可以一人一半？

年小慕伸手捂住脸，已经无法直视余越寒。

她刚想说什么，余越寒已经从沙发上站起来，幽幽地启唇："把面端上来吃。"

"小六六跟爸爸也可以陪漂亮姐姐下去吃！"床上的小糯米团子补充道。

父女俩一人一句，像是商量好了的。

年小慕躺在床上，怎么都想不明白，她为什么会从吃一碗面变成跟余越寒一起睡觉，可看着小六六可爱的小脸，就连她都不忍心拒绝，更不用说一直宠着小六六的余越寒了。

对了，听管家说他很不喜欢别人进他的房间，会破例答应她留下来，都是为了小六六吧？年小慕悄悄地扭过头，朝床的那边看过去，只见他躺在距离她最远的位置，头枕着一只手，双眸紧闭，呼吸均匀，像是已经睡着了。

只是，他那英俊的脸庞，在昏暗的光线里依旧迷人。

床很大，就是三个人睡，也可以谁都碰不到谁。年小慕的防备渐渐放松下来。她刚吃饱，本就容易犯困，更何况现在已经是深夜。她打了个哈欠，伸手抱住蹭到她怀里的小六六，很快就入睡了。

余越寒二十几年的记忆里，从来没有跟陌生女人睡在一起。他察觉身边的人都睡着了，缓缓地睁开眼睛，侧目朝年小慕看过去。眼前这个睡相乖巧的她，跟他在餐厅看见的那个举止随性的年小慕不一样。

她吃面的时候，眼睛里有光，明明不是那么优雅的举动，她做出来却让人觉得很舒服。或许是气恼自己的情绪被她影响，他明知道她饿着肚子，却故意让她看着自己吃了一碗面，看见她恨得牙痒痒，却忍着小爪子，努力在他面前装顺从的模样，莫名地取悦了他。以至于小六六童言无忌的要求，他居然也答应了……

咚！一道诡异的声音打断了余越寒的思绪，原来是刚才还蹭在她怀里的小六六，不知道什么时候滚上了枕头，小身子横着，贴到了床头上。小嘴吧唧着，双手抱着枕头，一脸满足。谜一样的睡姿，让人哭笑不得。

没等他伸手将小丫头抱回来，睡在边缘的年小慕像是感应到了什么，朝中间的位置摸了摸。下一秒，她的手摸到了他准备去抱小六六的手臂。她抓着他的胳膊，就往自己怀里扯，用力地抱着，嘴里却嘟哝着："小六六，不要乱动，会摔……"

余越寒一愣，手臂碰触到的柔软触感让他的身体蓦地一僵，直勾勾地朝身边的人看过去。

年小慕还在睡，完全不知道自己干了什么好事，只当自己抱住了睡觉喜欢乱滚的小六六。

余越寒刚想抽回自己的手臂，她反而抱得更紧了，就连身体也跟着往他的身边挪，挨着他的肩膀，死死地抱着他的胳膊，像一只大闸蟹，将他夹得动弹不得。她这是……趁机占他的便宜?

"小六六，你胖了。"年小慕呓语了一声，就抱着他睡了过去。

被年小慕当成小六六的余越寒，英俊的脸上神色复杂。她几乎是贴在他身上，他只要闭上眼睛，就觉得呼吸不畅。他想要推开她，手抬起的那一刻，却看见她恬静的睡颜，又鬼使神差地放下了……

年小慕是被吵醒的，懒洋洋地揉了揉眼睛，刚准备伸个懒腰，忽然想起什么，身体一僵，小心翼翼地朝旁边看过去，发现自己居然横着睡了一晚上，吓得立马坐起身，不知道眼睛该往哪里放。

很快，她就发现余越寒似乎并不在房间里，床上只剩下还趴在枕头上抱着枕头睡懒觉的小六六。小六六撅着小屁股，趴着睡的模样像只可爱的土拨鼠。

"对对，东西就放在那边，大家动作都麻利一点儿……"管家的声音从楼下传来。

年小慕回过神，掀开被子下床，走到窗边，朝楼下看，就见院子里停放着一整排货车，工人正忙上忙下地搬东西。主卧室的窗户没关，院子里的声音断断续续地传了上来……

年小慕索性拉开窗帘，走到床边，将小六六抱起来一起下楼。她原本还担心，会在楼下看见余越寒。问了管家，她才知道他一早就去了公司。

"漂亮姐姐是跟小六六一样，看不见爸爸就想爸爸了吗？"小六六窝在她的怀里，笑得像只小狐狸。

没等年小慕开口，小丫头就已经从她身上滑下来，拔腿朝着管家跑过去："管家爷爷，我可不可以给爸爸打电话?"

管家一愣，就听小六六又道："我要告诉爸爸，我跟漂亮姐姐都想他了！”

年小慕：“……”

她看见管家震惊得张大了嘴的样子，只觉得这下漂白剂也无法将她洗干净了！

“管家，小小姐还小，童言无忌……你千万别当真！”年小慕终于找回神志，努力转移话题，“外面怎么这么热闹，是发生什么大事了吗？”

“这算什么热闹，等明天老夫人七十大寿的时候，余家别墅才算真正的热闹。”管家说完，没等她问清楚，就出去忙活了。

第二天。

偌大的余家别墅，富丽堂皇，从大门口铺开的红地毯，直达宴会厅前。沿途布置的鲜花，全是今早空运抵达，朵朵怒放，一路飘香。

余家是H市的第一家族，受邀出席宴会的人都是各界名流。宴会还没有开始，别墅外就停满了豪车，场面热闹非凡！

“年小慕，你还愣着做什么？宴会快开始了，还不赶紧替小小姐换衣服！”管家匆匆走进客厅，看见年小慕还抱着小六六坐在沙发上，立时黑了脸。

“我不是提前跟你说了吗，小小姐的伤还没有好，你一会儿也得出席宴会，跟着照顾她，你这身衣服……你是存心要气死我？”

年小慕低头看了一眼自己身上的T恤和牛仔裤，没觉得哪里不对。

她要照顾孩子，自然是穿得越方便越好，真要穿了礼服，还怎么照顾小六六？

年小慕问：“管家，我只有T恤和牛仔裤，要不，我穿面试那天穿的职业装？”

“你……”管家被气得话都说不出来了，正要说什么，就见门外有人拿着一个礼盒走了进来。

“这是？”管家看着来人，认出是余老夫人身边的人，连忙上前问道。

“这是老夫人让我送过来的，年小慕呢，她在吗？”那人问道。

“我就是。”年小慕听见自己的名字，弱弱地举了举手，她有些困惑，余老夫人让人送了什么过来。就连她怀里的小六六，也好奇地跑上前盯着眼前的礼盒。

那人道：“这是老夫人为小小姐定制的礼服，老夫人还说了，年小姐要照顾小小姐，可能没有时间置备礼服，所以也顺便为你准备了，让我给你们送过来，礼服的设计师也带来了，如果尺寸不合适，可以现场修改。”

年小慕：“……”

她还没来得及发表意见，就连同小六六一起，被那人拉进了更衣室。她换了衣服，还来不及看一眼，就被那人按到了梳妆台前。

“发型也要整理一下，年小姐是喜欢端庄一点儿的，还是俏皮一点儿的？”造型师抓着她的头发，认真地问道。

没等她开口，造型师就已经动手了，这是……根本没打算听她的意见吧？半个小时后，年小慕才被放出更衣室，她别扭地扯着身上的裙子，一脸纠结地看向余老夫人派来的人：“我只是个护工，一定要穿成这样吗？”

那人道：“当然！出席老夫人寿宴的，都是有头有脸的人，你陪在小小姐身边，自然不能丢她的脸。”

“管家……”年小慕求救地看向管家。

管家直接无视她，握住了造型师的手：“感谢感谢，你可真是替我解决了大麻烦！”

年小慕：“……”

没等年小慕纠结完自己身上的礼服，就见小六六提着自己的小裙子，从更衣室里跑了出来。粉色系的公主裙，将她白皙的小脸蛋衬得格外粉嫩。原本就漂亮的五官，将细软的长发扎成丸子头之后，显得她的脸更小了。一双黑葡萄般的大眼睛眨巴眨巴，比洋娃娃还要精致、可爱！

余老夫人的随侍只看了一眼，就满意地开口：“既然衣服都换好了，就请年小姐带着小小姐，随我前往宴会厅吧。”

宴会厅外。

“陈总，好久不见，你有时间来，真是太好了……”

“王总，你还记得我吗？我们见过一次，我是余家的二夫人……”

程秀璐一早就盛装出席，站在宴会厅的入口，拼命地跟出席宴会的人介绍自己，生怕没人知道她尊贵的身份，她扭头看见正牵着小六六往这边走的年小慕，眼神变得锐利！

“年小慕，你是不是走错路了？这里可不是你一个护工能来的地方。”程秀璐走上前呵斥道。

没等年小慕开口，余老夫人的随侍已经上前：“夫人，小小姐需要人照顾，年护工出席寿宴是老夫人的意思。”

“少拿老夫人来压我，今天的宴会，可不只是寿宴这么简单，还关系着我们小院，要是出了什么问题，你一个下人能负责吗？”程秀璐双手抱胸，趾高气扬地说道，“一个身份低微的护工，我说她没有资格出席宴会，她就没有……”

她的话还没有说完，入口处忽然传来一阵喧闹：“寒少回来了——”

在众人的注目中，一辆奢华的房车从别墅大门缓缓驶入。刚才还在撒泼的程秀璐，不自觉地站好。车子很快在红毯前停下来，车门打开，余越寒穿着一身黑色西装，出现在众人面前，他举手投足间尊贵的气势无人可比。

“寒少——”恭敬的问候声不约而同地响起。

他眼睛扫过前方，像巡视疆土的帝王，视线落到站在最边上的年小慕身上时，眼睛微微一眯，像是怀疑自己看错了，又看了一眼。

在场者的注意力都在余越寒身上，见他盯着一个方向超过三秒，立时齐刷刷地朝着那个方向看过去。于是年小慕面前的人，一个个让开，最后到她的时候，她也下意识地往旁边移了移，却发现自己身后已经没人了……她猛地一愣！

她的脑子里还是最后一次看见余越寒，他穿着睡衣的样子，昨天她睡醒的时候，他已经离开别墅了，一直没有回来。现在突然见到他，她都忘了自己该尴尬还是该紧张，就这么呆呆地看着他。

“寒少，那是年小慕？”助手跟在余越寒身边，顺着他的目光看过去，眼睛顿时瞪成了铜铃。

只见身穿粉色礼服的年小慕，美艳中透着俏皮。裙子的肩领做了特别的设计，百褶加蝴蝶结让她看起来清纯脱俗。束腰的裙身，更是将她盈盈一握的腰肢勾勒无遗，不施粉黛，已经艳压一众千金小姐。

她只是站在那里，就像是一个出身高贵的名媛。余越寒的眼底浮起一抹惊艳，一闪而过。

“越寒，你回来得正好，我正准备带小六六去见你呢，你看……”程秀璐瞅准机会，立刻牵过小六六，开口道。

现场的宾客都是有头有脸的人物，可面对余越寒几乎都得喊一声“寒少”，她却可以喊余越寒的名字。光是这一点，就足够证明她的身份很尊贵。等余越寒在宴会上当众宣布她的丈夫是余家子孙、她是余家的二夫人后，上流社会的人谁还敢给她脸色看？

“爸爸！”小六六挣脱程秀璐，跑到余越寒的面前，仰着小脸，一脸求抱抱的表情。

余越寒冷峻的面容立时变得柔和了几分，他伸手将她抱了起来。冷厉的目光警告地扫了程秀璐一眼，他才往宴会厅里走。

他刚走到门口，就听见身后传来一道讥讽声：“年小慕，我早就说了，这种场合不是你一个护工有资格来的……”

他脚步一顿，扭头看向身后，才发现年小慕还站在原地。程秀璐正站在她面前，一脸傲慢地训话。年小慕眉心皱了皱，像是想要说什么，看见周围的宾客，又忍住了。

程秀璐向来不是见好就收的人，她见年小慕不敢吭声，越发不可一世了，正打算利用这次机会立立威风，就听见一道低沉的声音响起：“还不进来？”

“小婶婶教训个不懂事的下人，马上就来！”程秀璐听见他的声音，正高兴余越寒居然当着这么多人的面招呼自己，顿时觉得脸上有光！

她哪里还顾得上年小慕这个小小的护工？她笑吟吟地转身，准备上前。她刚往前走了两步，就发现余越寒不是在看她，而是她身后的……年小慕。没等她怀疑自己是不是看错了，就听见余越寒的声音再次传来：“年小慕，还愣着做什么？”

年小慕完全没有想到，余越寒这么惜字如金的人会在这么多人面前突然喊她，她呆滞了好几秒，翕动了一下嘴唇，想说什么，又发现自己不知道该说什么。

她低着头走到了他面前。

“越寒，她根本没有资格……”程秀璐刚要开口，余越寒森冷的目光朝她扫了一眼，眼底的警告意味十足。程秀璐只能看着余越寒将怀里的小六六递给年小慕。

她这才发现，小六六身上的裙子跟年小慕的是同一色系，一眼看过去，就像是母女装！不少人也发现了这一点，看向年小慕的眼神，纷纷从惊艳变成了探究……

只见小六六伸出小胳膊，搂住年小慕的脖子，亲昵地靠到年小慕的怀里，周围的人瞬间倒抽一口气，看向年小慕的目光变得炙热：谁不知道，余越寒这个凭空多出来的女儿就是他的心头肉？这两年，但凡父女俩同时出现的场合，孩子就一定是余越寒亲自抱着。可如今，居然有个女人能从他手里将孩子抱走……

“跟着我。”余越寒低头看了她一眼，单手揣进裤袋，踱步往宴会厅里走。

年小慕被这么多人盯着，早就想走了，听见他的话，二话不说就抱着小六六跟了进去。

奢华的宴会厅，从门口的香槟塔到宴会厅中央的水晶吊灯，人影所到之处，光影璀璨。无数侍应生穿梭在人群中，为宾客提供最周到的服务。

余越寒一出现，就是众人的焦点。余氏集团的董事、合作商，还有跟余家有交情的世家……一看见他，都端着酒杯上前与他叙话。

年小慕连忙抱着小六六往旁边退，人一多小六六也开始兴奋。

年小慕将小六六放下来，让她可以到处看看，自己则跟着小六六。

“小六六，跑慢点儿，小心别摔了……”

年小慕的话音刚落下，小六六就一个趔趄，一头撞到了前面的人。

“哪里来的野孩子，一点儿规矩都没有！”被撞到的年轻女子一把推开小六六，嫌弃地看了一眼被蹭到的裙子。

“小六六，你没事吧？”年小慕忙上前，将被吼蒙的小六六抱到怀里，检查她受伤的手臂，确定她没事，才轻吐了一口气，“这位小姐，很抱歉……”

“这孩子是你的？你是怎么看孩子的？”年轻女子打断了年小慕的道歉，“小六六？光听这名字就够俗气的，也不知道我是不是倒了八辈子的霉才会被撞上！”那盛气凌人的架势，别说孩子，就是大人都会被吓一跳。

小六六眨巴着一双水汪汪的大眼睛，害怕地往年小慕怀里钻。

“哭什么哭，哭有用的话，这余家就是你的了！”

哇——小六六被吓得哭出了声。

年小慕紧紧地抱着她，脸色沉了下来：“小姐，小六六撞到你是她不对，我已经替她向你道歉了，你至于这么凶一个孩子吗？”

“道歉有什么用，知不知道我的裙子有多贵，要是弄脏了，你赔得起吗？”年轻女子还想说什么，突然顿住了。

年小慕顺着她的目光看过去，发现余越寒不知道什么时候注意到了这边的动静，他正端着红酒杯朝她们走过来。

“好帅……”年轻女子一看见余越寒，就跟丢了魂一样呆呆地看着他。

“怎么回事？”余越寒踱步上前，用深邃的眼睛扫过眼前的人，沉声问道。

没等年小慕开口，程秀璐就从人群里挤了出来，一把拉过刚才还盛气凌人的年轻女子："越寒，我正要给你介绍，没想到你跟美美这么有缘分！"程秀璐笑得一脸谄媚，"这是我亲侄女，程莱美，刚从国外念书回来，才貌双全，还特别喜欢小孩子。"

程莱美一见余越寒朝她看过来，立时害羞得红了脸，双手扯着裙摆，欲迎还羞。

她刚大学毕业，从国外回来。原本听说姑姑要给自己介绍的对象已经有孩子了，她还有些不高兴。要不是因为余家有钱有势，当了余家的少奶奶，就会拥有一辈子都享用不完的荣华富贵，她怎么可能愿意给人当后妈？可她没想到，余越寒会这么帅，举手投足间，高贵得宛如神祇。这样的男人，别说有钱有势，就是一无所有，都不知道有多少人抢着要！她现在只觉得自己捡到宝了，着急地整理了一下仪容，想要在余越寒面前表现出自己最好的一面。

"小六六哭，是因为你？"余越寒挑眉，平静的语气让人听不出喜怒。

"小六六……"程莱美被问得一愣，随即不悦地道，"寒少也知道这个孩子？她刚才撞了我，差点儿弄脏了我的裙子，我还没怎么她，她自己就先哭了，真是没教养！"

程秀璐听见她的话，这时才注意到一旁抱着小六六的年小慕。靠在年小慕怀里的小丫头正可怜兮兮地抽噎着。小六六听见余越寒的声音，粉雕玉琢的小脸才从年小慕的怀里抬起来，委屈地喊道："爸爸。"

爸爸？

就两个字，却让程莱美犹如五雷轰顶，浑身僵硬地愣在原地。她错愕地瞪大了眼睛，这才注意到，眼前的小丫头长得很可爱，漂亮的小脸蛋像是照着余越寒的样子刻出来的。就连身上的气质也跟别的孩子不一样。

她怎么会以为，小六六只是个普通的孩子？居然还当着余越寒的面骂他的女儿没有教养，这不等于在骂他吗？

程莱美腿脚一软，差点儿跌倒，求救地看向自己的姑姑。

"越寒，美美刚回国，还不认识小六六，这里面可能有误会，我马上让她给小六六道歉。"程秀璐只看了一眼就猜到发生了什么事，连忙拽了拽程莱美，让她赶紧道歉。

程莱美没想到她刚才骂哭的孩子，居然就是余越寒的女儿，一时也慌了神。她听见姑姑的话，连忙朝小六六看过去，纠结着要不要道歉：万一她开口道歉，让余越寒觉得自己的女儿真的被她欺负了怎么办？更何况，明明是这个小丫头先撞上她的……

程莱美眼睛一眯，嘴角扬起笑意："小六六，你虽然撞到了姐姐，但是姐姐不会跟你计较的，你别怕，姐姐抱抱你。"

"程小姐的裙子这么贵，还是别抱了，免得一会儿被小六六弄脏了，我们赔不起。"年小慕被程莱美虚伪的样子气得不轻，一时没忍住，蓦地出声。

闻言，不明所以的程秀璐还以为年小慕是在夸自己侄女的裙子好看，连忙附和："对了，我怎么把这事给忘了，美美的裙子可是专门定制的，大师的作品，越寒，她是为了来见你，才这么用心的。"

在场的人只有程秀璐还笑得出来。程秀璐见余越寒没说话，还推了程莱美一把，让她上前，给余越寒好好看看。他们程家能不能挤进上流社会，她能不能在余家稳住地位，就看自己的侄女争不争气了！

没等程莱美上前，余越寒已经收回目光，伸手将哭得可怜兮兮的小六六抱了起来："告诉爸爸，发生了什么事？"

"我撞到人了，漂亮姐姐帮小六六说对不起，可是这个姐姐说小六六赔不起她的裙子，只会哭……"小六六抬起胳膊，擦掉眼泪，用纯真的目光看向余越寒，问道，"爸爸，什么是野孩子？"

余越寒的瞳孔蓦地一缩，锐利的目光朝程莱美扫了过去！

程莱美的脸色瞬间变得惨白："寒少，我刚才不知道她是你的女儿，一时气恼才会失言，我发誓我再也不会了。"她浑身抖得跟筛糠一样，伸手抓住程秀璐，像是抓住最后一根救命稻草，"姑姑，你快帮我跟寒少解释，我真的不是故意的！"

她要是早知道那是余家的小小姐，打死她都不会说那些话。一想到她居然蠢得嘲笑余家的小小姐赔不起她的裙子，还骂余家的小小姐是野孩子，程莱美就觉得一阵发寒。她从来没觉得死神离自己那么近！

"越寒，这件事是不是有什么误会？"程秀璐的脸色也跟着变了。

她不能让余越寒将自己的侄女赶走，当着这么多人的面，程莱美要是真的被赶走了，他们程家的脸就真的丢光了！

程秀璐眼神一冷，扭头看向年小慕："是你对不对？一定是我教训你，你不服气，所以就对美美下手，故意造谣陷害美美……"

"够了！"余越寒冷冷地打断了程秀璐的话，微微抬手，有保镖走到他身边，他瞥了程莱美一眼，薄唇微启，"请她出去！"

程莱美双腿一软，吓得直接坐到了地上，在余家的宴会上被赶走，等同于在上流社会被封杀，她的豪门梦要碎了……

程莱美看着朝她走来的保镖，双手紧紧地攥着程秀璐的衣袖：“姑姑，救我，我不要被赶走……”

程秀璐看着楚楚可怜的侄女，急得像热锅上的蚂蚁。可余越寒的命令，在余家谁都无法反驳。她能怎么办?

她本来还指望自己的侄女借着年轻貌美能让余越寒高看一眼，来个亲上加亲。可现在，她只求不被连累。

“寒少，老夫人来了。”助手走到余越寒身边，恭敬地提醒道。

闻言，程秀璐猛地抬起头，像是想到了什么，冲到余越寒面前，说道：“越寒，你现在不能赶美美走，美美来是为你奶奶祝寿的，节目都排好了，是你奶奶亲口答应的，你难道要让她在自己的寿宴上食言吗？”

程莱美一听说自己可以不用走，立时站起身，朝余越寒求情：“寒少，我真的知道错了，我给小小姐道歉，你再给我一次机会。”

两人一唱一和，像是抓住了最后一根救命稻草。

余越寒完美的脸庞上看不出情绪，目光扫过眼前的姑侄二人，他淡漠地启唇：“我就给你表演一个节目的时间。”换言之，节目表演完了，她还是得走。

程莱美想再说什么，保镖已经将她请到休息室，让她等着为老夫人表演节目。

“解释。”余越寒的目光落到一直站在旁边，几乎没说话的年小慕身上。

什么？年小慕突然被提问，有些茫然地看着他。

“我让你跟着我，你乱跑什么？”

“……”

“我让你照顾小六六，你连一个程莱美都收拾不了？”

“……”

“在我开除你之前，给你机会解释。”余越寒撂下最后一句话，眼睛定定地看着她发蒙的小脸。只见她灵动的眼睛睁得大大的，小嘴微张像是要上来咬他，她又强迫自己忍住，只能鼓着腮帮子瞪他。

“你自己不也收拾不了程莱美？还说我，我比你好多了，至少我还知道教小六六做错事要跟别人道歉。”年小慕不服气地嘀咕。

余越寒的眼珠转了转，目光掠过她气呼呼的脸，他幽幽地启唇："所以，你是在跟我讨论怎么教育孩子？"

这话怎么听着怪怪的？年小慕抬起头，可实在看不出来余越寒是不是生气了，她抿着嘴，没接话。

余老夫人来了之后，司仪开始通知大家入席。

助手看着还在争执的两人，硬着头皮上前提醒余越寒："寒少，老夫人在等你，你要是再不过去，她怕是就要找过来了。"

余越寒收回目光，抱着小六六往前走了几步，旋即他又回头看向愣在原地的年小慕。年小慕脊背一凉，连忙跟了上去。

司仪宣布宴会正式开始时，宴会厅的灯光都暗了下来。追光灯打在入口处，旋即，一抹高冷、俊逸的身影出现在灯光下。

余越寒眼睛微抬，一个眼神就足以掌控全局。他的目光缓缓扫过宴会厅里的宾客，然后他才转身，亲自扶着门外的余老夫人一步步沿着红毯走向宴会厅的中心。小六六跟在余老夫人身边，手里还捧着一个寿桃，那可爱的模样惹得余老夫人笑意连连，这一幕很温馨、很让人羡慕。

年小慕站在人群里，看见这一幕，再看向余越寒，她忽然觉得他也不是那么冷酷无情。至少，他很在乎家人。

"听说一会儿有才艺表演，也不知道是哪家的千金有这个荣幸……"

"能在余家的宴会上表演，至少得才貌双全……"

程莱美跟着保镖从休息室里走出来，正郁闷呢，就听见了周围宾客的议论声。于是，她得意地抬头挺胸，心想不管怎么说，她现在还留在余家的宴会上。

听说余越寒父母早亡，是余老夫人亲自抚养他长大的。姑姑当初千方百计给她在寿宴上安排节目，就是希望她能讨余老夫人的欢心。没想到，现在成了她唯一能把握住的机会！

只要她表现出众，一会儿余老夫人就会夸她，到时候，她再趁机提出要求，希望能陪在老人家身边，这样一来，她就可以不被赶出余家别墅了……

程莱美想着，脸上的笑容越发明媚了。她提着裙摆，在众人的注目下，朝着舞台上的钢琴走去。

"妈，美美为了你的寿宴，做了精心的准备，这几天，我天天看她练钢琴练到晚上，说是一定要练到你喜欢为止。"程秀璐看见自己的侄女，连忙在余老夫人耳边说道。她的声音很大，她生怕在座的人不知道能在余家宴会上表演的人是她的亲侄女，又道，“其实美美的钢琴早就是专业级别，是她对自己要求太高，非要精益求精。”

“是吗？那就看看吧。”余老夫人瞥了程秀璐一眼，淡淡地开口，抬手就让余越寒扶她去坐下。刚入座，她就拍了余越寒的肩膀一下，板着脸问道，“臭小子，我给你挑的媳妇呢？你把小慕慕藏哪里了？”

余越寒的眉心拧了拧，他看向助手。

助手心领神会，连忙钻进人群，将年小慕找了出来。

“小慕慕，快到奶奶这儿来，让奶奶好好看看！”余老夫人一看见她，立时开心地朝着她招手。

年小慕见状，乖巧地走上前：“老夫人，祝您福如东海，寿比南山。”

“我的小慕慕就是孝顺、懂事。来，跟我的小心肝一起，坐我边上。”余老夫人说着，便让年小慕坐到主桌。

这话一出口，周围的人脸色都变得诡异了，齐刷刷地看向年小慕，众人猜度着她的身份。

程秀璐原本还指望着自己的侄女在余老夫人这里替自己扳回一局。她听见余老夫人的话，心下大惊：“妈，主桌向来只有余家的嫡系子孙能坐，年小慕只是一个护工，根本没有这个资格！”

这时，一直没有说话、等着余老夫人向大家介绍自己的余晖维也冷下脸来：“一个护工就想坐主桌，没有规矩！”

余晖维人至中年，长得有五分像余老爷子，外表倒也不差，就是一双眼里藏了太多心思，眼神阴鸷。他端坐在椅子上，目中无人的样子仿佛他才是余家的掌权人。

“你们夫妻倒是把余家的规矩背得很熟，”余老夫人慢悠悠地说着，目光扫向坐在主桌上的余晖维夫妇，“真要论规矩，你们两个是不是也得起来？”

余晖维脸色一沉：“妈，你这是什么意思？”

“我儿子死了，我现在只有孙子和曾孙女，这个家里要是有谁让我老太婆不痛快，我就让他一家子都不痛快！”余老夫人打断了他的话，用力地蹾了两下拐棍儿，警告的意味十足。

余家家大业大，容得下一个私生子，但是只要她活着，她就是余家的当家主母。她的话就是规矩！

余晖维没想到，余老夫人已经半条腿踏进棺材了，还有这样的魄力，顿时被噎得一句话都接不上。可周围还有这么多人看着，这老太婆不是存心让他难堪吗？

余晖维还想说什么，一旁的程秀璐连忙按住了他："今天是妈的七十大寿，你跟一个老人家计较什么，只要妈高兴，谁坐主桌不是一样？"

程秀璐说完，又附到余晖维身边，跟他咬耳朵："今天最重要的是让余家承认你的身份，关键时刻可不能沉不住气！"

老夫人顾念跟老爷子的夫妻之情，还会给他们三分面子，余越寒可不会把他们放在眼里！至于那个年小慕，先让她得意一会儿，等美美表演的时候，她就会知道，以她的身份，出现在这么高档次的宴会上就是抬举她了！

"表演快开始了，小慕慕快坐下来，陪奶奶一块儿看。"余老夫人见二人收敛了些，才满意地开口。没等年小慕反应过来，老夫人又将她推到了余越寒身边，"你就坐那儿吧！"

年小慕还在纳闷儿老夫人为什么非要她坐在主桌上，听见老夫人的话，下意识地抬头看向老夫人说的位置。

餐桌上，主位是余老夫人，她的右首是余越寒，左首则是小六六。照理说，年小慕的身份是小六六的护工，就算要坐也只能坐在小六六身边。可老夫人却让她坐到余越寒的身边。

年小慕怔了怔："老夫人，我还是……"

"快入座，好好看表演！"余老夫人端出威严，沉声吩咐。

年小慕一阵无语，余家的人都擅长变脸吗？

她惴惴不安地拉开椅子，坐了下来，扭头朝旁边一看，余越寒立体的五官、俊美的侧脸，立时映入眼帘。她呼吸一窒，刚想喝口水压压惊，手一伸出去，握住杯子，她身边的男人也正好伸手端起了水杯……两个人一致的动作，像是约好了一样。

年小慕手一松，连忙去端杯香槟，咕咚咕咚，一口气将一杯香槟喝完了。

她喝得太急，打了一个酒嗝，她发誓，她真的只是太紧张了，怕丢人。结果她做的全是丢人的事儿……

年小慕看着余越寒扭头看过来的"关切"目光，恨不得将脑袋塞到酒杯里！

舞台上，准备就绪的程莱美，一扭头就看见了坐在余越寒身边的年小慕，忌妒得手都攥成了拳头。

程莱美努力保持微笑，款款地走上舞台，坐到了钢琴前。别的事情她不敢说，但是钢琴，她可是拿过国际大奖的，别说是在余家，就是在整个H市，只怕都找不到比她更厉害的人，她一定要让所有人对她刮目相看！

程莱美抬起手，悠扬的钢琴声随着她手指的移动，在宴会厅里飘扬。

她弹的是一首著名的曲子，难度很大，尤其到后半段，快速的节奏，一不小心就会弹错。她为了能艳惊四座，特意练了很久。她一出手，就收获了不少人的认可，众人顿时议论纷纷。

“看不出来，这么年轻的女孩，居然有这样的钢琴造诣。”

“这么高难度的曲子，还能游刃有余，难得。”

“确实呀……”

宴会厅里的议论声，多多少少也传到了程秀璐的耳朵里。顿时，她就跟自己被夸奖了一样，得意地仰起头：“妈，你看美美为了你的寿宴多用心，大家都在夸她呢！”

“确实不错。”余老夫人淡淡地应了一句。

闻言，程秀璐就像是求到了免死金牌，看向余越寒：“越寒，之前的事情，肯定都是误会，你看如今美美也算是功过相抵，撵她出余家的事儿是不是可以……”

“弹首余家护工都能弹的曲子，就想要奖励？”余越寒放下杯子，冷漠地说道。

程秀璐蒙了：“什、什么意思？”

年小慕听见他嘴里的“余家护工”，心里咯噔一下，浮起一股不祥的预感。还没等程秀璐的大脑消化完他的话，余越寒又缓缓启唇：“如果年小慕弹得比她好，你是不是要陪着她一起受罚？”

听见自己的名字从他嘴里说出来，年小慕是真的傻眼了！

寒少，我只是个护工，不要太看得起我，臣妾做不到呀！

“越寒，你是在跟我开玩笑吗？呵，年小慕这样的身份也敢跟美美比，只怕她连钢琴都没有摸过吧？”程秀璐像是听见了天大的笑话，嗤笑出声，那夸张的表情充满了讥讽。

余越寒刚要开口，年小慕连忙掐住了他的手臂，笑得比哭还难看，用只有他们俩才能听见的声音说道：“寒少，不要乱来，会死人的！”

死的不是程秀璐和程莱美，而是她。她丢光他的脸，活活被他掐死！

年小慕一想到这种可能，就打了个寒战，死死地掐着他的胳膊不放。

一张冷峻的脸忽然凑到她的耳边，余越寒幽幽地启唇："不是你说我没用，一个程莱美都收拾不了吗？我现在给你机会，你行你上。"

不只程莱美，只要她能赢，他还顺带送了她一个程秀璐，她不只能替小六六出气，还能替自己出气。

年小慕现在总算明白了，这男人不只高冷，还特别腹黑、记仇！

她不就挤对了他一句吗？他就要送她上断头台！

年小慕瞪直眼睛，根本没机会说话，只见身边的男人挑眉看向程秀璐："这么说，你是答应了？"

程秀璐被问得一怔，脸上闪过一丝纠结的神色，她根本不相信年小慕能弹出什么好曲子，余越寒肯定是虚张声势，方便自己顺理成章地赶走她的美美。可看着他自信满满的样子，程秀璐心里又实在没底，万一……她总不能真的陪着程莱美被赶出余家吧？

"姑姑，我同意比试。"不知何时，程莱美结束了弹奏，正在众人的夸奖下，走到程秀璐的身后。听见他们的对话，程莱美二话不说就替程秀璐应了。

"美美，你……"

"姑姑，你难道忘了，我的钢琴可是拿过国际大奖的，年小慕只是一个护工，她拿什么跟我比？"

"……"

"再说了，她三番五次让姑姑丢脸，姑姑就不想给她点儿颜色瞧瞧吗？"程莱美压低声音对程秀璐说道。

闻言，程秀璐最后一点儿顾虑都打消了，她的侄女表现得那么好，大家有目共睹。她就不信了，一个护工真能比专业钢琴师优秀。等一会儿她们赢了，不只她的美美不会被赶走，还能狠狠地羞辱年小慕一把，让年小慕知道山鸡跟凤凰的区别！

"好，姑姑听你的，我们跟她比！"程秀璐抬起头，看向餐桌上的年小慕，笑得一脸得意，仿佛已经胜券在握。

余越寒端着红酒杯轻轻晃动，暗红色的酒液在灯光下折射出诡谲的光。

他从容地轻啜一口，将目光从程秀璐身上收回来，看向身边浑身僵硬的年小慕："赢了，你的工资翻倍。"

工资翻倍？

年小慕眼睛一亮，立马默算起来，余家的工资已经比市场价高了很多，如果翻倍的话……

她仿佛看见了自己摆脱债务走向光明的人生道路的场景，可下一秒，她又蔫了。

钢琴她是会，可是已经很久没有碰过了。脑子里的曲谱库是空的，别说让她弹得比程莱美好了，就是现在让她完整地弹出一首曲子，她都做不到。

这要怎么赢？年小慕耷拉着小脑袋，想跟余越寒说自己不行，可他压根儿没给她说“不”的机会，就让侍应生带她上台了。

年小慕视死如归地站起来，迈着沉重的步伐，朝着舞台走去。她在钢琴前坐下来，看着自己面前的黑白琴键，手心里全是汗。

“一个护工真能比专业的钢琴师厉害吗？”有人忍不住发问。

“说实话，在座的人估计都会弹钢琴，但是程小姐刚才弹的那首曲子难度之大，我相信大家都清楚，我反正是弹不了。”

“陈总，你这是支持程小姐了？”

“就事论事嘛！”

宴会厅里，传来一阵阵的议论声。

年小慕本来就心虚，这会儿出了一身冷汗，已经快虚脱了，她深吸了一口气，强迫自己集中注意力。下一秒，她看见了程莱美留在钢琴上的乐谱，眼底顿时闪过一抹亮光，有了！

钢琴声响起的时候，在场众人都有一瞬间的愣怔。

“她是疯了吗？居然跟我弹一样的曲子？”程莱美回过神，第一个喊出声，脸上是难以置信的表情。这首曲子难度有多大，她心里再清楚不过。她连续练了将近一个月，才敢在人前亮相。可就算是这样，她刚才还是出了一点儿错，所幸弥补得及时，水平比她低的人很难听出来。年小慕只是一个护工，平时只会上药、换药，怎么可能有时间练钢琴？她没有练过就敢弹，这跟找死有什么区别？

不只程莱美，就连一直不动声色的余越寒，听见她弹的曲子时也不禁挑了挑眉，深邃的眼睛牢牢地盯着舞台上的倩丽身影，眼底掠过一抹复杂的情绪：她到底想做什么？

曲子一响起，众人的目光都集中到了舞台上。坐在钢琴前的年小慕，白皙的手指在琴键上跳跃，像一个精灵在自由地跳舞。灵动的手指、动听的曲子，加上她本就出尘脱俗的美貌……

她坐在那里，就像一幅美不胜收的画。

曲子的难度，全在后面。飞快的节奏，需要弹奏者全神贯注。与程莱美勉强跟上乐谱相比，年小慕弹奏得更加自然、流畅，仿佛在所有人面前拉开了一幅画卷，画卷上，有一个精灵在随着音乐舞动，唯美而动人。

整个宴会厅里静悄悄的，刚才的议论声不知不觉地消失了。大家都屏住呼吸，目不转睛地看着舞台上的年小慕，随着她手起手落，仿佛心脏都被她的弹奏揪住了。

最后一段旋律，跟程莱美弹的曲子又有些不一样。程莱美弹的那首曲子，难度已经很大了，可是年小慕弹奏的这段曲子，节奏竟然更快。葱白的手指在黑白键上舞动，仿佛世界都在她的指尖旋转。

余越寒看着这一幕，眸色变深，端着酒杯的手在慢慢地收紧。

眼前的宴会厅，就像变成了一个大型的演奏厅，而她就是那个万众瞩目的音乐精灵。随着最后一个音符的落下，宴会厅里突然安静了下来，就连空气都仿佛凝固了。

足足三秒后，才传来第一声掌声，随即，是第二声、第三声……雷鸣般的掌声响彻了整个宴会厅。

“不可能的……她不可能做到……”程莱美脸色惨白，她跌坐在椅子上，双眼呆滞地看着舞台中心优雅动人的年小慕。在国外教她钢琴的导师说过，她弹奏的这首曲子，分为上下两部分。上部难度已经很大，下部的节奏和协调性难度更大，所以根本没有多少人能弹奏出来。因此，久而久之，大家都只知道这首曲子的上部，而不知道还有下部。她看过乐谱，虽然弹不出来，但有印象。如果她没有听错，年小慕弹奏的曲子，就是难度超高的下部，一个护工的钢琴造诣居然远超过她……让她怎么能接受？！

宴会厅里的掌声久久不断。

舞台上，年小慕坐在钢琴前，一直没有动。她的双手从琴键上收了回来，眼神却有些发怔，像是灵魂出窍了一样，就连身边的司仪喊她的名字，她都没有反应。

别人只当她是太投入，一时没有回过神。只有她自己知道，她是被自己吓蒙了。那种双手突然跟着旋律失控的感觉，太强烈了。曲子演奏到最后的时候，她几乎看不见乐谱，只是随着本能在弹奏。可是这种本能，就连她自己都无法解释。等她回过神，下意识地抬头朝着余越寒看过去时，只见他目光如炬，眼神里是她看不懂的光，跟周围的人不一样。

年小慕不知道那代表着什么，她只知道，她应该是赢了，躲过了一劫，还给自己和小六六出了口气！最重要的是，她赚了双倍的工资！

年小慕一想到自己的双倍工资，心底最后一点儿疑虑都丢到了脑后。她从钢琴前站起来，朝舞台下的宾客微微颔首致意，旋即她朝余越寒走过去，看向程秀璐二人：“夫人，这局不知道是不是我赢了？”

这样的结局，是程秀璐万万没有想到的。她对自己的侄女有信心，赌程莱美一定不会输。她甚至做了最坏的打算，万一年小慕弹得不错，跟她的美美不相上下，可只要有争议，她就能找到机会让程莱美反败为胜。就算保不住程莱美，至少能让自己不用跟着受罚。可她千算万算，没有算到年小慕竟然赢得这么漂亮！

啪——程秀璐一转身，一巴掌狠狠地甩到了程莱美的脸上，动作快得所有人反应不过来：“亏你爸还花了那么多钱送你到国外念书，没想到你是个不中用的人，竟然连我都被骗了！”

“姑姑……”程莱美捂着脸，错愕地看着程秀璐。

“别喊我‘姑姑’，我没你这样的侄女！”程秀璐一把推开程莱美的手臂，抬头看向余越寒，“越寒，之前是我被蒙蔽了，没想到美美被惯坏了，娇生惯养不学无术，小六六的事我看多半也是她的错，你要怎么罚她，我都不会有意见。”

余越寒嘴角一勾，似笑非笑，这就急着要撇清关系了？她可真是个好姑姑，对自己的亲侄女都能这么快就翻脸不认人。

余越寒没有说话，而是扭头看向哭得梨花带雨的程莱美，那眼神看得年小慕心里直嘀咕：这男人，该不会是看见美女受了委屈，一心疼就打算原谅她了吧？年小慕正犹豫着要不要提醒一句，就见他收回目光，冷冷地启唇：“我记得我们的赌局是你们两个人一起受罚。”

程秀璐脸色一白，心里是一万个后悔，她怎么会被猪油蒙了心，居然会相信程莱美，答应这么荒谬的条件。

她可是余家的二夫人，还等着在今天晚上的宴会上让余老夫人亲口承认她的身份呢，要是现在她跟程莱美一起被赶出余家，不成笑话了吗？可赌局是她亲口答应的，余越寒不可能让她反悔……

程秀璐彻底慌了：“越寒，我刚才也是被美美骗了，你能不能看在……”她想说看在多年的情分上，可一想，他们跟余越寒哪里有什么情分，不只没有情分，他们的存在还像是余老夫人心里的刺，时刻提醒着余老夫人，丈夫的背叛……她一想明白，原本想向余老夫人求救的心思也断了，只能无助地看向丈夫。

“胡闹！”余晖维也没想到会弄成这个样子，脸色难看至极，他呵斥了她一声，看向余越寒，说道，“愿赌服输，确实两个人都要罚，但你小婶婶毕竟是我妻子，赶她出余家是不是太……”余晖维没有说完，但话里透着求饶的意味。

“不如就赶她出宴会，让她回自己的房间，禁足几天，好好反省！”

“晖维……”程秀璐一听见丈夫居然不帮自己说话，还同意赶她出去，脸色煞白。堂堂的余家二夫人，要是被人从余家的宴会上赶出去，她以后还怎么在余家立足？！

“你还敢说话，是不是真被赶出余家才满意？”余晖维狠狠地咬牙，瞪了她一眼。

程秀璐听见被赶出余家，立时吓得话都说不出来了。她眼睁睁地看着保镖上前，将她和程莱美一起“请”了出去。

“有错就罚，有功就赏，确实是余家的规矩。”余老夫人慢悠悠地开口，笑眯眯地看向余越寒，“那你打算怎么奖励我的小慕慕？”

第四章

悄悄对她上了心

没等余越寒开口，余老夫人又补了一句："双倍工资什么的不算，得再奖励点儿别的！"

还有奖励？年小慕心里一喜，脸上的喜悦神情藏都藏不住。

余越寒刚才金口一开，就是双倍工资，余老夫人是他奶奶，出手应该不会太小气，万一给她来个三倍工资……发了发了！她感觉自己即将到达人生巅峰！

"别的奖励？"余越寒挑眉，似乎在思考要奖励什么。

没等他开口，一直乖乖坐在椅子上吃东西的小六六忽然抬起头："我知道！我知道！"小六六软糯糯的小身子从椅子上滑了下来，小短腿噔噔地朝着年小慕跑过去，扑到她怀里，小嘴一噘，在她的脸上亲了一口，笑弯了好看的眉眼，"爸爸说，亲亲是奖励哦！"

年小慕还愣着，小六六的小脑袋就转向了余越寒："爸爸，你不是要奖励漂亮姐姐吗？"

年小慕："……"

惊吓来得就像龙卷风，她一把抱紧小六六，错愕地看向身旁的男人。

余越寒坐在椅子上，微微地靠着椅背，薄薄的唇轻轻一抿，透着性感……不知道是不是被小六六的话影响了，她居然盯着他的唇不自觉地出神。

同样感到意外的人，还有余越寒。意外到，他听见小六六的话，竟然忘了自己该有什么动作，就这么盯着她被小六六亲过的脸颊。她像是在害羞，脸蛋越来越红，都快要滴出血了。

丝丝暧昧无声地在空气中蔓延。一片诡异的气氛中，助手忽然拿着宴会安排表上前："寒少，开场舞的时间到了，按照你的要求，舞伴邀请的是专业的舞者……"

"不用了。"余越寒蓦地启唇，打断了助手的话，脑海里闪过年小慕在舞台上弹钢琴的画面。惊艳已经不足以形容她在他面前的表现。他现在很好奇，她身上到底还有多少秘密。

余越寒整理了一下身上的西装，从容地站起身，朝年小慕伸出手："你陪我跳。"

年小慕看着突然伸到自己面前的手，吓得差点儿将怀里的小六六揉扁！

说好的奖励呢？为什么突然变成了惩罚？不要告诉他，他所谓的奖励就是让她陪他跳舞，那还不如亲她一口……呸呸！怎么被小六六带歪了，还不如什么都没有！

她回过神后，立时挺直腰杆，端出最严肃的态度："寒少，我真的不会跳舞。"

"一支舞，加一个月奖金。"

"……"不能为金钱折腰，虽然她很想折。

"两个月奖金。"余越寒像是看出了她的挣扎，嘴角一扬。

"……"她很缺钱，可是就这么答应了，会不会显得很没节操？

"三个月奖金，如果你不愿意……"

"愿意！我愿意！"年小慕猛地站起来，想也不想地就答应了。

三个月奖金，别说跳舞，让她乱舞都没问题，至于节操，别跟她提那从来没有过的东西。年小慕腹诽完，立马谄媚地看向余越寒："寒少说什么就是什么！"

这可是大金主，拿到奖金之前得好生伺候着。年小慕现在看着他，就像看着一个大金猪，能换钱的那种。

余越寒眯了眯眼睛，瞥了一眼她瞬间变得谄媚的小脸。他见惯了谄媚的人，生平最厌恶的也是那些人。可看见她谄媚的小脸，他竟莫名觉得可爱，像小六六偷吃被抓到，抱着他大腿卖萌的样子……

余越寒收回目光，嘴角勾起一抹弧度："可我记得，某人刚才跟我说，她不会跳舞。”

“是不太会，但我可以学！”年小慕仰起头，笔直地站好，像个听话的学生。

“寒少，这可是宴会的开场舞，临时换人，万一发生什么状况……”助手的话才说到一半，余越寒就扭头朝他瞥了一眼，令他讪讪地打住。

助手虽然没有说完，但年小慕听懂了，抿着小嘴，抠着掌心，弱弱地问：“不可以现学吗？”

到手的奖金就要飞了，心好痛！

“可以。”男人低沉的声音透着性感。说完，没等她反应过来，他就牵住了她的手，带着她走向宴会厅的中心。

她的手很小，手指纤细，柔若无骨。余越寒握紧她手的瞬间，眼神微微一晃。旋即若无其事地牵着她，在众人的注目中走上舞台，他伸手扣住了她那盈盈一握的腰肢，将她往自己怀里一带：“一只手搂住我的腰。”

年小慕还沉浸在他居然会答应教自己跳舞的震惊中，忽然被圈进一个温暖的胸膛，有些愣怔。

男人霸道、强势的气息扑面而来，带着专属于他的尊贵，令人心悸，尤其他的手，还扶着她的腰，掌心下传来的温热，让她的皮肤像是被烧着了一样，她下意识地想要避开。

“嗯？”余越寒将她纤细的身子固定在自己怀里，似是察觉到了她的不对劲，微微挑眉。

“我紧张。”年小慕对上他质疑的眼睛，心虚地嘀咕道。

余越寒目光微闪，他搂着她的手臂一紧：“想想三个月奖金，你就不会紧张了。”

年小慕：“……”

音乐响起的时候，她的身体本能地绷紧。年小慕正担心自己会出糗的时候，一只手臂横过了她的后腰，将她往怀里带，有磁性的嗓音在她的耳边响起：“什么都不用想，跟着我的脚步。”

年小慕闻声抬头，一下就撞进了一双深邃的眼睛。

他的眼睛里像是星辰大海，一望无垠。

他只是淡淡地扫了她一眼，她竟莫名觉得心安，乖巧地点了点头，跟着他的步伐，缓缓移动脚步……

璀璨的水晶吊灯下，翩翩起舞的两人，美得像一幅画，那默契的配合，像是演练过无数次。

年小慕一开始还无比紧张，但她只僵硬了不到三秒钟就进入了状态。她跟着他的步伐，渐渐跟上了节拍。她的一举一动，都透着优雅的美感，惊艳得让人移不开目光。

余越寒搂着她腰肢的手无声地收紧，他垂眸牢牢地盯着她巴掌大的小脸。

她似乎很兴奋，随着音乐的节奏，紧抿的嘴角开始露出单纯的笑容，那笑容有点儿憨，像个孩子。只是她不像第一次跳舞……

可能连她自己都没有意识到，他教她的只是基础的舞步，可她如今跳的却已经超出了他教的内容，尤其刚才的旋转，他甚至还来不及提醒她，她已经出色地完成了。他明明还牵着她的手，却有一种她已经脱离掌控的错觉。

她到底是在故意掩饰什么，还是真的天赋过人？余越寒眼珠一转，将所有的想法抛诸脑后，握紧她的手，专注地与她共舞。

宴会的开场舞，选的是华尔兹。这是一首复合曲，将慢华尔兹跟维也纳华尔兹进行了结合，最初的缓慢过后，开始渐渐加快，对两个人的节奏感和配合度的要求极高。

年小慕从一开始的生涩到最后已经完全蜕变成另外一个样子。在余越寒的带领下，她像一个舞蹈精灵，在舞台上不停地旋转，粉色的裙摆，在半空中飞扬，迷人的舞姿引得场内无数人尖叫鼓掌。

舞罢，宴会厅内的气氛已经被引爆，所有人放下了酒杯，从座位上站起来热情地鼓掌。

“太精彩了！”

“两个人默契得就像是一个人一样，好唯美！”

“我也好想跟寒少跳舞……”

舞台中心，年小慕单薄的身子还靠在他的怀里，额际沁出一层薄汗。他还紧紧地牵着她的手，腰肢上的那只手臂也没有移开。两个人的呼吸都有些快。心脏的跳动，似乎比平时更加强烈。

“寒少，我表现得不错吧？”年小慕听见周围的夸奖，缓过神来，高兴地抬头问道，见他脸色不对，下意识地想往后退，可他搂着她的手却不放，硬是将她固定在自己怀里，垂下眼帘，眼神冷然，一瞬不瞬地盯着她。

那锐利的眼神让她浑身都要起鸡皮疙瘩了，她跳得很差？不对呀，大家明明都在夸他们，不至于很差才对呀。可他怎么一副很不满意的样子，该不会是准备反悔不给她奖金了吧？那她刚才跳得那么卖力，不是亏本了？！

“寒少，虽然……可能……也许……我表现得不是那么好，但是至少我完成任务了，做人是不是要言而有信？”年小慕正绞尽脑汁地想着要怎么委婉地提醒他奖金的事情。

她话还没有说完，他搂着她的手臂蓦地一松，旋即在她来不及反应的时候，他转身走了。她忙道：“寒少……”

把舞伴丢在台上，自己走了，你的绅士风度呢？差评！

年小慕提着裙摆，连忙追了上去。他们刚走回餐桌前，余老夫人就高兴地拉住她的手：“跳得真好，我还是第一次看见有人跳舞能跟越寒配合得这么好，你们真是太有缘分了！”

年小慕被老夫人夸得一愣，扭头看向余越寒。听见余老夫人夸他们，他不仅没有笑，脸色反而更阴沉了，这又是唱的哪出？她是彻底被他弄糊涂了。

“那个，寒少，我的……”年小慕“奖金”两个字还没有说出口，就见他端起面前的红酒杯，一口饮尽，他将杯子重重地放到桌子上，挑眉看向她，复杂的眼神像是要将她解剖。

年小慕被他看得头皮发麻，连想要问什么都忘记了。等她回过神，他的目光已经移开。宴会还在进行，余越寒的脸色却没有缓和过，一直绷着一张脸，像是谁欠了他几千亿没有还……

年小慕好几次想找机会跟他说话，都被他无视了，一直到宴会结束，余越寒都没理她。年小慕只好抱着怀里已经犯困的小六六先回了主别墅，给小丫头洗完澡、换了药，才将她放到公主床上。

“小猪宝宝很乖，一直跟着自己的好朋友，沿着小河边走呀走呀……”年小慕拿着一本故事书坐在床边，念着念着，小六六还没睡着，她自己忍不住打了个哈欠。她在宴会上喝了几杯香槟，又是弹钢琴又是跳舞的，早就累得上眼皮跟下眼皮打架了。她强打起精神，打算将小六六哄睡了，再回自己的房间。

余越寒将余老夫人送回小院之后，回了主别墅。

“寒少。”他刚走进门口，管家立时恭敬地迎上前接过他手上的外套。

余越寒在客厅里扫视了一圈，没看见想见的人，眸色微微变暗：“小六六呢？”

“小小姐困了，年小慕正在房间里哄她睡觉。”管家连忙回答。

听见那个名字，他眉心皱了皱，伸手扯开领带，朝着儿童房走过去，只见房间的门虚掩着，屋里很安静，亮着灯。

他推开门，往里走。房间里小六六软糯糯的小身子，像只小狐狸一样窝在被窝里，她睡得很香。年小慕趴在她的床边，一动不动。

余越寒走上前，发现她的手里还拿着故事书，应该是讲故事讲累了，她才会趴在床边睡着。灯光打在她的脸上，晕开一层绒光。

余越寒盯着她恬静的睡颜，脑海里闪过的是她刚才在宴会上光芒四射的一幕幕。从艳惊四座的钢琴演奏到优美动人的舞姿，她就像是一个宝藏，随时随地都在给人制造惊喜。

“嗯……”礼服是短袖，她似乎有些冷，身体瑟缩了一下。

余越寒眉心紧拧，他想到她对自己的影响，迟疑了一秒，才上前准备将她抱起来。手刚碰上她，她娇小的身子就自动蹭到了他的怀里！

她似乎很喜欢窝在别人的胸口处，尤其睡着的时候。只要一有人靠近她，她就会像个孩子一样缺乏安全感。没等他推开她，她已经在他怀里找到最舒服的姿势，趴在了他的胸前。她熟睡的模样，非常单纯。

余越寒刚伸出去的手在半空中停住了。他盯着她看了很久，最后还是没有推开她，任由她抱着，良久，都保持着同一个姿势。脑海里一遍遍地闪过她进入余家别墅之后的表现。说她没问题？她的背景资料一片空白，就连她的表现也让人琢磨不透。可如果说她是卧底，她对小六六的关心却不是假的。还有，她现在的样子，余越寒垂眸盯着她抱着自己呼呼大睡的模样，眉心拧成了一条线。她要真是卧底，他都想替她主子抽死她！

余越寒伸手揉了揉眉心，没再纠结没有意义的问题，将她抱起来，转身就出了儿童房。

管家一直守在外面，看见他出来，刚要上前，看见了他怀里的年小慕，脸色大变！

“年小慕，你居然敢让寒少抱你……”管家的话还没有吼完，就被一道森冷的目光瞪得咽了回去，他伸手掐了掐自己的老脸。他伺候寒少这么多年，寒少什么时候对女孩子这么温柔了，他怎么没发现？

年小慕的房间在小六六的隔壁。余越寒轻柔地将她放到床上，她还不高兴地撇撇嘴，像是不满意离开了他温暖的怀抱，一只手拽着他的衣襟没有松手。

余越寒眼睛一眯，伸手轻轻地扯开她的手，下一秒，就见她一翻身，滚到床边，伸手抱住了他的大腿。他身体一僵，刚要推开她，就发现她的小脑袋正舒服地往他腿上蹭，像一只等着主人顺毛的小猫。

“……”

她的睡相还能再差一点儿吗？知不知道这个动作对男人而言意味着什么？

余越寒咬咬牙，才弯腰去扯她的手，扯了几下没扯开，忍不住低吼：“年小慕，松手！”他说完，她不只松开了手，就连身体也滚了好几圈，径直滚到床的最里面，缩成一团。

他微微一怔，眸子里闪过一道诧异，下一秒，他就听见她无意识地嘟哝着：“冰疙瘩……没人爱……”

余越寒：“……”

她真的不是在装睡故意挤对他？！

余越寒胸口剧烈地起伏着，他深呼吸了好几次，才让自己的情绪冷静下来，没有直接将她掐死在睡梦中，最后却还是忍不住替她盖好被子，才转身离开。他刚迈出步子，余光在桌子上瞥见了什么，脚步蓦地一顿。他扭头看向上面摊开的一个日记本，鬼使神差地走上前，伸手将本子拿了起来，一瞬间，女孩子清秀的字迹映入眼帘。

她的日记很整齐，像是一个工作记录本，详细地记录了小六六的饮食、日常用药和伤口恢复情况。不仅是这些，她还查了小朋友手术后需要注意的诸多事情，都一一在自己的日记本上做了备注。

余越寒看着上面写满几页纸的注意事项，瞳孔一缩，心脏像是被什么撞了一下，英俊的脸上闪过一抹复杂的情绪，朝床上看过去。

年小慕单薄的身子缩在被窝里，她已经用被子将自己裹成了一团。她半趴着，睡在枕头上，跟小六六那差到极致的睡相有一拼！

他收回目光，将她的日记往前翻，发现这本日记是从她进入余家别墅开始写的，上面除了记录与小六六有关的事情，还写了不少莫名其妙的话：“没想到居然是那个撞到人连道歉都不会说的家伙，真是冤家路窄！”余越寒看到这句话，眉心跳了跳，原来她进余家别墅的第一天就对他意见这么大？想到两个人第一次见面的场景，他的手不自觉地抬起来，抚过自己的薄唇。

那是他第一次被一个女人占便宜，她却只惦记着他没有跟她道歉。

“长得好看有什么用，板着一张脸，人见吓死人，车见车爆胎！！！”这句话的后面，三个感叹号非常用力，几乎戳破了纸张，足以看出写这句话的人怨气已经快突破天际，是因为他不同意录取她？那后面这句呢？“那么喜怒无常的人，是怎么生出小六六这么可爱的孩子的？基因突变？”后面还配了两个抱拳的小表情，这是在夸他，还是在骂他？

“开除就开除，老娘要是再回去，就跟你姓！”这句话被人用笔划掉了，旁边还做了备注：【呸呸呸！天灵灵地灵灵，坏的不灵好的灵！】

余越寒看着日记本上某人幼稚的话语，太阳穴突突地跳着。看来，她照顾小六六的这段时间，日子不只过得“丰富多彩”，心里还对他憋了不少意见。

“余越寒，我的奖金……”床上的人像是感应到了什么，年小慕一翻身，嘟哝了一句，“你要是耍赖……我就咒你不举……”

余越寒的脸立马黑了下来，他将她的日记本合上，放回桌子，转身出了房间。他怕自己再多待两分钟，会控制不住直接上去把她掐死！

年小慕这一觉睡得通体舒畅，在床上伸了个懒腰，刚一动，发现自己居然还穿着礼服，人微微一怔。她抬头看了一眼周围，确定这里是自己的房间。可她记得昨天宴会结束后，她抱着小六六回房间，然后哄小六六睡觉……然后呢？

她是怎么回到自己房间的，怎么一点儿印象都没有？年小慕捶了捶脑袋，还是什么都想不起来。她翻身下床，洗漱完，就准备去找小六六。她刚走出房门，就看见了门神一样站在外面的管家，管家板着一张脸瞪着她：“年小慕，你太不像话了！”

她是谁？她在哪儿？她干什么了？

年小慕一脸茫然地看着管家，小嘴微张，说道：“管家，你是在说我吗？”

“当然是你！你说你，你怎么能让寒少……让寒少他……”管家像是气晕了，一句话都说不顺溜，半晌，他捂着自己的额头，像是要气晕过去一样。

年小慕连忙上前扶了他一把：“管家，你没事吧？”

她对余越寒做什么了，能把管家气成这样？照理说，她在心里给他扎小人的事情，管家不可能知道呀。

“管家，我到底干什么了，你好歹让我死个明白呀。”年小慕抿着嘴，眼神要多无辜就有多无辜。

“你还好意思问我，你昨天晚上是怎么回自己房间的，你心里没数？”

管家抬起胳膊，气得手指都在发抖，“我告诉你，你就庆幸自己命大吧，我可从来没看见寒少主动抱过哪个女人！”余越寒没半路把她丢到垃圾筐里，绝对是奇迹！

年小慕：“……”

昨天晚上是余越寒抱她回的房间？

“余家请你来，是让你照顾小小姐的，寒少身份尊贵，你怎么能让他照顾你？”管家是个老古板，还在一旁絮絮叨叨。

年小慕已经一个字都听不进去了，满脑子都是他刚才那一句：我可从来没看见寒少主动抱过哪个女人。她一直没想明白，自己昨天晚上是怎么回到房间的。可怎么会是他呢？余家整幢别墅里，最讨厌她的人不是他吗？他不是应该一巴掌将她拍醒，骂她没用心照顾小六六吗，怎么会抱她？

年小慕晕乎乎的，机械地迈着步子，往餐厅走，耳边全是管家刚才的提醒：“寒少也在餐厅陪小小姐吃早餐，我告诉你，可不许在寒少面前放肆！”她一抬头就看见了余越寒坐在餐桌前，冷峻的脸微微低垂，他正在优雅地用餐。

年小慕微微一僵，一想到她昨天给他扎了一晚上小人，他还抱自己回房间，心里就有些发虚，她发现他的目光朝她看过来，立时抬头挺胸收腹：“寒少，早。”

余越寒的目光淡淡地从她身上掠过，然后他像是没看见一样继续低头吃早餐。

年小慕：“……”

她现在要不要上去说声谢谢？还是干脆假装什么都不知道？

“漂亮姐姐，这是你的早餐，跟爸爸的一样哦！”小六六指着餐桌上的另外一份早点，开心地对着她喊道。话音刚落，余越寒就往小六六的嘴里喂了一块面包，她的小嘴都塞满了，她只能着急地朝年小慕挥手。

年小慕心一横，走上前，说道：“寒少，昨天晚上……”

刺——余越寒切火腿肠的餐刀一偏，在碟子上划出一道刺耳的声音。

年小慕到嘴边的话瞬间卡住了，瞪大了眼睛，看着差点儿被他切成两半的碟子，用力地咽了咽口水，忽然觉得自己的脖子凉飕飕的。她感觉差点儿被切成两半的不是碟子，而是她！下一秒，她就见余越寒将餐刀丢到一旁，挑眉看了她一眼：“有事？”

余越寒看见她乖巧的模样，他的脑海里瞬间闪过她日记上的内容，还有她在梦里都不忘诅咒他不举……要不是看在她为了照顾好小六六花了不少心思的分儿上，他一定会直接掐死她。

余越寒似乎想到了什么，忽然皱了皱眉。

年小慕脊背一凉，对上余越寒不悦的眼神，不知道自己怎么得罪他了，难不成昨天晚上还发生了别的？该不会她喝了点儿酒，没把持住，对他下手了吧？

“寒少，方真依来了，想见你。”管家从外面走进来，恭敬地说道，眼神从年小慕身上扫过，神色有些不对劲。年小慕摸了摸自己的鼻子，不知道自己又怎么了。

“嗯？”余越寒脸色一沉。

管家立时会意，连忙俯身：“我这就去告诉她，少爷没空，让她马上离开。”

管家一消失，余越寒就恢复了面无表情的样子，继续吃早餐。

年小慕回过神，连忙拉开椅子，坐到小六六身边。她低头看见自己面前的餐点，忍不住抬头看了他一眼。两份餐点果然是一样的，唯一不同的是他碟子里那根已经被分了尸的火腿肠……她浑身一激灵！

她打消了继续跟他沟通的念头，埋头认真地消灭食物，等她吃完早餐，余越寒已经走出了餐厅。

年小慕轻轻地吐了一口气，抱着小六六，慢一步往外走。她刚走到门口，就见方真依站在门口，正死死地抓着管家的手：“管家，你再帮我一次，你让我见见寒少，要不然，你帮我跟寒少求一下情，我真的很需要这份工作，让他不要开除我……”

年小慕脚步一顿，有些意外地抬头，余越寒要开除方真依？没等年小慕想明白是怎么回事，方真依就看见了她，越过管家，方真依情绪激动地朝着她走过来：“年小慕，是不是你？”

“……”

“是不是你跟寒少说了什么，寒少才非要开除我的？你想要独占寒少？”方真依冲上前，还没碰到年小慕，就被管家拦住了。

管家沉下脸，警告道：“寒少的意思，谁都不能违背，今天是你留在余家别墅的最后一天，你要是再无理取闹，我会马上请你离开！”

方真依一听会马上被赶走，立时安静了下来，不甘地瞪了年小慕一眼，才愤愤不平地转身离开。

年小慕护着怀里的小六六，见管家朝她看过来，总算明白管家刚才看她的眼神为什么那么奇怪了。管家该不会以为，开除方真依是她的意思吧？

她冤枉呀！

余越寒那个非人类，谁知道他心里在想什么？不过她跟方真依向来不对盘，余越寒这事办得很合她的心意，必须给他记一功！

“奇怪，那块冰疙瘩向来眼光不好，怎么突然变好了？”年小慕正嘀咕着，身后忽然一股冷气袭来。她回头见余越寒正站在她身后，嘴角的笑容瞬间僵住了！

他、他不是走了吗？怎么会突然出现在她身后？所以，她刚才骂他眼光不好的话，他听见了？短短一秒钟的时间，年小慕的脑子里闪过了上百种逃命方案，最后双腿却像是灌了铅，怎么也迈不动，她只能看着他一步一步朝她走过来，冷漠的眼神从她身上扫过。

主动道歉，还是打死不认？就在年小慕要开口的时候，余越寒却只是淡漠地收回目光，从她身边走过。

呼——原来是虚惊一场，没等她庆幸完，又见走到别墅门口的男人停了下来，头也不回地朝管家吩咐道：“年护工可能太闲了，去问问别墅里有没有人不舒服，都喊过来让她看看。”

年小慕：“……”

果然，腹黑又记仇的男人，怎么可能放过她！

公报私仇还说得那么脸不红气不喘。

年小慕想抗议，余越寒却没给她机会。说完，他就径直出了别墅，坐到车上。车门关上，车子缓缓地启动，离开了余家别墅。

直到再也看不见客厅里那道纤细的身影，余越寒才微微抬头，原本应该满是怒火的脸上却带着笑意。他的脑海里不断闪过她气鼓鼓的样子，明明不服气，又心虚得不敢跟他理论。

助手在前面开车，看见自家boss笑了，吓得抓紧了方向盘：“寒少，你今天心情很好？”

余越寒脸上的笑意微微一僵，他冷冷地瞥了助手一眼。

助手当即恨不得抽自己一个耳光，没事多什么嘴？

“寒少，年小慕的背景还没有调查清楚，真的要这么快处理方真依吗？”助手又不放心地问道。

余越寒的脑海里浮现出年小慕日记本上记录的东西，不管她是什么人，她确实在用心照顾小六六。原本以为，他开除方真依，她会高兴，结果，却听见某人在背后吐槽他眼光不好。

余越寒蹙了蹙眉，掩下眼底的情绪，拿起一份文件，看了起来。

余家别墅里。

称职的管家真的将别墅里的人都问了个遍，把所有身体有小毛病，尤其需要处理伤口和包扎的人都喊了过来，让年小慕处理。

年小慕从早上忙到晚上，比去做义工的时候还惨，没等到天黑她就累得瘫在沙发上了，动都动不了："管家，再来一个人，你就要先送我去医院了。"她有气无力地喊道，心里默默地给余越寒扎小人。

浑蛋，她不就吐槽了他一句吗？他居然虐了她一天！

还好小六六特别乖，见她辛苦，不仅没有闹脾气，还一直给她端水喝，才没让她渴死。

她撑着最后一口气爬回房间，拿了一套干净的衣服，就进了浴室。她拧开花洒，冰冷的水打在脸上，总算让她清醒了一些。

她调整了一下开关，很快，水就变得温热了。雾气在浴室里升腾起来，充斥着整个空间，让她曼妙的身影变得若隐若现。

年小慕很快关了花洒，伸手准备拿浴巾的时候，瞥见镜子里的自己，手微微一顿，低头看向自己腹部的疤痕。那疤痕有一根手指大小，看起来像是烧伤。她伸手摸了一下，很快，不在意地扯过浴巾，将自己围了起来。

第二天一早，管家就来通知她准备陪余越寒出门。

年小慕身体僵了僵，旋即她抱着枕头就翻身坐了起来。她伸手扒了扒头发，一脸见鬼了的表情。她从床上爬了起来，冲到门口，伸手拉开房门。

"管家，你刚才说什么？"一定是她没有睡醒，余越寒出门喊她干什么？

管家嫌弃地瞥了一眼她鸡窝一样的头发，才慢悠悠地开口："小小姐的伤势好多了，要陪着寒少去公司，你当然要陪着小小姐一起去。"

年小慕："……"

她来余家别墅面试之前，就听说余越寒是个女儿奴。哪怕是去公司，他都会带着自己的女儿。她一直以为只是谣言，没想到居然是真的。

"年小慕，你还愣着做什么？你只剩八分钟了。"管家拿出怀表，盯着上面的时间提醒道。

年小慕猛地回过神，将门一关，飞快地收拾起来。她踩着点冲到了客厅，一抬头，就看见了正在跟余越寒做汇报的助手。

“寒少，我已经依照相关手续开除了方真依，并保留追究她责任的权利。这是她的账户资金往来情况，还有她跟二夫人来往的照片，足以证明她在替二夫人做事。”助手将手上的文件袋放到了余越寒面前。

闻言，年小慕下意识地朝余越寒看过去。

他陷在沙发里，光打在他的侧脸上，将他深邃的五官晕染得十分魅人。他那骨节分明的手指漫不经心地挑起面前的文件，他扫了一眼，嘴角勾起一抹冷笑。

年小慕没想到会听见这样的谈话，正犹豫着要不要先退回去，就见余越寒从沙发上站起来扭头看向她所在的方向。

四目相对，年小慕呼吸一窒，走上前，说道：“我不是故意偷听的，我听见你们在谈事情，所以……”她尴尬地摸了摸自己的鼻子，扭头看了一圈，“小六六呢？”不是说要一起出门吗？

“等你等得睡着了。”余越寒收回目光，淡淡地启唇。

年小慕：“……”

“先跟我去个地方。”余越寒单手揣在口袋里，就要往外走。他出了主别墅，没有出余家，而是径直往小院走去，年小慕看了看方向，好像是余晖维和程秀璐住的地方。

没等年小慕想明白到底是怎么一回事，他们就已经抵达了小院门口。余越寒脚步停得太突然，她根本来不及反应，就一头撞了上去。

“好痛！”年小慕捂住自己的鼻子，下意识地抬手捶了他的背一拳。等对上男人森冷的目光时，她才反应过来，自己把他撞了，还捶了他一拳。

“年小慕，你很想死？”男人低沉的声音像是从地狱里传出来的。

年小慕只觉得一股寒气正从脚底冒起来。她脱口而出：“寒少，刚才你的背上有只蚊子。”

“……”

余越寒嘴角一抽，微微眯起眼睛看着她，像是在研究这么拙劣的谎话，她是怎么鼓起勇气说出来的。可对上她灵动的眼睛，再看着她紧张得抿起来的樱唇时……他竟不忍心骂她了。

“寒、寒少。”小院的人看见站在门口的余越寒后，紧张得说话都开始结巴了，连忙转身去通知程秀璐。

余越寒将目光从她身上收回来，抬腿进了小院。他们走到客厅，程秀璐已经打扮得珠光宝气地从房间里走出来了。

“越寒呀，你来看小婶婶怎么不提前说一声？我好让人准备准备……”程秀璐的话还没有说完，余越寒就将一份文件丢到了她面前。

“你确实需要好好准备一下，该怎么跟我解释。”余越寒转身在沙发上坐了下来，神色淡漠地说道。

程秀璐低头看见掉在地上的文件，脸上的笑容僵住了，眼底闪过一抹惊慌：“越寒，你听我解释，我只是……”

余越寒冷冷地看着她，像是并不想在她身上浪费时间：“方真依我已经开除了，小六六车祸的事，我也不会再追究。如果你们安分守己，爷爷过世前的安排，我会一一兑现，可如果非要逼我，那就别怪我不念亲情。”

余越寒从来没有把余晖维和程秀璐的狼子野心放在眼里，对他而言，如果不是有那层血缘关系，他们不过是两个不知天高地厚的跳梁小丑。他之前放任不管，是以为他们懂得适可而止，可是小六六出了意外，他就不能坐视不理。

“小婶婶要是觉得委屈，我还有很多证据。不过，到时候你可能就要去跟法官解释了……”

咚！他的话还没有说完，程秀璐就吓得膝盖一软，瘫坐在了地上，双目瞪圆，她张着嘴，却说不出半个字。

“小婶婶如果病了，就不用太操劳，好好留在小院养病，不必再出现在我的面前。”余越寒收回目光，将外套的纽扣缓缓扣上，越过面如死灰的程秀璐，朝年小慕走过去。

在年小慕还没来得及反应的时候，他牵起她的手，转身离开。年小慕被他牵着走，直勾勾地盯着那只牵着她的大手，脑子里只剩下一片空白……

没等她回过神，他的手已经松开了。她抬起头，发现他们已经出了小院。他的脸色又恢复了刚才的冷漠，他淡淡地看了她一眼，继续往前走。

年小慕撇了撇嘴。

他专程带她过来，就是为了让她看看程秀璐的下场？

她总算明白了，为什么这个二夫人，从第一次看见她，就看她不顺眼。原来是因为她挡了方真依的路。这么说起来，方真依就是程秀璐在余越寒身边安插的眼线……

年小慕的脑子里闪过一个疑惑。如果余越寒早就知道程秀璐在他身边安插了眼线，他为什么会相信她？现在让她留下来照顾小六六，算信任了吧？

年小慕正出神，忽然感觉一道锐利的目光锁定了自己。她抬起头，才发现他们拉开了一段距离。他站在前方，一双眼睛扫过她，他幽幽地启唇："腿短？"

年小慕："……"

等他们回到别墅，小六六已经醒了。软糯糯的小身子窝在沙发上，她抱着自己最喜欢的小猪娃娃，无精打采地望着门口，一看见他们走进来，眼睛立马亮了！噌一下，她从沙发上滑下来，拔腿就朝他们的方向跑过来。

余越寒一看见自己的小公主，身上的寒气顿时消散了，宠溺地朝着她伸出手。下一秒，余越寒却看见小六六越过他，扑到了年小慕的怀里："漂亮姐姐。"

余越寒："……"

他的手僵在了半空，俊脸一下就黑了。他错愕地回头，看着身后正开心地蹭在年小慕怀里的小六六，眉心拧在了一起。

"咯咯！"他轻咳了两声。

小六六小脑袋一抬，像是才注意到他，蹬着小短腿从年小慕身上滑下来，跑到他面前："爸爸抱抱。"

余越寒将自己的小公主抱起来，捏了捏她粉嘟嘟的小脸蛋。黑沉的脸色开始好转。他的小公主刚才肯定是没有看见他，才会扑向年小慕。小六六还小，看错人很正常。

"寒少，车子备好了，现在就去公司吗？"管家很快从外面走进来，恭敬地询问。

闻言，余越寒挑眉看了年小慕一眼："你跟着去。"他抱着小六六出了客厅。

奢华的房车，空间很大。不只是座位，还有小型办公桌和躺着休息的软垫。余越寒一上车就开始工作。小六六窝在他的怀里，乖乖地玩着自己的小猪娃娃。

"寒少，今天董事会主要商议新的开发方案，还有欧洲方面发回来的最新业绩报告……"助手拿着一堆文件夹，有条不紊地汇报着工作。

余越寒一天的行程，安排得满满当当。他听完汇报，又接了几个商务电话。很快，小六六就玩累了，靠在他怀里睡着了。她像是嫌电话声吵，小脑袋往他怀里蹭了蹭。

余越寒低头看了小六六一眼，跟对方说了声抱歉，毫不犹豫地挂了电话，将手机递给助手。

年小慕坐在靠近车门的地方，看见这一幕时，眼底掠过一抹意外，看来传言不实啊。他这哪里是女儿奴呀，简直是宠女成魔！她原本还以为，余越寒叫她一起来，是为了奴役她，可现在，她突然觉得自己有点儿多余……

车子很快停了下来。

年小慕扭头望向窗外，高耸入云的余氏集团办公大厦出现在眼前。

车门打开，余越寒抱着小六六率先下车，一只手臂稳稳地托着她那软乎乎的小身子，让她能继续靠在他怀里睡觉。

年小慕坐在最里面，最后下车。她刚站稳，还没来得及抬头，就听见了齐刷刷的问候声。

“寒少——”她猛地抬起头，看着抱着小六六已经走到集团入口的余越寒。

他尊贵的身影沐浴在阳光下，身上那黑色的西装衬得他宛如主宰一切的王者。在众人的簇拥下，他踱步向前却又蓦地停了下来。不只是他周围的人，就连年小慕的心都跟着提了起来。

“寒少，有什么问题吗？”跟在余越寒身边的一个部门经理，恭敬地问道。

余越寒的目光掠过他，看向还愣在车门处的年小慕：“小短腿儿？”

年小慕：“……”

士可杀不可辱，他今天已经说了她两次短腿！

年小慕想冲上去找他拼命，发现周围人的目光随着余越寒的那句话齐刷刷地看向她……

所有人忽略了她的脸，看向了她的腿。

年小慕身体一僵，旋即站直身子，抬头挺胸，凹凸有致的身材加上绝美的脸蛋，即使没有刻意打扮过，站在人群里依旧是最引人注目的那个，而且，她的腿一点儿都不短！

很快，大家的眼神都变了，眼里纷纷闪过惊艳……

年小慕抬起头，双手抱胸，挑衅地看向余越寒。

群众的眼睛是雪亮的，她才不是小短腿儿！

余越寒站在入口处，看见车子前因为他的一句话而在努力摆造型的女人，嘴角勾起不易察觉的笑。

下一秒，余越寒捕捉到周围男人惊艳的目光，他的眼神冷了下来：“还不过来？”

“……”

年小慕出了口气，也不跟他计较，连忙小跑着来到他身边。

“好了，可以进去了。”年小慕开口道，余越寒不仅没有走，反而低头看着她。

年小慕在女生里，个子算高挑的，可是站在他面前，只到他胸口的位置，要努力地仰头，才能跟他对视。

年小慕只恨自己今天居然没有穿高跟鞋，在气势上就输了，她还在微微发愣的时候，他的嗓音就已经在耳边响起：“不想被叫‘小短腿儿’，就跟紧我。”

他的声音很好听，离得近的时候，年小慕能闻到他身上淡淡的薄荷味。那张祸国殃民的俊脸近距离看的时候，更是杀伤力无敌。等年小慕回过神，他已经站直身子。

她想要说什么，却错失了先机，啊——他长得太帅，犯规！

周围的人根本听不见两人说了什么，只是看见他们不近女色的大boss，居然会主动靠近一个女人，众人震惊得下巴都要掉了。

余越寒将众人的反应收进眼里，眼底的寒意散了些，他满意地收回目光，转身往里走。

年小慕为了捍卫自己的尊严而跟在他的身后，打死都不会距离他超过一米。她恨不得直接踩着他的脚跟，让他知道她的腿有多长！她完全没有注意到，跟在他们身后的人，第一次看见接近自家大boss之后还活着的女人，都已经风中凌乱了……

总裁办公室。

余越寒刚将小六六放到休息室，就因为紧急会议而离开了。

房间里，此刻只剩下年小慕和熟睡着的小六六了。她忍不住抬头打量了一下他的休息室。黑白分明的风格，简洁干练。只是床头放着不少可爱的小玩具，而且还都粉嘟嘟的。看来，他是真的经常带小六六来自己的办公室。

年小慕的肚子叫了一声，她这才想起来，现在都快中午了，她还没有吃饭。看小六六的样子，估计也要醒了，得给她准备点儿吃的。

年小慕从包里翻出手机，正想能不能叫外卖，就看见助手拎着两大袋东西从门外走了进来。

年小慕一怔：“这是？”

“寒少让我为你准备的新鲜食材，今天中午他跟小小姐的午餐就交给你了。”

年小慕：“……”

助手说完，拎着食材进了厨房。干净、整洁的小厨房里一应俱全。

“如果你还有什么需要，可以告诉我。”助手将东西放下，转过身，客气地说道。

年小慕嘴角抽了抽，她需要一个厨师，可以吗？

“那个……你家寒少是不是误会了什么，我不会……”

“年小姐，寒少说了，这顿饭，关系着你月底的三倍奖金。”年小慕刚想说自己不会做饭，助手就打断了她的话。

闻言，年小慕将到嘴边的话咽了回去。她笑得比哭还难看，挤出一句：“好，我做，马上做！”

助手这才放心地离开厨房。

他的身影一消失，年小慕的脸就垮了。她盯着面前的一堆食材，陷入了深深的惆怅。她能说，她唯一没有解锁的技能就是做饭吗？可是事关三倍奖金，别说让她做，就是变也得给余越寒变出一顿饭菜来。

怎么办？怎么办？有了，她先叫外卖，到时候换成自己的碟子。

机智！

年小慕出了厨房，刚要去拿手机，余光瞥见站在门口像门神一样的助手。没等她开口问，助手已经好心地开口提醒：“寒少让我在这里监督你，直到你亲手把饭做好。”

“……”外卖大计破灭！

年小慕心口一痛，将手机狠狠地塞回包里，默默地在心里画小人诅咒余越寒。

她是护工，又不是保姆，为什么要给他做饭？可是一想到奖金……年小慕深吸了一口气，重新进了厨房。很快，厨房里就传出了噼里啪啦的声音……

会议室里。

余越寒第一次开会开到一半就开始走神，频频低头看手表。已经快到午饭时间了，她的饭做好了吗？吃惯了山珍海味的人，第一次对一顿饭充满期待。或者说，他在期待，她还能带给他什么惊喜。

他的眼前仿佛又闪过她指着钻石发卡笃定地指出那是一块假钻石；宴会上，她坐在钢琴前，素手弹琴，却一曲震惊众人，一舞惊为天人……

“寒少？寒少？”正在做汇报的部门经理一连喊了几声，余越寒都没反应。部门经理顿时傻眼了，这是天上要下红雨了吗？大boss开会的时候可从来没有这么心不在焉过。

余越寒很快察觉自己在走神，蹙了蹙眉，扫了一眼坐在下面的下属，就从办公椅上站了起来：“今天的会议先开到这里，散会！”在众人来不及反应的时候，他就出了会议室，俊逸的身影没有任何停留地径直走向自己的办公室。

“寒少，这是新的会议纪要。另外，还有几分文件，需要你马上签署。”会议秘书抱着文件，匆匆追了上来。

余越寒脚步一顿，伸手接过文件，飞快地签名，然后一把将文件递给秘书，就伸手推开了办公室的门。

偌大的办公室，空气清冷，跟平时没有太大的区别，只是隐隐有着一股烧焦味，让他皱了皱眉，他将西装外套脱了，随手丢到会客沙发上，踱步朝着休息室走过去。

没等他走到休息室，就看见助手一脸纠结地站在门口，看见他，助手张了张嘴，想说什么，又说不出来，表情非常精彩。

“怎么回事？”余越寒拧眉，薄唇微启。

助手刚要回答，年小慕就已经拿着锅铲从厨房里跑了出来，看见余越寒，立时笑弯了眉眼：“你开完会了？先去洗一下手，马上就可以吃饭了！”

余越寒盯着她像是被熏红的脸颊，眯了眯眼睛。

“寒少，那个……”一旁的助手想要说什么，余越寒已经进了休息室，目光下意识地朝餐桌看去，只见桌子上摆放着年小慕奋战了两个小时的成果。

“让一让，让一让，汤有点儿烫！”余越寒刚走上前，还来不及看清菜色，就看见年小慕端着一大碗汤从厨房里出来。她从他身边越过，砰的一声将汤放到桌子上，兴奋地仰起头，“大功告成！”

余越寒：“……”

她之前做了那么多不可思议的事情，也没看见她露出这样高兴的表情。今天只是做了一顿饭，她会不会太激动了？他看见她这副样子，对这顿饭的期待值又上升了几分，扭头朝餐桌看过去，只是一眼，他的脸色就变得很古怪了。

“这是什么？”余越寒指着桌子上一碟黑乎乎的东西问道。

年小慕抬起下巴，瞅了一眼：“煎鱼，我有去腥和调味，就是火好像开得有点儿大，不小心焦了一点儿。”

焦得连鱼的样子都看不出来了，也叫“一点儿”？余越寒的眉心蹙了蹙，旋即他指向另外一个红彤彤的碟子，问道：“这又是什么？”

“糖醋排骨，我第一次做，可是我有查攻略，就是番茄酱好像倒多了一点儿……”年小慕说的话已经被某人自动屏蔽。

她不是倒多了一点儿，她是将整瓶番茄酱倒进去了。

余越寒已经放弃了询问，目光扫过餐桌上的菜，除了一碟青菜认得出来，其他的菜，他真的看不出来是什么。就连唯一那碟能辨认出来的青菜，也因为煮的时间太长，翠绿色的菜叶都已经变黄。

“你就打算让我吃这个？”余越寒的脸色变得有些阴沉。他原本期待的是盛宴，结果现在看见的却是一桌黑暗料理。

年小慕一听，急了：“你别看它们卖相不好，没准儿味道不错呢！”

“你试过？”余越寒挑眉，问道。

“没有。”

“所以，你想让我当小白鼠？”余越寒的声音凉飕飕的，眼睛盯着她，仿佛只要她敢点头，他就拧断她的脖子。

两个人对峙的时候，小六六正迷迷糊糊地醒来，朝着他们走过来，看见桌子上有好吃的，踮起脚，小手指夹了一块炒鸡蛋塞到了嘴里。

“小六六……”年小慕刚想提醒她还没洗手，下一秒，就见小六六精致的小脸蛋皱成了一团，一副咽不下去又吐不出来的表情。

年小慕神经一紧，抓起筷子，尝了一口自己炒的鸡蛋。她刚吃了一口，就咸得五官都扭曲了。她连忙伸出手，将小六六抱到怀里：“快吐出来，别吃了。”

小六六很乖，小嘴一张，就将鸡蛋吐了出来。小六六的小脸憋得通红，她委屈地蹭进年小慕的怀抱。年小慕抱着她，飞快地去倒水。

“这是你第几次做饭？”余越寒拿着筷子，从那盘炒鸡蛋里挑出了碎鸡蛋壳，表情已经无法形容。

年小慕扭头看了一眼抱着水杯缩到角落，连餐桌都不肯靠近的小六六，弱弱地伸出一根手指头。

“第一次。”

“……”

“我真的不会，是你非要我做的。”

她本来也是看在奖金的分儿上，想要解锁一下新技能的。结果证明，天才也是有短板的，比如做饭。

余越寒听见她是第一次做饭，阴沉的脸色稍稍缓和了些，他重新看了一眼桌子上的菜，眼珠转了转，拿起筷子，夹了一口看起来比较正常的青菜放到嘴里。他只咬了一口，眉头就皱了起来。

年小慕的心跟着提了起来：“怎么样？”

什么味道都没有。余越寒筷子一偏，尝了一口糖醋排骨。甜腻的味道，刺激着味蕾，还带着一股排骨炸焦了的煳味儿。他的脸色开始有些绷不住了，等桌子上的菜都尝过一遍，他英俊的脸上已经没有了表情。

余越寒将筷子放下来，薄唇抿成了一条线，煳的、焦的、咸的、辣的、没味儿的……这些也就算了，煎鱼没有处理内脏，她是怎么想的?

余越寒的嘴角微微抽搐。

“爸爸，要喝水吗？”小六六抱着自己的水杯，一脸同情地跑过来。她将水杯放到桌子上，又连忙跑开，都不敢再看桌子上的菜……

余越寒端起水杯，喝了一口，勉强压下想要掐死年小慕的冲动。旋即他看着桌子上几乎都带着焦味的菜，想起什么，将杯子放下，转身就往厨房走去。他刚走到厨房门口，就闻到了浓浓的烧焦味。

等他抬起头，看见已经面目全非的厨房，怔了怔，像是怀疑自己产生了错觉。他忙退出去，在门外站了几秒，又重新走进来。没错啊，这就是自己的厨房!

年小慕瞥见他沉下来的脸，神经绷紧：“要不我们出去吃？”

现在最重要的是让他离开这里，保住小命要紧!

余越寒缓缓转过身，定定地看着她，良久，他才幽幽地启唇：“好，你请。”

“……”

“还有，厨房重新装修的费用，从你的奖金里扣。”

年小慕：“……”

她现在不想吃饭了，只想和他同归于尽!

“有意见？”余越寒瞥了一眼她不甘的小脸，挑眉问道。

“我说了我不会做饭，是你非让我做的，后果当然要自负！”年小慕鼓起勇气据理力争。涉及金钱，她不能轻易退让，要讲道理！

“我记得我上次让你弹钢琴的时候，你也说不会。”余越寒走到她面前，低头看着她，“我让你跳舞的时候，你也说不会。”

年小慕灵动的眼睛茫然地眨巴着：“这跟做饭有什么关系？”

“同理可证，你说的话，不可信。”余越寒慢悠悠地说出结论。

他说得好有道理，她竟无言以对。所以他不信她，非要她做饭。现在她烧了他的厨房，她得赔，合情合理？她怎么觉得好像哪里不对……

没等年小慕想明白，余越寒颀长的身影已经越过她，走出厨房，他朝着房间里的小六六招手：“漂亮姐姐要请你吃饭，你去吗？”

“去！”小六六一听不用吃桌子上的黑暗料理，小脸蛋一仰，立马开心地从角落里钻出来，扑到他的怀里。

父女俩很快达成了一致，手牵着手就出了休息室。年小慕愣在原地，怎么都想不明白，她什么时候答应请吃饭了？他们不是在讲道理吗？

“余越寒，你说得不对，我是小六六的护工，又不是保姆，做饭本来就不是我的活儿……”年小慕回过神，连忙追了出去。

余越寒刚走出休息室，就看见助手从外面走进来：“寒少，文经理回来了，人就在外面。”助手说完，只见一道倩丽的身影从门外走了进来。

来人眉目艳丽，淡淡的妆勾画出她姣好的面容，又让人觉得很自然。她穿着一身黑白色职业套裙，勾勒出迷人的身材，同时，又让她身上多了一抹职业女性的自信。只是，此刻她的脸上似乎挂着一丝担忧的神情。那人走到余越寒面前，说道：“越寒，我听说你身体不舒服，正准备去余家别墅看你。”

越寒？居然有人敢直呼冰疙瘩的名字，还是这么亲密的称呼。

有八卦！

年小慕正寻思着两个人是什么关系，就见余越寒避开了女人想要碰他的手，他不悦地皱了皱眉，耐着性子启唇：“我没事。”冷淡的态度像对待一个陌生人。

“你的脸色看着不太好……”

“文经理，我以为你急着找我是有工作上的事情。”余越寒冷冷地打断了她，脸上已经露出不耐烦的表情。

闻言，文雅黛怔了怔，察觉到他的不悦，很快收起担忧的神色：“我刚跟盛达科技的陈总谈过，我们的公关方案他们很满意，有几个细节需要征得你的同意。如果没有问题，马上就可以签约！”

盛达科技是他们的重要合作伙伴，这一次联合推出的项目，宣传工作的主要负责人是文雅黛。

文家家世背景不错，文雅黛更是名牌大学毕业的高才生。在宣传和公关方面，她的专业能力极强。个人形象更是没的挑。她只是站在那里，就有着不俗的气质，处理人际关系，更是进退得宜。她经手的案子很少会出纰漏。在余氏集团，她是公认的女强人。就连余越寒对她也比其他人要客气一些。

文雅黛收回目光，没有错过他眼底闪过的赞赏，将手里的合作方案递给他：“详细的内容都在里面了，我需要十五分钟来给你做汇报。”

余越寒没有马上答应，而是扭头看向他身后的年小慕。文雅黛这时候才注意到他的办公室里居然还有别的女人，而且还是一个长得极美的女人。

眉不画而黛，五官精致，一双灵动的眼睛像是会说话。不是那种艳俗的美，她的美，干净、出尘，看一眼就让人移不开眼睛……

文雅黛眯了眯双眼：“这位是？”

“你先带小六六去餐厅，点好菜等我。”余越寒没有回答她的问题，而是径直看向年小慕，薄唇微启。同时，他让助手先带着年小慕和小六六离开。

这个举动让文雅黛愣了愣。在她的印象里，除了女儿，余越寒从来不会关心其他女人。可是他居然连十五分钟都不想让对方等，而是让他们先去餐厅。她看见年小慕离开的背影，眉心皱了皱，只是一秒，她又恢复如常：“这是新的合作方案，还有一份执行报告在我办公室，我马上去拿。”

“嗯。”余越寒接过合作方案，走到办公桌前，随手拉开椅子，坐了下来，一目十行地浏览着面前的文件。

文雅黛转身出了总裁办公室。她走到楼梯口，看见抱着小六六准备进电梯的年小慕。小六六靠在她的怀里，一只手还搂着她的脖子，很亲昵，是那种文雅黛从来没有见过的亲昵。电梯门一开一关，只是一眨眼的工夫，她们的身影就在眼前消失了。

文雅黛的眼珠转了转，心里诧异极了，她走到公关部门口，听见不少人在议论。

“你们说，那个女人到底是什么来头？居然能让寒少亲自带着她进公司。”

“我听说，寒少还专门站在公司门口等她，两个人很亲密，不知道说了什么悄悄话。”

“真的假的？”

“当然是真的，当时在场那么多人都看见了，而且你没发现，她虽然长得跟小小姐不像，但是两个人眉眼间的神态，很相似吗？”

“你的意思该不会是说那个女人是小小姐的妈妈？”

“咳咳！”有人看见站在不远处的文雅黛故意咳了两声，顿时，声音都消失了。

“都不去工作，聚在这里闲聊，是我们公关部的工作太闲了吗？”文雅黛走上前，沉声说道。刚才还聚在一起的人顿时作鸟兽散。

文雅黛刚要进公关部，脑海里浮现出刚才在电梯门口，她看见年小慕抱着小六六的画面。两个人的长相确实不太像，所以看见那个女人，她压根儿没往那方面想，直到刚才听见同事们的议论。

现在回想起来，余越寒几乎每天都会带着小六六到公司，可是小六六只黏他，根本谁都不理。她也曾想借着两家的交情去亲近小六六，可小六六对她只是很有礼貌，却并不亲昵。

她从来没有见过小六六对除了余越寒之外的人这么依赖。难道那个女人真的是小六六的妈妈，那个她以为永远不会出现的女人？

文雅黛的脸色微微一变，却没有表露出来，而是径直进了自己的办公室。她拿出手机，发了一条短信。随后，她才拿着执行报告去了余越寒的办公室。

余越寒已经看过了合作方案，将需要注意的地方都标记了出来，看见她，他淡淡地启唇：“按照上面的要求修改。”他说完，抬起腕表，扫了一眼时间，这个时候，年小慕应该已经带着小六六到了餐厅。

“越寒……”文雅黛刚开口喊了一声，余越寒用冷漠的目光看了她一眼。

她连忙改口：“寒少，执行报告你看一下，如果没问题的话，我马上就吩咐下去。”

文雅黛看他接过报告坐回椅子上，心里才松了一口气。看来，他也不是很在意那个女人。

她微微抬起头，视线一直没有离开他英俊的脸。眼底有着不易察觉的倾慕，只是这种倾慕她从来没有表现出来。

他们从小就认识，她努力学习，凭着出色的专业能力进入余氏集团，就是为了成为他的左膀右臂。她想证明给他看，比起那些只会搔首弄姿的莺莺燕燕，她才是最适合他的人。

“暂时就按照这个方案来执行，还有其他问题吗？”余越寒合上文件，挑眉看向面前的人。

“没有了。”文雅黛接过他面前的文件，转身往外走，走到门口时忽然停住脚步，忍不住想问问那个女人是谁，手机的短信提示音忽然响了。

她扫了一眼上面回复的短信，眼神立时变得明亮！

“还有事？”余越寒看着她迟迟没有离开的身影，皱起眉。

“没事。”文雅黛将手机紧紧地握在手里，嘴角扬起笑容，她朝他微微示意，转身离开了办公室。

她站在门口，看着手机上显示的资料，眼睛一眯，看来是她多心了。那个女人只是一个护工，根本不需要在意。

余越寒没有将她的反应放在心上，处理完工作，朝餐厅的方向走去。不料等他走到自己常去的餐厅时，并没有在里面看见年小慕和小六六。眉心一蹙，他拿出手机拨通了助手的电话：“人呢？”

他特意让助手带她出来，就是怕她不知道该去哪里，怎么人反而不见了？

“寒少，我们现在在员工餐厅，年小慕不肯听我的，说出钱的是老大。”助手几近崩溃的声音从电话那头传来。

余越寒：“……”

员工餐厅。

余越寒尊贵的身影一出现在这里，立时引起一阵骚动。

餐厅的人几乎都朝这边看了过来，下一秒，众人齐刷刷地转过身：“寒少！”

余越寒微微颔首，目光往前扫了一眼，他很快就锁定在某个熟悉的身影上。他阴沉着脸，踱步上前。

“寒少。”助手看见余越寒，连忙迎上前。

余越寒除了视察，几乎不会到员工餐厅来。可现在，他居然因为年小慕而来了。

助手怀揣着紧张的心情，生怕自己会因为办事不力而被开除。

余越寒的目光越过他，径直看向坐在椅子上的年小慕。她像是饿惨了，正疯狂地扫荡着面前的食物，嘴角沾上米粒都没有察觉。自然而然不做作的模样，让人觉得很舒服。

余越寒盯着她嘴角的那颗米粒，手指不自觉地动了动，他很想替她擦掉。旋即他发现自己被无视了，当即轻咳一声。

“寒少，你怎么还站着？你家员工餐厅真是太有良心了，菜这么好吃，还实惠，简直想给32个赞呀！”年小慕抬起头看了他一眼，又飞快地低头吃了一口，腮帮子都鼓起来了，吃得很香。

就连坐在她旁边的小六六，也是自己抓着勺子，努力地将饭往嘴里塞。

“……”

余越寒的目光扫过面前的菜肴。比起年小慕做的那些菜，确实良心多了。余氏集团向来重视员工后勤工作，员工食堂请的是专业的大厨，菜品荤素搭配合理，价格也要低于外面。这些项目都是他亲自审批过的。只是他没有想到，有一天他自己进员工餐厅吃饭的理由是“省钱”！

四份套餐，加起来估计不到六十块。也就是说，在她眼里，他只值十五块！可偏偏，这里是他的员工餐厅，他总不能连自己的地盘都嫌弃吧？

余越寒黑着脸，拉开椅子坐下。他看清年小慕给他的那份套餐，眉心皱了皱。一份清炒苦瓜、一份青菜、一份米饭，还有一份例汤，然后就没了。

肉呢？余越寒扭头看向她面前的餐盘，香喷喷的红烧肉肥瘦正好，外焦里嫩，看着就让人食指大动，小六六的碟子里也有一对烤鸡翅，就连他身边的助手，她都给点了一个鸡腿，唯独他没有，全素！

很好，这下他连十五块都不值了。

余越寒的脸黑成了锅底，他指着她面前的红烧肉，咬牙切齿地道：“年小慕，我需要一个解释。”

向来喜怒不形于色的人，频频在她面前失控，他真的怀疑，他有一天会被她气死！

“啊？”年小慕饿坏了，吃得正欢，听见他的话，茫然地抬起头。她反应过来后，立马挤出可怜兮兮的表情，恨不得挤出两滴泪，“我兜里就六十块，给你打饭的时候，正好没钱了。”

“……”

“你最近火气大，苦瓜清热败火，正好让你消消气。”

她说完，周围的气压忽然就低了下去。空气像是凝固了，冰冷冻人。

年小慕浑身一颤，连忙夹了一块红烧肉放进他的碟子里：“喏，分你一块。”

见状，助手的神经猛地绷紧，他家boss有洁癖，从来不吃别人碗里的东西，年小慕是吃了熊心豹子胆吗？她居然敢往他的碗里夹菜。

助手的心已经提到了嗓子眼儿，他紧张得快要坐不住了。偏偏年小慕还不消停，她见余越寒没有说话，双手护着自己的红烧肉："我也就剩几块了。"

"……"

余越寒盯着她餐盘里的红烧肉，又睨了一眼她紧张兮兮的表情，嘴角邪气地一勾："年护工，你个月底的奖金不想要了？"他见她愣住，拿起筷子，从容地伸到她面前将她餐盘里的红烧肉一块一块地夹到自己的碗里，然后细嚼慢咽。余越寒见她呆愣着，敢怒不敢言，他越发觉得自己嘴里的红烧肉味道好极了。余越寒一口接一口，不只将自己餐盘里的食物都吃了，还连带着吃光了餐盘里的肉。最后，年小慕吃完了那份全素的菜!

"员工餐厅的厨师做得不错，这个月加奖金。"余越寒将筷子放下，用纸巾擦拭着嘴角，像是故意说的，淡淡地启唇。

"那我呢？"年小慕听见"奖金"两个字，眼睛都亮了。

员工餐厅可是她让他来的，怎么也算推荐人，厨师都加奖金了，她的奖金是不是可以还给她？而且，她还牺牲了她的红烧肉!

年小慕眼巴巴地看着他，像是看着会发光的大金块。

"你没份。"余越寒瞥了她一眼，将纸巾放下，看着她瞬间垮掉的小脸，嘴角勾起一抹愉悦的弧度。

"寒少，会议的时间到了。"助手在一旁提醒。

余越寒的眼珠转了转，他看向年小慕，说道："你一会儿可以陪小六六在公司里参观，累了送她回我的休息室。"余越寒见年小慕乖巧地点头，嘴角的笑容一敛，又恢复了冷冰冰的模样，他从餐桌前站起来，转身离开。

餐桌上，只剩下年小慕和小六六。小孩子吃饭都比较慢。年小慕也不催，就陪着她慢慢吃。等小六六吃饱了，年小慕想用纸巾给她擦嘴，却发现纸巾没了。年小慕刚抬头想问哪里能买，一旁的工作人员立时给她送了一包新的上来："多少钱？"年小慕下意识地问。谁知道，她的话还没有说完，对方已经飞快地冲着她摆手："只是一包纸巾，不用了。"

"谢谢。"年小慕虽然心里疑惑，可是一包纸巾确实不贵。她就没有放在心上，替小六六擦了嘴，然后抱起小六六往餐厅外走。她完全不知道，她跟余越寒在员工餐厅一起吃饭的消息已经刷爆了集团的内部网……

【总裁空降员工餐厅，陪神秘女子用餐，同吃一份红烧肉！】

惊悚的标题下，还配着余越寒从年小慕餐盘里夹肉的照片！

“天哪，我男神今天竟然去员工餐厅吃饭，我为什么没有去，啊——”

“重点难道不是那个女人到底是谁吗？”

“我看不见看不见，对于情敌，我通通无视，寒少是我一个人的！”

“楼上的醒醒吧，你什么时候见过寒少去员工餐厅吃饭了，还吃别人碟子里的东西？照我推测，他们至少有一年以上的奸情。”

“你怎么不说那个女人就是小小姐的妈妈？”

“我正想说……”

“只有我发现，小小姐好黏那个女人吗？而且虽然她们五官不太像，可是眉眼给人很相似的感觉啊。”

“我们应该很快就要有总裁夫人了……”

主帖下，各种议论纷纷冒出头，以星火燎原之势疯狂地传播开来。

年小慕根本不知道自己的出现造成了多大的影响，正带着吃撑的小六六到处溜达，走到人事部，遇见里面正好有面试，那里人很多，很热闹。她忍不住停下来看了两眼。下一秒，有员工朝着她走过来：“年小姐，里面请，我给你倒杯茶。”

“不用了，我看看就走……”年小慕的话还没有说完，她已经被拉进了人事部，同时递到她面前的还有一杯热茶，这待遇也太好了。而且，人事部的员工怎么知道她姓年？

年小慕刚想要问，小六六就爬进了她怀里。软糯糯的小身子坐好，像面试官一样认真地看着要面试的人，小模样可爱极了。

年小慕被她的举动吸引了注意力，也忘了自己要问什么，抱着她，一起看向来面试的人。

一个公司的经营，最重要的就是员工。在这一块，人事部的工作至关重要。年小慕听着面试官的问题，脑海里不断替参加面试的人做着分析。好几个岗位，她都有一种说不上来的熟悉感，甚至连面试官的问题都跟她猜得一模一样。她看着眼前面试的场景，脑海里仿佛有什么画面重叠了，压得她的脑子有些涨。她们待了一会儿就离开了。

接下来的几个部门都跟之前一样。只要她出现的地方，所有人客客气气的，恨不得将她供起来。年小慕一连参观了几个部门，再迟钝也意识到不对劲了，难道是因为她带着小六六？也对，小六六是余越寒的女儿，余氏集团的人对自家小小姐客气也很正常。她只是沾了小六六的光。

公关部。

文雅黛坐在自己的办公室，看着手机上的网页，看见大家的议论，眸子紧了紧。

“雅黛姐，那个年小慕到底什么来头，居然能让寒少陪她到员工餐厅吃饭？她长得就是一副狐狸精的样儿！”文雅黛身旁的心腹谢菁菁愤愤不平地说道，就是她给文雅黛看的手机，在她心里，余越寒是她高攀不起的人，但也不允许任何女人染指。

文雅黛听见她的话，若无其事地将手机放到桌子上：“大家不过是开开玩笑，茶余饭后的谈资，你何必当真。”

“照片都出来了，我当时就在餐厅，亲眼看见寒少从她餐盘里夹肉呢！”谢菁菁说着抓起自己的手机，将内部网里的照片翻了出来递到文雅黛面前。

照片是偷拍的，距离很远，没有拍到余越寒的正脸，只是拍了一个侧面，不过从动作上看，他确实在夹菜，夹的还是年小慕餐盘里的菜。而坐在他对面的年小慕，鼓着腮帮子，瞪大了眼睛看着他。

照片有些模糊，能看到的只有这么多，但足以证明，谢菁菁没有说谎。余越寒确实是为年小慕打破了惯例，不只去了员工餐厅，还跟别人吃同一份菜。

“就算寒少真的对年小慕很特别，我们又能怎么样？我们没有资格干涉寒少的私生活。”文雅黛的手不自觉地攥成拳头，脸上却还是挂着得体的笑。

倒是谢菁菁，听见她的话，反而更气了：“如果寒少真的要跟什么人在一起，我宁愿是雅黛姐，你能力那么强，家世又好，这个年小慕有什么？她仗着有几分姿色，就到处勾引男人，寒少都没有说话呢，她就带着小小姐到处显摆，生怕别人不知道似的！”

文雅黛收回目光，嘴角的笑意依旧温婉，说道：“你呀，在我这里胡说八道也就算了，千万别到外面去说这样的话，我对寒少只有敬意，而且我们都不知道年小慕是什么人，我看她气质不俗，没准儿她的家世背景比我还好呢。”

“怎么可能！长成她那样的十有八九就是狐狸精，我才不信她是什么千金大小姐。”谢菁菁被教训了，不服气地应道。

“菁菁！”文雅黛皱眉。

“好了好了，我不说就是了，我去工作了。”谢菁菁不甘心地咬唇，暗暗地攥紧了手机。不查个水落石出，谢菁菁是不会罢休的。

文雅黛看着谢菁菁离开的背影，嘴角扬起得意的笑容。捧得越高，摔得越重，年小慕现在这么受欢迎是因为大家都不知道她的身份。一旦让大家知道那个企图染指寒少的人，只是一个身份卑微的护工，只怕……

文雅黛收回目光，掩下眼底一闪而过的阴冷光芒，拿起自己的手机，打开内部网。她看见上面的照片，哪怕已经看过，可在没人的时候，还是控制不住地忌妒。

会议室里，余越寒听着各个部门的汇报，修长的手指有一搭没一搭地敲着。他以为自己已经习惯了这种冗长无聊的会议，可他一想到年小慕那张活泼生动的脸，嘴角还是不自觉地勾起一抹弧度。也不知道，那个一刻都安分不了的人，现在正带着小六六做什么。

余越寒眼睛深邃，他微微侧身朝身旁的助手低语了两句。助手立时恭敬地俯身，转身退出了会议室，走到总裁办公室门口，就看见有几个秘书站在附近正在互相推搡。

“你去问。”

“要不你先去……”

助手走上前，拧着眉：“怎么回事？”

一看见有人来，来的还是余越寒的贴身助手，几个秘书像是看见救星一样，连忙上前：“年小姐带着小小姐进去了，我们正犹豫着要不要进去问她想喝点儿什么。”

秘书部对重要的宾客，都会有喜好记录。可是年小慕是第一次来，谁都不知道该准备什么。原本没有接到通知，秘书部可以不管，照常工作即可，可是现在谁都知道寒少难得踏足员工餐厅，只是为了陪年小慕吃饭。两个人还吃了同一份红烧肉，关系肯定不一般，她们怎么敢怠慢？这不，今天当值的几个人都纠结上了。

“小小姐只能喝牛奶，至于年小慕……你们等等，我帮你们问问。”助手想了想，推开了总裁办公室的门。

会客沙发上，小六六正抬着小胳膊，乖乖地等着年小慕给她解开纱布换药。伤口刚开始结痂的时候有些痒，年小慕担心她会忍不住用手抓，所以一直在跟她说话，分散她的注意力。

“小六六，你的名字是谁起的？”年小慕原本只是随口一问，等问出来之后，好奇心上来了，小六六这么可爱的名字，不像余越寒的风格。难道是余老夫人？按照老夫人老顽童的作风，倒是有可能。

“太奶奶说六六大顺！”小六六歪着小脑袋，提起自己的名字，小脸蛋变得兴奋。

六六大顺……所以以后余越寒如果再生个儿子，叫大顺吗？想到这里，年小慕忍不住笑出声来，太喜庆了！

她听见身后有脚步声，回头看了一眼，看见是助手，微微一怔。目光警惕地朝他身后看了一眼，她生怕余越寒在助手身后，怕自己刚才的笑声被余越寒听见。

“寒少还在开会，担心年小姐一个人照顾不了小小姐，所以让我过来看看。”助手简单解释了一句，就见她松了一口气。

见状，助手顺势问她想喝什么，出去告诉秘书部的人，才重新走回沙发前。小六六换完药，靠在年小慕的怀里睡着了，软糯糯的小身子缩成一团，她趴在年小慕的胸口，画面很温馨。

助手走上前，压低声音说了一句：“小小姐的名字，并不是老夫人起的。”

年小慕一怔，有些意外地抬头看他。

助手慎重地点了点头：“是寒少……也不是。”助手似乎是在犹豫什么，迟疑了几秒，才开口，“小小姐被送到寒少身边的时候，就有名字了，所以这个问题在余家向来是禁忌，你千万不能在寒少面前提起。”

余越寒两年前突然多了一个女儿，这是大家都知道的事情。可是没有多少人知道，当时跟着小六六一起出现的还有一份DNA检验报告。而那份DNA检验报告的背面，只写了三个字：余六六。他们都以为，余越寒一定会给小六六改名，可是他没有。这个名字，就一直这么叫了下来。

这两年，小六六的妈妈始终没有出现，当年的事情也都渐渐成了秘密。在余家，大家都知道，只要跟那个女人有关的事情都会触怒余越寒。助手也是因为这个，才好心提醒年小慕。

“是小六六妈妈起的呀。”年小慕道，心底掠过一丝说不出来的感觉，小六六，六六……是有什么特殊的含义吗？

年小慕垂眸看着小糯米团子可爱的小脸蛋，忍不住低头亲了她一口。年小慕等小六六睡熟了，将她抱进休息室，放到床上。

“小小姐经常来公司，对这里很熟，你不用太紧张。”助手看出她是真的很疼爱小六六，对她也越发客气。

闻言，年小慕目光闪了闪，她抬起头：“你可以帮我看着她一会儿吗？我想到公司的另外几个部门看看。”余氏集团给她一种很熟悉的感觉。可是她从来没有来过这里，她很想知道，这股熟悉感到底是怎么来的。

“可以。”助手轻轻颔首。唯一的条件是必须留个联系方式，她走到哪里，都需要给他报备一声。这么简单的要求，年小慕二话不说就答应了。

她火速地留了电话，转身就往外走，走到门口，还碰上了端着饮料过来的秘书。

“年小姐，这是你要的果汁，我正准备给你送进去。”秘书看见她，客气地说道。

年小慕灵动的眸子一眨巴，她端起面前的果汁咕咚咕咚就喝光了，将空杯子放回托盘上，笑着开口：“谢谢，我能问一下，策划部怎么走吗？”

“楼下，电梯出去左边就是。”秘书看见面前的空杯子，本能地开口。

等她抬起头，年小慕已经在眼前消失了。她回过神，连忙端着空杯子往回跑，用内部电话通知策划部的同事：“年小姐现在进电梯下去了，看样子像是替寒少去视察的，你们赶紧做好准备吧！”

伴随着年小慕离开的身影，内部网上又多了一条消息：【神秘女子参观各个部门，疑似替总裁视察！】

一时之间，余氏集团里各部门的员工都绷紧了神经。最紧张的莫过于刚接到报信电话的策划部。策划部经理一听见年小慕要来他们部门参观，立时集合了所有人，站在门口等待。

年小慕下电梯的时候，还在担心自己会不会被拦在门外，结果她刚走到策划部门口，就看见了黑压压的一群人。

“年小姐——”响亮的问候声吓得年小慕后退了好几步。整个人贴到了护栏上，她怀疑自己是不是产生了幻觉。这是什么情况？

与此同时，位于同一楼层的公关部也沸腾了。谢菁菁拿着手机再一次冲进了文雅黛的办公室：“雅黛姐，你怎么还坐得住？那个年小慕拿着鸡毛当令箭，居然打着寒少的名义在视察部门，下一个恐怕就是我们公关部了！”

“你说什么？”文雅黛怔了怔，将手中的文件放下，错愕地抬头看着她。

“年小慕现在正在策划部参观，内部网上的消息说，她很可能是替寒少视察各个部门，我们离策划部那么近……”

“手机给我。”文雅黛打断了她的话，从她的手上接过手机，扫了一眼上面的信息，皱起眉头。

“雅黛姐，我们现在要怎么办？我听说，策划部经理可是召集了整个部门的人去迎接，我们是不是也得准备些什么？”谢菁菁心里虽然不服气，可她毕竟是公关部的主管，还有理智。

各个部门都认真准备了，如果只有他们怠慢了，那不是明摆着找死吗？谢菁菁已经想好了，私人情绪先放一放，先把年小慕应付过去。可没等她把自己的想法说出来，文雅黛已经将手机放下，平静地开口：“什么都不用准备。”

“什么？”谢菁菁愣住了。人都到隔壁了，她以为文雅黛会比她紧张。没想到，文雅黛居然说什么都不用准备。

“你在余氏集团的时间也不短了，什么时候见过寒少让人替他视察？”文雅黛端起水杯，喝了一口，掩下眼底的冷意。

她倒是小看了这个年小慕，一个护工居然敢以寒少的名义到各个部门参观。真当没人知道她的身份，她就是总裁夫人？

“那年小慕她……”

“工作上的事情，我们公关部可谓尽心尽力，不管谁来都不用怕。”文雅黛将杯子放下，脸上露出一丝为难的神情，她纠结了好一会儿，才拉住谢菁菁的手。

“原本我不想说，可年小慕这样败坏寒少的名誉，确实有些过分，我也不知道应不应该告诉你……”

“雅黛姐，你是不是知道了什么？你快说呀！”谢菁菁见她欲言又止，急得直跺脚。

“那你答应我，听过就算了，别把事情闹大，听见没？”文雅黛再三交代，见她答应，才开口，“据我所知，年小慕跟寒少没什么关系，她只是小六六的护工。”

“护工？”谢菁菁愣住了。

要知道，余越寒可是H市排名第一的贵公子，尊贵桀骜，俊美无双。多少名门贵女排着队想要接近他，都找不到机会，一个护工居然敢肖想大家眼中的男神，还打着寒少的旗号来视察部门！

“这件事，要是让内部网上的人知道……”

“菁菁！我刚说过什么，你忘记了吗？”文雅黛故作嗔怒地低吼。

谢菁菁很少见她发脾气，吓得缩了缩脖子：“我知道了，我不说。”说完，她不甘心地抱着手机往外走，脑海里全是文雅黛刚才说的话。一个护工凭什么接近寒少？就凭年小慕那张狐媚的脸吗？要是让别人知道年小慕的身份，只怕年小慕马上就会尝到从云端跌下来的滋味！可恨不能把消息发到内部网上，不能亲手揭开她的真面目！

谢菁菁愤愤不平地走到自己的座位前，就听见隔壁策划部传来的欢迎声，眼睛一眯，嘴角勾起一抹冷笑，她拿起手机给策划部的同事发了一条信息……

策划部里，年小慕坐在经理办公室看见面前摆放的饮料和果盘，脑子有点儿蒙。她就算没有在大公司工作过，也知道自己现在这样的情况肯定不正常。余氏集团每个部门的人对她都太热情了，让人浑身不自在。难道真的只是因为她是小六六的护工吗？

“年小姐，你看，我们准备的这些，你还满意吗？”策划部经理双手放在身前，礼貌客气地询问，语气里还透着一丝恭敬。

年小慕连忙从沙发上站了起来：“你太客气了，我只是好奇各个部门的工作，所以过来看看，希望没有打扰到你们，这些东西……其实不需要……”

年小慕努力思考着，要怎么委婉拒绝。

虽然余越寒说了，她可以带着小六六在公司里转转，可是如果真的打扰到其他人的工作，就是她的不对了。这点儿分寸她还是有的。

“年小姐愿意过来看看是我们策划部的荣幸，我这就带你参观一下我们部门。”策划部经理笑着说道。

闻言，年小慕连忙拒绝：“不用了，不用了，我自己随便看看就好，不需要麻烦你。”让一个部门经理带着参观，这可是贵宾待遇。

“那好，我正好也有工作要忙，我让秘书带你到处看看。”策划部经理只当她想低调，也没有表现得很奉承，朝旁边的秘书使了个眼色。

秘书立时上前，朝年小慕示意：“年小姐，这边请。”

他们的身影刚在经理办公室门口消失，策划部就有人收到了谢菁菁的短信，那人匆匆走到了经理身边。

“你说什么，护工？消息属实吗？”策划部经理听见消息，脸色一变，霍地抬起头。

进来的人连忙点头："听说是因为前段时间小小姐出车祸，特意招来照顾小小姐的护工，虽然消息还没有证实，但是八九不离十。"

策划部经理听见年小慕只是一个护工，脸都黑了。一个护工，他却让整个部门的人出去迎接，还准备了那么多东西……这要是传到其他部门，还不被人笑死吗?

"经理，这个年小慕太可恶了，我这就去拆穿她！"

"站住！"策划部经理蓦地低吼了一声，将人拉了回来，"你还嫌不够丢人是不是？这事就当不知道，她要参观，就让她参观，参观完了送走。"

消息既然没有证实，那就还有可能是假的。策划部经理也是在职场打拼多年的人，处事很老到。东西既然都准备了，那就照常招待着。大家现在都不知道年小慕的身份，只当她是替寒少来视察的，他们这样迎接也说得过去，要是拆穿才是真的难看。

"好了，照我的吩咐去做。"策划部经理说完，坐到办公桌前，开始处理工作。

消息很快就在策划部传开，只有年小慕，还不知道发生了什么事情，只是突然之间，她发现大家的目光都朝她看过来，眼神诡异。

叮——手机消息提示音响了，年小慕下意识地看了一眼手机，才发现是带着她参观的秘书的手机响了。

秘书只看了一眼，眼神也变了，她再抬头看向年小慕的时候，眉头皱了皱。

"如果你有事，可以不用管我，我自己到处看看就好。"年小慕以为她接到了新的工作任务，连忙客气地道。她本来只是想随意走走看看，没想过这么正式地参观。

秘书听见她的话，脸上的笑容僵了僵，半晌她才开口："没事，年小姐，我们往这边走吧，那里是我们策划部员工的集中办公区。"

秘书照常领着她走向下一个分区，边走边介绍："策划部是集团最重要的部门之一，虽然员工不是各部门里最多的，但是能招进来的都是顶尖的人才，这里就是大家平常工作的地方，很多优秀的方案都是在这里诞生的。"

秘书说完，年小慕礼貌地朝自己面前的人打招呼，却发现大家都用一种很奇怪的眼神看着她，有怀疑、有不屑、有愠怒……

她微微怔了怔，正疑惑着到底是怎么回事，就听见身后有人冷笑："真以为打着寒少的旗号，就能飞上枝头变凤凰，也不看看自己的身份。”

“照我说，我们经理人就是太好了，对这种冒牌货，就该不留情面地赶出去，让她知道自己不配！”一道不大不小的女声响起。

看似无厘头的对话，却让整个策划部变得更加安静。周围的空气都像凝固住了。大部分人都用一种看好戏的目光看着年小慕。

要知道，寒少在大家的心里，都是神祇一样的存在。在所有人的眼里，年小慕只是一个护工，别说喜欢余越寒，就是站在他身边都不配。

一想到内部网上那些将两人凑到一起的言论，不少人看向年小慕的眼神里都流露出鄙夷，将她当成了心机女，故意带着小六六到各个部门抬高自己的身价，企图飞上枝头变凤凰……

“她们是在说我吗？”年小慕怔了怔，有些不解，想要问清楚，可是那两个人不是跟她说话，她也不好直接问，只能询问身边的秘书。

秘书也没想到会有人这么说话，尴尬地赔着笑，转移话题：“年小姐，我们策划部大部分的地方你都看过了，要是没有别的事，我先送你出去吧。”

“好。”年小慕感觉到了这里对自己的排斥，也没有强留，点点头，就跟着秘书往外走。她刚走到门口，正要下台阶，突然有人端着一杯水从茶水间走出来，那人抬手就朝她脚下的地板泼了过去。

年小慕没来得及反应，一脚踩在了湿地板上，脚底一滑就往前面扑去！

“啊——”一切就发生在电光石火间，在众人以为她会摔倒的时候，一道尊贵的身影蓦地出现在她眼前，强势地将她抱进怀里！

第五章
眼前的他，出现得像一场梦

余越寒坐在会议室里，从助手离开之后，就频频走神，不知道第几次看向自己的手机。直到手机屏幕亮起来，他几乎没有任何迟疑，就滑开了屏幕。

他看见上面的消息，眼珠转了转。看来他不在的时候，她带着小六六玩得很开心。部门换了一个又一个，走马观花似的溜达。小六六睡着了，她也没歇着，又跑策划部去了。

会议还在进行，他的心思已经集中到自己的手机上。看着助手不断汇报着她的新动向，好不容易等到会议结束，他没有任何迟疑地站起身，提步出了会议室，没有回自己的办公室，而是径直进了电梯，去了策划部。他想象着，她突然看见他出现的表情，嘴角不自觉地上扬。

可他怎么都没有想到，等他走到策划部门口，看见的会是眼前这一幕……

"有没有事？"他收紧搂着她腰肢的手臂，伸手捏住她的下巴，让她抬头看自己。有磁性的声音，语气里带着不易察觉的担忧。

听见他的声音，年小慕双眸眨巴了一下，看着从天而降出现在自己面前的人，小脸有些呆滞。等她回过神，抿着唇摇了摇头。

察觉到他身上的怒气，她下意识地想要后退。余越寒却没有放开搂着她腰的手，径直抬头，朝着策划部看过去。

“寒少。”谁也没有想到，余越寒会在这个时候出现，不约而同地问候。

众人想起刚才那一幕，眼神里都流露出惊慌和心虚，尤其是刚才故意泼水的那个人，看见余越寒的目光朝她看过来，浑身一抖，手里的杯子砰的一声就掉到了地上：“寒、寒少，我不是故意的……”

她只是生气，年小慕一个护工凭什么接近大家心目中的男神？对这种不识好歹的女人，要给她点儿颜色看看，她才能认清自己的身份。她想着年小慕只是一个护工，得罪了就得罪了，没什么大不了的。怎么都没有想到，余越寒会突然出现，还在众目睽睽之下伸手抱住了年小慕！

“一杯水都端不住，策划部的工作这么辛苦，看来你很难胜任。”余越寒松开年小慕，单手揣在口袋里，尊贵的气息，强大的气场，让他一出现，就如同帝王般攫住了所有人的呼吸。

简单的一句话，让泼水的人白了脸。她这是……被开除了吗？众人刚想要替泼水的人求情，余越寒眼神森冷，微微一敛，扫向周围。立时，策划部的其他人神经都绷紧了，害怕下一个被开除的人会变成自己。

“寒少。”策划部经理收到消息，忙从办公室里跑出来。他看见站在门口、面色不豫的余越寒，微胖的身躯抖了抖，再一看眼前的场景，心立即凉了半截，“寒少，我可以解释……”

余越寒冷眸睨了他一眼，薄唇微启：“这次我当是意外，再有下一次，我会先处理你这个经理。”

余越寒说完，没有再看面色难看的众人，转身朝年小慕走过去。上下看了她一眼，他确定她没事后，幽幽地启唇：“跟我走。”

两人一前一后地离开。

公关部里将一切算计好了的文雅黛期待着年小慕身份被拆穿后狼狈的样子，心里别提有多痛快了。

她双手抱着胸，正等着看好戏，却没有想到余越寒会在这个时候出现。她看见他抱住年小慕的一瞬间，气愤无比，马上从座椅上站了起来。她冲到窗户前，死死地盯着抱在一起的两个人，双手攥成了拳头，不甘心地咬牙！

没等她消化掉眼前这一幕，就听见他开除了一个员工，就连策划部的经理也被严肃警告。他这种行为像极了冲冠一怒为红颜。可年小慕只是一个护工而已，她怎么配？

年小慕从离开策划部，人就有些蒙。她跟在他身后，小脑袋微微低垂着，不知道在想着什么。

余越寒察觉到她在走神，脚步停了下来，转过身看她。下一秒，他就见她头也不抬，朝他胸口径直撞了过来！

“哎哟！”年小慕伸手捂住额头，撞得太用力，自己后退了一步，抬起头，对上了他深邃如潭的眼睛。

“有话要说？”余越寒盯着她若有所思的小脸，淡淡地启唇。

年小慕向来有什么说什么，听见他的话，也不客气。

“你刚刚生气，是因为我吗？”她指着自己的小鼻子问道。

他不是一直看她不顺眼，如果不是因为小六六非要她照顾，他早就开除她了。可是他刚才霸气的样子，真的帅极了。她被他抱在怀里的时候，她的小心脏都在扑通扑通地乱跳，要不是觉得他的反应不对劲，她几乎都要沦陷了……

妖孽啊！

余越寒目光微闪，扫过她纠结的小脸：“你太高看自己了。”

“……”

“任何影响公司风气的事情，我都会严肃处理，换作谁都一样。”余越寒瞥了她一眼，声音透着漫不经心，“还有问题？”

“……”自作多情了。

这么尴尬，还怎么继续聊？

年小慕飞快地摇摇头，恨不得自己从头到尾就没开口过。

余越寒看着她窘迫的小脸，放在口袋里的手紧了紧。

其实他心里并没有面上表现出来的那么平静，看见她差点儿摔倒的时候，他几乎什么都没有想，伸手就将人抱住了。那一刻，他心里确实有股说不上来的怒意。

余越寒收回目光，刚要转身，余光忽然瞥见她发红的脚踝，脚步微微一顿：“怎么回事？”

年小慕顺着他的目光看过去，撇了撇嘴：“刚才要滑倒的时候崴了一下，不过应该不严重，回去冰敷一下就好了……”

她的话还没有说完，就感觉周围的空气都冷了下来。她抬起头，发现他正瞪着自己。没等她反应过来，他已经一步上前，弯腰将她打横抱了起来！

年小慕吓得搂住了他的脖子，刚要叫出声，他已经稳稳地将她抱在怀里，提步往办公室走。

她怔了怔，想说自己可以走，还没开口，对上他那森冷的眸，默默地将话咽了回去。年小慕任由他抱着自己，回了总裁办公室。

“去拿冰袋。”年小慕刚被放在沙发上，就听见他低沉的声音。

年小慕本能地想要站起来，下一秒，肩膀就被他按住了：“别乱动！”

年小慕：“……”

不是他让她去拿冰袋的吗？不动怎么拿？

等他侧开身，她才看见站在他们前面的助手，咳了两声又坐了回去，尴尬地摸了摸小鼻子，原来不是跟她说话……

“寒少，冰袋来了。”助手很快从厨房里拿出冰袋，递给余越寒。

年小慕连忙先伸手接过来：“不用麻烦了，我可以的，你们别忘了，我自己就是护工。”

“是呀，扭伤脚还硬撑着走路的护工。”一道凉飕飕的声音接过了她的话，嘴角那抹弧度，似笑非笑，莫名瘆人。

她得罪他了？午饭时红烧肉都给他了，不应该呀。年小慕呆滞了几秒，手里的冰袋就换了主人。

余越寒站在她面前，完美的面庞逆着光，盯着一直发愣的她，然后幽幽地启唇：“还等着我给你脱鞋？”

年小慕浑身一激灵，二话不说就把自己的鞋子踢掉了。白皙、小巧的脚丫子暴露在空气中。年小慕没想到他真的要给自己敷冰袋，见他抬手的瞬间，惊得差点儿从沙发上蹦起来，刚一动又被瞪了。

寒气十足的眼神，瞪得她又缩了回去，一动不动。就连冰袋按到脚踝上，有点儿疼，她都憋着不敢抱怨。她害怕惹怒眼前的冰疙瘩，她的脚没事，她的脖子就会被他拧断。

“疼可以说。”他瞥了她一眼。

“不疼……啊！”年小慕刚想忍着，脚踝就被他按了一下，忍不住叫出声。她杏目微瞠，直勾勾地瞪着他，他故意的！

“口是心非的女人。”余越寒见手里的冰袋不那么凉了，换了一个新的，手里的动作不自觉放轻。他替她冰敷完，才从沙发前站起来，“试试看，有没有好一点儿？”

“本来就没什么事。”年小慕小声嘀咕，大咧咧地站起身，刚准备走两圈证明自己已经好了，结果刚迈出一步，不小心踢到了面前的茶几，整个人朝前栽去，直接将站在她前面的余越寒按到了沙发上。

四目相对，空气都像是凝固住了。

“漂亮姐姐跟爸爸在玩亲亲吗？”小六六不知道什么时候醒了，抱着自己的小猪娃娃从休息室里跑出来，看见倒在沙发上的两个人，软糯糯的小身子兴奋地跑上前，趴在沙发的扶手上。她认真地眨巴着大眼睛，“怎么还不亲亲？”

年小慕：“……”

没等她回过神，趴在沙发上的小丫头已经麻利地爬到余越寒身旁，小嘴一噘，往他的脸上亲了一口，给年小慕演示了一遍。

“漂亮姐姐，就是这样亲亲哦！”

年小慕：“……”

她现在解释自己不是故意占他的便宜，会有人信吗？

她抿了抿唇，目光不自觉地落到小六六亲过的地方，只觉得浑身都在发烫。等她回过神，连忙缩回手，从他身上爬起来。

“小六六该换药了，我去拿药。”没等余越寒开口，她已经捂着脸，一瘸一拐地冲进了休息室。

“……”

余越寒躺在沙发上，瞥见她红着脸跑开，眼眸深了深。身上的重量一消失，他的心里仿佛也少了点儿什么。他扭头看向趴在他身边的小六六，长指弹了弹她的小额头：“以后不许乱说话。”

年小慕进了休息室，就没有勇气再出来。直到下班时间到了，她才慢吞吞地往外走。她走到余越寒的办公室，看见他坐在办公桌前，正专注地处理工作。

黑色的西装衬托着他无与伦比的尊贵，俊美无双的脸庞晕开一层圣光。修长的手指握着钢笔，龙飞凤舞地落下自己的签名……

她微微有些出神。下一秒，她就听见一道敲门声响起。

“进来。”余越寒低沉的声音，淡漠如水。

旋即，办公室的门被推开。文雅黛拎着两盒礼品，从门外走了进来：“我很久没有去余家别墅看望奶奶了，我想去看看她，能不能搭你的顺风车？”

文家跟余家的交情不错，向来有联络。文雅黛智商高，情商也很高，很会讨老人家的欢心。余老夫人对她印象很好，愿意跟她说几句话，因此，每隔一段时间，文雅黛就会去陪陪她老人家。这一次，她借着自己的车子送去保养，想跟余越寒一起回去。

“我让司机先送你过去。”余越寒抬头看了她一眼，淡淡地启唇。

“不用这么麻烦，我等你就好。”文雅黛说着，从容地上前，将手里的礼盒放到了茶几上，然后坐到会客沙发上。端庄优雅的举止，透出良好的教养。她看见年小慕，也很客气地颔首示意，眼神里没有流露出一丝一毫的鄙夷，笑道，“听说年小姐很会照顾孩子，我给小六六买了一些零食，能不能麻烦你帮我看看，对她的伤口有没有影响？”

听说有好吃的，小六六已经先跑上前，往前面瞅了瞅，却没有伸手拿，而是回头看向年小慕，像是在等着她开口。

见状，年小慕只能上前将文雅黛带来的零食看了一遍：“这些零食小六六都可以吃。”

文雅黛似乎就在等她这句话，听见她说没问题，伸手撕开一包小饼干，讨好般递给小六六。文雅黛见小六六开心地接过饼干，她的脸上露出一抹胜利的笑容。

下一秒，就见小六六抱着饼干跑向余越寒，然后塞了一块到他嘴里，又跑回沙发前，塞了一块到年小慕嘴里。最后她才拿出一块，放进自己的小嘴，嘟哝着：“爸爸一块，漂亮姐姐一块，还有小六六……”

文雅黛坐在一旁，看着小六六将饼干喂进年小慕的嘴里，手心紧了紧，在心里安慰自己，小孩子不懂事，可能不在意顺序。再等等，她肯定会给自己也喂一块。可她左等右等，最后只等到小六六往自己的小嘴里放了一块，完全将她无视了！

文雅黛坐在那里，就像是一个局外人，看着他们一家三口相亲相爱……

她脸上的表情没什么变化，可是放在膝盖上的手已经紧紧地攥成了拳头，她不断地提醒自己：不能着急。或许只是小孩子嘴馋，忍不住先给自己吃了一块，马上就到她了……

文雅黛这个想法刚在心里划过，看见小六六从袋子里拿出一块小饼干，扭头朝她看过来，她心里一喜，当即在沙发上坐好，微微侧着身子，脸上挂着温柔的笑，等着小六六朝自己跑过来。

小六六却一直站着没动，可爱的小脑袋一歪，礼貌地开口：“谢谢阿姨的饼干。”然后小身子一转，她又将饼干喂到了年小慕的嘴里。

文雅黛：“……”

她就这么被忽略了？而且为什么小六六喊年小慕“漂亮姐姐”，到了她这里就是“阿姨”？

阿姨……文雅黛嘴角的笑容僵住了，再好的修养也让她笑不出来了。

“可以走了。”余越寒合上面前的文件，从办公桌前站起来，从容地穿上外套。他走上前，从年小慕的怀里将小六六接过来，抱着她，踱步往外走。他走到门口，看见年小慕还愣着，脚步微微一顿，回过头看她。

年小慕神经一紧，在他“小短腿儿”几个字还没有出口之前，迅速地冲到了他面前。她跟着他一起出了总裁办公室。

“寒少……”文雅黛刚拎起自己面前的礼品就发现他已经出去了，甚至没有正眼看她一眼。原本以为上了车，她能找到机会跟余越寒说话。可她刚坐下来，余越寒就抱着小六六开始闭目养神，她根本找不到开口的机会！

文雅黛努力保持着微笑，看向坐在角落里的年小慕：“年小姐这么年轻漂亮，有男朋友了吗？”

年小慕上车的时候故意挑了个离余越寒最远的位置。她刚想眯一会儿，突然听见自己的名字，怔了怔，抬头看向文雅黛，下一秒，就见闭眼的余越寒也睁开了眼睛朝她看过来。

车厢里的气压顿时低了下来。

年小慕被他盯着，莫名地头皮发麻：“没、没有。”

闻言，文雅黛目光闪了闪，优雅地笑着：“真是看不出来，你这么漂亮，居然还单身，我倒是认识不少有为青年，如果你感兴趣的话，我可以介绍给你，大家交个朋友。”

文雅黛说完，余越寒的眉心皱了皱。很快，他又恢复平静。只是他看向年小慕的目光，更深沉了。

就连原本趴在他怀里的小六六，这会儿也翻身坐了起来，眨巴着大眼睛，直勾勾地盯着她，像是在提防谁要抢她的漂亮姐姐。

年小慕：“……”

她最近是犯桃花了吗？为什么一直有人要给她介绍对象？

年小慕听见文雅黛的话，她的脑海里立时浮现出第一次看见余老夫人，老夫人拉着她的手，问她能不能考虑余越寒的画面。那句结了婚就能马上当妈，简直让人脸红心跳……

年小慕抿了抿嘴，想起那天的场景，小脸不自觉地变得绯红。

余越寒看着她的反应，只当她是在考虑要不要认识其他男人，眸色渐渐变深，原本面无表情的脸忽然变得有些冷。

“年小姐这是害羞了吗？”文雅黛将她的反应看进眼里，轻笑着调侃道。

什么？年小慕猛地回过神，飞快地摇头：“谢谢你的好意，我不需要。”她现在满脑子都是赚钱还债，哪里有心情谈恋爱？

一句话说完，车厢里的低气压忽然就消失了。她正纳闷儿刚才发生了什么，就见余越寒已经慵懒地闭上双眸，又开始假寐。

他嘴角轻扬，看起来心情似乎不错。

也不知道他在高兴什么，年小慕撇了撇嘴，想不通就没有再想，缩到自己的座位上，打了个哈欠，跟着闭上眼睛睡觉。

车子刚抵达余家别墅。

文雅黛立时扭头看向身旁的余越寒，说道：“我很久没有过来了，你要不要陪我一起去看看奶奶，她老人家肯定也想你了。”

余越寒睁开眼睛，抬头朝前方看了一眼，车子刚进余家大门，主别墅区在正前方，余老夫人住的小院在右边。

“右拐，去老夫人的小院。”余越寒蓦地启唇，淡漠的声音听不出情绪。

文雅黛听见他的话，脸上露出笑容，人也开始变得精神。

不管他身边有多少女人，她都是他心里最特别的那一个，这就够了！

等一会儿见到余老夫人，她就可以趁机提出留下来陪老夫人用餐。

在余家，余越寒最在乎的人，除了小六六，就只有老夫人了。

他那么孝顺，到时候肯定也会留下来。

他们就可以一起吃晚餐……

文雅黛想到这里，脸上的笑容越发灿烂，余光瞥见还在车上的年小慕，又有些不甘。如果能让她先下车，就更好了！

车子在右院门口停了下来。

文雅黛掩下眼底的光，没等司机开门，就主动推开车门，拎着礼品下了车。她往前走了两步，转过身，欣喜地等着余越寒下来。

可是她等了一分钟，都没见他有任何动作。就在她忍不住想要询问的时候，她才听见余越寒低沉又有磁性的声音慵懒地响起：“文小姐已经送到了，还愣着做什么，回别墅。”他不是看着她，而是看向驾驶座上的司机！

他让司机先来小院，不是要陪她一起，只是要让她先下车？没等文雅黛反应过来，司机已经踩下油门，从她面前开走了……

第二天，经过前一天的开除事件，年小慕再到余氏集团时，大家几乎都知道了她的身份。原本因为策划部有员工被余越寒开除，大家心里都有几分忌惮。可很快就有消息传出来：余越寒动怒，并不是因为年小慕，而是因为重视公司风气。这令不少人松了一口气。

“我就说，以寒少的眼光怎么可能会看上一个护工。”茶水间里，各部门的女同事三三两两地聚在一起闲聊。

“那个年小慕要是以为自己有几分姿色，就想借着小小姐接近寒少，只怕要失望了。”

几个人说着，相视一笑，尤其混在里面的谢菁菁，一听见有人跟自己的想法一样，立时添枝加叶地说道：“怕是有人拎不清，真以为自己长得美，就能为所欲为，你们两个昨天休假不知道，那个女人也不知道用了什么狐媚手段，居然把寒少骗到员工餐厅吃饭，还故意让寒少跟她吃一份红烧肉。”

“你说什么？”有人错愕地睁大了眼睛，脸上露出忌妒的表情。

谢菁菁朝四下里看了一眼，确定没有别人在，才继续道：“不只如此，她昨天故意带着小小姐，将我们公司的几个大部门都巡视了一遍，那架势，就差没把自己当总裁夫人了，这事儿可是千真万确，你们要不信，问问策划部的同事，他们最清楚了！”

谢菁菁说完，几个人都倒吸了一口凉气。策划部昨天发生了什么，她们休假不是很清楚，但多少听到了些风声。据说就是因为年小慕去参观，才害得一个同事被开除。原本她们还觉得是策划部的同事自己有问题，现在看来，完全是这个年小慕狐假虎威，仗着自己是小小姐的护工，就打着小小姐和寒少的旗号，在公司里耀武扬威。这种人要是不给她点儿颜色瞧瞧，只怕她真要把自己当成余氏集团的女主人！

“寒少身份高贵，岂是一个护工能肖想的，要是有人弄不清楚自己的身份，我就帮帮她！”秘书部的一个女秘书冷冷地接话。没等在场的人反应过来，她转身就往茶水间外走去。

谢菁菁看着她的背影，嘴角一扬，眼底掠过一抹狠毒的光。她端着自己的水杯，飞快地出了茶水间。

总裁办公室里。

年小慕正在陪小六六画画，忽然听见敲门声。

余越寒去开会了，并不在，这里只有她跟小六六。

她迟疑了一下才开口："请进。"

办公室的门被推开，秘书端着一个空杯子，很快走到了她的面前，往茶几上一放。没等年小慕开口，秘书径直地吩咐："年小姐，小小姐有个习惯，每天上午喝一杯牛奶，现在是她喝牛奶的时间，需要你给她倒一下。"

年小慕看着眼前的空杯子，皱了皱眉。

她只是小六六的护工，并不是保姆。就是在余家别墅，小六六的饮食起居也不需要她操心，怎么忽然让她倒牛奶?

年小慕心里虽然疑惑，不过倒一杯牛奶并不是什么大事。她将小六六放到沙发上，让小六六自己拿着画笔涂鸦，然后拿起杯子看向秘书："牛奶在哪里？"

秘书看了她一眼，转身就往里走："你跟我来。"

年小慕跟着她，进了休息室的厨房。里面不只有送来的新鲜牛奶，还有加热器。

"小小姐每天喝的牛奶都需要加热，你自己做一遍，我在旁边看着，有不对的地方，可以告诉你。"秘书双手抱胸，姿态悠闲地站到了一旁。

她说话的语气虽然不算客气，可是听着也没什么问题。

年小慕不会做饭，一进厨房就有点儿紧张。原本还会给自己下个面，可自从上次烧了厨房，被余越寒扣了奖金，她现在一进厨房，就有点儿底气不足。

还好只是热牛奶，她硬着头皮将牛奶倒进了加热器，按下开关。

叮！很快，牛奶就煮开了。

她刚要倒出来，就听见秘书凉飕飕的声音响起："牛奶不能煮到沸腾，否则营养价值会降低，你难道不知道吗？"

"……"

"再煮一杯。"秘书将她刚倒出来的牛奶端起来，倒进了水池。

年小慕眉心皱了皱，没有说话。

她刚才太紧张，忘了调温度，确实是她不对。

她收回目光，重新往加热器里倒了一杯牛奶。这一次，她很谨慎地将温度调到了六十摄氏度。等牛奶热好了，她才倒进杯子。

她刚要端去给小六六，秘书已经先一步端起来，又倒进了水池。

“小小姐只喝四十五摄氏度的牛奶。”秘书说完，挑衅地看向她，拿着空杯的手在半空中晃了晃。

年小慕就是再迟钝也知道对方是故意的。只是热一杯牛奶，如果秘书有心教，一开始提醒一声就可以，不需要故意等她做错了，才来提醒。

她脸色微微一沉，耐着性子开口：“小六六还有什么习惯，你可以一次性说完吗？”

“现在的护工脾气可真大，不过是让你热杯牛奶，你就一副要吃了我的样子，要是让你做别的，你是不是还得说我虐待你？”秘书伸手拍着自己的胸口，夸张地做出自己被吓坏了的表情。旋即，她板起脸教训，“年小慕，你别忘了，你只是小小姐的护工，你的职责就是照顾好小小姐！”

看来，秘书这是要存心的了。

年小慕双眼微微一眯，眼底掠过一抹幽光，抿着唇，没有说话，而是径直地转过身，重新倒了一杯牛奶，照着四十五摄氏度热好，倒进了杯子，端到秘书面前，小心翼翼地问：“这样可以了吗？”

“早听话多好，人贵有自知之明。”秘书一边得意扬扬地说着，一边伸手去端牛奶。哪想到她还没接住杯子，年小慕就松了手，整个人往后一退。

砰——

杯子掉在地上，刚热好的牛奶瞬间溅了秘书一身！

“啊！”秘书尖叫着，抖着身上的牛奶，气得脸色都白了，伸手指着她，“年小慕，你居然敢泼我？”

“冤枉呀，汪秘书，你刚才也看见了，我只是把牛奶递给你，是你自己没端住，怎么能怪我呢？”年小慕缩在门边，防止被牛奶溅到，身上干干净净，一脸无辜地道。

“你、你……”秘书憋了半天，都没憋出一句话。

确实是她自己没端稳杯子洒了，总不能硬说是年小慕泼她。可刚刚如果不是年小慕那么快松手，她也不可能端不住，秘书咬咬牙：“连热杯牛奶都不会，你怎么照顾得好小小姐？”

“所以，为了小小姐好，热牛奶这种事情，还是辛苦汪秘书你了。”年小慕笑眯眯地说着，拍拍手，转身就潇洒地出了厨房。留下秘书僵在原地，半响才发现自己被套进去了！她本想使唤年小慕，最后居然变成了被年小慕使唤！

秘书咬牙切齿地端着牛奶，朝办公室的会客沙发走。她将牛奶放到茶几上，眼珠一转，重新开口：“小小姐的药箱放在一楼大堂，你去拿上来。”

年小慕抬头看了秘书一眼，她记得，她昨天来的时候，是秘书部直接把小六六的药箱送到总裁办公室的。不过照顾小六六，确实是她的工作，下楼拎个药箱而已。年小慕出了总裁办公室，就径直地下到余氏集团的大堂，走到前台：“我来拿小小姐的药箱。”

“药箱？”前台的接待员怔了怔，半晌才解释，“我们已经让人送到秘书部了，药箱现在应该在……”前台的接待员翻了一下值班表，抬起头：“在汪秘书那里。”

年小慕心中冷笑：又是故意的，老虎不发威，真当她好欺负！

年小慕转身朝电梯走去，回到总裁办公室，就看见汪秘书正在里面陪着小六六，看见她，立时板起脸：“让你去拿药箱，你怎么空着手上来了？”

没等年小慕开口，她又兀自看向小六六：“小小姐，你的手还没有好，有人就懒得给你换药了，这样的护工根本照顾不好你。”

小孩子年纪小，很多事情不懂。她那句话明显是在故意挑拨！

小六六正在专注地画画，一只手不方便，她整个小身子趴到茶几上了。她听见秘书的话，黑漆漆的大眼睛眨巴眨巴，皱起小眉头。

秘书一看她像是不高兴了，嘴角一扬，添枝加叶地说道：“有些人呀，心思根本不在自己的工作上，如果继续留下来只会对你更不好，不如你告诉寒少，让他给你换个护工？”

“换谁？”小六六嘟起小嘴，放下画笔，用手撑着小下巴，做出一副认真思考状。

秘书大喜，连忙开口：“换谁都可以，只要不是年小慕！”

年小慕不就是仗着自己是小小姐的护工，在公司耀武扬威嘛，要是能让小小姐亲口将她开除，看她丢了一地的脸还怎么捡得起来！

秘书说完，办公室的门忽然被人推开。余越寒刚结束会议，高贵的身影从门外踱步而入。助手跟在他身边，正在汇报着什么。

“寒少。”秘书恭敬地问候，旋即站到小六六身旁，心里暗喜。

她刚说服小小姐把年小慕换掉，寒少就回来了。

这下正好，趁热打铁！

秘书眼珠一转，蹲下来，说道：“小小姐，你刚才不是说，有话要跟爸爸说吗？”

余越寒正听着助手汇报，刚准备走到办公桌前，听见秘书的话，脚步微微一顿，扭头朝着小六六看过去。他微微抬起手，示意助手先等等。

余氏集团里的人都知道，余越寒最喜欢的人就是自己的女儿，否则也不会走哪里都带着。他一听见自己的小公主有话想说，顿时连工作也放到一边，挑眉看向沙发上的小六六，用眼神询问她想说什么。

“小小姐，你快说呀！”秘书在一旁催促。

她已经想好了，只要等小小姐亲口说出不想要年小慕照顾，她就马上将刚才热牛奶和药箱的事情全推到年小慕身上，坐实年小慕不会照顾小小姐的罪名。到时候，寒少一定会大怒，没准儿当场就会让年小慕收拾东西走人！

小六六趴在茶几上，小眉头越拧越紧。她扭头看看一直催她的秘书，又抬头看看年小慕，然后才站起来，软糯糯的小身子，拔腿朝余越寒跑过去，伸手就抱住了他的大腿，仰起小脑袋：“爸爸，我可以换掉这个阿姨吗？”

小六六白嫩的小手一指，指向了汪秘书！

秘书听见小六六提出要换人，想也不想地附和道：“是这样的寒少，年小慕她根本不会照顾小小姐……”她话还没有说完，突然发现小六六指的人是自己，蓦地愣住了。她瞥见余越寒淡漠的目光，脊背一阵发凉，努力扯出一抹笑，“小小姐，你是不是弄错了？”

她们明明说好了，要换掉的人是年小慕，怎么会变成她？！

秘书的脸色立马白了！

要知道，秘书部那么多人，她是经过了激烈的竞争，表现优秀，好不容易才被调到总裁办公室当寒少的秘书，怎么能说换就换？

“怎么回事？”余越寒将自己的小公主抱了起来，低头盯着她粉雕玉琢的小脸蛋。下一秒，就见他的小公主撇着小嘴，蹭到他的怀里，不说话。

这是见他没答应，生气了？余越寒目光一沉，抱着她走到自己的办公桌前坐下，扭头吩咐身旁的助手：“将她调离总裁办公室。”

“寒少……”汪秘书错愕地瞪大了眼睛，根本不知道发生了什么，为什么刚刚还好好的，一眨眼的工夫，事情就变得跟她想象中完全不一样了？

她还想说什么，助手给了她一个警告的眼神。余越寒的命令，向来不会轻易更改。要是她再纠缠下去，就不是换部门，而是被开除！

汪秘书立时默默地将到嘴边的话咽了回去，心不甘情不愿地走出总裁办公室。她一想到害自己被调离的罪魁祸首，就扭头狠狠地瞪了年小慕一眼。

“等等！”年小慕蓦地开口。

闻言，汪秘书眼底掠过一抹幽光，心中又燃起了希望。她巴不得年小慕当着寒少的面跟她闹起来，到时候她就可以在寒少面前装可怜，说年小慕是因为看她不顺眼才会蛊惑小小姐赶她走。

可没等她开始装可怜，年小慕就十分客气地说道：“汪秘书走之前，是不是该将小六六的药箱交给我，不然耽误小六六换药就不好了，你说对吗？”

秘书下意识地想要否认药箱在自己这里，可当着余越寒的面，她根本不敢说谎。否则，让余越寒发现她在故意刁难年小慕，只怕她会跟策划部的同事落得一样的下场！

汪秘书咬着牙：“好，我马上把药箱送过来。”她跺跺脚，离开了总裁办公室。

“现在可以说了，为什么非要我换秘书？”余越寒将小六六抱到了办公桌上，捏了捏她的小脸蛋。

小六六撇了撇小嘴，鼓起腮帮子：“她欺负漂亮姐姐，还要我赶漂亮姐姐走。”

小六六要保护漂亮姐姐！

小丫头说完，扑进余越寒的怀里，噘起小嘴就在他的脸上亲了一口，讨好地撒娇：“爸爸刚才好帅！”

余越寒：“……”

糖衣炮弹！

公关部。

“表姐，你一定要帮帮我，我好不容易才被调到总裁办公室，现在居然因为年小慕被调离了，部门的人都在看我的笑话，我还怎么在余氏集团待下去？”汪天丽一进经理办公室就拉着文雅黛，声泪俱下地哭诉。她原本以为年小慕只是一个护工，很好对付。所以她才想给年小慕点儿颜色瞧瞧。没想到，她没收拾了年小慕，反倒让余越寒将她调离了总裁办公室。

“你是说寒少根本没问你发生了什么事，就因为年小慕把你调走了？”文雅黛脸色微微一沉，冷着脸问道。

“倒也不是，年小慕根本没说话，是小小姐……我也不知道怎么回事，小小姐一开始是站在我这边的，看见寒少忽然就帮着那个贱人说话，非要寒少把我赶走……”

汪天丽不由得号啕大哭，一想到自己原本在总裁办公室人人羡慕，现在她突然被调离，周围全是看笑话的人，她就受不了。她死死地抓着文雅黛的手："表姐，寒少这么倚重你，你帮我跟他求求情，让我回总裁办公室好不好？"

汪天丽在秘书部能升得那么快，与文雅黛的帮助不无关系。现在她出了事，第一反应也是找表姐出头。只要她能回到寒少身边，来日方长，她一定要那个年小慕好看！

闻言，文雅黛推开了她的手，有些愠怒，说道："我不是提醒过你，惹谁都不要惹小六六吗，你为什么不听？"

文雅黛费了很大的功夫才将自己人安排进总裁办公室。汪天丽虽然别的方面差了些，但是本职工作向来做得很出色，加上公司里几乎没人知道她们是远房亲戚。汪天丽留在总裁办公室，对自己也是有好处的。因此，文雅黛才会一直帮她，没想到她竟然这么沉不住气。

"我没有！我只是想教训一下年小慕……"汪天丽想到当时的情景，自己也是一脸糊涂。她想不明白，是怎么惹到小六六的，明明一开始都是好好的。

"你心里应该很清楚寒少的脾气，他说出的话不会随便更改的，我现在去替你求情没用，反而会让人觉得我在偏袒你。"文雅黛靠到椅背上，眼神渐渐变得平静。

"那怎么办？我只能离开总裁办公室了吗？"汪天丽一想到这里就悔不当初！

文雅黛见她崩溃的样子，没有把话说死，而是安慰道："你先回去，按照部门的分配，到新的工作岗位上好好表现，有机会，我会帮你争取回总裁办公室。"

"还有那个年小慕，你一定要帮我出这口气……"

"好了！别再提她了，你都自身难保了，先好好想想自己的事。"文雅黛板起脸训斥道。然后她平复了下心情，将人送走。

谢菁菁躲在门外，将两个人的对话听了大半。汪天丽一走，她就跟着进来了。

"雅黛姐，天丽受了那么大的委屈，你真的不打算给她讨个公道吗？"她走到文雅黛的办公桌前，愤愤不平地道，"寒少向来重视人才，从来没有发生过这样的事情，那个年小慕一来，就接连有人倒霉，她简直是个狐狸精！"

文雅黛眸色变暗，片刻便已经恢复如常："你刚才不是都听见了吗？这次年小慕连口都没有开，寒少就将天丽调离了。"

"她那是利用小小姐！要是让寒少知道她的真面目，走的人一定是她！"谢菁菁听见文雅黛的话，越发气愤了，又道，"雅黛姐，你工作能力强，寒少向来重视你，只要你开口，寒少一定会……"

"你在胡说什么？"文雅黛愠怒地打断了她的话，"寒少向来公私分明，怎么可能会因为我而随随便便惩罚年小慕。"她话锋一转，语气又变得有些落寞："再说了，年小慕长得那么美，别说是寒少，就是我，看着都舍不得责备。"

"她也就只有那张脸！"谢菁菁忌妒得直跺脚。

文雅黛收回目光，掩下眼底的光芒，拿起办公桌上的文件，抬腿往外走。她上了顶层的总裁办公室，说道："我来给寒少汇报最新的工作进度。"

"寒少在等你，文经理里面请。"助手推开门，带着她往里走。

文雅黛抱着文件，伸手整理了下仪容，确定没有问题，才优雅地跟着助手进了办公室。她一抬头，就看见了正坐在办公桌前审阅文件的余越寒。

他专注工作的时候，周身都在发光，只是远远地看着，就让人移不开眼睛。

"寒少。"文雅黛掩下眼底的倾慕，走上前。她刚准备说什么，就发现会客沙发上还坐着人。小六六正趴在茶几上拿着画笔涂鸦，年小慕坐在她身旁，拿着一本书在看，悠闲的姿态很像女主人。文雅黛目光一紧，眼底闪过一抹寒光。

"坐。"余越寒看见她，将手里的文件放下，目光看向面前的椅子，朝她示意。

文雅黛是公关好手，不管是工作还是私人情绪，她都能控制得很好。她一听见他的声音，立时回过神，拉开椅子坐下："跟盛达科技的合作已经正式达成，陈总很满意我们的公关方案，尤其是对新项目包装和推广的提议，具体的事宜，他们今天会派人过来接洽……"

文雅黛谈起工作的时候，很专业。语气不卑不亢，神态自信从容，浑身散发着职场女性的魅力。

年小慕微微抬头，不知道是被她提到的内容吸引，还是别的原因，不自觉地将手里的护理知识课本放下，听起了他们谈话的内容。她听文雅黛提到"公关策略""执行推广""包装"等专业名词的时候，她的神态渐渐变得专注，就连她自己都不知道，她为什么会这么感兴趣。

“到后期的执行，我们公关部会全面跟进，需要其他部门协助的地方，我都罗列出来了，还有这次项目的核心……”文雅黛话说到一半，忽然停住了，扭头看向年小慕的方向，神色变得谨慎，“寒少，这次的合作至关重要，我们跟盛达科技已经签了保密协议。”

她的话没有说完，可是意思已经很清楚。这间办公室里只有年小慕是外人。他们要继续讨论的内容自然是不能让她听。就算她是小六六的护工，有小六六护着她，可工作上的事情，余越寒也会公私分明。有时候让一个人认清自己的身份很容易，只要让她知道就算给她穿上水晶鞋，她也不配！

年小慕正听得认真，等着文雅黛继续说，忽然对上他们的目光，她猛地回过神，明白了文雅黛的意思。

“我先带小六六出去玩一会儿。”年小慕说着，已经伸手去抱小六六，准备哄她出去溜达。

见状，文雅黛嘴角勾起从容的笑，笑里藏着轻蔑，她等着余越寒开口将年小慕赶出办公室。可下一秒，她就听见余越寒的声音缓缓响起：“不用，想听就留下来听。”

文雅黛：“……”

她一脸震惊地看向余越寒：“寒少，可是……”

“今天只是讨论一些例行方案，并没有涉及保密协议的内容，听听也无妨，继续。”余越寒收回目光，语气里有些不耐烦，他示意她接着汇报。

闻言，文雅黛不甘心地握了握拳。原本想借机让年小慕难堪，没想到居然没成功。可她一想到余越寒是因为没有涉及保密内容才让年小慕听的，心里总算舒服了些。

这么高深的公关方案，即使让年小慕听只怕她也听不懂吧？文雅黛眨了眨眼睛，嘴角扯出一抹笑，接着汇报工作。

年小慕刚准备离开，听见他的话，脚步微微一顿。她有些意外地抬头，却只对上了他深邃的眼睛，冷峻的面容，看不出情绪。他只是看了她一眼，又移开目光，投入了工作。那样子好像他们讨论的内容真的无关紧要。

年小慕重新坐下来，既然他说了可以听，那她也不矫情，她将护理专业书收起来，认真听文雅黛汇报，她听到后面，突然有些明白为什么余越寒会欣赏文雅黛。

文雅黛真的很专业，从方案的设计到各个环节的执行……事无巨细，她都考虑到了。很多重要的环节，她甚至还做了多手准备，应付突发情况。听她汇报确实会让人对合作信心倍增。这样的得力下属，换作年小慕，也会重用。

“年小姐似乎对公关部的工作很感兴趣，不知道你对我提出的方案有没有什么想法？”文雅黛合上文件夹，忽然扭头看向年小慕，漫不经心地问道。

她的语气很温和，就像是闲聊一样，并不会让人觉得突兀。

闻言，就连余越寒也微微挑眉，看向年小慕，他似乎也在期待，她会不会说出什么惊人的话来。

年小慕正在出神，突然发现他们的目光都集中到自己身上，她微微一怔，旋即飞快地摇头：“我只是好奇，所以听听。”

听见年小慕的话，文雅黛笑了，她就说嘛，一个护工怎么可能听得懂这么专业的公关方案，能让年小慕坐在这里已是抬举。

文雅黛心里的轻蔑并没有表现在脸上，她反而很客气地询问：“我听说你之前去了很多部门参观，有没有兴趣也到我们公关部看看？”

她刚才急着给年小慕下马威，表现得有失风度。既然年小慕对公关部感兴趣，自己就顺水推舟，带她去看看，顺便也能缓和一下刚才的尴尬。

文雅黛说完，扭头瞥见余越寒缓和的面容，越发觉得自己的决定是对的。

年小慕没有马上接话，而是看向了余越寒，见他没反对，才看向文雅黛：“谢谢文经理，希望不会打扰到你们部门的工作。”

“只是看看，无妨。”文雅黛从座位上站起来，举止优雅，跟余越寒打过招呼，见他没有别的吩咐，才转身往外走。

有余越寒在，小六六又一门心思扑在画画上，年小慕并没有带着她，一个人跟着文雅黛出了总裁办公室。

“年小姐真的很漂亮，这么近距离看着你，连我都有些忌妒。”文雅黛走到楼道里，半开玩笑地说道。坦率的说话方式，总是容易让人卸下心防。

年小慕怔了怔，伸手摸了摸自己的脸，轻声笑道：“文经理过奖了，你也很漂亮，而且我听说，你是余氏集团最厉害的公关经理，很多大项目，寒少都是钦点你负责。”

她这番话不是恭维，而是实话。她一直以为在商业场上，女性容易处于弱势地位。可是文雅黛让她很意外。文雅黛举止优雅，自信从容，工作能力更是一流。就算没有文家的家世背景，文雅黛本身也足以让很多男人将其奉为女神。

“寒少哪里是觉得我厉害，不过是从小一起长大，比较信任我，所以抓我当苦力而已。”文雅黛笑得温婉，像是回忆起了两个人的年少时光，然后，她看向年小慕，“对了，我听说护工很辛苦，其实你长得这么漂亮，有很多工作可以选择，为什么要去做护工？”

年小慕微微一怔，脑海里闪过谭崩崩严肃的脸：“你的命是我捡回来的，你想出去工作可以，但是你起码得有照顾自己的能力。”

为了达到谭崩崩的要求，她花了一段时间专门去学习了护理知识。后来，她就自然而然地学以致用成了一名护工。

“当护工也挺好的，看着别人一点点康复，很有成就感。”年小慕回过神，笑着道。

“如果病人没有康复呢？”文雅黛脚步一顿。

不是所有人都能这么幸运。在医院里，应该会看到很多意外去世的人。光是想象那些画面，就让人觉得揪心。

年小慕像是想到了悲痛的事情，嘴角的笑容隐了下去：“生老病死是自然规律，谁都避免不了，看着别人能提醒自己更珍惜现在拥有的一切。”有时候，能活着就是一种幸福。

“说得也对，跟你聊天很开心，希望以后还有这样的机会。”下了电梯，文雅黛抬头看向前方的公关部，简单的一句话，却又仿佛蕴藏着别的含义。

年小慕刚想说什么，文雅黛已经抢在前头：“我们到了。”

年小慕顺着她的目光看过去，已经有不少同事注意到了她们，正好奇地张望。

她没有再说话，而是跟着文雅黛一起提步上前。

“我还有工作，让别的同事带你参观应该没问题吧？”文雅黛一走到公关部门口，就扭头客气地问道。

年小慕从走到公关部门口开始，就有些出神，盯着门口属于公关部的门牌，眼睛里流露出复杂的光，听见文雅黛的话，点点头：“可以。”

文雅黛吩咐秘书带着她，自己转身进了办公室。下一秒，谢菁菁也跟着走了进去，关上门，忙问：“雅黛姐，那个女人怎么来了？”

文雅黛看见谢菁菁，眼里没有流露出一丝意外，反而将手里的文件丢到了办公桌上，有些疲惫地坐到办公椅里：“你别问了。”

“她刚把天丽害得离开了总裁办公室，现在又来我们公关部，她想干什么？耀武扬威吗？”谢菁菁一见文雅黛的样子，愤愤不平地低吼。

“你冷静一点儿，你以为我想她来吗？这两天发生了什么事你也很清楚，她当着寒少的面，说想来公关部参观，我这个经理怎么拒绝？”文雅黛伸手揉了揉眉心，声音透着一丝嘶哑，“你别问了，好好招待，别留下什么话柄，让我安静一会儿。”

“我知道了！”谢菁菁咬咬牙，眼底几乎能喷出火来，她转身出了文雅黛的办公室。

她愤怒的身影一消失，文雅黛低垂的眸微微抬起，嘴角勾着一抹冷笑。她靠到椅背上，悠闲地端起咖啡，轻啜了一口，脸上哪里还能看出一丝的疲惫和委屈？

“年小姐，先给你介绍一下我们公关部的同事……”秘书说完，不少人都抬头朝她打了声招呼，气氛很融洽，看得出来，公关部的人都比较活泼外向，甚至还有人主动给年小慕倒了杯水。

“公关部的工作看起来简单，实际上还是挺复杂的。你看，那边有个展示墙，就是我们部门这几年完成的大项目。”秘书说着，带着年小慕就准备往展示墙走。

蓦地，一道声音从身后传来：“看展示墙能看出什么，都是过去的案例了，我们公关部最厉害的可不是这些。”谢菁菁端着一杯咖啡从后面走上来，她递到年小慕面前，“现磨咖啡，要尝尝吗？”

年小慕的目光越过她手里的咖啡，看向她。

“谢菁菁，我们公关部的主管。”秘书在一旁小声给年小慕解释。

闻言，年小慕的眼珠转了转，她开口问道：“你刚才说，公关部最厉害的是什么？”

“每一个case（案子）只要结束，就只是案例，要说最精彩的当然是当下进行的项目，新颖、独特又充满挑战。”谢菁菁将咖啡放到她手里，继续道，“我们公关部现在正在进行的是余氏集团今年最重要的项目之一，你想看看吗？”

“跟盛达科技的合作项目？”年小慕下意识地问道。

她记得文雅黛刚才去汇报的时候提到的就是盛达科技。

谢菁菁没想到年小慕居然连这个都知道，眸色暗了暗，很快接话：“对，就是这个项目，最新的执行报告刚出来，是我经手的。前期的方案不涉及机密，如果你有兴趣可以让你看看。”谢菁菁说完，扭头看向秘书，“她交给我，你去忙吧。”

秘书一走，她就率先转身，朝自己的办公桌走去，打开笔记本电脑，将年小慕按到自己的座位上，点开一份文件：“就是这个，你慢慢看。”

谢菁菁太过热情，年小慕隐隐觉得哪里不对劲，她只扫了一眼电脑上的文件，就想站起来，这时一只手突然按住了她的肩膀!

年小慕一怔，错愕地看向身旁的谢菁菁，手下意识地挥开了她的手臂站起来。在她起身的瞬间，谢菁菁忽然伸手掀翻了桌子上的电脑!

砰——一声巨响，笔记本电脑掉到地上，屏幕瞬间就花了，闪烁了两下，彻底黑屏。

年小慕瞬间愣住了，难以置信地看着眼前的人，正想说什么，谢菁菁已经先一步惊呼：“哎呀！年小慕，你怎么这么不小心，这电脑里可是放着最新的执行报告！”

谢菁菁越过她，将掉在地上的笔记本电脑捡起来，着急地重新按着开机键。

年小慕怔怔地看着谢菁菁，如果不是亲眼看见谢菁菁伸手掀翻电脑，连她都要被骗了。

周围的同事闻声都齐刷刷地看向她们，连办公室里的文雅黛也走了出来。

“发生什么事了？闹哄哄的。”文雅黛走上前，扫了一眼面前的场景，拧起眉问道。

“雅黛姐……”谢菁菁抱着已经开不了机的电脑，一下子就哭了。

“我也不知道，我只是见年小慕对我们部门的工作感兴趣，好心让她看看我刚写完的执行报告，可谁知道，她竟然不小心把我的电脑摔坏了。”

“盛达科技的执行报告？”文雅黛脸色微微一变。她瞥见谢菁菁点头，脸色一下就沉了下来，“备份呢？重要的报告不是都会备份的吗？”

谢菁菁一听见她的话，哭得越发可怜：“我刚写完，还没来得及备份，我没想到会发生这样的事情……”

文雅黛：“……”

余越寒收到信息，来到公关部的时候，文雅黛已经将监控调了出来。谢菁菁的位置背对着监控，从当时的画面上看，只能看见她站在年小慕身后，不知道两人说了什么，紧接着，年小慕站起来，电脑就掉到了地上……

事情发生的时间很短，也很突然，暂时看不出有没有人动了手脚，但是从监控上看，年小慕进入公关部之后，大家都很热情。谢菁菁也是，桌子上还放着她给年小慕冲的咖啡。事发后，谢菁菁也并没有说年小慕是故意的，只是说她不小心摔坏了电脑。

“我跟盛达科技的陈总约了中午碰面，讨论执行方案，他们已经在路上了，不出一个小时就会到余氏集团。”文雅黛看见余越寒，立时站起身，开口说道。

余越寒的脸色微微一沉。客户已经在路上，他们却在这个时候出了纰漏，等人到了，要怎么解释？一次意外，影响的可能是整个集团的声誉！

“寒少，报告的事，跟文经理没有关系，是我的责任，我也没想到会发生这样的事情……”谢菁菁说着，扭头看了一眼年小慕，欲言又止。

她这样立时让人觉得这件事另有隐情。要知道，年小慕这两天走到哪里，哪里出事！

“就算不是故意的，可她弄坏电脑总该说一句‘对不起’吧？”

“菁菁也是倒霉，好心好意替别人解释，别人一句‘谢谢’都没有。”

“这份报告，可是我们大家一起好不容易赶出来的，盛达的人就要到了，一会儿可怎么办呀？”

周围响起众多议论声。

谢菁菁见大家的目光都看向年小慕，眼底掠过一抹精光，她要的就是这样的效果。年小慕才来集团两天，策划部和秘书部接连有人遭殃，现在又变成了公关部……大家会怎么想？

谢菁菁不说年小慕是故意的，可大家心里都已经对年小慕有了怀疑。就算最后证明年小慕真的不是故意的，执行报告在年小慕手里毁了却是事实。年小慕不是心机太深，也会是大家眼里的灾星！寒少不把年小慕开除，也一定会疏远她，不让她再进公司，到时候，看年小慕还拿什么得意？想到这里，谢菁菁嘴角勾起阴鸷的笑。

相比谢菁菁一直抱着电脑装可怜，被大家视作罪魁祸首的年小慕反而十分平静。她甚至从头到尾都没有开口替自己说一句话。她站在谢菁菁的座位前，眉心紧锁，不知道在想什么。

余越寒顺着她的目光看过去，发现桌子上放着几份资料，看标题，应该是各个小组汇总的执行方案材料。谢菁菁的报告应该就是依据这些原始材料写出来的。年小慕不替自己解释，看这个做什么？

文雅黛的眼珠转了转，她走到余越寒身边："寒少，现在的情况，恐怕只能先跟盛达科技的人解释，推迟一天……"

"能不能借给我一台电脑？"年小慕蓦地转过身，看向余越寒。一双灵动的眼睛里闪烁着没人看得懂的光芒，她只是定定地看着他，眼神里透着认真。

"年小慕，你想做什么？"文雅黛一怔，心里浮起一种不好的预感。可文雅黛转念一想，又觉得不可能。年小慕只是一个护工，她连项目内容都不懂，怎么可能临时变出一份执行报告。

文雅黛稳住心神，无视了年小慕的话，重新看向余越寒："我跟陈总的关系不错，他很信任我的能力，我去跟他解释，他应该会理解。"

年小慕影响了公关部的工作，最后是她帮忙解决了。这样一来，更能凸显出年小慕连她的一根手指头都比不上！文雅黛自信从容地站在余越寒面前，等着他开口。

"给她一台电脑。"余越寒幽幽地启唇，目光却不是看文雅黛，而是看向了年小慕。

说完，周围全是错愕的目光，尤其文雅黛，就算她心性沉稳，这时候都有些绷不住了："寒少……"

"解释是最没用的，既然盛达科技的人还没有到，那就还有补救的时间。"余越寒说着，示意身边的人将电脑拿给年小慕，她没有说想做什么，可他就是读懂了她的眼神。

"你是说靠年小慕？"文雅黛总算明白了他的意思，震惊得张大了嘴。

"我刚跟盛达科技的陈总通过电话，他已经带着他们公司的团队在来的路上，不出一个小时，肯定会到，这么短的时间……"文雅黛都不知道怎么说下去。就是交给她，她也没有把握在这么短的时间里写出一份执行报告。所以她的第一反应是跟对方解释，推迟会议的时间，可现在……

不只是文雅黛不相信年小慕，在场的公关部员工听见年小慕的话，都一副见鬼的表情。众人愣了半晌，都没有人说话。等众人回过神，都看向了年小慕！

年小慕接过电脑，并没有理会周围的人在想什么，拉开椅子坐下，伸手将桌子上的资料全拿到了自己面前。她一边翻阅着资料，一边飞快地在电脑上打字。脑海里浮现出文雅黛给余越寒汇报的内容。

年小慕不了解盛达科技，是不能凭空写出一份执行报告的。可是巧就巧在余越寒刚刚让年小慕听了一场汇报。文雅黛是公关部经理，她的能力众所周知，她对这次的项目，也比公关部任何人都清楚。文雅黛刚在总裁办公室做的工作汇报已经将这个项目的大致内容都解释了一遍，再加上谢菁菁办公桌上的这些资料，还有年小慕刚才扫过一眼的执行报告……

年小慕的脑子里像是展开了一个网格，她将所有的客户要求和数据进行了一一排列，然后随着手指在键盘上的移动，这些内容一点点地记录在电脑的文档里。

时间一分一秒地过去。随着电脑屏幕上不断出现的报告内容，刚才吵吵嚷嚷的公关部，渐渐安静下来。

余越寒坐在她身后，认真地看着她。电脑前的她像是换了一个人，认真、专注、气场全开……

她一边盯着面前的资料，一边在打字，一心多用，浏览的速度非常快。他知道这种阅读方式是一个长期审阅文件的人养成的习惯，她一个护工怎么会有这种能力?

让他诧异的还不止这些，从她拿到电脑到写完一份执行报告，只花了三十九分钟。

年小慕停下来的时候，大家几乎都屏住了呼吸，看着她将电脑连上打印机，将整份报告打印出来，然后她把报告递给余越寒，就连文雅黛都忍不住伸头想看看她写的报告。等文雅黛意识到自己的举动意味着什么时，怔了怔，又连忙退了回来，她在心里安慰自己：不会的，别的事情她或许会相信，可是就连她都没有把握做到的事儿，年小慕一个护工怎么可能做到？等寒少看完年小慕的报告，她就会原形毕露！可文雅黛等了一分钟，余越寒都没有反应。

等了两分钟，他的眼神终于有了变化，就在文雅黛窃喜年小慕要倒霉的时候，她却发现他眼底的光芒像是赞赏和惊艳，没等她想明白是怎么回事，余越寒已经将手里的报告递给她：“你是这个项目的负责人，你看看。”

文雅黛看着递到自己面前的报告，迟疑了几秒，才伸手接过来。不只是她，站在她身边的谢菁菁也不自觉地凑上前。谢菁菁跟文雅黛一样，根本不相信年小慕能在这么短的时间内写出一份执行报告。可等谢菁菁看清楚报告内容后，脸色一下子就变了。

没等文雅黛看完，她就着急地从文雅黛的手里将报告抢了过来，飞快地看到最后，整个人呆若木鸡！这份报告，跟她的报告相似度极高。里面的几个细节做了调整，调整后的内容连谢菁菁自己都挑不出毛病。别人没有看过她的报告，可是她自己心里有数。年小慕的这份报告，比她写的那份还要好！

“不可能的……”谢菁菁像是被吓傻了，拿着报告，喃喃自语。

文雅黛眉心拧紧，从她手里拿过报告，继续看完，眼神也微微变了。

“文经理，怎么样？”

“这么短的时间内写出来的，应该用不了吧？”

“我记得年小慕只是个护工，她怎么会懂公关？”

周围的同事好奇地看向文雅黛，等着她开口。

文雅黛紧紧地捏着手里的文件，很想说这份报告一无是处，可是余越寒就坐在这里，她的话能骗其他人，却骗不了他。

她只能说实话：“虽然有不够完美的地方，可是从这个项目本身来说已经很好了。”余越寒的目光一直停留在年小慕身上，看得文雅黛几乎要抓狂。

“寒少，盛达科技的陈总一行人，已经到我们集团了。”秘书匆匆从外面走进来，开口道。

余越寒转过椅子，挑眉睨了文雅黛一眼，淡漠地启唇：“带年小慕去见盛达的人，让她来解释这份执行报告。”

文雅黛对上他淡漠的眸，根本不敢说“不”字。余越寒最欣赏的是她公私分明的工作态度和出色的工作能力。她不能因为年小慕破坏了自己在他心目中的印象。

文雅黛咬咬牙，看向愣着的年小慕：“你跟我来。”

年小慕写完报告，脑子就一直有些放空，她听见文雅黛的话，本能地看向余越寒。她想说自己没有经验，就见他薄唇微启，无声地吐了几个字：“三倍奖金。”

顿时，年小慕没说出口的话在嘴边一打滚，又麻利地咽了回去。她跟着文雅黛往公关部的会客室走去。

余越寒则慢悠悠地站起身，踱步进了文雅黛的办公室，那里的监控能看见整个公关部，包括会客室！

余越寒刚坐下来，秘书就连忙端了一杯咖啡放到他手边：“寒少，还有什么别的吩咐吗？”

余越寒薄唇微抿，没有说话，挥手示意秘书离开。他单手支着头，等着即将出现在监控画面里的年小慕。

年小慕站在那里，就是所有人的焦点，神采飞扬。

余越寒坐在电脑前，隔着屏幕看着浑身都在发光的年小慕，骨节分明的长指，在桌面上轻轻地敲击着，他陷入了沉思。

会议很快结束了，文雅黛带着年小慕亲自送走了盛达科技的人，才回到公关部。公关部里，所有人聚到了一起，翘首以盼。大家一看见她们出现，立时围上前："文经理，情况怎么样？我们提出的方案陈总满意吗？"

谢菁菁是所有人里面心情最忐忑的。她笃定了年小慕不会公关，执行报告出了问题，年小慕根本解决不了，她才会拿这个设计年小慕。她想让所有人觉得年小慕是灾星，厌恶年小慕。可谢菁菁怎么都没想到，年小慕居然能临时写出一份报告。要是这份执行报告真的让陈总满意，那她今天所做的一切就不是打年小慕的脸，而是替年小慕铺路。她非但没让大家觉得年小慕是灾星，还让年小慕成了公关部的救星！一想到这里，谢菁菁就怎么都冷静不下来，抬头看见文雅黛难看的脸色，又燃起一丝希望，难不成，年小慕将汇报搞砸了，陈总很不满意？

谢菁菁想着想着就激动了，她挤到最前面，伸手抓住文雅黛的手："经理，到底怎么样？你就实话实话，不用给什么人留面子！"

文雅黛听见她的话，脸色更难看了。文雅黛推开她的手臂，走到余越寒面前，说道："陈总对我们的执行报告很满意，刚刚已经确定就按照这个方案执行。"

公关部里立时响起一片庆祝的声音。只有谢菁菁呆滞地站在原地，半晌她都回不过神。谢菁菁听见身边的同事在笑，也想跟着笑，笑容却比哭还难看。

年小慕站在门口，正美滋滋地盘算着三倍奖金到手。她一抬头，瞥见谢菁菁，才想起自己还忘了一件很重要的事情！

她眯了眯双眼，走到余越寒身边："电脑不是我摔坏的。"

公关部里很热闹。大家都在庆祝，很多人都没有注意她说了什么。她说了一遍，见余越寒没有反应，以为他没有听见，她提高音量，重复了一遍："是谢菁菁当着我的面将电脑从桌子上推了下去。"

年小慕说完，刚才还热闹一片的公关部忽然安静了下来，所有人的目光齐刷刷地看向她！

年小慕原本只是想告诉余越寒，她没有给公关部添麻烦，没想到大家都听见了。她微微一怔，既然说了，就干脆说明白："我当时只是觉得不对劲，想要起来，谢菁菁突然伸手将电脑推到地上。"年小慕的声音很清脆，她很平静地将当时的情况说了一遍。

如果这番话她在事发当时说，大家只会以为她是想替自己脱罪，才将责任都推给谢菁菁。可如今，是她帮公关部解决了问题，就算电脑真是她弄坏的，也已经将功补过，完全没必要再诬陷其他人。

因此，她说完，大家的目光不约而同地看向谢菁菁。

谢菁菁神色一慌："年小慕，你胡说什么？电脑明明是你撞掉的，我好心替你解释，你现在却要诬蔑我？你的良心呢！"

谢菁菁双手紧握成拳，眼睛里透着愤怒和委屈。文雅黛已经调过监控，根本看不出来电脑是谁弄坏的，只要她咬死不承认，年小慕说的话就是空口无凭！她深谙弱者都会备受同情的道理，转身看向余越寒："寒少，我进公司已经好几年了，一直兢兢业业地工作，这些公关部的同事有目共睹，这次的执行报告是我负责的，我怎么可能拿自己的工作开玩笑？"

谢菁菁说着，转身看向年小慕："你说电脑是我故意摔坏的，那我问你，我们无冤无仇，我这么做对自己有什么好处？"

谢菁菁说完，大家的眼神都发生了变化。

年小慕眉心皱了皱，她想不明白的也是这一点。她们之前根本没有交集，谢菁菁为什么要这么做？别人看不见，可她看见谢菁菁伸手推掉了电脑，这是事实！

年小慕抿了抿唇，扭头看向余越寒。

他冷峻的面容看不出情绪，深邃的眼睛扫过在场的人。旋即，他拉开一把椅子坐下来，淡淡地启唇："将门口那个监控也调出来。"

闻言，大家都愣住了。不明白他这句话的意思。监控不是已经调过了吗？什么都看不出来，再调一次，有什么意义？

很快就有人发现，他说的那个监控器跟之前文雅黛调的监控器不是同一个。办公区的监控，只能拍到两个人的背影，可是门口监控器的角度却能拍到她们的侧面！

文雅黛意识到这一点，手心紧了紧。她想说什么，秘书已经将监控画面调了出来。果不其然，门口的监控清晰地拍到了年小慕起身的瞬间谢菁菁突然朝电脑的方向挥了一下手臂……

只可惜，最关键的一秒还是被两个人的身体挡住了。她的手到底是无意撞到还是故意推掉电脑，无法轻易下定论。但至少可以证明，年小慕并没有说谎。电脑掉到地上的罪魁祸首是谢菁菁！

"不、我没有……肯定是监控的角度问题，寒少，我对待工作向来很认真，是绝对不可能拿自己的工作开玩笑的……”谢菁菁彻底慌了，拼命解释，“寒少，我真的不是故意的，当时年小慕突然站起来，电脑又正好掉了，我才以为是她撞的。”

谢菁菁见余越寒冷着脸没有接话，连忙看向文雅黛：“文经理，你是公关部的经理，我的为人你最清楚，这次盛达科技的项目，我真的很重视。”

文雅黛的眼珠转了转，她原本以为可以借这次的事情让余越寒不许年小慕在公司里走动，谁知道事情到了最后会有这样的反转。

她不在乎谢菁菁，可到底是她的下属。谢菁菁出了事，她也有责任，决不能让谢菁菁坐实了故意陷害的罪名！

“寒少，菁菁虽然有错，可她也不是有意的，电脑坏了她是最着急的人，或许因为这样才误会了年小姐，现在误会解释清楚了，我让她给年小姐道个歉？”文雅黛看向谢菁菁，朝她使了个眼色。

见状，谢菁菁强忍着不情愿，朝年小慕俯了俯身：“对不起。”

年小慕咬了咬唇，没有说话。

监控拍不到正面，别人会相信谢菁菁是无意的，可是她当时看得很清楚，谢菁菁伸手推掉电脑的时候，眼里闪烁着狠戾的光，那种眼神绝对不是意外……

可现在谢菁菁当着这么多人的面给她道歉，文雅黛又在给谢菁菁求情，要是她断然拒绝，别人只会觉得她不识好歹。

“停职调查。”就在年小慕以为这件事只能不了了之的时候，一道冷冷的声音缓缓地在耳畔响起。

年小慕身体一僵，她霍地抬头看向余越寒，像是不敢相信自己的耳朵。

余越寒的目光并没有看她，而是冷漠地盯着谢菁菁。说完，他就从椅子上站了起来准备离开。

文雅黛最先回过神：“寒少，菁菁在公关部不是一两天了，工作一直很出色，只是一个意外，就让她停职调查会不会太严重？”

她本来想着，无凭无据，最多就是赔礼道歉，再不然，就是扣点儿奖金。没想到，余越寒一开口就让谢菁菁停职调查，并且又是因为年小慕……

她绝不能眼睁睁地看着他因为一个女人而变得公私不分！

“严重？”余越寒脚步一顿，他转过身，眼神冷酷，“身为公关部主管，重要的报告没有在第一时间备份，是失职；没有备份的报告，却没有妥善保管，发生意外，却想不到办法补救，是无能；工作出了问题，首先不是反省自己，而是将责任推给他人，是没有担当。”

余越寒森冷的眸子扫过在场的人，最后落到文雅黛脸上：“公关部有这样的主管，我很担心跟盛达科技的合作项目还会不会再出问题。”

文雅黛脸色一下就白了，这句话的意思是连她也一起质疑了。毕竟当初，谢菁菁这个主管是她力保上去的。

文雅黛深吸一口气，强迫自己冷静下来：“今天的事情菁菁确实有很大的问题，我这个经理没有管理好下属也有责任，我会好好督促她，不会让她再犯这样的错误，可盛达的项目已经开始了，小组的工作一直是菁菁在跟进，突然将她换掉，我担心临时找不到比她更合适的人选。”

文雅黛说到这里，像是找到了理由，长出了一口气。大项目最忌讳临时换人。太多的内容需要交接和熟悉，时间不够就是主要问题，尤其谢菁菁还不是普通员工，临时把她换掉，又找不到合适的人顶上，盛达这个项目的工作肯定会受到影响。只要余越寒肯网开一面，对谢菁菁的惩罚往后推一推。等完成盛达的项目，文雅黛就可以借着谢菁菁在工作上的优秀表现，争取给谢菁菁将功补过。

文雅黛想到这里，心也跟着定了下来，她抬起头，满怀信心地看向余越寒。

“谁说没有合适的人选？”余越寒瞥了她一眼，深邃的眼睛看向年小慕，他幽幽地启唇，“谢菁菁停职调查期间，就让年小慕来接替她的工作。”

文雅黛：“……”

年小慕一路默默地跟着余越寒回了总裁办公室。她只觉得双脚像是踩在棉花上，整个人轻飘飘的……

余越寒脚步一停下来，她差点儿又撞上去。等她回过神，才发现他一双深邃的眼睛正冷冷地盯着她：“为什么要当护工？”

当然是因为学了这个专业又能赚钱。

“你打算一直当护工？”余越寒收回目光，转身走到办公椅前坐下。

“倒也不是。”年小慕嘟哝了一声。

学护理知识是为了向谭崩崩证明她懂怎么照顾自己。当护工是正好有合适的工作。至于以后做什么，她还没有想好，只要能赚钱就行。

“余氏集团公关部的主管，工资是你现在的两倍以上。”余越寒淡漠地扫了她一眼，就将她心里的小九九都读了出来，字字句句都戳到了她的心上。

年小慕霍地抬头，听见钱，她的眼睛都在发光！

那副小财迷的样子让人忍俊不禁。

余越寒看着她，眸色深了深。脑海里浮现出来的是她坐在电脑前，以众人无法想象的速度写出一份执行报告的画面；还有她在会客室里做汇报浑身发光的样子……跟眼前单纯无害的模样判若两人。

余越寒眸子紧了紧，他蓦地启唇："你就没有什么话想要跟我说？"

比如她到底是什么人？那份执行报告是怎么写出来的？还有她的身上藏了什么秘密……

"当然有！"年小慕一想到以后工资可以翻倍，立马抬头挺胸，无比真诚地保证，"我以后到了公关部，一定会努力工作，绝对不会让你失望！"

余越寒："……"

等她的身影在休息室门口消失，他才看向身旁的助手，说道："再让人去查，我要知道跟她有关的一切。"

他说完，就见年小慕又从休息室里跑了出来。

他眯了眯眼睛，挑眉看着她，正在想她有没有听见他刚才说的话，年小慕已经跑到了他面前，双手撑在桌子上，神情严肃地看着他，问道："寒少，你是不是忘了一件很重要的事？"

余越寒微微一怔，年小慕没注意到他的表情，见他没回答，兀自说道："我去了公关部，那谁来照顾小六六？"

年小慕刚说完，就见小六六软糯糯的小身子从休息室里走出来，怀里还抱着心爱的小猪娃娃，她揉着大眼睛，刚睡醒有些小迷糊，小丸子头都睡歪了。

小六六扭头看见办公室里的两个人，犹豫了一秒，还是朝年小慕跑了过去，奶声奶气地道："漂亮姐姐抱。"

年小慕低头看着她粉雕玉琢的小脸，旋即，年小慕扭头看向余越寒，用眼神询问他，要怎么跟小六六解释。

余越寒见年小慕说的是这件事，脸色柔和下来，他朝自己的小公主招手："过来。"他将小六六软乎乎的小身子抱起来，捏了捏她的小脸蛋。

"小六六的伤还要多久才能痊愈？"他淡淡地启唇。

"伤口已经愈合得差不多了，再换几天药，然后注意恢复期别让她受伤的胳膊提重物，小孩子恢复能力快，很快就没事了。"年小慕解释道。

她是很想赚钱，可是也同样放心不下小六六。年小慕一想到要离开小六六，心里就有说不上来的不舍。

余越寒的眼珠转了转："小六六每天都会跟我来公司，你在公司上班，需要定时抽空上来替她换药，直到她伤口痊愈，有问题吗？"

"没问题！"年小慕一听说还可以照顾小六六，二话不说就答应了，开心地扭头跟着助手去办入职手续了。

余越寒看着她脸上的笑容，心口莫名一窒，一般人高兴是因为能留在他身边，她倒好，这么高兴是冲着他女儿来的！

年小慕当天下午就办好了入职手续，第二天到公关部正式报到。她走到公关部门口，微微有些出神，看着挂在自己胸口的工牌，再抬头看向眼前只来过一次的部门，心里却有着一种很熟悉的感觉。

她不知道这种熟悉感是怎么来的。所以一直想在余氏集团里多看看，可她怎么也没有想到会有机会正式进入余氏集团工作。

"年小姐，早。"昨天接待她的秘书，一看见她，就客气地打招呼。

年小慕收回目光，走上前，拿着手里的入职报告："早，我要找文经理，她来了吗？"

"文经理向来是我们部门来得最早的一个，她已经在办公室里等你，你直接进去就好。"秘书说着指了指经理办公室的方向。

年小慕颔首示意，然后她快步往里走。她来得比较早，公关部的同事几乎都没有到。她径直走到经理办公室门口，抬手敲门："文经理，我是年小慕。"

第六章

刻在骨子里的高贵，不会随着记忆消失

“进来。”办公室里，传出文雅黛的声音。

年小慕伸手推开门，往里走。

文雅黛的办公室，在公关部视野最好的位置，玻璃墙上，可以看见外面办公区的情况，外面却看不见里面。

文雅黛坐在办公桌前，正在翻阅面前的文件，看见年小慕进来，微微抬起头，笑着开口：“来了，坐吧。”

文雅黛那热情的笑容令人如沐春风，仿佛昨天的不愉快根本没有发生。

“文经理，早。”年小慕将手里的入职报告放到她的办公桌上。

文雅黛没有看面前的报告，而是笑得更加灿烂了：“从我看见你的第一眼，就觉得我们很有缘分，没想到这么快就成了同事。其实有没有入职报告不重要，你在公关方面的能力，不只是我，我们部门的其他同事也见识到了，大家对你的加入都很期待。”

文雅黛说着，从办公椅上站起身，伸出手：“我代表公关部欢迎你！”

“谢谢。”年小慕怔了怔，旋即握住了她的手。

很快，文雅黛松开手：“你刚到公关部，很多东西都不熟悉，我特意安排了一个同事来带你，让你能尽快熟悉我们部门的工作。”

文雅黛说着接了内线，一会儿办公室的门就响了，一个年轻女子从外面走了进来："文经理，你找我有事？"

"嗯。"文雅黛走到两个人的中间，平易近人地开口，"我给你们介绍一下，这是年小慕，我们部门新来的主管。"

文雅黛看向年小慕，指了指刚进来的年轻女子："她是叶明敏，我们公关部另外一个主管，你刚来，我让她带着你熟悉部门，有什么不懂的，你都可以问她。"

年小慕昨天那份报告虽然惊艳了众人，可是她对公关部不熟悉，要尽快融入部门必须有人带。她是空降的主管，普通的职员肯定没办法带她，只能让另外一个主管来带。文雅黛的安排合情合理。

年小慕很快就跟着叶明敏出了办公室，走到谢菁菁的工位前，叶明敏才停下来："谢菁菁已经停职调查，这里以后就是你的办公桌。"

公关部的其他人已经陆陆续续来了。他们看见年小慕，不约而同地朝她看过去，一看见她站的位置是谢菁菁原来的工位，又有些纠结地移开目光。只有几个实习生敢大大方方地跟年小慕打招呼。

年小慕心里只有双倍工资，并不在意这些，一见上班时间到了，扭头看向叶明敏："我的工作任务是什么？"

"熟悉环境，还有我们公关部的工作流程，你虽然是主管，但是因为之前没有相关的工作经验，所以必须像实习生一样先做几天最基础的工作。"叶明敏漫不经心地指了指打印机，"今天早上就先学习怎么帮大家打印文件，然后做分录吧。"

年小慕蹙了蹙眉，想说什么，叶明敏已经越过她走了。

经理办公室里。

文雅黛端着一杯咖啡，站在玻璃墙前，看见站在打印机前的年小慕，她轻啜了一口咖啡，嘴角勾起一抹冷笑。

年小慕不过写了一份执行报告，真当自己炙手可热了？一开始，她确实没想过让年小慕进公关部。毕竟自己的部门，当然是自己人用着顺手一点儿。谢菁菁是蠢，但是工作能力不错，又听话。这样的人，掌控起来方便。没想到余越寒会让年小慕空降到公关部，当众打了她的脸……

文雅黛眯了眯眼睛，眼底闪过一丝冷意。在职场，不是能力强就一定会受欢迎。

年小慕现在守着打印机忙前忙后的可怜样，真是连实习生都不如，文雅黛看着就觉得痛快，估计再过两天，年小慕就该受不了来找她诉苦。要是年小慕连部门都融不进去，到时候要走，就跟任何人都没有关系了。

文雅黛嘴角噙着得意的笑，她慢悠悠地走回自己的办公桌前坐下，换个姿势，继续欣赏年小慕狼狈的样子。

打印机旁。

年小慕将刚打印好的一份文件装订，然后递给身旁的同事。她准备伸手擦擦额头上的汗，听见又有人喊："年小慕，我要的资料打印出来了吗？"

"马上！"她顾不上喘口气，继续忙活。

叶明敏有一点没有说错。年小慕确实不懂公关部的工作流程，可能还不如实习生。这样的主管，不管放在哪个部门，都没有办法很好地跟同事配合。

任何新人都需要适应期。打印文件就打印文件，她还能借着清闲的时候，好好研究一下部门的同事都是怎么工作的。

没什么好委屈的，这么一想，年小慕又干劲十足，她手脚麻利地帮同事打印资料、发传真，把那些不着急要的文件，找机会看一眼，了解各个小组现在跟进的项目……

人一忙，时间就过得飞快。午饭时间，她总算能歇一会儿了。等她回过神，部门里的同事都已经结伴去吃饭了，只剩下她一个人。

年小慕将最后一份需要打印的文件整理好，才出了公关部。她走到食堂的时候，有不少公关部的人，倒是有同事想招呼她一起坐，只是还没来得及喊出声，就被身边的人拉住了。

"谢菁菁只是停职调查，指不定什么时候就回来了，你这么着急巴结年小慕就不怕引火烧身？"说完，准备招呼年小慕的同事顿时安静了。

年小慕打好饭，扫了一眼餐厅，朝角落里的一张空桌子走过去。

她已经做好了一个人吃饭的心理准备，可她还没来得及坐下，就看见一抹小身影朝她飞奔过来："漂亮姐姐。"

小六六穿着一身粉嫩的公主裙，扎着丸子头，粉雕玉琢的小脸蛋透着绯红。小短腿跑得飞快，她一溜烟就扑到了年小慕的怀里。

"小六六……"年小慕怔了怔，将她抱起来，"你怎么来了？"

小丫头歪着小脑袋，一双大眼睛眨巴眨巴的："来陪漂亮姐姐吃饭饭！"

年小慕心里一暖，下一秒，小六六的小手指指向餐厅的入口，她笑弯了眉眼：“爸爸也来了哦！”

年小慕忙抬起头，顺着小六六的目光看过去，余越寒出现在餐厅入口。

“寒少——”餐厅里的员工下意识地站起来问候。

“不用管我，你们随意。”余越寒朝周围看了一眼，很快，他就收回目光，朝年小慕的方向走过去。

“寒少！”年小慕抱着小六六，立马站直了身体，默默地在心里哀号。

她是很想小六六，可是一点儿都不想冰疙瘩。她跟余越寒一起吃饭，被他瞪一眼就得消化不良。

“寒少，你也来吃饭？”年小慕小心翼翼地问。

余越寒看了她一眼，那冷冷的眼神像是在怀疑她的智商，旋即，他幽幽地启唇：“陪小六六。”

“……”

“顺便吃饭。”

“……”

简单概括，就是跟她没有什么关系，她懂。

要不是小六六要过来找她，他压根儿不愿意来员工餐厅。这么一想，她还嫌弃他，是不是有点儿不识好歹？

“要不，这一顿，我请你？”年小慕佯装客气地道。她嘴上说得痛快，心里已经开始等着他拒绝。毕竟他是总裁，又不缺那点儿钱，怎么可能真的要她请吃饭。他一定会拒绝的，对吧？

“好。”简单干脆的一个字，从他好看的薄唇里缓缓吐出。

年小慕一愣，像是听不懂一样，呆呆地看着他：“你刚才说什么？”

“好，你请我。”余越寒瞥了一眼她的神情，没等她回过神，他扭头吩咐助手，“要三份最好的套餐和一份普通套餐，饭钱从年主管月底的奖金里扣。”

年小慕：“……”

等助手将三份套餐端上来，一字排开放在她面前时，年小慕的心都在滴血，这还不是最惨的，他们三个吃着豪华套餐，只有她这个出钱的人吃着普通套餐。这还有没有天理？还能不能愉快地玩耍了？

她感受到了来自这个世界最深的恶意……

年小慕戳着碗里的青菜，直勾勾地盯着余越寒碟子里的红烧肉。

他上次抢了她的红烧肉，这次是不是可以还一点儿回来？

“你想吃？”余越寒将餐盘拉到自己面前，用筷子夹起一大块红烧肉，看向她，肥瘦相间，焦黄的色泽，比上次被他抢走的那份看起来还好吃！

年小慕正犹豫着要不要点头，让他分自己一点儿，就见他筷子一动，慢悠悠地将肉放到嘴里，然后重新用筷子夹了两片苦瓜，放到她的碗里，说道：“肉吃多了容易上火，苦瓜适合你。”

年小慕看着自己碗里的两片苦瓜，小脸也变成了苦瓜脸，她默默地在心里扎小人。如果眼神能杀人，余越寒身上一定已经被她射出一百个血窟窿了！

年小慕满脑子沉浸在掏了“巨款”请余越寒吃饭的悲愤中，她完全没有注意到两人之间的互动，已经让围观者吓得筷子都掉了。

公关部的人，刚才都忙着跟年小慕撇清关系，这会儿看见坐在年小慕对面的余越寒，心里一阵懊悔！

寒少一年进员工餐厅的次数屈指可数。如果他们刚才跟年小慕坐在一桌，那现在不就可以跟寒少同桌吃饭？刚才被拉住的女同事，这会儿后悔得连胃口都没有了。她只能跟众人一样眼巴巴地拿着手机偷拍自己的男神。

“新工作适应得怎么样？”余越寒慢条斯理地吃着饭，淡漠的语气听不出关心，倒像是随口一问。

闻言，年小慕先是愣了愣，将自己脑子里想要把他碎尸万段的念头全部压下去，才抬起头认真地回答：“还可以。”

只是打印文件，这种小事她怎么可能做不好，至于其他的……

年小慕眼神闪烁了一下，她很快又没事般笑了笑。

每个职场新人都会遇见一些问题。她空降到公关部，肯定不会那么快被大家接纳，如果一点儿委屈就要到处告状，那只会让部门里的同事更加讨厌她。这点儿道理她懂。

余越寒眼睛一眯，他见她不肯说，并没有多问。吃完饭，他才从座位上站起来，朝小六六伸出手。小六六吃饱了，拍着圆鼓鼓的小肚子，爬到他的怀里。

“还没有擦嘴！”年小慕瞥见小六六嘴角的米粒，抽了一张纸，走到小六六身边，替小六六收拾了一下。

她刚抬头，就对上了余越寒深邃的眼睛。他单手抱着小六六，另一只手闲适地揣在口袋里。颀长的身影，透着尊贵的气息。他就这么站着，让她给小六六擦嘴。两个人都没有意识到这样和谐的画面，看起来就像是一家三口。

可周围的人已经炸窝了，余氏集团的内部网再一次被一组餐厅图片刷爆了……

总裁办公室里。

年小慕抱着小六六坐在沙发上，仔细地给小六六的伤口换药，用余光一直偷偷瞄着坐在办公桌前看文件的男人。她几次想开口说什么，话到了嘴边又咽了回去。

“漂亮姐姐，你是不是觉得我爸爸很帅？”小六六注意到她的视线一直在余越寒身上打转，一脸兴奋地问道，稚嫩的声音格外清脆。

年小慕神经一紧，她连忙伸手捂住小六六的小嘴：“没有的事，一块冰疙瘩，有什么好看的！”说完，她忽然觉得背后一阵凉气袭来，再抬头，刚才还在看文件的余越寒正阴沉沉地看着她……

说别人坏话被当场抓包，该怎么自救？

在线等，急……

年小慕脸上的笑容僵住了。她张了张嘴，想不到自己该说什么，脑子一抽，将刚才想的事情脱口而出：“寒少，我的奖金你能不能先发给我？”

说完，她都想把自己敲晕。她刚把人得罪了，就要求发奖金，这不是明摆着找死吗？可说出去的话、泼出去的水收不回来，只能硬着头皮上。

她麻利地替小六六换好药，从沙发前站起来，拿出口袋里随身带着的小本子走上前在余越寒面前摊开：“从上次宴会的时候，你让我陪你跳舞开始，还有后面的几次，每一次我都记在上面了。”年小慕指着上面记着的奖金数额，眼睛变得亮晶晶的。

一点儿钱就能让她笑得这么开心？余越寒盯着她明媚的小脸，目光落到自己面前的小本子上，他蹙了蹙眉，她竟然还随身带着账本？

“怕我赖账？”余越寒的声音沉了下来。

“当然不是！寒少你英俊潇洒玉树临风，一身贵气无人能敌，怎么可能会赖账？我就是……就是……”她能说账期要到了，她急着筹钱还债吗？

年小慕正纠结着怎么回答，他已经淡漠地启唇：“一会儿让助手带你去财务处。”

“……”

“现在，我们先来聊聊冰疙瘩是怎么回事。”

年小慕：“……”

现在假装失忆，还来得及吗？要不然，装死？

就在年小慕火烧眉毛的时候，小六六突然跑进了休息室，拎着一幅画，正高兴地朝她跑过来："漂亮姐姐，我画了你跟爸爸。"

年小慕灵机一动，伸手接过小六六手里的画，二话不说就放在余越寒的面前："寒少，你快看，小六六把你画得惟妙惟肖……"她话说到一半戛然而止。

只见色彩鲜明的涂鸦上，勉强能认出两个穿着裙子的人，是她跟小六六，至于余越寒？年小慕拼命地在画里找了很久，最后指着一根类似电线杆的物体，心如死灰地问小六六："这是你画的爸爸？"

她瞥见小六六可爱的小脑袋点头如捣蒜，恨不得自己从来没有学过"惟妙惟肖"这个成语！她再抬头，就见余越寒盯着画上的那根电线杆，脸已经黑成了锅底……

他低沉的声音像是从地狱传来，一字一顿地道："原来我在你眼里的形象，这么独特！"

年小慕："……"

死路一条，怎么办？三十六计走为上计！

"寒少，我突然想起来，公关部还有很多工作等着我。"她松开手里的画，扭头就往外跑，一溜烟就消失在门口了。

下一秒，助手拿着一份资料从外面走进来，径直走到余越寒面前："寒少，你让我查的事情有消息了。年小慕的背景依旧查不到，但是我们查到了一个跟她有关的人，叫谭崩崩！"

"谭崩崩？"余越寒眼睛一怔，似乎怀疑自己听错了，这么奇怪的名字……旋即，他想起还在办公室里的小六六，示意助手先别说话，按了内线，让秘书先来带她出去玩。

等小六六出去了，他才重新启唇："怎么回事？"

助手连忙将手上的资料放到他面前。

资料上，除了谭崩崩的背景资料，还附带一张她在医院里穿着白大褂的照片。照片上的谭崩崩有着清丽的面容、不苟言笑的神情。

"年小慕二十岁之前的背景查不到任何信息，但是我们查到她二十岁之后，唯一算得上朋友的人，只有一个，那就是谭崩崩。"助手说完，脸上露出纠结的表情。

他们查了这么久，几乎一无所获。连他都开始怀疑，余家的消息网是不是出了什么问题，还好这次他们不是无功而返。

“谭崩崩是医院的医生，刚调去精神科，跟年小慕认识似乎是因为医患关系。年小慕平时除了工作，几乎不跟其他人接触，这个谭崩崩例外，两人的关系似乎不错。”

年小慕的生活十分单一，除了工作，几乎没有什么娱乐项目。她之前在读护理课程，后来就成了护工。除此之外，他们根本查不到任何信息。

她没有家人，没有朋友……

要不是助手记得，他们第一次看见年小慕是在医院，特意让人去打听她那天去医院做什么，也不会发现年小慕就是当初捐血救了小六六的人，继而得知她当天会去医院，是为了去找谭崩崩。可追查下去，却没有别的发现。年小慕只是到医院给好朋友送生日蛋糕的，根本没有什么不对劲的地方。

“居然是她……”余越寒目光微闪，忽然有些明白，为什么小六六会对年小慕这么依赖，小糯米团子怕是记得她这个救命恩人。可一个来路不明的人，还是无法让人放心，现在谁也确定不了，这份恩情到底是真的恩情，还是别有用心。

“查不到年小慕，就查谭崩崩。”余越寒低沉的声音缓缓响起，长指捏在附带的那张照片上。一个人想要掩藏自己的身份很容易，可是想要将身边的人都掩藏起来就难多了。他们找到一个谭崩崩，等于找到了突破口。只要顺着这个突破口查下去，迟早会查出年小慕到底是什么人。

余越寒收回目光，将手里的照片放下，薄唇微启：“马上查清楚谭崩崩是什么人，她们是怎么认识的，还有，年小慕似乎很缺钱，我要知道为什么。”

他的脑海里闪过每次提起钱的时候，她双眼放光的样子，那样子真是毫不做作的反应……

“是。”助手恭敬地俯了俯身，才转身离开办公室。

偌大的总裁办公室，很快空了下来。

余越寒目光一敛，他刚准备伸手拿文件，一低头，就瞥见了小六六的那幅画，小孩子的涂鸦，充满了童趣，只是画得实在是……

他的目光扫到上面那根电线杆，顿时又想起了某人的那句，画得惟妙惟肖！

年小慕一口气跑出总裁办公室，死里逃生般拍了拍胸口，暗暗为自己的机智点赞。还好她刚才跑得快，要不然这会儿没准儿已经小命不保！

午休时间快结束了，她回了部门。她走到公关部门口，发现不少人在等她。

“小慕，你还站着做什么，快进来呀！”有同事笑容满面地朝着她招呼。

“好。”年小慕回过神，以为又有人要让她帮忙打印文件，连忙走向打印机。她刚准备将上午打印出来没有来得及整理的文件都整理一下，手就被人按住了。

一个同事上前从她手里接过需要装订的文件，很客气地说道：“这种小事，我自己来就可以了，不用麻烦你。”

“对对，我也是，我自己来。”另外一个同事也跟着上前，从打印机里找到自己的资料，拿了就走。

年小慕站在打印机前，看着早上还一直使唤她的同事，突然之间一个接一个自己上来认领文件，半晌，她都回不过神：这是集体抽风？

“打印了一上午的文件，肯定渴了吧？我刚才去倒水，顺便给你倒了一杯。”刚才在门口招呼她的同事，笑眯眯地给她端来一杯水，放到她面前。

“谢谢。”年小慕看着自己面前的水杯，不知道为什么，总有一种自己走错地方的感觉。

她扭头朝门口看了一眼，确定自己是在公关部，又抬手捏了捏脸，疼得龇牙咧嘴，也不是在做梦。那这到底是怎么回事？

年小慕站在打印机前，早上怎么都忙不完的工作，忽然之间就消失得无影无踪，好像一瞬间，这里不再需要她。年小慕有些茫然地抬头，朝叶明敏的方向看过去，想要问她，自己接下来要做什么，却发现她的脸色也有些不对劲。

“叶主管，你是不是不舒服？”年小慕将刚才同事给她倒的水递给叶明敏。

“不用了。”叶明敏推开了她的手臂，原本恶劣的语气，忽然变得温和，“既然打印机那边不需要你，你就先回自己的工位，看看盛达科技那个项目的资料。”

“好。”年小慕见自己不用当打印机小妹，就端着水杯回了自己的位置，打开电脑认真地看起资料。

叶明敏站在她身后，看着她的背影，捏紧了手里的手机，手机屏幕上，是还来不及关掉的内部网页面。置顶的帖子里，全是今天中午总裁空降员工餐厅，带着女儿陪年小慕吃午饭的照片！现在公关部里谁还敢给年小慕脸色看？

经理办公室。

文雅黛穿着一身干净利落的套装，勾勒出高挑的身材。良好的出身，让她身上多了一股旁人没有的优雅，此刻，她正端着一杯咖啡，站在玻璃墙前看着年小慕，眼前闪过的是刚才公关部的人都在巴结年小慕的画面。

一个空降的主管，不管在哪个部门都不可能马上受到大家欢迎。她还等着年小慕受尽冷眼，受不了委屈，来找她哭诉呢，可才过了半天，一切居然就变了！

想到那些被人偷拍传到内部网上的照片，文雅黛端着咖啡的手不断收紧，指尖因为太过用力而泛白，但仍旧克制不住胸口的怒气。

公司里已经有不少人在传，余越寒去员工餐厅根本不是因为小六六，而是借着小六六的名义去陪年小慕吃饭。照这样的趋势发展下去，迟早有一天，年小慕会变成总裁夫人……

砰——文雅黛手一挥就将杯子砸到了地上。

陶瓷杯子碎裂成片，没有喝完的咖啡飞溅到地板上。

她妆容精致的脸因为怒气变得狰狞。

一个护工有什么资格肖想总裁夫人的位置？

年小慕连给她提鞋都不配！

办公室的门蓦地被敲响。

文雅黛脸上闪过一丝惊慌，旋即，她飞快地整理了一下自己身上的衣服，然后扬起浅浅的笑容："进来。"

"经理，我刚刚收到盛达科技……"

叶明敏走进来之后愣住了。她看见地上一片狼藉，有些错愕地抬头。

"你来得不巧，我刚手滑打翻了一杯咖啡，你先坐一会儿，我让人进来收拾一下。"文雅黛说着，伸手按下内线，喊了清洁阿姨进来收拾。很快，办公室整洁如初。

"你刚才想说什么？"文雅黛坐回自己的办公椅上，轻声问道。她脸色平静，让人根本想象不到，她前一秒还恶狠狠地摔了一杯咖啡。

叶明敏压根儿没多想，走上前，说道："是盛达科技方面传来的公关方案，针对我们合作的这个项目，他们希望前期的宣传能请到一个合适的代言人。"

"盛达科技有明确的人选吗？"文雅黛一谈起工作，神色就变得严谨许多。双手交叠放在身前，她认真看着下属。

"有。"叶明敏正是因为这件事才特意过来找她汇报。

叶明敏伸手将自己刚收到的传真递给文雅黛。

文雅黛只扫了一眼，就皱起眉。很快，她像是想到什么，眼底的紧张蓦地消散。她收回目光，嘴角噙着淡淡的笑容："合作方的要求，我们当然要尽量满足，不过我记得盛达科技前期宣传这个模块是谢菁菁在负责，那现在……"

"我知道了，我马上通知年小慕！"叶明敏一听不用自己负责，立时高兴地拿着手里的文件转身出了经理办公室。

既然寒少让年小慕进了公关部顶替了谢菁菁的位置，之前谢菁菁负责的工作自然要交给她来完成，包括盛达科技要求的代言人……

叶明敏走出经理办公室，抬头就看见正埋首在电脑前研究公关方案的年小慕，眼珠转了转，她若无其事地拿着文件走上前，说道："盛达科技的项目，前期宣传马上就要开始了，这是他们刚传来的要求，交给你了。"

"好。"年小慕一听见是自己负责的项目，伸手接过文件，看了一眼，"代言人指定要上心？"

年小慕一说出那个名字，周围的人蓦地都朝她看了过来！

上心是当今娱乐圈里人气排在前三名的女模特。天使面孔魔鬼身材，一出道就"圈粉"无数，年小慕虽然不太关注娱乐新闻，却也听说过她的名字。

"盛达科技最理想的代言人是上心，她经纪人的资料也在里面，需要你去接洽，在最短的时间内将代言的合约谈下来，有问题吗？"叶明敏说完，很淡然地问道。

年小慕没有多想，只知道是自己的工作，很干脆地点头："我会尽快搞定。"

"辛苦了。"叶明敏微微颔首，转身走回自己的座位。

办公区里，除了年小慕刚念出那个名字时，大家流露出来的一丝震惊，很快又陷入了一种诡异的安静。大家都低着头，各自忙着手里的工作，仿佛刚才的那一幕压根儿没有发生过。

年小慕也坐了下来，翻看着叶明敏给她的资料。她发现里面跟上心有关的内容很少，大部分是上心经纪人的资料。她打开电脑，在网上搜了一下，刚准备浏览信息，发现自己的水杯空了，拿起水杯，往茶水间走。

“你们说这个年小慕是不是疯了？这种任务都敢接。”没等她走到门口，就听见茶水间里传出了议论声。

“我刚才看见叶主管把文件交给她的时候，嘴角一直藏着笑，估摸着把这个烫手山芋丢出去，叶主管今天得去吃顿好的庆祝一下。”

“你说话怎么这么损，我看年小慕很自信的样子，没准儿她有办法。”

“你省省吧！那是谁？上心！模特圈号称最有个性的新人，想要让她接代言，你先替自己准备一副棺材板吧！”

“那倒是……”

年小慕愣在门口，忽然明白过来，为什么刚才她说出那个名字的时候，所有人会是那样的反应。

她拿着水杯的手微微一紧。她没有进茶水间，而是径直回了自己的办公桌前重新坐下，将网页上跟上心有关的资料都看了一遍。

很快，她就发现，她之前太低估上心的人气了。说上心排名前三名是客气的说法。从“粉丝”机场接机的数量到上心出席活动时几乎要挤爆舞台的爱慕者来看，她的人气已经直逼第一名模！

一开始，年小慕还没有当回事。新人嘛，大家觉得新鲜，想多看两眼也正常。可等她发现除了一些规格很高的走秀，上心几乎很少出席活动，也没有跟任何男明星捆绑炒作话题的时候，就有些愣住了。

曝光率这么低的模特，却拥有着超高的人气，这到底是怎么回事？而且就算上心名气再大，代言总是要接的吧，只是价格问题，大家不至于一提到这个名字就吓成这样。

年小慕双手撑着下巴，太多的疑惑她想不通，正准备继续查资料的时候，她的手机忽然响了，她扭头看了一眼，发现是谭崩崩，立马伸手接了起来：“亲爱的，你终于给我回电话了，我有重要的事情想跟你说，申请面圣！”

“我前几天一直有重要的手术，今天晚上有时间，可以一起吃个饭。”谭崩崩平静的声音从电话那头传来。

“那我一下班就去找你！”

年小慕跟谭崩崩约好见面地点才挂了电话。她重新看向电脑上的资料，脸上的笑容又消失了。

根据叶明敏给她的资料，她给上心的经纪人打了个电话，可对方听完她的来意，就说上心没兴趣，挂了。她再打，电话已经转接到语音信箱。

她拿着资料去问叶明敏，叶明敏却只告诉她，上心的电话他们谁都没有，只能通过经纪人联系，让她自己想办法。

一直到下班时间，年小慕都坐在自己位置上一筹莫展。

“年小慕，你还不走吗？”有同事经过她身边，开口问道。

闻言，年小慕回过神，才发现她跟谭崩崩约定的时间快到了。她拎着包跟部门里的同事说了声再见，飞快地出了余氏集团。她拦了计程车，报了一家小餐厅的地址。

“亲爱的！”年小慕一下车，就朝着餐厅门口等她的人飞奔过去，然后一把将谭崩崩抱住，在谭崩崩脸上亲了一口，“我好想你，给你打了好几次电话，你居然一次都不回我，太没良心了！”

跟她的热情相比，谭崩崩的反应显得冷淡很多。她被亲了，只是冷静地从外套口袋里拿出一张纸巾，擦了擦脸：“人的唾液里含有六百多种不同的微生物细菌，也带着很多病原体，对他人可能造成感染……”

年小慕：“……”

不听不听！

谭崩崩的职业病非常严重。

也只有年小慕这样抵抗力强的人才能在谭崩崩身边活这么久。

“我们先进去吃饭吧？”年小慕打断了谭崩崩的话，拽着她就朝餐厅走去。

地方是谭崩崩选的。餐厅不是很大，但是安静雅致，装潢也很有情调，像谭崩崩的风格。在医院的时候，谭崩崩专业得让人害怕；离开医院的时候，谭崩崩安静得让人害怕。有时候她们两个人坐在一起一整天，谭崩崩可以一句话都不说，就听着她一个人碎碎念。

别人会觉得谭崩崩有点儿冷漠，可只有年小慕知道，她是天底下最有善心的医生！

“两份A餐，一杯咖啡，一杯牛奶。”谭崩崩替两人点好餐，刚想将菜单递给服务员，年小慕就按住了她的手，一脸幽怨地说道：“崩崩，现在只有小孩子会在吃饭的时候点牛奶，我成年了！”

她说着，还挺了挺胸，证明自己绝对是成年人。

谭崩崩瞥了她的胸口一眼，挑了挑眉：“所以？”

“我也要咖啡。”年小慕立马笑眯眯地回答。

下一秒，年小慕却听见谭崩崩跟服务员说：“给她一杯柠檬水。”

年小慕：“……”

“从一个专业医生的角度分析，你的身体刚恢复，目前的状态不适合经常喝咖啡这种对神经有刺激作用的饮料，否则很容易影响……”

又来了……

年小慕神经一紧，她连忙扭头看向服务员：“请给我一杯柠檬水，谢谢！”

如果要在这个世界上找一个让年小慕害怕的人，一定是谭崩崩。平时少言寡语的人，一涉及身体的健康问题，她会瞬间变成话痨，各种专业词汇能直接将人砸晕，惹不起啊惹不起！

年小慕认𡚁地缩在自己的座位上，眼睁睁地看着服务员拿着点好的菜单离开。

“出什么事了，这么急着要见我？”谭崩崩端起面前的水杯，喝了一口，随口问道。

闻言，年小慕才想起正事，连忙坐直身体，从自己的包里翻出了一个信封。

“这是我这个月的奖金，还有我的工资卡。”年小慕说着，将东西都递给了谭崩崩。

余越寒的命令很管用，他一开口，助手就让财务部的人将她的奖金都发给她了。年小慕一拿到钱，想到的第一件事儿就是先拿来给谭崩崩。她记得，有一笔债务快到还款期了。

“还有一件事，我没机会跟你说，余越寒觉得我能力不错，让我进了余氏集团的公关部，还是主管的职位！不过，小六六的伤还没有痊愈，所以我还得继续兼职照顾她。”

年小慕像个很久没有见到亲人的孩子，详细地汇报着自己的近况。

谭崩崩只是听着，并没有接话。她伸手拿起桌子上的信封，看了一眼里面的钱，然后从里面将工资卡拿出来递给年小慕：“工资卡你自己留着。”她说完，并没有给年小慕拒绝的机会，只将信封里的钱放到了包里。

菜很快上齐了。她们两个人的相处方式，跟一般的闺密不太一样。谭崩崩很少说话，听年小慕说着自己的近况，偶尔接一两句。

“对了，你有没有听过一个模特，叫上心？”年小慕想起自己的工作，下意识地询问道。

原本以为以余氏集团和盛达科技的声望请一个模特代言，是很好搞定的事情，现在看起来，事情似乎并不是那么简单。现在别说是让她联系上心，就是联系上心经纪人，都很难！对方一听她是来谈代言的，几乎连商量的余地都不给，直接拒绝。

年小慕刚问完，又觉得自己傻。在谭崩崩眼里只有病人，其他的东西根本入不了她的眼，又怎么可能会关注娱乐圈？

“你是说，那个一出道就人气爆棚的女模特？”谭崩崩搅拌咖啡的动作一顿，她抬起头看着年小慕。

“你认识？”年小慕刚凉下去的心瞬间又热乎了，连忙趴到桌子前，“什么情况？你快跟我说说！”

“我不认识，不过我们科室里的几个男医生是她的‘粉丝’，我听同事提起过不少次，据说，是个很有个性的女孩。”谭崩崩瞥了她一眼，端起咖啡喝了一口，淡淡地启唇。

“多有个性？”年小慕嗅到了不寻常的地方，眼眸眯了眯。

谭崩崩见年小慕是真想知道，神色也变得认真，她放下杯子，仔细回忆：“我听他们说，这个上心，似乎从来不接代言，很神秘，连投资商想请她吃饭，都会被一口回绝。”

“这么嚣张不是很容易得罪人吗？”年小慕听到这里，微微一怔。

在娱乐圈，就算是影帝或影后，都不敢这么狂妄。一个刚出道没多久的模特，这种做法无疑是自寻死路！

“是很容易得罪人，所以她刚出道不久，人气还没有现在这么高的时候，就有圈内大老板看不惯她的傲气，非要请她吃饭，让她做自己产品的代言人。”

谭崩崩双手交叠放在身前，嘴角勾起一抹讥诮，说是请吃饭谈代言，其实说白了，就是看中了人家姑娘，想要潜规则。对方自视甚高，觉得自己财力雄厚，在圈内有地位，用各种条件，非要她出席饭局。结果上心人是去了，可对方的手还没碰上她的肩膀，她就把人揍了一顿，还泼了对方一脸酒，指着鼻子就骂：“这个行业就是有了你们这些人渣，才会变得乌烟瘴气，再敢打我的主意，我下次阉了你！”

她霸气的作风，一时之间传遍了整个圈子。据说被她揍了一顿的那个大老板，在医院里躺了半个月。大家都以为他出院之后一定会将上心告得身败名裂，谁知道这事儿最终竟然不了了之。而上心依旧是上心。除了高品质的走秀，她不接商演，也不接代言，就像娱乐圈里的一股清流，也正是因为她的美貌和独树一帜的个性，让她成了国民新女神。

“我想你的同事应该都听说过她打人的事情，才会说想请上心代言得先准备一副棺材板。”谭崩崩笑着调侃。

年小慕听完已经彻底笑不出来了，连圈内大老板都被打得不能还手，最后事情不了了之，只怕这个上心的背景不简单。这么硬的骨头，她怎么啃得下？

她的手机突然响了。

年小慕看了一眼来电显示，是陌生的座机号码，她疑惑地接了起来。下一秒，她就听见里面传出一道稚嫩的声音：“漂亮姐姐，你怎么还不回来吃饭饭？”

年小慕的脑子里闪过一道白光，她猛地想起来，她接到谭崩崩的电话太高兴，居然忘了告诉小六六自己今天晚上不能回去吃饭，小六六该不会一直在等她吧？

那余越寒……

年小慕脊背一凉，霍地从椅子上站起来：“亲爱的，我吃饱了，得先回余家别墅照顾小六六，我们改天再约！”说完，她拎着包就往餐厅外跑。

她拦了计程车，飞快地往余家别墅赶。一路上，她拼命想着，一会儿见到余越寒要怎么跟他解释自己忘了要陪小六六吃饭这件事。没等她想到理由，余家别墅已经到了。

她刚走到主别墅区，就看见一抹尊贵的身影站在客厅里。简单的白衬衫、黑色西装裤，勾勒出他挺拔的身材。背影如剪，浑身都洋溢着生人勿近的疏离感。在她纠结着要不要现在进去的时候，他像是感应到了什么，忽然扭头朝她看过来，深邃的眼睛如一汪深潭，一瞬不瞬地盯着她。

年小慕被抓了个正着，想躲已经来不及，只能硬着头皮上前：“寒少……”

她正犹豫着要怎么解释自己回来晚了，就见他淡漠地转身，不经意地提步朝餐厅走过去。

年小慕暗暗庆幸自己逃过一劫，跟在他身后，进了餐厅，看见小六六正乖乖地坐在儿童椅上，嘴里咬着小勺子，却没有吃饭，小六六看见她，立时高兴地仰起小脸：“漂亮姐姐，你回来了，我跟爸爸都在等你吃饭饭哦！”

年小慕一怔，有些意外地抬头，目光朝余越寒冷峻的背影看过去。

他刚才站在客厅是在等她？

年小慕刚准备说自己已经在外面吃过饭了，顿时又噎了回去。她有些心虚地拉开椅子，坐到小六六身边，拿起筷子，往小六六的小碗里夹菜：“对不起，是我回来晚了，你快吃。”

小六六不是娇气的孩子，等到她，就开心地舀着碗里的饭往小嘴里送，一口一口吃得很香。

年小慕根本不用照顾小六六，自己又吃饱了，视线下意识地朝周围看。目光一触及坐在她对面的余越寒，脑海里又闪过小六六刚才说的那句话。

他刚才……真的是在等她吗？她是不是该说句对不起？

“去哪儿了？”余越寒瞥了她一眼，蓦地启唇。冷漠的语气听不出关心，倒像是不满她擅自离开。

“去见一个朋友，走得太急，忘了说，对不起，害你们久等。”年小慕一听见他的话，立马诚恳地低头认错。

闻言，余越寒目光一深，旋即，他又冷冷地启唇：“我没想等你，是小六六见不到你就不肯吃饭。”

她就知道，冰疙瘩不把人冻死就算客气了，等她吃饭这么暖心的事，他怎么可能会做，还是她的小六六可爱！

年小慕心里暗暗想着，她又心疼地往小六六的碗里多夹了点儿菜，等小六六吃饱喝足，才抱着小六六到院子里散步。

小六六的手臂已经好了很多，纱布已经拆掉了，这个时候，她总是忍不住想要去抓伤口的痂，需要人格外注意。

年小慕刚牵住小六六的手，就被她拉着走到余越寒面前。

“小六六的手疼，只能牵一只手，漂亮姐姐可以帮我牵爸爸的手手吗？”

年小慕：“……”

牵、牵余越寒的手？！

她的眸子蓦地一缩，目光落到他那近在眼前的手上，她只觉得小六六的话像是一道闪电劈在她的脑子里。

她的脑子一瞬间就死机了！

余越寒似乎也没想到小六六会突然蹦出这么一句，眼睛朝着年小慕看过去，视线落到她跟小六六牵在一起的手上。她的手很小巧，纤细的手指头看起来像十指不沾阳春水的大小姐的手，而不是护工的手，就是不知道牵起来……

余越寒意识到自己在想什么，目光微微一沉。他刚准备说什么，年小慕已经一把将小六六抱起来，朝别墅里跑去："小六六该洗澡了，我带她去洗澡！"一眨眼，她们在门口消失了。

她从他身边跑过的时候，他清楚地看见她脸颊上的红晕，好像在害羞。

他胸口郁积的烦躁忽然消失了。

一整晚，年小慕都没敢在他面前出现。她哄睡了小六六后，就窝在自己的房间里，查跟上心有关的资料。她发现网络上除了上心走秀的视频和照片，几乎找不到上心的私人照片，再联系上心的经纪人，对方也只是一再强调，上心不会接任何代言。

年小慕抓过床头的抱枕，双手托腮，眼睛盯着盛达科技给的合作要求发呆。

她现在总算明白为什么盛达觉得上心是最合适的代言人。一个人气正爆棚的国民新女神，美丽、个性、炙手可热，很符合盛达科技即将推出的新产品形象。

更重要的是上心从出道至今，无数的投资商想请她代言，她都没有答应，如果盛达科技请到了，只怕光是这个噱头，已经足以让他们的新产品未出先火。这样巨大的商机，连自己这个职场新人都看出来了。

可想得容易，要请到上心，门儿都没有，怎么谈？难道她进入公关部的第一个正式任务要这样以失败告终吗？

年小慕往桌子上一趴，有气无力。她想到了什么，突然坐起来，伸手抓过手机，给谭崩崩发短信，然后眼巴巴地盯着手机等着。

谭崩崩的短信回复得很慢，过了半个小时，谭崩崩才给她回了一条，上面只有一个地址，还有时间，后面还备注了一条：【男同事给的消息，不确定真实性】。

年小慕抱着手机，看见谭崩崩居然真的给她问出了上心下次活动的信息，兴奋得差点儿从椅子上蹦起来！

"粉丝"的力量是强大的，媒体都不知道的消息，"真爱粉"肯定知道！

终于有一丝可以跟上心谈代言的机会了，年小慕松了一口气，扭头钻进被窝里睡觉。

第二天一早，年小慕先到公司打卡，然后申请外出。她按照谭崩崩给她发的地址，一早就来到了上心要来试服装的秀场等着。

上心今天没有走秀，只是来试一下服装，所以她很低调。年小慕到的时候，几乎没有什么人，她提前占了个好位置！

等上心要出现的时间到了，一大批收到消息的“粉丝”出现了，黑压压挤成一片。年小慕被挤在最前面，死死地抓着护栏才没有被挤出去。

九点整，一辆白色的保姆车缓缓地朝着这边驶过来。没等年小慕看清车上的人，周围已经响起了一片“粉丝”的尖叫声。

“上心！上心！”

“女神，我爱你！”

“上心女神，唯你在我心上！”

安保人员很快上前控制场面，年小慕刚要上前就被保镖拦了下来，她着急地解释：“我是来找上心谈合作的。”

“这样的借口，我们听多了，后退！”保镖黑着脸警告。

年小慕还想说什么，被推了一把，差点儿栽倒在地，忽然被一个戴着鸭舌帽的女子扶住：“你没事吧？”

“谢谢。”年小慕站稳，下意识地朝她看去，发现面前的人不只戴着鸭舌帽，还戴着口罩，根本看不清她的样子。只是眼神很善意，对方朝年小慕看了一眼，确定她没事，才转身离开。倩丽的背影让年小慕觉得有点儿熟悉，她努力回忆却想不起自己在哪里见过……

周围的“粉丝”依旧很热情，尖叫声一浪高过一浪，年小慕捂着耳朵，想要上前，却被保镖死死地拦着，完全过不去。她眼睁睁地看着保姆车驶到秀场的门口，车门打开，一名年轻的女子在重重保镖的保护下包裹严实地往里走。

“上心！”

“女神，看我一眼！”

“上心，我爱你！女神，我会一直支持你的！”

上心一出现，周围的“粉丝”沸腾了，年小慕根本来不及反应，就被人群挤着往前走，保镖都差点儿控制不住这样热情的场面。

年小慕被淹没在人堆里，看见快进电梯的上心，一着急，朝她的背影吼了一声：“上心，我能不能占用你一点儿时间，我是来跟你谈合作的……”

她说完，上心已经进了电梯。电梯门毫不留情地关上，将她们隔在两个世界。别说是谈合作，只怕上心有没有听见她的话都是个问题。她起了个大早，结果连上心的面都见不上。

年小慕走到街边，蹲了下来，耷拉着脑袋思考还有什么办法能见到上心，再不济，能见到她的经纪人也可以。总不能每次都来跟“粉丝”抢地盘，最后却无功而返吧。

她抬起头，看着因为上心消失渐渐散去的人群，余光忽然瞥见一抹熟悉的身影。刚才扶了她一把的戴着鸭舌帽的女子也蹲在她旁边，跟她一样，看着前方的人潮散去，戴着鸭舌帽的女子双手托着腮，看起来有些失落。

“没看见自己的偶像，心情不好？”年小慕转过身开口问道。

戴着鸭舌帽的女子像是没想到会有人注意到她，眼神微微一怔，犹豫了一下才回答：“算是吧。”然后她反问，“你呢？你喜欢上心？”

“我不算她的‘粉丝’，我只是想跟她谈代言。”年小慕说完朝秀场门口的保镖努努嘴，“你也看到了，根本进不去，她的经纪人也不接电话。”

戴着鸭舌帽的女子听见她的话，有些意外：“你不知道吗，上心不接代言的，你还是别白费心思了。”

“身边的人都这么说，可总要试过才知道嘛，半途而废不是我的作风。”年小慕嘴角扯出一抹笑，脸上并没有因为今天的失败而有任何颓靡。

戴着鸭舌帽的女子扭头看了她一眼，有些出神。旋即，戴着鸭舌帽的女子拍拍手，从地上站了起来：“我要走了，祝你好运！”

“你也是，祝你早日见到自己的偶像！”年小慕挥手跟她道别，看着她的身影消失，刚准备去秀场的管理处问问，能不能约见上心，包里的手机突然响了起来。

年小慕将手机掏出来瞥了一眼，发现是公司的电话，连忙接了起来。

“年小慕，你去哪里了，一上午都见不着人？盛达科技的人来了，正在问找上心代言的事情，不管你在哪里都赶紧回来！”叶明敏着急的声音从电话里传来。一句话说完，她就将电话挂了。

年小慕一听盛达科技的人到了，连忙将手机塞进包里，飞快地拦了一辆计程车，钻了进去：“去余氏集团！”

刚走到秀场侧门的戴着鸭舌帽的女子像是感觉到了什么，忽然停住脚步，抬头朝着年小慕的方向看过来，只看见了驶离的计程车……

她眉心皱了皱，眼神微微有些变化，不知道在想什么。

“上心，试装的时间快到了，你还愣着做什么，快进来呀！”经纪人站在门口压低了声音喊道。

闻言，戴着鸭舌帽的女子回过神，伸手压了压帽子，低着头，低调地进了会场。

余氏集团。

年小慕急匆匆地赶回来，却没有见到盛达科技的项目经理。

"盛达科技的人已经走了，不过留了话，他们还是希望能请到上心做代言人，项目只剩一周左右的时间就会启动，也就是说，你只剩下大概七天的时间了。"叶明敏走上前，将对方的话传达给年小慕，"文经理说了，盛达科技这个合作项目，我们公关部是费了很大功夫拿下来的，一定要尽可能满足他们的要求。"

年小慕蹙眉，说得容易，可是根本没有人能联系上上心。盛达科技的要求已经有点儿强人所难。可如果他们在合作一开始，就达不到对方的要求，很容易在后面的合作中处在被动的位置。相反，如果他们真的能请到上心，无疑是向盛达证明了他们的实力。

所以，文雅黛希望能满足对方的要求也是为了集团考虑。

"我知道了。"年小慕说完，走回自己的办公桌前坐下，盯着电脑发呆。她思考着要怎样才能见到上心。

"年主管，你该不会真的打算去请上心代言吧？"一个年轻的小实习生扭过头，小声询问。

闻声，周围不少人都朝年小慕看过来。眼神里流露出同样的好奇心。

"嗯，这是合作商的要求，有讨价还价的余地吗？"年小慕伸手打开电脑，很平静地回答。

"当然有！"刚才开口的实习生，往她身边挪了挪，压低了声音，"咱们部门的人都知道，上心根本不接代言。别说代言了，就是让她出席活动都很难，这不是明摆着为难你吗?

"照我说，你不如直接跟经理撒个娇，装一下可怜，说上心不愿意见你，让她去跟盛达的人回绝代言的事。"

年小慕怔了怔，正准备说话，就有一道讥讽的声音从身后传来："哟，这工作都还没开始呢，就急着打退堂鼓了？我们公关部什么时候靠跟经理撒撒娇，就不用干活儿了？"

叶明敏端着水杯走上前，冷笑着道："要是连一点儿小事都解决不了，动辄找经理出面的话，我劝某些人还是直接离开余氏集团比较好，最起码谢菁菁在的时候，可没有出过这种纰漏！”

看见叶明敏出现，刚才还想劝年小慕的人，脸色都变了变。

叶明敏说得没错。年小慕当初能进入公关部，就是因为能力出众，被寒少钦点进来的。她一来就顶替了谢菁菁的位置，成了主管。如果她连谢菁菁都不如，一遇到问题就只能找经理，那她还有什么资格留在公关部？

一时之间，大家变得很安静，看向年小慕的目光透着质疑。

“可是，上心这么难请，又公开说过自己不会接受任何代言。”

“就是呀，之前那么多投资商找过上心，都被一口回绝，年小慕就是再厉害也肯定搞不定！”

“我倒觉得，与其现在答应到时候丢脸，不如现在就去跟经理说自己做不到。”

“你这话的意思不就是让人家去承认自己不行吗？你没听见叶主管的话？要是年小慕连这点儿本事都没有，她确实没有资格留在我们公关部……”

短短一分钟，议论声不绝于耳。没有人相信年小慕能请到上心，都在等着看她什么时候扛不住，主动找文雅黛。

年小慕皱了皱眉。

叶明敏一番话说得很高明。原本大家还觉得上心难请，请不到很正常。可是现在如果她请不到上心就变成了她没有能力。

“年主管，你初来乍到，我们对你的能力也不是很了解，说话不中听的地方，你多多包涵，我们大家都等着你给我们惊喜。”叶明敏见气氛差不多了，才笑着开口。

她说完，周围立时响起一片附和的声音。她看似在打圆场，实则在无形中给年小慕施压。她见目的达到，才端着水杯慢悠悠地走回自己的位置上。

“年主管，对不起，是我多嘴害了你。”刚才关心年小慕的实习生一脸歉疚地开口。

年小慕脸色一直很平静，听见实习生的话，她微微笑了笑：“跟你没关系，就算没有他们说的那些话，上心的代言我也不会轻易放弃！”

“你真的打算去争取这个代言？”实习生明显愣住了。

“事在人为，不尽力怎么知道一点儿希望都没有？”年小慕扭头看着电脑屏幕，脑海里闪过叶明敏刚才说的话，原本一点儿头绪都没有的工作，她忽然抓住了一丝灵感。

她打开文档，根据给盛达科技制订的公关方案，侧重代言人的部分重新做了一份报告。然后她找到上心经纪人的邮箱，发了出去。

叶明敏有句话说对了，她初来乍到，公关部的同事对她不了解，肯定会对她的能力心存质疑。那么上心呢？找上心合作的人那么多，上心凭什么选择自己？她必须让上心看到自己的诚意！

等报告发出去，年小慕的肚子突然叫了两声。

她抬头看了一眼时间，发现已经下午一点半了，早就过了午饭的时间，这还不是最重要的，重点是她忘了去给小六六换药！

年小慕霍地从椅子上站起来，顾不上喝口水，抓起手机就跑出了公关部。她进了电梯，飞快地按了总裁办公区的楼层，心里暗暗祈祷着，一会儿别被余越寒的眼神冻死。

叮！电梯到了。

年小慕深吸一口气才提步朝总裁办公室走过去。她走到门口，看见助手守在外面。

“我来给小六六换药。”年小慕说完，助手就替她推开了办公室的门。

等她走到里面，发现余越寒不在，小六六已经睡着了，软糯糯的小身子正趴在枕头上，撅着小屁股睡觉。这诡异的睡姿，也不知道像谁。

年小慕放轻脚步，走上前，将她抱起来，平放，然后年小慕才开始给小六六的伤口上药。年小慕担心会将小六六惊醒，她的动作很温柔。

等她将药上好，额际已经沁出了一层薄汗。年小慕看见睡得像个小天使一样的小六六，忍不住低头在她粉嫩的小脸蛋上亲了一口。

“要是你爸爸有你一半可爱就好了。”年小慕从床边站起来，将药箱收拾好，刚准备出休息室，一转身，她就看见站在门口的余越寒正冷着一张脸幽幽地盯着她！

年小慕往后退了一步，差点儿撞到床沿。她勉强稳住身子，紧张地看了一眼小六六，见小六六没被自己吵醒，才重新看向余越寒。

他的视线从她脸上扫过，随即他便转身离开了。

年小慕拎着药箱跟在他身后，心里忐忑着，她刚才说的那句话，他有没有听见？她想，老人的话是对的，果然不能在背后说人坏话。一说一个准，次次被抓包，她也太倒霉了！

年小慕走出休息室，正准备找机会开溜，可没等她酝酿好情绪就闻到了一股饭香味，一抬头就看见助手推着餐车从外面走了进来。

年小慕看了一眼，至少有五个菜，居然还有牛排！

咕噜——她的肚子不争气地唱起了空城计。

"没吃午饭？"余越寒侧目朝她看过来，脸上看不出是什么情绪。

年小慕刚想说自己吃过了，肚子又叫了，她伸手捂住脸："寒少，我不打扰你了，我先……"

"这个点，员工食堂没菜了。"余越寒扫了一眼自己手上的奢华腕表，蓦地启唇，又朝她看了一眼。换言之，只有他这里有现成的午餐，免费又美味。她要是够聪明，这个时候就该讨好他，让他请她吃饭。

余越寒瞥了一眼她纠结的神色，踱步上前，示意助手将午餐全摆到桌子上。然后，他坐下来，当着年小慕的面夹了一块肉，慢悠悠地放到嘴里。

年小慕的目光牢牢地盯着他，嘴不自觉地咽了咽口水。准确地说，她是盯着他夹起来的那块肉，看见他把肉放进嘴里的一瞬间，心痛得攥紧了拳头！

她没吃午饭，也好饿。她刚才急着给小六六换药，也没觉得多难受，这会儿看见有人在自己面前吃饭，口水根本控制不住。她没有直接扑上去跟他抢吃的已经是她最后的倔强，想走，可是迈不开腿……

"要不要留下来跟我一起吃？"余越寒像是读出了她内心的挣扎，薄唇微启，漫不经心地问道。

闻言，年小慕眼睛一亮，走上前拉开椅子，坐到他对面，正准备说那她就不客气了。可她还没来得及开口，又听见他有磁性的声音缓缓地在耳边响起："不过，我想年主管应该不会喜欢跟不可爱的人一起吃饭。"

年小慕："……"

果然，他还是听到了，说出去的话全变成了造的孽。

可年小慕是什么人？在美食与金钱面前，她能屈能伸！

她娇俏的小脸瞬间扬起笑容，一脸真诚地道："可爱算什么？寒少你这样英俊潇洒、玉树临风、一表人才、尊贵无双的人，比起外面那些妖艳货色，不知道强了多少倍！"

"……"

"能跟寒少你一起吃饭，是我的荣幸，荣幸！"年小慕说着伸手抓过餐具，就将一碟牛排拉到自己面前。她切了两下没切开，直接叉起一整块就往嘴里塞。

"所以，也比冰疙瘩强？"余越寒挑眉，眼睛幽幽地朝着她看过来。

年小慕："……"

年小慕嘴里叼着一整块牛排，刚准备咬，听见他的话，吓得直接把肉掉回了盘子里。

现在要怎么办？打死不认，还是跟他解释？她当初是无心的，寒少你不是冰疙瘩，你是世纪大暖男？

余越寒靠在椅子上，盯着她惊呆的脸。明知道她刚才夸他的话只是为了敷衍，可胸口的闷气还是消散了不少，连开了一上午会议的疲惫仿佛都减轻了不少。他冷峻的脸庞变得柔和了几分。

“寒少，食不言寝不语，我们还是先吃饭吧？”年小慕脑子一抽，脱口而出。说完，她紧张兮兮地看着他。原本以为他不会那么轻易地放过自己，下一秒，年小慕见他从容地拿起筷子优雅地用餐。

年小慕在心里大呼走运，跟着低头默默吃饭。她吃饱喝足，想起给上心经纪人发的合作方案，又着急地赶回了公关部。

“公关部最近的工作很忙？”余越寒看着她匆忙的背影，想到她快两点了还没有吃午饭，蹙了蹙眉。

“这……是盛达科技的项目，对方希望能请到上心做代言，之前是谢菁菁在负责，现在谢菁菁停职调查，是年主管接手了她的工作。”助手恭敬地回话。

“上心？”余越寒眼珠一转，侧目看向身旁的助手。

“对，上心是目前人气最高的女模特之一，但是据我所知，她从出道至今，不接商演不接代言，得罪了不少人却安然无恙，看样子不是简单的人物，年主管想要请到她，只怕很难！”助手顿了顿，继续说，“不过看年主管的样子，并不打算放弃。”

要是一般人接到这个任务，哪怕不直接放弃，也会叫苦不迭，可年小慕似乎并没有放在心上，只是不停地忙活着。

“她今天一早出门，就是为了这个？”余越寒幽幽地启唇。他今天刚睡醒，就看见小六六跑到房间里跟他说漂亮姐姐不见了。后来还是管家拿着年小慕留在客厅的便笺，才知道她提前来了公司。

“是，上心近期有一场走秀，今天会到秀场去试装，年主管应该也是收到消息特意过去蹲点的。”助手看了余越寒一眼，见他的表情没有什么变化，才继续道，“我听说，她不只没有见到上心，就连上心的经纪人都没有见到。”

她白跑了一趟，还在外面等了那么久。

余越寒皱了皱眉，眼神变得有些冷。脑海里闪过她刚才在他面前笑嘻嘻的样子。那样干净又带着狡黠的笑容看不出一丁点儿的委屈。

他原本以为，她答应进公关部，只是想着可以拿双倍工资。现在看她的表现倒是让他有些意外。

“去查查，这个上心是什么来路。”余越寒薄唇微启，状似无意地吩咐。

助手微微一怔，错愕地抬头看他，寒少这是要自己出手吗？

不可能的，只是一个模特，根本不值得寒少亲自出面，别说上心，就是盛达科技的项目，寒少都不会放在眼里，那……

助手回过神，连忙俯身：“是。”

第七章
爱情，来得猝不及防

年小慕回到公关部，飞快地坐到自己的位置上，打开邮箱。她看见上面有一封未读邮件，激动得差点儿蹦起来！

上心的经纪人给她回邮件了！

她兴奋地趴在电脑前，点开邮件。她发现邮件里只有简短的回复，语气不像经纪人，更像是上心本人。

【你的代言方案做得很好，如果不是我，换作其他人一定会接受，只是很可惜，我不会接任何代言。】

年小慕看到最后，双眼瞬间失去了神采，像是最高兴的时候被迎头泼了一盆冷水。可很快，她又发现这句话有点儿奇怪：上心既然很满意自己的方案，为什么一点儿商量的余地都没有就拒绝了？上心是不是有什么苦衷？

年小慕咬着唇，盯着电脑屏幕上的邮件出神……

“我早就说过了，上心是不会接任何代言的，看来年主管你能力再强，在上心这里也注定要碰壁了。”有人瞥见了她电脑上的邮件，讥讽地开口道。

“别这么说，年主管能空降到我们公关部，肯定有她过人的地方，一个星期的期限还没有到。”另一个人附和道。

她们两个都是原来谢菁菁手底下的人。谢菁菁虽然个性冲动，但是在同事关系上还是费了不少心思。部门里有不少人都在等着她回来，自然想看年小慕出丑。

“别说一个星期，就是一个月，有些人还是连上心的面都见不上，谈什么代言？没看见人家在邮件里连谈都不想跟她谈？”刚才说话的人，见有其他人看过来，故意说得更大声了。

他们原本不敢针对年小慕，是弄不清楚年小慕跟寒少到底是什么关系。毕竟内部网里被人偷拍到的照片确实够震撼。可是这两天，看年小慕为了上心的代言忙前忙后，寒少却一点儿过问的意思都没有，就像是在证实两人之间根本什么都没有。之前的暧昧，肯定都是年小慕利用小小姐制造出来的，纯粹就是为了抬高自己的身价。这样的人怎么能让她继续留在公关部，破坏部门的风气？

“小兰，你少说两句，你就不怕万一她以后真的请到上心，让你当众道歉？”有同事拉着说话的人，却被一把甩开了。

那个叫小兰的人走上前，双手抱胸，挑衅地看着年小慕：“要是她真的能请到上心，别说当众道歉，就是让我当众下跪，给她磕三个响头，我都没有二话！”方兰讥笑着，上下看了年小慕一眼。

“你不要后悔。”年小慕看着围过来看热闹的同事，缓缓地从椅子上站起来，目光平静地直视着她。说完，她关上电脑，拎着包转身离开。

“年小慕，要是你请不到上心，就证明你根本没有能力留在我们公关部，你还不如谢主管……”后面的话已经被挡在电梯门外。

年小慕靠在电梯里，并没有因为刚才的几句争执影响自己的心情。

她的脑子里一直回荡着刚才那封邮件上的话。上心明明认可了自己的方案，甚至能看得出来上心很喜欢，却连一点儿尝试的机会都不给？这也太奇怪了……

她必须弄明白是怎么回事，这样才有可能拿下代言！

年小慕出了公关部，给谭崩崩打电话：“亲爱的，你快帮我问问你的男同事们，看看有没有人知道上心今天还有什么行程？或者她现在在哪里？”

谭崩崩：“……”

她是医生，不是娱乐八卦周刊的记者，一个模特的行程为什么要问她？

“你等等，我帮你问问。”谭崩崩挂了电话，很快就给年小慕回复了一条信息。上面是上心的私人行程，备注的内容，还是消息来源不确定真实性。

“儿童游乐园？”年小慕惊呼出声，一个趔趄差点儿从路边的台阶上摔下去！这种地方，不是小六六这个年龄的人才喜欢去的吗？上心怎么可能会去那里？

【听说那家游乐园今天有公益活动，上心会出席，但是没有官宣，并不确定消息是不是真的，你可以去碰碰运气。】谭崩崩又补发了一条短信。

年小慕回了一个表情，然后将手机揣进兜里赶去游乐园。

游乐园门口，黑压压一片全是人，不只挤满了入口，就连外面的街道都站满了人。因为今天园内有公益活动，加上大部分都是孩子，所以场面看起来有些混乱。

年小慕注意到当中有不少人是上心的“粉丝”，那些“粉丝”眼睛发亮。有“粉丝”，就意味着消息很可能是真的。

年小慕还记得上次去秀场堵人的场景，跟“粉丝”抢地盘明显是不理智的。就算自己抢到了好位置，也根本没办法接近上心，更不用说跟她面谈合作。

她得想其他办法……

年小慕晶莹的双眼一眯，目光落到了游乐园里临时搭建起来的活动舞台上。

舞台前是熙攘的人群。

从那里接近上心肯定不行，可如果自己能进后台，那就不一样了。

年小慕打定主意后，走到售票处，买了入场券，进去之后，就一直跟在现场的工作人员身边，趁没有人注意的时候，偷偷地朝候场休息室靠近。她好不容易接近门口，正要伸手推开门的时候，门突然从里面打开了。

一个戴着鸭舌帽的女子从里面低着头走了出来，两个人猝不及防地撞到了一起，两个人都被撞得后退了一步，然后，同时开口。

“是你！”

“是你！”

年小慕发现自己的声音有点儿大，连忙捂住嘴，压低了声音：“你是来偷偷看你偶像的？我也是来找上心的。”

“你还没有放弃？”戴着鸭舌帽的女子不解地问道。

“你不是也没放弃吗？见不到上心，我是不会轻易放弃的。对了，她不在里面吗？”年小慕指了指休息室，如果她没有记错，戴着鸭舌帽的女子刚才是从里面走出来的。

“不在。”戴着鸭舌帽的女子心虚地道。

听见外面有动静，两个人很默契地对视了一眼，然后朝着不同的方向走去。

年小慕正纠结着休息室没人，她得到哪里去找上心时，就被保镖发现了，她被撵出了候场区。没办法，她只能跟“粉丝”一样，在舞台下面等着。从活动开始到结束，她都没有看见上心出现，倒是好几次看见那个戴着鸭舌帽的女子在人群里帮忙照顾孩子。她还抱着一堆礼物，像圣诞老人一样，不停地送给现场的孩子。

年小慕被她的举动感染，等不到上心，索性也跟着帮忙。等活动结束，年小慕刚准备找戴着鸭舌帽的女子聊两句，发现她已经不见了。年小慕扭头朝四周看了一眼，没有找到人，就听见有人大喊一声：“上心！”

年小慕神经一紧，目光落到游乐园出口，果然看见了一辆熟悉的白色保姆车，正准备离开！

她追上去，却被蜂拥而至的“粉丝”挤到了一边，膝盖撞到了石椅上，疼得倒吸了一口气，她再回过神的时候，哪里还有上心的影子？

今天又白跑一趟！年小慕气得捶了一下椅子，刚要站起来，发现膝盖疼得有些站不直，偏偏手机在这个时候响了。

她掏出来一看，瞥见是余越寒的电话，连忙接了起来。

“你在哪里？”年小慕听见他的话，下意识地看了一眼时间，发现已经很晚了。这个电话应该是催她回去陪小六六吃饭的。

年小慕忙不迭地回答：“寒少，我半个小时之内一定到家！”说完，她着急地挂了电话，扶着石椅站起来，一瘸一拐地朝着游乐园门口走。她好不容易避开人潮，打了一辆计程车，赶回余家别墅。

嘟嘟——手机里传出电话挂断的声音，余越寒移开手机，眉心拧了拧，她居然敢挂他的电话？她在哪里？周围的声音似乎不对劲？

“她下午不在公司？”余越寒淡淡地启唇。

助手连忙解释：“年主管下午申请外出了，只是没有人知道她去了哪里，我查过，上心今天没有活动，至于私人行程的话，就不是很清楚了。”

他乃总裁的贴身特助，现在都快变成年小慕的跟班了。每天他都得过问一下年小慕的情况，以防寒少突然问起来。

不在公司？她又去找上心了？余越寒的眼底掠过一抹幽光，他坐到沙发上，拿起一本财经杂志，看了一会儿，却一直有些走神，目光不自觉地扫向手上的腕表。半个小时好像过了很久才到，余越寒心里有些急，他突然看见一抹单薄的身影着急地从外面往里走。她走路的姿势跟平时不太一样，人有些往前倾，像膝盖有什么问题。

余越寒将杂志丢到茶几上，站了起来，朝她走过去："膝盖怎么了？"

"没什么，就是撞了一下。"年小慕正打算解释自己因为工作才回来得晚了，人已经被余越寒打横抱了起来。身体一腾空，她吓得连忙搂住他的脖子。

男人强势霸道的气息扑面而来！年小慕回过神，惊讶地抬头看着他冷峻的脸庞，却见他绷着脸部的轮廓，脸色晦暗不明，年小慕看不出来他是不是在生气，只觉得这个时候，她还是少说话比较安全。很快，她就被放到了沙发上。

"管家，叫医生。"年小慕听见他要叫医生，连忙伸手扯住他的衣袖："不用不用，只是撞了一下，擦点儿药揉一揉就好了。"

她哪儿有那么娇贵，磕一下就看医生。她怕余越寒不信，还特意挽起裤腿，让他瞅一眼膝盖上的伤，只是红肿了一块，没伤筋动骨，就是刚撞上的时候疼得有点儿缓不过来，现在已经好多了。

闻言，余越寒盯着她看了三秒，见她真的没事，眼神才恢复平静，他吩咐管家去把医药箱拿过来。

"漂亮姐姐！"小六六一听见她回来了，立马从自己的房间里跑出来，飞奔着就要扑到她的怀里。软糯糯的小身子刚跑上前，衣领就被一只强健的手臂揪住了，将她拎了起来，余越寒淡淡地启唇："她身上有伤，现在不能抱你。"

小六六猛地被拎到半空中，缩着小脖子，大眼睛茫然地看着年小慕。粉雕玉琢的小脸上写满了疑问：我是谁？我在哪儿？我在做什么？最爱我的爸爸呢?

"我没事，膝盖上的这点儿伤，不影响抱小六六。"年小慕说完，伸手将她抱了过来，放到自己怀里。下一秒，她就见小六六转过身，蹭着她的胸口。骨碌碌的大眼睛委屈地瞪着余越寒！

余越寒："……"

管家很快将医药箱拿了过来。

年小慕也不需要别人照顾，自己找出合适的消肿药膏，挤了一点儿在掌心，随意地揉了几下，拍拍手："搞定，没事了。"

她抬手将药膏丢进药箱里，伸了伸腿，准备站起来，忽然听见一道低沉的声音："你刚才去哪儿了？"

年小慕抿了抿唇，犹豫着要不要说实话。

"去找上心了？"余越寒瞥了她一眼，眼眸淡漠，他坐到她对面的沙发上，修长的双腿交叠，强大的气场让客厅仿佛变成了审讯现场。

她要是敢说谎，一秒就会被看穿。

年小慕有些意外地抬头看他，没想到他会知道代言的事情，见他问起，也不拐弯抹角，径直开口："我打听过，上心除了高品质的走秀，不接别的商演和代言，可是我觉得她好像不是不想接，而是有苦衷，我想弄清楚是怎么回事。"

余越寒少年成名，一进入余氏集团就横扫整个商界，名震一时，被誉为最有经商头脑的天才少年。在短短几年的时间里他带着余氏集团上了一个新台阶，使余家成了H市排名第一的大家族。

关于他的传说，年小慕还没进入余氏集团的时候就听说过。如果他肯给她建议，她求之不得。

"我原本是想找她谈谈，可是我根本见不到上心，别说上心了，就是她的经纪人，也见不到。"这一点才是让年小慕最想不通的地方。哪儿有人连谈都不谈，就一口回绝生意的？上心不在乎名利，总不能她身边的人也都视金钱如粪土吧？除非有更大的利益或者有难处。

"先吃饭。"余越寒目光微闪，他伸手从她手里抱过小六六，转身进了餐厅。

年小慕怔怔地看着他的背影，半晌才回过神，连忙跟了进去。她察觉到他应该知道什么秘密，一顿饭年小慕表现得格外殷勤。

"寒少，这个菜好吃，你多吃点儿。"

"还有，这是你最喜欢的野生石斑。"

"管家，汤好了吗？我去给寒少盛一碗……"

余越寒看着饭都不吃、一直在忙前忙后讨好他的年小慕，冷峻的脸上看不出什么表情，嘴角却噙着一抹不易察觉的笑意。

"寒少，你觉得味道怎么样？喜欢的话，我再去给你盛一碗。"年小慕笑眯眯地问道。

坐在儿童椅上的小六六，眼巴巴地看着年小慕的筷子夹起她最爱的肉，她刚要端着小碗上前，就见年小慕已经把肉放进了余越寒的碗里，一眼都没有看她，小嘴一撇，委屈得快要缩成一个球了。

漂亮姐姐也不爱她了……

年小慕累死累活地伺候着他们父女俩，好不容易等到他们把饭吃完，伸手拉开椅子，一屁股坐到余越寒面前满脸期待地看着他。

“寒少，你见过上心吗？”

“你是不是知道跟她有关的事？”

“她为什么不接代言？还有她的背景……”

余越寒拧眉看着将他当成百科全书的年小慕，良久他都没有开口。

直到年小慕意识到自己问得太多了，她伸手捂住嘴，小心翼翼地瞥了他一眼。

他才缓缓地启唇，一字一顿地道：“想要让上心答应代言，关键在一个人身上。唐氏集团的新任总裁，唐原斯。”说完，他也不管年小慕听懂没有，就从椅子上站起来，抱起已经吃饱的小六六转身离开了餐厅。

留下年小慕一直在发呆，喃喃自语着：“唐原斯。”

她反应过来后，马上回了自己的房间，打开电脑就开始查跟唐原斯有关的消息，可输入这个名字，一按搜索键整个人就蒙了。满屏幕的消息却没有一条是跟上心有关的，倒是有一条很奇怪：【唐氏集团总裁出身孤儿院，因缘际会被S市第一家族严家收养。】

可是，这跟上心有什么关系？难不成，是他不愿意让上心接代言？两个人的关系该不会是她想的那种吧？

年小慕想了半天，也想不出来，余越寒想要告诉她的到底是什么。她心一横，关上电脑，准备去找他。

说话只说一半，不说清楚的人最讨厌了！

年小慕气势汹汹地走到客厅，刚要上楼，想到余越寒的那张冰块脸，又夙了。她扭头看见正拿着文件从外面走进来的助手，脑子里闪过一道白光，她冲上前把人拦了下来：“杨特助，我能借用你几分钟，问你点儿事情吗？”

助理动作一顿，他用询问的眼神看着她。

“其实也没什么，只是寒少刚才跟我说，说服上心的关键是唐原斯，你知不知道，这句话是什么意思？”年小慕说完，紧张地看着助手。

助手犹豫了一下，才告诉她：“据说上心喜欢唐总很多年了，可唐总对她一直没有什么回应。”

年小慕没想到是这个答案，她猛地一愣，女追男啊……

没想到传说中英气十足的女子敢爱敢恨。

年小慕脑子里灵光一闪，眼睛蓦地发亮。

“我知道要怎么说服上心了！谢谢你，杨特助！”年小慕说着转身就往自己的房间跑，打开电脑，看着自己之前发给上心的那份代言方案，将最后的条款略作修改，特意备注好，然后她反复检查了好几遍，确定没有问题才重新发了过去！然后，她双手合十，双眼紧张地盯着邮箱。

叮！听见邮件回复提示音的时候，她紧张得差点儿从椅子上摔下去，伸手抓住鼠标，着急地点开，简单的一句话映入她的眼帘：【我愿意跟你见一面。】

上心答应见她了？这封邮件年小慕看了好几遍，确定不是自己看花眼了，然后兴奋得从椅子上蹦了起来。

啊——

自己努力了这么久，终于有机会见到上心，跟她面对面谈代言的事！

年小慕冷静下来，扑到电脑前，迅速地回复邮件：【我什么时间都可以，你什么时候方便？】

她回复完邮件，心又提了起来，紧张地等着对方的回复。盛达科技给的时间，只有一个星期。要是这周上心都没时间的话……

很快，她收到了新邮件：【明天上午十点，余氏集团见。】

【好，我等你。】年小慕将邮件发出去，激动的心情终于平复了下来，她重新将电脑里的方案整理了一遍，又做了一些别的功课，才放心地关上电脑。

她刚准备去睡觉，脑海里忽然闪过余越寒的脸，她想起如果不是他的提醒，自己也不会想到真正打动上心的代言条件，算起来，她欠他一个人情。

她得好好想想怎么还……

第二天。

余越寒向来浅眠，天刚亮就醒了，他处理了一些紧急文件，换了衣服，准备下楼吃早餐。他刚走到楼下，就看见在餐厅里忙活的年小慕。

她戴着围裙，正站在餐桌前不知道摆弄着什么，神情看起来十分专注。她注意到有人进餐厅，立马扭过头。

“寒少，你起床了，是不是饿了？早餐马上就好，你等我一分钟！”年小慕笑得很灿烂，甜甜的笑容，让她原本就漂亮的五官显得更加迷人了。说完，她转身冲进了厨房。没多久，她端着三杯牛奶从里面走了出来。

余越寒定睛一看，才发现餐桌上摆着三份很丰盛的早餐，色香味俱全，看着很有食欲。就连刚睡醒，还有点儿迷糊的小六六，闻着香味，都朝年小慕跑过来："吃饭饭！"

"小馋猫。"年小慕捏了捏她的小鼻子，很快将她抱起来，放到儿童椅上，将她的那一份早餐放到她面前。年小慕见小六六吃得欢快，才一脸殷切地看向余越寒，"寒少，你快尝尝看，好不好吃？"

余越寒抬头看了她一眼，又垂眸盯着面前的早餐，脑海里浮现的是当初她在公司休息室给他做的那顿几乎能毁天灭地的午餐。余越寒再看向面前丰盛的早餐，目光一深，他拉开椅子坐下。他拿起餐具，慢悠悠地切了一块火腿肠，却迟迟没有放到嘴里，冷冷地道："年小慕，无事献殷勤，非奸即盗。"

"……"

"上心答应代言了？"余越寒瞥了她一眼，淡淡地启唇。

年小慕一怔，然后乖巧地回答："还没有，不过她答应见我，跟我面谈了。"然后，她又马上谄媚地说道，"这都多亏寒少的指点！"

闻言，余越寒有些意外，他蓦地抬头看她。他不过给她提了个醒，她居然这么快就能想到让上心心动的代言方案？

"你跟她说了什么？"

年小慕的眼底掠过一抹狡黠："寒少，合作谈成之前，这可是我们公关部的机密，不能外传的！"

"……"

"你如果想知道，等上心答应代言，文经理自然会向你汇报。"

"……"

很好，她连他这个总裁都提防了！

余越寒冷冷地看了她一眼，对她故作神秘的小举动并没有放在心上，眼睛扫过面前的早餐，他将叉起的火腿肠放到嘴里，尝了一口，味道很不错，跟她上次下厨相比，进步了不止一星半点儿，好吃到让人怀疑……

"今天的早餐是你做的？"余越寒收回目光，切了一块煎蛋放到嘴里。

七分熟，是他喜欢的口味，咸淡也很合宜。

"不是全部。"年小慕心虚地道，她在他对面坐下来，伸手拉过自己面前的那份早餐，低头吃东西，恨不得马上揭过这个话题。

"火腿肠煎蛋肯定不是。"余越寒听见她的话，脸上没有流露出一丝惊讶。他将餐盘里的主餐排除，然后目光落到另外一个碟子里的烤面包上，"那个是你烤的？”烤面包不难，调好温度，放上面包片，她应该会。

年小慕听见他的话，抿着唇，不敢说话。

那就不是了，余越寒眉心一蹙，他扫过面前的早餐，还有一份看起来很精致的蔬菜沙拉，于是用眼神询问她，是这个？

“也不是。”年小慕弱弱地应道。

余越寒：“……”

火腿肠鸡蛋不是她煎的，面包不是她烤的，沙拉也不是她做的……

“那你告诉我，这顿早餐有你什么功劳？”

她刚才站在餐桌前忙活了一通，只是帮大厨摆盘？

“谁说没有！”年小慕怒了，朝着他面前的杯子一指，“你的牛奶是我热的！”

余越寒：“……”

所以，她所谓的感谢他，只是给他热了一杯牛奶？

“我还帮忙擦了桌子，端了菜。”年小慕感受到他森冷的目光，脊背一僵，忙不迭地补充。

这算不算功劳？

她也很想亲自下厨，可是做饭这种事情要看天赋的。

万一她再烧了他的厨房，这个月的奖金又得泡汤了。

她也是为了他的胃考虑，他不能不领情……

“小六六，好不好吃？”年小慕头一扭，她求救地看向身边的小糯米团子。

小六六正努力地用小勺子将已经切好的鸡蛋舀起来，小嘴里都是吃的，听见她的话，像小鸡啄米一样点着头，含混地说：“好好吃。”可爱的小脸上是满足的表情。

“小心别噎着。”年小慕说着，将牛奶递给她。

小六六抱过杯子，咕咚咕咚就喝完了，仰着小脸看向余越寒：“爸爸，你怎么还不吃？”

“……”

“慢死了，慢死了。”来自亲生小公主的吐槽。

某人的脸更黑了。

年小慕也没想到剧本居然变成这样，神经一紧，见小六六吃饱，一把抱起她，转身就跑：“寒少，上班时间到了，我先带小六六去公司！”

到了余氏集团后，年小慕先将小六六送到总裁办公室交给助手，然后回了公关部。

上心答应她今天上午会来谈代言的事情。她得先去预约隔音效果好的会客室，还有，昨天临时修改的合约得先打印出来。

“年主管，今天是不是又要申请外出？”秘书看见她，客气地问了一句。

年小慕这几天一直外出，想要见上心争取代言的事情，公关部的人已经都知道了。大家听见秘书的询问，距离近的几个同事，都扭头看向她。

“不用，我今天不外出……”年小慕的话还没有说完，她就听见一道夸张的声音从身后传来：“哟，不出去了？年主管，该不会这么快就认清事实，想打退堂鼓了吧？”方兰从外面进来，打完卡就往部门里走，经过年小慕身边的时候阴阳怪气地问道。

年小慕眉心皱了皱，她不打算跟方兰计较，想回自己的座位。

方兰见她不接话，只当她是吃了几次闭门羹，终于认清事实，说话越发不客气起来：“年小慕，别忘了我们的赌约，要是你请不到上心，就证明你根本没有能力也没有资格留在我们公关部！”

“小兰，这才第几天，你现在提这个做什么？”周围有人看不过去，伸手拉了方兰一把，提醒她收敛一点儿。

什么赌约不赌约的，从头到尾都是方兰自己一头热，年小慕根本没有承诺过什么。再怎么说，年小慕也是公关部的主管，她一个员工对着主管大呼小叫就是不合规矩！

“说是这么说，可是我总觉得，根本没人能请到上心，别跟我说，你们没人和我一样的想法？”有人小声嘀咕。

听见这句话，不少人沉默了。方兰的脸色瞬间又变得神气起来。她既然已经跟年小慕撕破脸，就不用忌讳什么。要是能趁机将年小慕赶走，等谢菁菁官复原职的时候，她就是最大的功臣！

“别说一个星期，就是给她一年，她也不可能请到上心，你们该不会不知道，有人三番五次冒充上心的‘粉丝’，去活动现场想要见上心，结果连上心的经纪人都没见到。

“照我说，大家还是不要浪费时间，在这种人身上寄托希望，不如早点儿来商量一下，要怎么跟经理解释，免得被她拖累！”

方兰走上前，从年小慕身边经过的时候，故意用肩膀用力地撞了她一下！

年小慕目光一厉："等等！"

"年主管，不是吧，你自己站在那里碍路，我只是不小心撞了你一下，你想怎么样？"方兰故意喊得很大声，引得周围的同事都朝她们看了过来。要是年小慕真的因为她撞了自己问责，反而会让大家觉得她小心眼。

年小慕对她的心机视而不见，面对来自四面八方的目光，缓缓开口："我记得你说过，如果我请到了上心，你就会当众给我磕头道歉吧？"

"那又怎么样？现在别说请到上心，你连上心的面都见不到，凭什么让我给你道歉？"方兰双手抱胸，讥讽道。别人不知道，方兰可是专门去打听过了，年小慕这几次申请外出，不只没有见到上心，听说还把自己弄伤了，那叫一个狼狈。现在年小慕这个样子，不过是不想在同事面前丢脸，所以硬扛吧？

等一个星期的期限到了，看年小慕还怎么嘴硬！

"谁说我见不到上心？"年小慕抬起头，扫了方兰一眼，一字一顿地说道，"上心今天上午十点会亲自来余氏集团跟我商谈代言的事情。"

"你说什么？"方兰难以置信地瞪大了眼睛。

不只是她，周围也是一阵倒抽气的声音。所有人的表情发生了变化，完全不敢相信上心真的愿意考虑代言，还会亲自过来……这是从来没发生过的事情！

年小慕无视周围震惊的目光，径直走上前，微微垂眸，盯着方兰愣怔的脸，说道："距离十点还有一个小时，你可以慢慢练习怎么给人磕头道歉。"

方兰的瞳孔猛地一缩，脸色一下就白了。

年小慕却没有再多看她一眼，扭头让秘书预留十点之后的会客室，转身走回了自己的位置，打开电脑准备合约。

公关部的人都没有想到会有这样的反转。没人同情自作自受的方兰，众人倒是对年小慕说的话抱有几分怀疑。要知道，上心的高冷、傲慢是圈里出了名的。多少投资商看中她的人气，想找她代言，都她被毫不留情地拒绝。她怎么可能会答应年小慕……

十点还没有到，公关部的人已经严阵以待，就等着上心出现了！

时间一分一秒地流逝。

九点五十，会客室就已经被空出来，里面摆放好了鲜花和水果。

九点五十五。

公关部的所有同事，甚至工作外出的也纷纷赶了回来，大家都想一睹上心的真容。毕竟上心人气这么高，可除了工作照，几乎没有人能找到她的私照，大家都好奇她私底下是什么样子。部门里还有不少人是她的“粉丝”，连相机和签名本都准备好了。

“已经十点了，上心怎么还没有来？”有人盯着时间，十点一到就失望地问道。

“没准儿是路上堵车，你急什么，再等等。”

可这一等，就是十分钟。已经快要绝望的方兰看见这样的场景，顿时又恢复了生气：“该不会是有人说谎耍大家玩吧？”

她的话一出口，所有人的目光看向了年小慕！

年小慕也不知道是怎么回事，刚拿起手机，想打电话问问，手机就被方兰抢走了。

年小慕皱起眉：“你干什么？”

“这句话该我问你才对！年小慕，你好大的胆子，居然敢骗这么多同事！”方兰抓住年小慕的手，得意地大笑，“还说什么让我给你下跪道歉，现在该下跪给大家道歉的是你吧？”

“手机还给我。”年小慕脸色一沉。

她虽然没有见过上心，可是她相信上心不会无故爽约，应该是出了什么意外情况。

“现在知道着急了？你刚才骗大家的时候怎么不想想后果？”方兰扭头看了一眼周围的同事，故意拔高声音。

不少人的情绪被她煽动，众人看向年小慕的眼神都变得有些不满。请不到上心就请不到，他们也能理解，可如果因为请不到人，又要死撑，还骗人，就太过分了！要知道，他们听说上心要来，临时做了不少准备。会客室的布置都是按照贵宾级别来安排的，他们担心上心出现会引起轰动，还特意请安保部门的同事过来维持秩序……现在，全成了笑话！

“我没有说谎！”年小慕看着胡搅蛮缠的方兰，没心思跟她争辩，走上前，要拿回自己的手机。

她虽然没有上心的电话，可是有上心经纪人的电话。既然上心愿意亲自过来跟她谈合作，经纪人就不会不接她的电话。只要问问，她就能知道到底是怎么回事。

“既然没有说谎，那你好好跟大家解释一下，为什么十点已经过了，上心还没有出现？都到这个时候了，你还想耍大家吗？！”方兰抓着手机不放，认定了年小慕只是要找借口，“想让我把手机还给你可以，除非你磕头跟大家道歉！”

年小慕盯着方兰，耐心已经被消耗殆尽，一步上前，灵动的双眼散发着锐利的光，强大的气场仿佛瞬间换了一个人，年小慕字字清晰地道：“我再说最后一遍，把手机还给我！”

方兰被年小慕的眼神震慑住了，差点儿就乖乖地将手机递出去，手伸出去的那一瞬间，方兰猛地回过神：“你、你恐吓我？年小慕，大家都在这里，你想对我做什么……啊！”

方兰的话还没有说完，年小慕已经伸手扣住了她的手腕，无视她杀猪一般的叫声，径直从她的手里拿过自己的手机，手一甩，方兰就跌坐在地上。方兰按着自己发疼的手腕，刚想要哭诉，年小慕已经抬起头，朝周围的同事看过去：“上心确实答应我今天会来，这一点，我邮箱里的邮件可以证明，我没有说谎。”

“你胡说！如果上心真的答应了你，为什么她没有出现？”方兰从地上爬起来咬牙切齿地低吼。一想到当着这么多人的面出丑，她就恨不得上去撕了年小慕！

“如果不是你拦着我，我已经打电话问清楚了。”年小慕瞥了她一眼，拿出手机，拨通了上心经纪人的电话。电话响了两声，就被挂断了。

见状，方兰顿时笑了：“大家都看见没有，上心的经纪人连她的电话都不接。年小慕，你还不承认你是在说谎……”方兰的话还没有说完，大家就看见迎宾部的小秘书匆匆朝他们跑过来：“上、上心来了！”

“你说什么？谁来了？”不等年小慕开口，周围就有同事震惊地问道。

“上心和她团队的成员刚刚抵达我们公司大堂，马上就要上来了，我打你们部门的电话没人接，只好过来通知。”小秘书喘着气解释，伸手朝电梯的方向指了指。

叮！电梯门正好开了，一抹俏丽的身影从里面走了出来，高挑的身材，纤细匀称，眉目如黛，五官精致，唇不点而红。没有夸张的衣饰，也没有浓艳的妆容，只是简单的白衬衣，搭配一条破洞牛仔裤，时尚感就扑面而来。

真的是上心来了！

随着她走出电梯的还有几个人，这几个人职业感很强。看得出来，这些人是上心团队的人，一直很小心地护在她身边，替她遮挡不必要的曝光。

公关部里的人都愣住了，他们看着上心带着团队走上前，负责接待贵宾的秘书刚准备开口，上心越过她，径直看向一旁的年小慕。

“很抱歉，路上出了一点儿意外，我迟到了。”

“……没、没关系。”年小慕看着眼前的人有些出神。

她刚刚已经在想，上心今天会不会真的不来了。可一转眼，上心就出现在了她面前，还这么真诚地跟她道歉。

“那我们可以开始谈代言了吗？”上心微微抬头朝前面看了一眼，目光掠过公关部的其他人，最后回到年小慕身上。

“会客室已经准备好了，里面请！”年小慕猛地回过神，连忙示意秘书带路，然后自己也跟了进去。

进了会客室，年小慕终于冷静下来，抬头认真打量眼前的人。上心跟她想象中的很不一样。传闻中的上心，很酷、很有个性，刚出道就是天不怕地不怕的女中豪杰，她已经脑补了一个叼着烟、化着浓妆、冷漠疏离的小太妹形象。

可眼前的人，五官精致、干净，眼神透着亲和力，举手投足间还透着一丝优雅贵气。不知道为什么，她觉得上心有点儿熟悉……

“我们是不是见过？”年小慕不自觉地问出口。说完，她才意识到自己问得太唐突，跟街边搭讪一样，正准备解释，就看见上心笑了。她微微一怔，难道，她们之前真的见过？

年小慕刚想说什么，就看见上心从包里拿出一顶鸭舌帽戴到了头上。年小慕瞬间瞪大了眼睛：“是你！”

那个她在活动现场看见两次的戴着鸭舌帽的女子，第一次她要摔倒的时候，还是戴着鸭舌帽的女子扶了她。只是上心当时戴着口罩，又混在“粉丝”群里，年小慕根本没有想到，那就是上心。这么说起来，她去游乐园候场区时，不是没有找到上心，而是眼睁睁地看着上心从自己面前离开……

年小慕盯着眼前的人，半晌都回不过神。

“对不起，前两次都没有跟你坦白，我其实是在等一个人。”上心说着，像是想到了什么，眼神忽然变得有些黯淡。

“是唐总吗？”年小慕听见她的话，下意识地问道。

闻言，上心有些惊讶，像是没想到年小慕会问得那么直接，旋即，上心扭头看向身边的人。她的经纪人立时挥手示意团队的人都先退出去。

会客室里只剩下她们两个人。

上心将鸭舌帽摘下来，抿了抿嘴，才缓缓开口：“我跟小斯哥哥认识很多年了，那个时候，他还在孤儿院……”

上心像是陷入了回忆，气场都变了。她认识唐原斯的时候，他还是同乐孤儿院里的一个孤儿。他明明是个孩子，却高冷早熟得像个小大人，对谁都冷冰冰的，总喜欢一个人坐在孤儿院的图书馆里静静地看着窗户，唯独对她特别温柔。

后来，他被她最爱的叔叔收养。那个时候，她最喜欢的就是追在他身后，一口一个“小斯哥哥”地喊，等着他回眸，宠溺地看着她。或者她藏起来，等他找自己找得着急的时候，她才蹦出来，看他惊喜的表情。童年的欢乐，两小无猜，直到唐家人出现，一切就渐渐变了……

“说出来不怕你笑话，我当模特，也是因为他。”上心嘴角挂着苦涩的笑容，看向年小慕的眼神有些落寞。

“从他被唐家接走之后，他就很少跟我联系，那个时候，我为了见他，经常偷偷从家里溜出来，可我就算到了唐家也看不见他。一次巧合，我看见模特大赛的宣传，当时只是很简单地想，如果我能上电视，那他就可以经常看见我，不会忘了我。”

年小慕没想到上心神秘的背后会有这样的故事。她呆滞了几秒，心疼地握了握上心的手。

“我没事，已经这么多年，我早就习惯了。”上心甩甩头，又恢复了刚才爽朗酷酷的样子。她伸手将鸭舌帽拿起来，在年小慕的面前晃了晃，“你知道为什么我每次伪装混进‘粉丝’群里都要戴着这顶帽子吗？”

“他送你的？”年小慕挑眉。

“嗯。”上心用力地点头，笑得越发明媚了，“他不同意我进娱乐圈，觉得这个圈子太乱，所以每次只要一听见我有活动，他就会大发雷霆，然后，又忍不住在我出席活动的时候不放心地来看我。”

上心说着，像是想到了什么，笑容渐渐消失了：“可是，他现在连我出席活动都不来了。我戴着这顶帽子，就是担心他出现会认不出我，可是我忘了，如果他不来，我戴什么都没有用。你说，我是不是很傻？”上心说着，眼神变得迷茫。

有时候，坚持一件事太久，会变成一种习惯，可就算是习惯，也会觉得疲惫，想放弃……

“既然你想见他，为什么不去找他？”年小慕不解地问道，她查过唐原斯的资料，未婚，连女朋友都没有。就是上心想倒追，也不会有什么问题。

“他工作很忙，不肯见我。”上心拿着帽子的手无声地收紧，她咬了咬唇，“其实我知道，他只是不想见我，有时候，我也不知道自己该不该再坚持下去。”

“如果还喜欢，当然要坚持！”年小慕用力地抓住她的手，鼓励道，“你忘记了，当初我想找你代言，也是到处碰壁，你还亲口拒绝过我，可是现在呢？”

她们坐在一起，不只在谈合作，还像好朋友一样在聊天。所以，不坚持，你永远不知道会不会有奇迹！

上心怔了怔，嘴角扬起一抹笑，她用力地点点头。当初年小慕最打动她的就是那股说什么都不肯放弃的精神。

“你的代言方案我看了，你在合约后面备注的条款，我很感兴趣，可是你真的有把握把东西送到他手上吗？”上心接过年小慕递过来的合约，翻到最后一页，指着问道。

“余氏集团跟盛达科技合作的项目是一系列高科技电子产品，第一款推出的是新型智能手机。个性化的造型设计、全新的智能体验是这款手机最大的亮点。宣传的重点在于个性和与众不同。因此，盛达科技方面才希望你来代言，盛达科技会单独为你定制一款情侣手机，男款手机的开机页面是你的照片，至于女款的……”

“我有他的私照！”上心飞快地接话，只要一想到以后一开机，手机屏幕就是唐原斯的照片，她的心里就美滋滋的。更重要的是，他的手机屏幕上也会是她的照片，他以后只要一接打电话、发短信，就会看见她。这样一来，唐原斯就不可能忘记她了！

“情侣手机我自己也能搞定，可是我之前送给他的礼物，都被退回来了，你送他有我照片的手机，他会用吗？”上心问出了自己最大的顾虑。

这也是她今天专程过来的原因。她愿意打破惯例接受代言，只不过是希望在唐原斯身边留一件跟她有关的东西。如果连这一点都做不到，就算代言费再高她都没有兴趣。

“这就要看他心里有没有你了。”年小慕眼珠一转，眼底掠过一抹狡黠的光，她笑眯眯地解释，“盛达科技这次的新品发布会是由余氏集团来负责，我会放出消息，说为了庆祝新品上市，盛达科技将会特别定制十部手机，送给关系密切的合作商。我查过了，唐氏集团跟盛达科技有不少业务上的往来，以盛达的名义给唐原斯送一部手机，合情合理。”

这样一来，唐原斯就不会知道那款手机是独一无二的情侣款。只当是合作商送的礼物，上心是代言人，开机画面是她，也不奇怪。

“这跟他心里有没有我有什么关系？”

“当然有！”年小慕想也不想地回答。

虽然开机画面和屏保可以设置成上心的照片，无法替换，可是如果唐原斯不愿意用那部手机，他们做什么都没有用。十部定制的高端手机，只不过是将手机送到唐原斯面前的借口。唐原斯会不会用那部手机，就要看他心里有没有上心了。

“合作商之间互相送礼物的并不少见，由盛达科技出面，可以保证手机一定不会被退回来，剩下的……”年小慕没有说完，不过上心已经明白了。

“我懂，就算他不肯用那部手机，只要手机能留在他身边，我就很满足了！”上心伸手拿过合同，毫不犹豫地在上面签了字，然后递给年小慕。

年小慕接过合同看着上面清秀的字迹，心口微微一震。

上心，真的答应她的代言了……

会客室外。

从上心进去之后，公关部的人就一直贴在墙上，想听听里面到底是什么情况。

“上心真的好漂亮。”

“而且还很有礼貌，一点儿都不像传言中那么高冷、难接触，你们刚才听见没有，她居然亲自跟年小慕道歉！”

“我怎么都没有想到，年小慕竟然真的请到了上心来公司谈代言，你们说，她会不会真的把代言拿下来？”

“上心都亲自过来了，年小慕拿下代言的可能性很大吧？”

“那方兰岂不是要……”

大家说着目光齐刷刷地朝方兰看过去。刚才还咄咄逼人的方兰，此刻站在所有人的后面，从年小慕带着上心进了会客室，她就没有移动过位置，整个人显得有些僵硬。她听见同事的议论，只觉得脸上火辣辣的。

“大家别说得那么肯定，上心不接代言是圈里人都知道的，她会过来没准儿是因为别的事情。”有人不放心地说道。

立时就有人反驳：“可我刚才听见上心说了要跟年主管谈代言啊。”

“只是谈谈，未必能谈成。”

这句话一出，方兰的眼睛顿时亮了。

对，只要代言没有谈成，就算上心亲自来了，自己也不算输。倒是年小慕，拿不下来代言，看她怎么跟大家解释！

方兰眼神一黯，挤着走到最前面，看见站在会客室门口上心团队的人，搓了搓手，就准备上前问问，还没来得及开口，就见会客室的门从里面打开了。

上心走在前面，脸上挂着很美的笑容。她一边往外走，还一边往回看，等她走出会客室，大家才发现她牵着年小慕的手！两个人亲密的样子就像一对好姐妹。

叶明敏走到前面，清了清嗓子，小心翼翼地问：“上心，不知道代言的事情，你最后的答复是？”没等上心回答，她又担心自己问得太突兀，连忙改口，“如果你一时半会儿拿不准主意，也请再考虑考虑，我们是很有诚意的……”

“不用考虑了。”上心打断她的话，转过身看向年小慕，“我答应代言。另外，我希望今后跟我有关的合作案都由年主管来负责！”

上心说完，公关部里顿时响起一阵倒抽气的声音，所有人惊呆了！

从来不接任何代言的上心，真的接受了他们的代言。

叶明敏呆滞了好几秒都没有回过神，上心却并不在意，用力地握了握年小慕的手：“你不用送我了，下次有机会再聊。”

“门口可能有记者，我让秘书带你们从后门离开。”年小慕连忙接话。

“嗯。”上心点了点头。

一行人像来时一样低调地离开了。

公关部里，因为上心答应代言一片欢腾！

“太好了，拿下了上心的代言，我们接下来跟盛达科技的合作一定会越来越好！”

“我只要一想到从来不接任何代言的上心，现在接了我们的代言，我就好激动！你快掐掐我，看看我是不是在做梦。”

“我马上去把这个好消息告诉文经理！”秘书一回过神，转身就往经理办公室走去。

办公区里，大家还在庆祝。只有方兰被挤在最边上，看着面前正在互相分享喜悦的同事，耳边不断回响着自己之前给年小慕放的狠话。

“要是她真的能请到上心，别说当众道歉，就是让我当众下跪，给她磕三个响头，我都没有二话！”

方兰当时笃定上心不会接代言，等着看年小慕出丑，将年小慕赶出公关部。方兰怎么都没有想到，上心不仅来了，还干脆地答应了代言。刚才的那一幕，只要是有眼睛的人都看得出来，上心会答应跟他们合作全是因为年小慕。年小慕现在成了公关部最大的功臣，该不会真的要让自己磕头道歉吧?

方兰的脸色一下就白了，她趁着大家不注意的时候悄无声息地往门外挪。等她离开公司，再找个身体不舒服的借口，这几天先不来上班，时间久了，大家自然就忘记这件事了。

对！就是这样！

方兰一想到这里，脚步就更快了，她穿过人群，眼看着就要走到门口了。

“方兰，你这么着急，是要去哪里？”蓦地，有人喊了一声。

公关部里刚才还热闹的气氛，忽然就冷却了下来。大家转过身不约而同地朝方兰看过去，方兰刚要溜走，就在门口僵住了！

“我记得有人说过，如果年主管请到上心代言，就要当众给她磕三个响头，赔礼道歉。现在，是不是该兑现承诺了？”

有人蓦地这么提醒了一句，立时，公关部里的气氛都变了。大家齐刷刷地让开位置，等着年小慕走上前。

“我……”方兰没想到会是这样的场面，看见年小慕朝她走过来，脸色已经变得惨白，道歉、认错没什么。可她当时逞口舌之快，非说什么下跪磕头。现在年小慕真的做到了，周围还有这么多同事做证，她下跪磕头丢脸；不下跪磕头，就会变成一个毫无信用的人。不管怎么做，自己以后都没有脸面继续留在公关部，除非年小慕开口原谅自己……

方兰像是抓住了最后一根救命稻草，蓦地抬头看向年小慕，说道：“年小慕，不是，年主管，是我不对，我不应该小看你，但是我对你没有恶意。我只是因为不了解你，对你有一点儿误解，我现在已经知道错了，我跟你道歉！你大人不计小人过，原谅我这一次，我以后肯定不会再犯糊涂！”

方兰这番话说得诚恳无比。她走到年小慕面前，眼巴巴地看着年小慕，仿佛如果年小慕不愿意，她就真的会跪下来一样，那样子反而让周围的人都不好再说什么。

方兰的算盘打得很好，她都已经做到这个分儿上了，如果年小慕还是非要她下跪才肯原谅她，反而显得咄咄逼人。

可她的算盘打得再好，也要看年小慕配不配合。就在大家都以为年小慕一定会顺着台阶下，大事化小、小事化了的时候，年小慕却一声不吭，伸手拉过一把椅子，在方兰面前坐了下来，跷起二郎腿，双手抱胸，淡定地盯着方兰。这架势是等着方兰给她磕头道歉?

大家忍不住发出一声惊呼。

有觉得年小慕很酷的，有觉得方兰自作自受的，也有一些看好戏的。唯独没有同情方兰的！每个人都要为自己做过的事情承担后果。方兰三番五次挑衅年小慕，就该想到会有自食其果的一天。

"年主管……"方兰看着坐在她面前的人，眼睛都直了。

方兰怎么都没有想到，年小慕的反应会跟她想象中的完全不一样。

她看着周围同事的目光，只觉得自己就像个跳梁小丑。

她想走，可当着这么多人的面也走不了。

她只能咬咬牙，准备下跪道歉……

年小慕从一开始就没打算跟方兰计较，可脾气再好的人也有底线。如果因为她好欺负，就可以随意欺负，那今天会有一个方兰，明天还会有第二个、第三个……下跪磕头倒是不用，不过吓唬吓唬方兰，也能让其他人知道，一旦踩到她的底线，她对谁都不会客气!

年小慕见方兰已经吓得脸色发白，眼看就要跪下来，刚准备说什么，一道声音就先一步从她身后传来了："发生什么事了，怎么一个个脸色这么凝重？"文雅黛穿着一身黑白色职业套装，优雅干练地从办公室里走了出来。

"文经理。"方兰一看见文雅黛，就像是看见救星，挤出两滴眼泪委屈地看向她。

秘书跟着文雅黛出来，看见眼前的场景，连忙扭头跟文雅黛解释之前的事情。文雅黛听完秘书的话，眼珠转了转，别说是方兰，就连她也没想过年小慕会成功。当初就是看中了找上心代言是难事，多半完不成，她才会故意安排给年小慕。可没想到，年小慕居然做到了，一举打破了大家对她的偏见，又一次成了公关部的功臣。再这样下去，只怕很快，她这个经理年小慕都可以不用放在眼里了!

文雅黛手心紧了紧，脸上却表现得很平静。她清了清嗓子才开口："我不管大家有什么想法，年主管是寒少钦点进入我们公关部的，寒少相信她的能力，我们也应该相信她，这次上心的代言就是最好的证明，我希望大家不要再对她抱有什么偏见。”

文雅黛一番话说得既大度，又合情理。可话里多少还是流露出了年小慕是关系户的意思。说完，文雅黛又抬头看向方兰：“今天的事情知道自己错在哪里了吗？”

“文经理，我知道错了，我不应该不尊重年主管。”

“不只是年主管，换作任何一个人，你都要尊重！大家都是一个部门的同事，应该互帮互助，你呢？嘲讽、挤对自己的同事，你简直……”文雅黛抬手指了指方兰，气得说不出话。半晌，她才呵斥道，“还愣着做什么？还不快给年主管道歉！”

方兰一见不用下跪，连忙走到年小慕面前，微微俯身，说道：“年主管，对不起！”

年小慕眉心皱了皱。她原本就没打算让方兰下跪，可现在这样的场景，只怕方兰不会念她的情。可文雅黛字字句句都在替公关部考虑，容不得她不答应。

文雅黛似乎也意识到，她的做法有些喧宾夺主，当即扬起笑脸：“对了，年主管进我们公关部也有些日子了，大家都忙着手上的项目，一直没有机会表示一下，不如就趁这次拿下上心的代言，我们给她办个庆功宴，就当是迎新了！”

一句话，既肯定了年小慕的功劳，又给了彼此一个台阶下，就连年小慕都挑不出毛病。

“太好了！终于可以放松一下了！”一听见聚餐，有人立时欢呼。

“经理，我们部门难得聚餐，可以邀请寒少吗？”有人满怀期待地问道。

年小慕听见这个名字，神经一紧，有余越寒的聚餐还能放松吗？

她错愕地看向提议的女同事，像是不敢相信怎么会有人这么想不开！

“文经理，我看不用……”年小慕的话还没有出口就被淹没在了一片赞同的回应里。

“好了好了，我现在正好要上去给寒少做汇报，可以试试，不过你们都知道，迄今还没有哪个部门的聚会能邀请到寒少，别抱太大希望！”

文雅黛说着，示意秘书去帮她把报告拿过来。她在众人期待的目光中去了总裁办公室。

文雅黛会答应邀请余越寒，只不过是因为大家太热情，她拒绝不了，只能勉为其难地答应。她不是第一次邀请余越寒参加公关部的聚会，可是每一次他都拒绝了。文雅黛已经不抱什么希望，可在同事期待的目光中，她还是要表现得信心十足，她已经在思考，一会儿要怎么跟余越寒开口了……

“文经理。”文雅黛一走到总裁办公室门口，助手就朝她颔首，替她开了门。

她一抬头，就看见坐在办公桌前的余越寒，英俊迷人，尊贵无双。修长的手指握着钢笔，在文件上签名的样子，让她移不开目光。文雅黛见他朝自己看过来，很快就整理好状态，走到他面前。

“寒少，刚刚签下的合约，上心答应为盛达科技代言了，我借着这个势头，跟盛达科技谈妥了接下来的几个合作项目，拿过来给你过目。”文雅黛提到工作，表现出了很高的专业性。

年小慕刚谈下来代言，她已经联络盛达科技，顺势扩大了合作的优势。相比之下，年小慕的功劳，远不及她给公司带来的万分之一。

“做得很好，这次想要什么奖励？”余越寒从她手上接过文件，他扫了一眼，淡淡地启唇。

文雅黛脸上一喜。要知道，余越寒从不轻易夸人，他这句夸奖比她得到的任何奖励都要高兴！

文雅黛眨了眨眼睛：“奖励就不用了，我们部门这周末有个聚餐，如果你有空的话……”文雅黛还没有说完，瞥见他皱起眉，连忙解释，“是这样的，年小慕刚到我们部门，又顺利拿下代言，我想着新同事要特殊照顾一下，所以才想替她办个庆功宴。”

她说完，小心翼翼地看了余越寒一眼，见他只是冷着一张脸，没有说话，就知道他这是拒绝了。她心情失落地做完工作汇报，离开了总裁办公室。

她的身影一消失，助手立时不解地问：“寒少，你费了那么多的功夫，调查上心的背景，帮了年主管，她的庆功宴你不去吗？”

余越寒冷冷地瞥了助手一眼。

助手顿时默默低头，不敢吭声。

余越寒靠到椅背上，看着面前的合约，眼前闪过的是早上的那顿早餐。某人一杯牛奶就把他打发了，他刚皱起眉，手机就响了。他眼珠一转，很快拿过手机，扫了一眼，却不是年小慕的电话。

“唐总这么急着给我打电话，看来是有急事。”余越寒接起电话，淡漠地启唇。

“你要怎么样才肯放弃上心的代言？”电话那头，传来一道斯文的声音，只是愠怒的语气泄露了他的心情，“余越寒，枉我当你是朋友，你居然为了一个女人坑我！”

“如果我没记错，是上心亲自来余氏集团签的代言合约，唐总不想让上心代言，应该去找她。”余越寒似笑非笑地道。

电话那头的人一瞬间变得沉默，只剩压抑的呼吸声从电话里传来。

余越寒眉峰一挑：“你知道自己劝不了上心，就来我这里撒气？”

这朋友也是没谁了。

“你敢说，那个叫年什么的女人能说服上心，这里面没有你的功劳？”唐原斯咬牙切齿地道。他回到唐家之后，几乎就没有再跟上心联系，知道他们有关系的人，十根手指都数得完。除了余越寒，一般人根本打听不到！

“是年小慕。”余越寒薄唇微启，慢悠悠地提醒道。

“我管她叫年小慕，还是年大慕，我现在跟你说的是上心！”唐原斯气急败坏地低吼。向来温文儒雅的男人，看来是真的气坏了，连基本的涵养都丢了。

闻言，余越寒目光一黯。良久，他才幽幽地启唇：“听说你已经在找人打听盛达科技定制的那十部手机会送给哪些合作商，如果不出意外，我这里应该也会有一部，一个亿的友情价卖给你怎么样？”

一旁的助手已经瞠目结舌，一个亿，还友情价……

他家寒少是怎么说出口的?

助手默默转身，假装自己什么都没有听见，只是在心里替唐原斯默哀：交友不慎……交友不慎啊……

唐原斯那边像是被噎住了，隔了很久，他才低声咒了一句：“算你狠！”

说罢，他就挂了电话。

助手扭过头看了一眼自家boss，觉得还是有必要提醒一下：“寒少，按照年主管的计划，十部手机是假的，只有一对情侣手机。”到时候，他家boss去哪里弄手机卖给唐总?

“那你还愣着做什么？”余越寒将手机丢到办公桌上，冷冷地看了助手一眼。

助手一脑子问号。

“现在去联系盛达科技的陈总，开机画面是上心照片的限量版手机，我要十部。”一部送给唐原斯，剩下的九部卖给唐原斯，省得他惦记，够朋友了。

助手：“……”

一部手机一个亿，十部手机就是十个亿，减掉送的那部，也是九个亿。

寒少，唐总知道你这么对他，他会哭死吧？

公关部。

文雅黛刚走到门口，部门里的同事就齐刷刷地围上前。

“经理，怎么样？寒少答应去了吗？”

文雅黛目光黯了黯，原本就难看的脸色，此刻更是一片黑沉。可对着满怀期待的同事们，她还是从容地扬起一抹笑容：“我已经把大家的意思都传达给寒少了，还特意强调，是为了庆祝年主管拿下代言举办的庆功宴，可是寒少工作太忙，未必能抽出时间。”

文雅黛这番话说得很慢，乍一听没什么，可仔细琢磨却像是在强调，寒少不去聚餐是因为年小慕的庆功宴不够分量。

“好了，大家也不要太失望，庆功宴不是得等周末吗，我找机会再问问，或许寒少会改变主意，都去工作吧。”文雅黛说完，就拿着文件回了自己的办公室。

办公区里。

大家都有些失望。只有坐在座位上的年小慕，听说余越寒不会去，兴奋得差点儿蹦起来！她发现有同事朝她看过来，嘴角的笑容顿时僵住了。很快，她挤出一副很失望、很伤感的表情。

“年主管，你想开点儿，寒少向来不参加部门聚会，未必是因为你。”给她送资料的实习生晓晓见周围没人，压低声音安慰道。

年小慕心里乐开了花，脸上还是堆着愁容，朝实习生点点头：“谢谢你。”然后她低头继续工作。一到下班时间，她就连忙收拾东西，拎起包，转身就往公关部外跑。她一口气跑到地下停车场，刚站稳，就看见那辆熟悉的房车朝她开过来。

车门打开，余越寒已经靠在椅背上闭目养神，小六六窝在他怀里，一看见她，小脸立马扬起笑：“漂亮姐姐！”

余越寒听见小六六的声音才缓缓地掀开眼皮，慵懒地扫过站在车门外的年小慕。

“寒少。”年小慕连忙钻进车里，在角落坐好，经过早上的牛奶事件，她现在看见余越寒总觉得有点儿心虚。他不说话，她也不敢吭声。

车厢里，只剩下小六六在哼着不着调的儿歌……

过了一会儿，小六六从余越寒的怀里爬出来，爬到了年小慕的身边。

年小慕抱住她软糯糯的小身子，想起什么，抬头看向余越寒：“寒少，这个周末，我能不能请一天假？”正常上班，周末可以休息，可是她照顾小六六是没有周末的。她要去参加庆功宴得先跟余越寒请假。

“嗯？”余越寒挑眉，睨了她一眼。

年小慕连忙解释：“我们部门的庆功宴在这个周末，我答应了文经理可以去，所以……”

年小慕说到这里，忽然想起来，她正式跟上心签约的事情还没有跟余越寒说。虽然他已经知道了，但是一声“谢谢”她还是不能省。可是说了谢谢，周末部门的庆功宴，她是不是也该象征性地邀请一下他？

文雅黛的邀请都被拒绝了，她的邀请他肯定也不会答应。她只是客气一下，他应该知道！年小慕想到这里，清了清嗓子：“要不是有寒少的指点，我也不能这么快说服上心答应代言，其实我们部门的庆功宴，最应该邀请的人是寒少才对！只可惜寒少你日理万机，没时间，不然的话……”

“你很想我去？”余越寒淡漠地问道。

年小慕一愣，什么意思？他不是没空吗？

没等她想明白哪里不对，就听见他有磁性的声音响起：“如果年主管盛情邀请，我可以勉为其难考虑一下。”

年小慕刚想说不用这么勉强，一抬头就对上了他深邃的眼睛，宛如星辰大海，散发着幽光，只是看着，就让人不自觉地想探索、沉沦……

年小慕呆呆地看着他，半晌，她都忘了自己要说什么，见他在等着自己回答，就莫名其妙地说了一个“好”字。说完，等她回过神，恨不得抽自己一个嘴巴子！

美色误国啊！

她就这么把自己坑了，想要再说什么，余越寒已经闭上眼睛开始小憩。

这算是答应了，还是没答应？多说一句话会死人？

年小慕抱着小六六，默默地在心里扎小人。

时间过得很快，转眼就是周末。周六那天下午，年小慕随意地穿了一件白T恤和一条牛仔裤，就到了部门聚餐的地方。到了约定的地点，她才发现是一家会所。很快，她就发现，自己好像穿得太随便了。

放眼望去，公关部里平时都穿得很保守、很职场风的同事，几乎不约而同地换上了漂亮的裙子，化了美美的妆。就连男同事也都穿得很帅气。相比之下，她就像是准备去菜市场大采购的独居宅女，就算靠着出众的颜值支撑，还是让她显得有些格格不入。

“年主管，你怎么穿成这样就来了？没人告诉你，我们部门的聚餐都是小型派对的形式吗？”有同事看见年小慕的穿着，忍不住惊呼了一声，伸手指了指举办庆功宴的会所。

“这里可不是普通人随随便便就能来的，我们都是沾了文经理的光才能到这里狂欢，你也太不重视了！”

其他人闻声也朝年小慕看过来。看见她的着装，大家的眼神都有些异样。

年小慕眉心一拧。这是她进公关部的第一次聚会，当然不知道这些规矩。这些事应该是负责庆功宴的人提醒她，可她到现在为止根本没有接到任何提醒。

“文经理来了！”不知道谁惊呼了一声。

立时，大家的目光被路边的一辆豪车吸引住了。车子停稳，司机恭敬地绕到车后座，替文雅黛打开车门。旋即一双修长的腿映入众人的眼帘。

文雅黛穿着一条鱼尾长裙，优雅从容地拿着一个手包，从车子里出来。姣好的容貌，高贵的气质，加上她脸上令人如沐春风的笑容……

离开公司的文雅黛，浑身都透着豪门千金的高贵。相比她的隆重，越发显得年小慕没将这次庆功宴放在心上。大家虽然没有再说什么，可是看向年小慕的目光都有些不悦。

文雅黛跟在场的同事都打过招呼之后，仿佛才注意到年小慕的穿着不对，怔了怔：“大家别怪年主管，她第一次参加部门聚会，不懂规矩很正常，下次我会记得让秘书提醒她。对了，我跟大家说个好消息，我刚刚接到寒少的电话，他已经答应出席我们的庆功宴！”

文雅黛说完，顿时响起一片欢呼声。要知道，余越寒可从来没有出席过任何部门的聚会，现在却来了他们公关部，说出去多有面子！

“文经理，还是你有办法，居然能把寒少请来！”有同事激动地道。

“那当然了，也不看看我们文经理是什么人，那可是寒少的左膀右臂！”

“对对对，寒少肯来跟我们聚餐，全是看在文经理的面子上，我们也都跟着沾光了。”

大家你一言我一语，恨不得将文雅黛夸上天，哪里还记得今天庆功宴的主角是谁？

“明明是年主管你谈下上心的代言，才会有今天的聚会，怎么一个个都把功劳算给经理了？”一直跟年小慕关系不错的实习生晓晓忍不住嘀咕道。

年小慕从听说余越寒要来，就一直是出神的状态。等她反应过来，脑海里蹦出的第一个念头是让他给自己带条裙子！帮忙拿条裙子而已，他应该不会生气吧？

年小慕拿出手机，偷偷地编辑了一条短信发了出去。她抬起头，正好听见文雅黛说：“寒少是因为大家工作努力替集团完成了这么多的大项目，想要嘉奖大家，才会出席，我不过是从中劝说了几句，没有什么功劳。”

她这话的意思，等于间接承认了余越寒是因为她才来的。顿时，大家的欢呼声更大了，都在将文雅黛跟余越寒放在一起开玩笑。

文雅黛也不解释，只是扬着得体的笑容，一一回应大家的调侃。

“都别站在外面了，包间已经订好了，我们到里面去等吧。”文雅黛看人差不多到齐了，开口招呼道。

“文经理，寒少第一次出席我们部门的聚餐，不如我们大家等他来了再进去吧？”有人突然提议。

“我也想等寒少，除了在公司里，我们都没见过寒少私下是什么样子。”说话的妹子，话还没有说完，脸就已经先红了。

芳心暗许的模样简直不要太明显！

“我也想看。”

“啊——我男神穿私服的样子，好让人期待！”

前一秒还是精明干练的公关部精英，一听见余越寒的名字，个个眼睛冒起了桃心。

大家都想等，文雅黛自然不会反对。她陪着部门里的同事一起站在会所门口等余越寒。

年小慕也站在人群里，不过她的眼睛看的不是入口，而是手机。余越寒没回她的短信，也不知道愿不愿意帮忙。这附近没有商场，要不然她还能临时买一条裙子应付。

“来了来了！”不知道谁高喊了一声，所有人的目光齐刷刷地看向会所的入口。

一辆炫目的跑车疾驰而来，唰的一声，车子停在他们面前。

余越寒坐在驾驶座上，侧脸完美。他上身只穿了一件白衬衫，最上面的两颗纽扣解开，露出精壮迷人的胸膛。他随意地将墨镜摘下来丢到一旁，侧目朝着人群里的年小慕看过去！

众人见惯了他穿着一身西装处理公务时高冷尊贵的样子，却从来没有见过他像今天这样，随意的着装，让他看起来高贵之余，又多了一丝邪魅。棱角分明的脸，嘴角微微勾起的弧度，似笑非笑。

就连年小慕都被帅了一脸！

下一秒，年小慕又见他收回目光，朝副驾驶座看了一眼。年小慕从他出现的那一刻就跟所有人一样，一直盯着他看，自然也瞥见了他副驾驶座上那个黑袋子。

他帮她带裙子了？年小慕眼睛一亮，就差没变成星星眼了。

她这副迷妹的样子，跟周围的女同事如出一辙，同样也落到了文雅黛的眼里。

原本余越寒一来，她就准备迎上前，好让大家知道，在他的心里，她才是最重要的人。没想到她没来得及迈出脚步，余越寒的目光就径直越过她看向了最边上的年小慕。两个人没有说一句话，可是目光交错间，仿佛有什么情愫在空气里涌动，让她非常不舒服！

“寒少，我们部门的同事听说你要来都很高兴。”文雅黛扬起笑，状似无意地走到两个人的中间，打断了他们的对视，温柔地开口。

闻言，余越寒才将视线收回来。英俊的脸上没有什么表情，他推开车门，走下来。他穿得很休闲，白衬衫搭配黑西裤，简单又不失风度。目光扫过眼前的众人，他微微颔首示意，然后率先提步往会所里走。

年小慕故意走在最后，趁着大家不注意的时候，偷偷溜到他的跑车前，将副驾驶座上的黑袋子拎起来，才把车钥匙交给会所的保安，让保安去帮忙停车。然后她飞快地跟上刚走进会所的同事。她确定了他们开庆功宴的包间，然后就拎着裙子，走向包间外的公共洗手间。她准备将身上的衣服先换了，以免一会儿再发生什么尴尬的事情。可等她将裙子从袋子里拿出来后，人就蒙了。

“怎么会是这条裙子？”年小慕盯着手里性感的黑色连身小短裙，恨不得一头撞死在洗手台上。

第八章
为她一次次打破自己的惯例

这条裙子是去年她生日时谭崩崩送的。前面是V领，裙摆是镂空的黑色蕾丝花边，裙身刚过大腿，穿起来绝对是该露的都露了，又不会显得太过分，性感得刚刚好。用谭崩崩的话来形容就是："如果你哪天想脱单了，就穿着它到大街上晃荡，保证会有男人急着把你娶回家！"

她一次都没穿过，但丢了又觉得浪费，就一直留着。自己都忘了这条裙子，她想她的衣柜里没什么危险物品，才会让余越寒帮她从衣柜里随便拿一条。

现在怎么办？穿还是不穿？

她上辈子肯定是得罪余越寒了，这辈子才会一直栽在他手上。

年小慕盯着裙子超过半分钟，又低头看了一眼自己身上的白T恤和牛仔裤，咬咬牙，进了隔间换衣服！

文雅黛对下属向来大方，她选的地方是H市有名的会所。包间里，不只可以吃饭，还有不少娱乐项目，唱歌、台球、桌牌……一应俱全。

文雅黛知道余越寒要来，让人提前布置过，此刻包间看起来更是上了一个档次。

余越寒坐在餐桌的主位上，俊美的脸神色淡漠，薄唇微抿，他斜靠在椅背上，并没有要主动说话的意思。就连文雅黛跟他说话，他也只是隔了很久才应一声，倒是时不时地低头看腕表，像是在等待着什么……

“大家都饿了吧，先让服务员上菜？”文雅黛坐在余越寒身边扭头看向他，询问道。

餐桌上，公关部其他人第一次跟总裁同桌吃饭，已经兴奋得说不出话。众人听见文雅黛的话，只顾着点头。就在文雅黛抬手准备喊服务员的时候，却见余越寒淡淡地启唇：“再等等，人没齐。”

他说这句话的时候，看着餐桌上空着的几个位置。顿时，不少人的眼神都变了，看着他的眼神变得更加痴恋……

“寒少好贴心呀！”

“一点儿架子都没有，我更爱他了，怎么办？”

不少女同事已经抑制不住内心的激动，说起悄悄话。

文雅黛微微一怔，发现餐桌上看不见年小慕的身影，心里虽然有些疑虑，可还是照着余越寒的吩咐，让人去催催其他还没有到的同事。

“我刚才看见年主管往公共洗手间的方向去了，我去叫她。”一直跟着年小慕的实习生听见文雅黛的话，连忙站起来，转身就往外走。

她刚拉开包间的门，就看见了站在门口的年小慕，一下子愣住了：“年、年主管……”

一听见年小慕回来了，大家下意识地看向门口。下一秒，大家全部不自觉地屏住呼吸。黑色的连身裙很合身，穿在她身上，凹凸有致，说完美也不过分。胸前V领的设计，露出她性感的锁骨。裙子下，纤细匀称的小腿挑不出一丝毛病。只是一条裙子就让她整个人的气质变了，仿佛一瞬间她就变成了一个小魔女，随便勾一勾手指头，就能将人的魂魄都勾走！

余越寒看着她，眸色渐渐变暗……

其他人的目光都被年小慕吸引住了，只有文雅黛第一时间注意到了余越寒的变化。她看着一出现就成为全场焦点的年小慕，不甘心地咬咬牙。很快，她又挤出一抹笑，招呼道：“年主管，你去哪里了？大家都在找你，快进来坐呀。”

年小慕第一次在同事面前穿得那么性感，有些不自在。她听见文雅黛的话，没有多想，准备坐到角落，却发现除了余越寒身边还有一个空位置，其他的位置都已经坐满了。她只能拉开椅子，坐到余越寒身边。

她坐下来的时候，他看了她一眼，很快，又移开目光，像是根本不在意坐在自己身边的人是谁。

跟余越寒相比，包间里的其他人就没有那么淡定了，尤其是在场的男同事。年小慕平时在公司都穿工作装，即使那样，出众的容貌也已经足够引人注目。如今换了一条性感的裙子，顿时让在场的男士眼睛都直了！一个个眼珠子都恨不得黏在她身上。

余越寒发现这一点后，眉心微微一拧。他当时只是随手拿了一条裙子，并没有留意裙子的款式，尤其那条裙子穿在她身上的效果简直太好了。束腰的设计，将她迷人的身段完全勾勒出来。她很瘦，可是该有的地方都有，晶莹的肌肤白得发亮。

余越寒目光微闪，旋即他抬手朝服务员示意。他压低声音不知道吩咐了什么。服务员很快出去，拿了一条长丝巾进来，走到了年小慕身边。

年小慕一怔，正想说自己没有什么需要的，看见面前的丝巾，眼睛一亮，像是看见了救星，拎起来，就围到了身上。长丝巾跟她的裙子很搭，正好可以遮住露出来的地方，又不会让人觉得突兀。

年小慕披好丝巾，想问服务员是谁让他送的，就见服务员朝余越寒的方向看了一眼，旋即服务员俯了俯身，退出了包间。

年小慕抬起头，正好对上一双黑沉的眼睛。她刚准备说谢谢，就见他收回目光，他冷漠地别开脸。

年小慕："……"

菜陆陆续续地上来，大家都吃得很开心，总算是分散了一点儿年小慕带来的震撼。

文雅黛也一直在给余越寒介绍菜肴："寒少，我不知道你会来，所以提前订了海鲜套餐，你需不需要点点儿别的？"

余越寒瞥了她一眼，没有说话，只是端着红酒杯，轻啜了一口，扭头看向他身边的年小慕。有了丝巾，她倒是不像一开始那样别扭了，抓着一只大闸蟹，正啃得欢快。她的头微微低着，长发扎成了马尾，露出白皙的脖颈，小巧的耳垂有些绯红，嘴角沾上了汁液，自己都没有察觉。

余越寒的手指微微一动，他下意识地想要用纸巾替她擦掉，察觉到自己的想法后，他又皱起眉。他看向还在等他回复的文雅黛，冷冷地启唇："不用，点你们喜欢的就好。"然后，他一口饮尽了杯里的红酒。

他看见年小慕傻愣愣的只顾吃东西，她完全没有注意到自己率真的模样正吸引着在场所有男人的目光，他只觉得胸腔内憋着什么，有些闷。

文雅黛接连被拒绝了几次，脸上也有些挂不住，尴尬地赔着笑。她注意到所有人的目光集中在年小慕身上，不甘心地咬着唇，蓦地从座位上站起来，优雅地端起酒杯："来，大家举杯碰一个，算是欢迎我们的新同事，也感谢寒少愿意在百忙之中出席我们的庆功宴。"

年小慕正开心地啃着螃蟹，突然发现大家都站了起来，自己拎着两只螃蟹腿也跟着站起身。她发现大家都盯着自己，回过神，连忙丢掉手上的螃蟹腿，端起酒杯。

"这次能顺利谈下上心代言的合约，多亏了年主管，欢迎你加入我们公关部，希望你能再接再厉。"文雅黛说这句话的时候，并没有看年小慕，而是望向余越寒。

她说的话，字字句句都在夸奖年小慕，却更像是在给余越寒面子。毕竟在场的人都知道，年小慕能进入公关部，全是因为余越寒的钦点。

等大家喝完第一杯，她又给自己倒了第二杯，看向余越寒："寒少，这一杯，我敬你。"

文雅黛姣好的面容微微透出红晕，她没等大家起哄，就很得体地开口："我们公关部能有这么好的业绩，全靠寒少的英明领导。你今天能来这里，是对我工作最大的肯定，我先干为敬。"

她说完，抬起头，将杯子里的酒一饮而尽。她的一番话说得很谦逊。可是话里的意思却像是在暗示所有人，余越寒今天会破例出席庆功宴，全是因为她。余越寒看着她，眼神淡漠，他扫过餐桌上的其他人，长指端起高脚杯，他示意服务员给他倒酒。

就在文雅黛欣喜地看着他，等着他喝酒的时候，余越寒却端着酒杯，看向餐桌上的其他人："在座的都是余氏集团的精英，集团有今天离不开你们的努力。这一杯，我敬你们。"余越寒说着，已经一口喝完了杯子里的红酒。

听见他的话，在场的人齐刷刷地端起杯子陪着一起喝。原本两个人的酒，莫名其妙就变成了所有人一起喝。就连余越寒出席庆功宴的理由也变成了为了嘉奖公关部里的所有人，而不是因为文雅黛……

文雅黛的脸色顿时变得有些难看。没等大家察觉到，她借口有电话，先出了包间。她站在门口，双手用力地握成拳头，手背泛起青筋。文雅黛好不容易才克制住自己几近失控的情绪，转身朝洗手间走去，想要补个妆。结果走到门口，她撞上了一个人。

"哟，我当是谁呢，原来是我们的文大美女，来这里找乐子？要不要陪哥哥我喝一杯？"举止轻佻的男人，一看见文雅黛，就笑得眯起了眼睛，一身酒气地朝着她走过来。

“林超……”文雅黛微微眯起眸子，认出眼前的人是圈子里有名的纨绔子弟。她眼波轻转，旋即她轻笑出声。

“我当是谁呢，原来是林少爷。”文雅黛简单地打完招呼，没等林超回话，就双手抱胸，讥诮地看着他，“林少爷还有心情来玩，恐怕是不知道，上心已经答应了盛达科技的代言，马上就要跟我们合作。”

“你说什么？”林超贼溜溜的一双眼睛蓦地眯起来，眼神也变得阴鸷。

林家是典型的暴发户，林超更是仗着有几个钱，当自己是大爷。他刚进自家公司的时候，有幸见过上心，当即放话，非要请她当自家产品的代言人，结果狠狠闹了一场笑话……

据说那天，他亲自拎着一箱现金去找上心，信心满满地说要让上心求着跟他签约。没想到他人是去了，可是连上心的面都没有见到，就被经纪人给轰走了。连带着他那箱钱，都被一起丢了出来。当时一起去的还有几个“富二代”，这林超的脸可丢大了。现在谁不知道上心就是他的死穴?

原本上心一直不接代言，他还能勉强假装上心不是看不上自己，而是看不上所有人，可如今……

“说起来，也是我们公司新来的主管厉害，连林少爷你办不到的事儿，她都办到了，我就是替林少爷你不值，当初因为上心你费了多大的功夫，现在上心随随便便答应了别人，不等于在打你的脸吗？”

文雅黛觑了一眼林超难看至极的脸，像是要将自己今晚的憋屈都发泄到他身上，笑得越发灿烂了。

“你说的都是真的？”林超伸手抓住她的手腕，咬牙切齿。一个模特在他面前装高尚，他就已经够不爽了。要不是他爸想要混进上流社会的圈子，不许他惹事，他早就收拾那个女人了!

“当然是真的，我今天来这里，就是给签下上心代言的新同事举办庆功宴，就是可怜林少爷你……啧啧！”文雅黛的长指戳了戳林超的胸口，她笑得轻蔑，冲着他摇摇头，进了公共洗手间。

包间里。

文雅黛的离场并没有影响欢乐的气氛，尤其某个吃货。

余越寒靠坐在椅子上，微微一侧目，就能看见年小慕拎着螃蟹啃了一只又一只。很快，她的面前就是满满的螃蟹壳了。金黄的蟹黄，沾上她的嘴边，她不仅没有拿纸巾擦，反而用小舌头一舔，又舔到了嘴里，然后继续吃下一只，还不忘嘀咕："螃蟹这么好吃，居然有人不吃。"说完，她扭头瞥了他一眼。旋即她又默默地低头啃螃蟹。

余越寒："……"

余越寒看着面前的大闸蟹，眉峰挑了挑，他将自己的螃蟹推到她面前。

年小慕的眼睛顿时变成了星星眼，她刚犹豫要不要假装跟他客气一下，就听见他有磁性的声音："剥给我吃。"

"……"

什么？不是给她吃，而是让她替他剥？

年小慕的笑容僵住了，她连手里的最后一条螃蟹腿都忘了吮。她刚想说他自己有手有脚凭什么让她伺候，就听见他慢悠悠地又补了一句："你让我来的。"他的声音不大，只有坐在他身边的年小慕能听见。她想要反驳，脑海里顿时想起那天在车上，被他的美色迷晕开口邀请他的那一幕。

年小慕顿时闭上了嘴，暗暗地腹诽：都是自己造的孽，忍忍就过去了……

她麻利地戴起手套，一边剥螃蟹，一边在心里扎小人。她趁着余越寒不注意，偷偷往自己嘴里塞一块。她好不容易才将一只螃蟹剥完，递到他面前："寒少，你慢用。"

"继续剥。"余越寒接过她面前装着蟹肉的碗，随手又给她递了一个空碗。然后在她怨念的目光中，余越寒慢条斯理地夹起一口蟹肉放进嘴里。很快，年小慕刚剥好的一只螃蟹，就进了他的肚子。当季的大闸蟹味道很鲜美，尤其一口下去，蟹黄沾上味蕾的时候。

余越寒微微眯起眼睛，比起美食，更吸引他目光的是身旁剥螃蟹都能剥出新花样的年小慕。只见年小慕双手抓着大闸蟹，然后卸掉蟹壳和蟹腿，将肉全放进空碗。她偷偷藏了蟹黄，吮了一口，幸福地眯起眼睛。她以为他没发现，笑得像只奸计得逞的小狐狸。余越寒的嘴角忍不住上扬。

"年主管，欢迎你加入我们部门，我能敬你一杯吗？"忽然有道声音打破了两人之间的和谐。

余越寒挑眉朝她身边看过去。只见公关部的一位男同事，正一脸紧张地端着红酒，目光灼灼地看着她。那样子，看起来像是准备告白的小女生，既期待又害怕被人拒绝。而年小慕则像是地主家的傻儿子，完全没看出对方的心思，将手里的螃蟹壳一丢，就端起面前的红酒，特别豪气地跟对方碰了杯，咕咚咕咚地喝光："我干了，你随意！"

那豪爽的样子，连男人都看傻眼了。那人还想说什么，她已经重新坐下来，又专注地剥螃蟹，仿佛在她眼里没有什么事儿比得上她手上的那只大闸蟹。

余越寒瞥了一眼灰溜溜撤回去的男同事，嘴角上扬的弧度越发明显了，他连瞥见年小慕又偷吃了两只螃蟹腿，都是一脸纵容："剥完这只，剩下的都给你吃。"

年小慕一脸茫然地抬头看他，她完全不明白，冰疙瘩怎么突然有人性了。她听见自己快要解放了，更加卖力地给他剥螃蟹。

没等她剥完手里的螃蟹，又有男同事上来敬酒："年主管，祝贺你，刚到公关部，就谈下了上心的代言。"这次的男同事明显是有备而来，不等年小慕开口，先自己喝了，抢在她前面说了先干为敬。然后，一双眼睛直勾勾地盯着她，他发自内心地夸奖，"你真漂亮。"

"客气客气，代言的事情，大家都有功劳，以后还请多多关照。"年小慕端起酒杯笑眯眯地道。

她初来乍到，能跟部门里的同事打好关系当然是好事。只是喝杯酒，没什么好矫情的。众人见她这么爽快，其他人都纷纷端起酒杯跟她喝了起来。

原本普通的部门聚餐瞬间像是变成了拼酒大会。眼看着公关部的同事，尤其男同事，一个个都要排起队来给年小慕敬酒，余越寒棱角分明的俊脸渐渐变得阴沉，眉心微蹙。

公关部的女同事们，第一次如此近距离地跟总裁坐在一起吃饭，他又是大家眼里的男神，好几个人刚鼓起勇气想给他敬酒，大家瞥见他冷峻的脸，又默默地缩了回去，蔫了。

"寒少，我敬你一杯，要不是你，我也没机会进公关部。"年小慕跟周围的同事喝完，脑子一抽，端着酒杯就转向余越寒。

下一秒，她瞥见他森冷的目光，浑身一哆嗦。她假装自己什么都没有说过，默默地低头把杯子里的酒喝光，坐下来乖乖吃好不容易挣来的螃蟹。

文雅黛很快就回来了。大家都吃饱喝足之后，开始玩起了游戏。

"就玩真心话大冒险吧，简单又能所有人一起玩。"有人提议道。

大家都没有意见，游戏就这么开始了。真心话大冒险，顾名思义，就是输的人要选择真心话还是大冒险。游戏的方式是红酒瓶转圈。瓶口最后对着谁，就是谁输了。输的人接受惩罚之后，可以变成下一轮的庄家，由他来转瓶子。规则很简单，大家一听就明白了。

年小慕向来是游戏黑洞，一点儿都不关注玩什么，只是专注地吃着螃蟹。等听见瓶子转动的声音她才抬头瞅了一眼。第一次是一个女同事来开局。一转，瓶子就对准了叶明敏。

“我选大冒险。”叶明敏从座位上站起来，很干脆地道。顿时就有人抱着一个小箱子上来，让她抽大冒险的字条。

“跟身边距离你最近的异性，拥抱十秒钟！”有人大声念出了惩罚的内容。所有人跟着起哄，看向离叶明敏最近的一个男同事。

“抱一个！”

“抱一个！”

就连年小慕都被热闹的气氛感染，跟着大家一起起哄。叶明敏只迟疑了一秒，就很自然地走上前，跟那个男同事拥抱。结束了惩罚，下一局，就是她来转动酒瓶。大家虽然没有人说话，可是心里都在默默祈祷能抽到余越寒。

H市第一贵公子，身家最高的单身总裁。有关他的一切，就像谜一样让人好奇。只有余越寒还四平八稳地坐在自己的位置上，仿佛局外人一样，俊美的脸庞晕开一层定瓷的光华，尊贵如神祇。

酒瓶很快停了下来，瓶口对准的人不是余越寒，而是文雅黛！

“真心话。”文雅黛落落大方地站起来，伸手捋了一下自己落在侧脸的碎发，优雅的举止格外迷人。

如果没有年小慕，她一定会是众人眼里的焦点。只可惜，多了年小慕，让她的光芒都被压制得无处绽放。

“文经理这么优秀，一定有很多追求者，你有没有喜欢的人？”不知道谁突然提问，话一出口，全场就安静了下来。

原本文雅黛的问题应该是叶明敏来提。可有同事好奇，帮忙问了，叶明敏也不好说什么，只能附和着将问题重复了一遍。

闻言，文雅黛微微一怔，脸上闪过一抹红晕。她微微低头，不经意地朝余越寒的方向看了一眼，然后开口：“我有很欣赏的人。”

简单的一句话顿时引爆了气氛，欣赏和喜欢是差不多的意思。

文雅黛说完，不少人都开始好奇，她欣赏的人是谁。

文雅黛说完，一直观察着余越寒的反应。她原本以为，他听见自己的话会吃醋，又或者，会跟大家一样好奇。可是自始至终，他都是很平静地端着红酒杯，冷漠地品着红酒，仿佛根本没有听见她的话，倒是偶尔会扭头看一眼只顾着吃东西的年小慕。他对她喜欢谁根本不在意。

文雅黛嘴角的笑意瞬间消失了。眼眸眯了眯，她拿过红酒瓶继续游戏。

“年主管，不好意思，转到你了。”听见文雅黛的声音，年小慕才后知后觉地抬起头，呆呆地看着对准自己的红酒瓶。

“真心话。”年小慕想也不想地开口。

她可不敢大冒险，万一抽到跟谁接吻的字条，那不是糗大了？

“年主管，你喜欢什么类型的男生？”第一个给她敬酒的男同事，一听见她选择真心话，顿时红着脸抢着提问。

闻言，一直冷着脸的余越寒也抬起头，朝她瞥了一眼。

年小慕原本还担心，会被问到难回答的问题，一听见是这个，顿时抬起头，字字清晰地道：“暖男！大暖男！三百六十度释放温暖的小太阳，我的最爱！”

余越寒：“……”

很好，她还编了个段子，就像是在挤对坐在她身边的自己。

余越寒可没有忘记，某人曾经给他取的外号——冰疙瘩。冰疙瘩跟小太阳是两个极端。

他刚缓和的俊脸瞬间又阴沉了下去。

“换我来转了。”年小慕拿过红酒瓶，先是搓了搓手，才特别认真地抓住中间，用力地转起酒瓶。下一刻，瓶口对着余越寒稳稳地停了下来。全场静谧三秒。年小慕瞪直了眼睛盯着酒瓶，恨不得剁了自己的手。虽然她也很想知道余越寒的私事，可是生命可贵。

“要不，我再转一次？”年小慕小心翼翼地问。

“真心话。”余越寒淡漠的声音跟她同时响起。

全场又是一阵倒吸气的声音。女同事齐刷刷地看向年小慕。

年小慕带着全部门女同事的期待，说什么也得问个带点儿粉红气息的问题。要不然，她怕是没脸回公关部。她纠结了半晌，脑子蓦地一抽：“寒少，你喜欢男人还是女人？”

她说完，整个包间就像被冰冻了。

唯一还剩下的声音，是几个同事被吓傻，筷子掉到地上的声音。

年小慕扭头看向余越寒，他的脸已经黑成锅底……

果然，她是个游戏黑洞。

庆功宴在诡异的气氛中结束了。同事们陆陆续续搭伴离开了，只有年小慕愣在座位上，㞞得不敢跟余越寒一起走。好不容易等到大家都走了，她才慢吞吞地走出会所。夜风吹到脸上，酒意散了些。她准备到路边打车，就瞥见一辆熟悉的跑车停在出门的必经之处。车窗降下来，露出一张祸国殃民的俊脸，一双如墨的眼睛，余越寒冷冷地瞥向她："上车。"

上、上车？

年小慕愣在原地，微凉的风还在耳边轻轻地吹着，时不时卷起她额际的刘海，露出她光洁、饱满的额头。她却往后退了一步。

要是换作平时，有这么一辆限量版跑车接送自己，开车的还是个大帅哥，她估计没乐疯也得发一晚上花痴。可是现在，经历了"寒少，你喜欢男人还是女人"这种问题之后，她看着眼前的跑车，只感觉像是开往地狱的灵车……还是单程的那种！

她只恨自己刚才没有多喝几杯，那样的话，现在就可以假装喝醉，上了车倒头就睡！

喝醉……这两个字从脑海里闪过，年小慕眼睛顿时一亮，她走上前："寒少，你刚喝酒了，不能开车！"他不能开车，就不能送她了。

他们各自回家，等明天一觉睡醒，没准儿他就忘了今天的事儿。

机智如她！

年小慕正在心里美滋滋地盘算着，却看见坐在车里的余越寒讥诮上扬的嘴角，像是在嘲笑她的天真。余越寒的目光从她的脸上划过，他又垂眸看了一眼腕表。没等年小慕弄明白是怎么回事，就见一辆无比眼熟的房车朝他们开过来，稳稳地停在路边。

司机下车，恭敬地走到跑车面前，替他打开车门："寒少。"

年小慕呆呆地看着他从车子里走出来。他刚才那句上车，不是要送她回去，只是让她到车上一起等司机过来？

"你还准备站多久？"余越寒走向房车的时候，淡漠地朝年小慕的方向瞥了一眼，年小慕顿时浑身战栗，立刻跟着上了车。

一路上，年小慕都缩在角落里，恨不得余越寒忘了她的存在。

游戏什么的真是太害人了。要不，她现在跟他道个歉？说她刚才只是脑子抽了，不是怀疑他的性取向？

余越寒靠着椅背，微微收回目光，很快就注意到坐在自己对面快纠结成一团的人。

她今晚喝了不少酒，白皙的脸有些微红。路边的灯光打在她脸上的时候，细腻的肌肤能看见一层绒毛，跟她有些迷离的眼神映衬在一起，看起来有点儿憨，像是喝多了。

年小慕的样子很紧张，她咬着唇，将自己的唇瓣都咬红了。她几次张了张嘴，想要说什么，最后又默默地咽了回去。一脸“我想要认错，但是我没有勇气”的表情。

车上的低气压一直持续着，谁都没有开口说话。

车子在别墅门口停下来。

司机回过头：“寒少，到了。”

年小慕第一个反应过来，憋坏了似的，着急地伸手想要去开门。下一秒，手腕就被人扣住了。她错愕地抬头，对上了一双黑沉的眸，渊潭一般泛着一圈一圈的涟漪。

她吓得缩了缩脖子：“寒少，冲动是魔鬼，杀人是……”“犯法”两个字她还没来得及说出口，一根修长的手指就挑起了她的下巴。

他的头朝她压了下来。他薄削的唇，在距离她不到一厘米的位置停了下来，眼睛定定地看着她。

两个人的距离很近，近到他可以闻到她身上天然的馨香。一双麋鹿般的眼睛水汪汪的，像做错事的孩子，她小心翼翼地看着他。他脑海里闪过的是她刚才在包间里问的问题。她很关心他的性取向？还是说，在她眼里，他看起来像是喜欢男人的样子？

余越寒想到这里，脸色渐渐变得阴沉。

年小慕瞥见他神情的变化，吓得又往后缩了缩，眼睁睁地看着余越寒将她锁在车后座和他的胸膛间，只觉得死神在朝自己一步步靠近。

她就不该玩什么游戏，这下好了，问一个男人喜欢异性还是同性，等于是问他行不行，都是在找死。

男人身上清洌的气息带着浓浓的霸道。男上女下的姿势，加上他捏着她的下巴，车厢里，除了危险似乎又多了一股说不清道不明的暧昧……

“女人。”他有磁性的声音蓦地响起，透着一丝喑哑，他淡漠地丢下一句就松开了她，率先迈步下车，头也不回地往别墅里走。

年小慕：“……”

当总裁大人一本正经地跟你解释，自己喜欢的是女人时，你觉得他这是原谅你了，还是准备让你死个明白？在线等，很急！

年小慕将这个问题发出去之后，抱着手机，惴惴不安地趴在床上。最后什么时候睡着的，自己都不知道。她一觉睡醒，已是第二天中午。

她整个人蜷缩在被子里，像一只瑟瑟发抖的虾米，手在被子下面摸索着不知道丢到哪里的手机。等摸到手机，她才心不甘情不愿地从床上起来。第一件事就是查看她昨天在某网站上发出去的问题帖。回复千奇百怪，什么都有。

【被误解了，解释很正常，楼主不要太担心。】

【就算有不满，过段时间应该也就没事了吧？】

【怕什么，这家不做做别家，楼主坚强！】

这算是正常的回复，比较不正常的回复就多了。

【大总裁这是被揭穿真相之后的恼羞成怒吗？】

【我猜解释八成是假的，不是有句话这么说，男人十个有钱九个坏，最后一个就是gay（男同性恋）！】

【只有我觉得，大总裁喜欢楼主吗？不然干吗跟她解释？机智的我是不是发现了什么秘密，哈哈——】

【我是送券的，借楼推券，走过路过不要错过……】

诸如此类，网友唯恐天下不乱。

年小慕将手机扣到床头柜上，用力地甩了甩脑子。一堆答案没一个有用的，她看完更紧张了。

正好今天周日，不用去上班。她一会儿该不会一出门就看见余越寒吧？

年小慕浑身一抖，又缩回了被子里，恨不得就在自己的房间老实待着，一整天不出去。

“漂亮姐姐，起床吃饭饭了。”一道稚嫩的声音在门外响起。

下一秒，房门就从外面打开，一大一小两道身影站在门口。

余越寒站在小六六后面，穿着一身白色的休闲装，让人眼前一亮。白色很干净，穿在他身上让他冷峻的面容柔和了不少。薄外套的拉链，只拉到一半，里面的打底衫印着一个跟他的形象不符的卡通人物，倒是跟小六六身上的衣服一模一样，是亲子装。

两个人的姿势，一眼就能看出来，他是被小六六拽来的。此刻，他一只手揣在裤袋里，面无表情地看了她一眼，冰冷的眼神让年小慕浑身哆嗦！

她连忙从床上爬了下来，伸手扯了扯身上的衣服：“寒少，早呀！”

“还有十分钟就是十二点，不早了，年主管。”余越寒手微微一抬，他扫了一眼腕表，淡漠地启唇。

年小慕：“……”

“十分钟够了，我马上就能收拾好，陪小六六吃饭！”年小慕说着，拖鞋都来不及穿，就冲进了洗手间，用最快的速度洗漱。随后她打开衣柜，本能地抓住自己睡衣的衣摆就往上掀。她刚脱到一半，突然想起还站在门口的父女俩。

她动作一僵，惊慌地回过头。只见小六六白嫩的小手正着急地捂住眼睛。指缝却开得大大的，黑漆漆的大眼睛兴奋地盯着她光洁的背……

不用说，余越寒肯定也看见了。

年小慕的脑子仿佛被大象踩过已经丧失了思考能力。

她现在是要大喊一声，骂他色狼，还是磕头道歉，跟他解释她不是故意勾引他的？没等她脑子里的两个小人决斗出结果，余越寒已经收回目光，不客气地掀起嘴角：“辣眼睛。”然后，他牵着意犹未尽的小六六转身离开。

年小慕：“……”

等年小慕换好衣服，从房间里出来，餐桌边，穿着亲子装的父女俩已经坐好。余越寒正拿着勺子慢条斯理地喝汤，俊美的脸庞棱角分明。光线从窗户透进来，打在他的脸上，在鼻翼上投下一片阴影，显得他的五官越发立体迷人，像是造物者的恩赐。

年小慕看着一举一动都透着尊贵的男人，脑海里闪过的是网友的回复。

【只有我觉得，大总裁喜欢楼主吗？不然干吗跟她解释？机智的我是不是发现了什么秘密，哈哈——】

呸!

一个喜欢你的男人，能对着你换衣服的样子说辣眼睛吗？还好意思说自己机智，差评!

年小慕目光一转，看向他身旁的小六六。

“漂亮姐姐！”小六六正抓着小勺子喝汤，看见她，兴奋地摇起了胳膊，笑弯了眉眼。

旁边的管家见她笑得那么开心，忍不住问道：“小小姐今天似乎很高兴，是发生什么事了吗？”

下一秒，小六六笑眯眯地仰起脸，说道：“我跟爸爸去看漂亮姐姐换衣服了。”

“……”

“爸爸还说辣眼睛，‘辣眼睛’是好看的意思吗？”

管家：“……”

餐厅里，气氛仿佛一瞬间变了。管家瞪大了眼睛看着小六六，嘴巴完全可以吞下一个鸡蛋，等他反应过来，又猛地看向年小慕。他上下打量着年小慕，像是在研究，她身上哪里辣眼睛！

年小慕脸颊一红，连忙解释：“不是这样的，小六六还小，她误会了……”

没等她说完，余越寒突然抬起头，朝她瞥了一眼。凉飕飕的目光像是在嫌弃她吵到他吃饭了。年小慕顿时安静如鸡，只能拼命地用眼神看着管家，一副“这只是个误会，你听我解释”的表情。

管家摇摇头，一副“我看不懂你们年轻人在玩什么”的困惑样，转身走了。他临走前的那个眼神，明显是在怀疑年小慕故意勾引他家寒少，还没成功。

“你刚才为什么不让我跟管家解释？”年小慕走上前，一把拉开椅子，坐到了余越寒对面，鼓着腮帮子问，管家本来就不喜欢她。现在好了，管家估计把她当成外面那些拼命想要爬到他床上的女人了。

“解释什么？”余越寒松开手，将勺子放下，挑眉斜睨了她一眼。“解释你为什么当着我跟小六六的面，一言不合就脱衣服？还是解释自己身上哪里辣眼睛？”

年小慕：“……”

她的身材明明凹凸有致，哪里辣眼睛了？

士可杀不可辱！

她要抱着煤气罐跟他同归于尽！

余越寒看着她气鼓鼓的样子，眼前仿佛又闪过了她刚才换衣服的那一幕。傲人的身材，白皙的肌肤在微光中泛着晶莹的光泽。盈盈一握的腰肢，让人忍不住想将她搂进怀里。那一刻，他的脑子其实有一瞬间的空白。他回过神，见她像一只受惊的兔子，憨萌的样子，跟在公司里的精明完全不一样，倒是像极了她昨天喝多的样子，让人很想揉揉她的小脑袋……欺负她。

余越寒收回目光，往小六六的碗里夹了一块肉：“吃完饭，我们过去看太奶奶。”

“漂亮姐姐也去吗？”小六六嘴里还叼着肉，含混不清地问道。

闻言，还在气头上的年小慕顿时抬起头：“我一会儿约了上心谈合作的事情。”

她说着，眼底闪过一抹心虚，余老夫人啊，那可是第一次见面就拽着她的手让她嫁给余越寒的人。她躲都来不及，哪里敢主动送上门？万一余越寒当着老夫人的面再来一句辣眼睛，那她还活不活了？

不去不去，打死都不能去。

“周末谈合作？”余越寒侧目扫了她一眼，锐利的眼神像是照妖镜一样，一眼就能看穿她的心思。

年小慕连忙挺直了腰杆，用力地点头：“不用出门，就是网上谈，现在视频聊天很方便。”

这句话是真的，上心已经答应了代言，盛达科技当然希望能马上敲定合作的细节。正式的宣传方案，在一周内就要定下来，还有原定在下周的新品发布会……这么一想，她确实还有很多的工作。

“寒少，我很忙的！”年小慕邀功一样，眼巴巴地看着眼前的男人。

她怎么忘记了，谈下上心的合作，虽然有余越寒的帮忙，可说什么也是给余氏集团立了大功，让他赚得盆满钵满，难道就没有什么奖金之类的？

她怕余越寒听不懂，又装出可怜兮兮的表情，说道：“不只很忙，还很辛苦，你也看见了，周末还要加班，多可怜。”

这样的暗示够明显了吧？他但凡有点儿良心，都该体恤一下她这个新员工。口头慰问什么的就不用了，给点儿钱就好。

年小慕美滋滋地想着，像只等着主人喂的小狗，乖巧地坐好。

余越寒也确实喂她了，跟刚才给小六六夹肉一样，也给她夹了一块：“多吃点儿，吃饱了才有力气干活儿。”

年小慕：“……”

只是这样？一块肉就把她打发了？

小六六那块肉都比她的大……啊呸！她跟小六六比什么，她又不是孩子，他居然拿吃的来哄她！

“寒少……”

“改变主意，想跟我们一起去了？”余越寒将小六六抱起来，瞥了她一眼。

顿时，年小慕到嘴边的话，硬生生咽了回去，挥着小手：“寒少慢走！”看着他们父女俩的身影消失在门口，她一把抓住自己的手，恨不得找把刀剁了，出息，居然被一个眼神吓到了，说好的为了金钱可以英勇献身呢？现在好了，加班连加班费都没有，简直惨绝人寰！

年小慕吃饱喝足，心里的郁闷才消散了点儿，她回到房间，正好到了跟上心约定的时间。她打开电脑上线，然后给上心展示整个新品发布会的流程。

“因为前期的宣传已经展开，现在只等在发布会上正式宣布盛达科技的代言人。”年小慕给上心解释。

“你有心事？”她见上心似乎心情不好，忍不住问了一句。

“他一直没有联系我。”听见她的话，上心的脸色更差了，咬着唇，低下头。

她接代言的消息已经传出去了。以唐原斯的消息网，他不可能不知道。她原本还想着，他听见这个消息，一定会大发雷霆，没准儿还会冲到她面前，直接将她拎回去关禁闭。可这么多天过去了，他却一点儿反应都没有，就像根本不关心她。

“你说，他会不会以后都不联系我了？”上心说到这里眼眶顿时红了一圈。

看得年小慕的心都揪起来了，这么个大美人，在自己面前泫然欲泣，别说男人，就是她都心疼，她忙道：“你别急，盛达科技定制的手机会在新品发布会那天，送到唐氏集团，到时候就知道答案了。”

年小慕安慰了上心几句，见她状态好转，才继续聊工作。年小慕跟上心还有上心的经纪人都确定好发布会那天的安排，准备下线，不料上心突然问道：“小慕慕，你有没有喜欢的人？”

年小慕一下子愣住了。

“我听说了一些关于你跟寒少的事情，忍不住八卦一下……”

上心的话还没有说完，年小慕已经惊得从椅子上蹦了起来：“那块冰疙瘩？你就饶了我吧，我还想多活几年呢！”

上心被她夸张的反应弄得笑出声来：“有没有那么夸张？寒少可是H市排名第一的大少爷，英俊潇洒，想嫁给他的女人可以排上三条街。”

“那个排行榜肯定没计算他喜怒无常的臭脾气，除了那张脸，他全身上下就没有优点了，谁试过谁知道……”年小慕提起余越寒，一肚子的苦水倒不完。

她说得正开心的时候，突然感觉后背有点儿凉，再然后，就发现上心的脸色有点儿不对劲。没等年小慕问发生了什么，上心就飞快地跟她说了句“改天再聊”，然后上心火速下线。

她这是见鬼了？这么着急！等年小慕关上电脑，转过身，她就看见余越寒正抱着小六六站在她身后，一脸黑沉。

她总算明白，刚才上心挂掉视频前的最后一个眼神是什么意思了。那分明是让她自求多福！

她背着总裁说他坏话，被当场抓包，要怎么办？没等年小慕想到自己该怎么反应，余越寒已经黑着脸，转身离开。

“寒少。”她回过神，连忙追出去，想要解释。她走到客厅，看见他将小六六递给管家，转身朝停在门外的车子走去。看样子，他是准备出门。

年小慕跑上前，正纠结着要怎么开口道歉，他的目光已经冷冷地从她身上扫过，然后面无表情地坐进车里，吩咐司机开车。

他从她面前离开了……

接下来的几天，年小慕都活在冰天雪地里。她几次想找机会跟余越寒道歉，最后都被冷冻了。

因为盛达科技的项目已经正式启动，所以年小慕忙着手上的项目，再也顾不上别的事情了。

“重新确定一下宾客名单，看看都到了没。”

“去看一下，记者的席位有没有安排好，发布会的媒体曝光度一定不能少。”

“现场记得让人盯着，有什么情况马上通知我……”

盛达科技新品发布会这天，年小慕一大早就像个陀螺一样忙得团团转。她看见现场已经陆陆续续抵达的宾客，忍不住在人群里寻找余越寒的身影。可是她找了一圈，都没有看见他。

年小慕撇了撇嘴，走回工作人员休息的后台，给自己倒了杯水。她刚准备喝，就见嘉宾组的同事冲了进来：“年主管，上心到现在还没有到，我联系了她的经纪人，可是电话打不通。”

“可能是路上耽误了，先别急，我有她电话，我问问。”年小慕连忙放下水杯，拿起手机。电话很快通了，却没有人接听。

没等她打第二遍，上心经纪人的电话就来了：“年主管，不好了，我家上心不见了！”

余氏集团，总裁办公室。

余越寒坐在办公桌前，手握钢笔，飞快地在文件上签字。他处理完面前的文件，颀长的身形微微往椅背上一靠，他有些疲惫地伸手按住了眉心。

“寒少，你已经加了几天班，要不要先去休息一下？”助手在一旁见他脸色不太好，忍不住提醒。

闻言，余越寒的目光闪了闪。他刚准备说什么，就听见敲门声，秘书匆匆从外面进来：“寒少，刚刚接到活动现场传回来的消息，盛达科技的新品发布会就要开始了，可是上心没有到，她的经纪人说她不见了！”

“你说什么？”余越寒眼睛一眯，眼底折射出一抹精光。

盛达科技的新品发布会，上心是最大的噱头。所有人好奇，盛达科技的新产品到底有何特别之处，能让从来不接代言的上心愿意代言。舆论热度还在不断攀升，盛达科技的新产品还没有正式推出，就已经引得各方关注，预售量更是不断刷新极限。

要是今天上心缺席新品发布会，只怕大家都会以为上心根本没答应代言，只是盛达科技在虚假炒作。

现场那么多媒体，只怕整个发布会就要变成车祸现场！

“文雅黛呢？”余越寒的声音沉了下来。盛达的新品发布会，前期宣传都交给了余氏集团，项目的总负责人就是文雅黛。

“文经理出国谈合作了，昨天晚上的飞机，今天盛达科技的新品发布会，负责人是年主管。”秘书恭敬地回话。

余越寒听见这个名字，眉心一蹙。脑海里闪过的是某人坐在电脑前不遗余力地吐槽他的画面，她就差没给他来一段单口相声了。

“年主管一早就去现场了，现在应该也在联系上心，可是如果上心不出现的话，今天的发布会……”秘书已经说不下去，公关方案可以改，可是上心的“粉丝”会是什么反应，还有媒体的报道……这些，都是他们控制不了的事情。

“我知道了，你去通知年小慕，让她稳住现场，等我的消息。”余越寒收回目光，平静地启唇。说完，他拨通了唐原斯的电话，“你把上心带走了？”

电话那头的人怔了怔，旋即沉下声：“你在胡说什么？”

闻言，余越寒的心微微一沉，神情变得严肃：“今天是盛达科技的新品发布会，上心这个时候应该在活动现场，可是她失踪了，就连她的经纪人都不知道她去了哪里。如果人不是你带走的，我怀疑，她可能出了意外。”

“……”

余越寒说完，电话那头安静了很久，久到像是已经挂了，然后，唐原斯就真的一声不吭地把电话给挂了。

余越寒：“……”

唐原斯急成这样，还有脸说自己不在乎？

他将手机丢到办公桌上，扭头看向助手：“你也去查查上心的下落，一定要在发布会开始之前，弄清楚到底是怎么回事！”

助手离开后，余越寒伸手拿起外套，提步出了办公室。他上了车，前往发布会现场。

盛达科技跟余氏集团的合作，早在刚签署合作协议的时候，就在业内掀起了讨论的热潮。今天是项目启动后第一个公关活动，现场在活动开始前的一个小时，已经是人声鼎沸。

发布会最前排的嘉宾全是业内高端人士。接下来，是各界的媒体。最外围，是围观的群众和上心的“粉丝”。

上心“粉丝”的号召力向来强大。此刻，活动还没有开始，场内场外，黑压压的全是上心的“粉丝”，他们高举着应援的横幅和灯牌，期待着上心出场。

从场外来看，一切有条不紊，所有人还没有意识到，今天的主角已经失踪了。

余越寒绕了一圈，将车子停在后台的入口停车场。车子停稳后，他下车，往活动后台走。

上心失踪的事情，已经在工作人员中间传开。后台现在的气氛显得很紧张、凝重。余越寒原本以为会看见一个混乱的场景，可令他意外的是，大家虽然担心，却并没有惊慌，而是在有条不紊地继续忙着各自的工作。

“年主管很有魄力，一发现问题，就立刻主持整个后台的工作，其他工作人员都是在她的安抚下才没有乱了阵脚。”工作人员跟在余越寒身边，轻声解释。

闻言，余越寒的眼珠转了转。他在休息室里找了一圈，最后才在靠近舞台的地方，看见了一抹熟悉的身影。

年小慕穿着一身工作装，长发扎成了马尾，简单利落，浑身都洋溢着自信、干练。她手里还拿着对讲机，不知道在吩咐什么。

年小慕像是察觉了什么，突然回头朝自己身后看了一眼。她看见站在后台入口处的余越寒，一下子愣住了。话都忘了说，她直勾勾地看着站在门口神祇般的男人。

自从上次说坏话被抓包，这几天她几乎都没怎么看见他，只觉得他变得更冷了，浑身除了高贵，还透着一股生人勿近的疏离感。

可是莫名地，前一秒还因为上心失踪十分焦急的年小慕，在看见他出现的这一刻，心情突然平静了下来，她只觉得鼻尖有点儿酸。

她像走丢的小狗，突然看见了主人，有点儿喜悦，又带着点儿委屈，等她意识到自己在想什么时，顿时在心里呸了两声，她才不是小狗！

她走上前，努力压制住内心的慌乱，跟余越寒解释现场的情况：“今天的发布会，我准备了一套应急方案，就算上心不来，也可以勉强应付。只是我担心上心的安危，她很期待今天的发布会，昨天还跟我说一定会提前到场，她不可能无故缺席，寒少你能不能……”

年小慕的话还没有说完，一只大手忽然按住了她的头，温厚的掌心，很沉，透着安全感。

第九章
小太阳跟冰疙瘩的对决

年小慕一下子忘了自己要说什么，只是呆呆地看着他。

他那深邃的眼睛似乎透着让人安定的力量。

这是……摸头杀？他这是在安慰她吗？

没等年小慕从感动里回过神，余越寒那只大手已经微微用力将她的脑袋拨到一旁，他挑眉看向从她身后走过来的助手。

年小慕：“……”

他刚才只是嫌她挡住了路？感动什么的简直是她瞎了眼啊！

“寒少，查到了，从上心住的公寓闭路电视里看到，她今天早上是按照预定时间出门的，只是刚出公寓，就被路边的一辆面包车上的人拽了上去，可以确定，她是被人带走了！”助手快步走上前，着急地回话。

“唐总已经查到那辆面包车的下落，现在正在赶去寻找上心，让我转达寒少，上心很重视这次的代言活动，希望你能想办法拖住时间，等他找到上心！”

唐家在H市的势力仅次于余家。有唐原斯在，他们再过去也没有多大用处。现在已经可以确定，上心是被人劫走的。一旦发布会出了问题，不只盛达科技的新产品销量会受到影响，上心的名誉也会受损。唐原斯不在乎发布会，却在乎上心的名誉。现场有那么多“粉丝”，但凡出一点儿意外，后果都不堪设想！

所以，不管对方是冲着上心来的，还是冲着这次的新品发布会来的，稳住目前的局面，等上心出现才是最好的方案！

余越寒很快就明白了唐原斯的想法，眸色微微变深，扭头看向年小慕："你是今天活动的总负责人，有什么拖延时间的办法？"

年小慕的脑子从助手出现后就一愣一愣的，一堆的疑问在打转。她听见余越寒的话，连忙回答："可以先把不太重要的环节提前，我记得有个抽奖活动，应该可以拖半个小时。"

"加大抽奖力度，尽量给他们争取一个小时。"余越寒沉吟几秒，淡漠地吩咐。

"我马上就去安排！"知道这是她唯一能帮上心做的，年小慕没有任何迟疑地转身，朝一旁的工作小组走过去，临时更改了发布会的流程。时间一到，她让主持人正常上场宣布发布会开始。

余越寒站在后台，目光一直紧跟着忙前忙后的年小慕。不知道多久过去了，余越寒一直维持着最开始的姿势。掌心的温度已经退下去，可是他刚才摸过她脑袋的感觉却一直没有消失。

她柔软的长发，她用憨萌的眼神看着他的样子，像极了小狗看见自己的主人，就差没眼泪汪汪地扑到他怀里，冲着他摇尾巴了。此刻，她却表现得格外专业，穿梭在工作人员当中，有条不紊地指挥着所有人的工作，让他几乎分辨不出，哪个才是她真实的模样。

"寒少，刚刚接到电话，上心已经被救出来了，正在赶来发布会现场的路上！"助手拿着手机激动地走到余越寒的面前。

他的声音没有刻意压低，后台的工作人员都听到了，立时，大家都忍不住欢呼起来。应急方案只能降低上心缺席的恶劣影响，要想达到最好的效果，必须上心亲自出现。

年小慕听说上心没事，刚松口气，下一秒，见场内的负责人朝她走过来："年主管，能提前的活动都已经提前得差不多了，如果没有别的环节顶上，只怕我们等不到上心来！"一句话说完，后台刚放松下来的气氛又变得凝重了。

只差半个小时了，再给他们半个小时，只要上心一来，发布会就能正常进行。

负责人急得像热锅上的蚂蚁："盛达科技方面的少东家今天也亲自来

了，就坐在嘉宾席，等着发布会进入新品介绍环节，可是上心还没有到。”

“我来介绍！”年小慕心一横，像是做了什么重大的决定，霍地抬起头。

“我是这次发布会的主策划人，这款产品的性能和优点我都清楚，我能暂时代替上心做产品介绍，上心一到，马上让她上台换我。”

年小慕说着，转身走向发布会舞台。

“寒少，你也该入席了。”助手在一旁提醒。作为主要合作方，余越寒该在嘉宾席，他却一直留在后台陪着年小慕。

闻言，余越寒挑了挑眉，看着走向舞台的那个人，收回目光，踱步朝着嘉宾席走过去。他刚入座就引得场内的媒体一阵骚动，记者想要拍照，立刻被场内的保镖制止。

余越寒面无表情地坐着，对周围的一切漠不关心，直到听见主持人宣布，接下来是新品介绍环节……

发布会场内，顿时变得安静。很快，开始有“粉丝”喊上心的名字。按照正常流程，新品介绍该由上心亲自出来走秀，顺便给大家介绍。这是今天发布会的重头戏。

主持人说完，从舞台另一侧走出来的却不是所有人翘首以盼的上心，而是拿着麦克风的年小慕。顿时，场内爆发出一阵嘘声。

年小慕的身体微微一僵，手心紧张得都沁出了薄汗。她深吸一口气，压住内心的慌乱，继续往舞台中间走。

很快，就有人发现，台上的人虽然不是上心，却也美得让人移不开眼睛。简单的穿着遮掩不住出众的气质。在众人不解的目光中，年小慕迈着坚定自信的步伐，走到舞台中间。

她抬起头的一瞬间，几乎可以听见台下的一片抽气声。

“大家好，我是今天发布会的主策划，年小慕。”她脸上挂着得体的笑容，一双灵动的眸子眨巴眨巴，像是能勾魂一般，“上心正在后台为大家准备精彩的走秀，所以让我来替她给大家介绍一下今天的产品。”

台下的“粉丝”一听见上心马上就会上台，总算是安静了下来。

年小慕捏紧了手里的麦克风，压下心里的紧张，镇定自如地照着脑海里的产品性能和优点一一解释和介绍。她说到精彩的地方，还不忘拿起展示台上的手机，给大家演示新功能。大家渐渐被她手上的手机吸引住了目光。

场面看似控制住了，可只有年小慕知道，原本安排的新产品介绍词已经讲完了。可是主持人还没有跟她示意，这就意味着上心还没有到。

自己现在得想办法拖延时间……

怎么办？怎么办？

难不成让她给大家来一段单口相声？

年小慕看着底下的宾客，观众见她一直不说话，都开始有些躁动，她的心脏瞬间提了起来，目光扫过台下最前排的嘉宾，她瞥见坐在贵宾席上的余越寒，眼睛一亮，有了！

“今天的发布会，是余氏集团和盛达科技合作的开端，我们也有幸请到了寒少出席我们的发布会，接下来，就让我们请寒少上台为我们讲两句好不好？”

余越寒是H市最尊贵的大少爷，万千女性的男神，身家过千亿，长相更是比一线男明星还要好看，强大的气场，高贵如神祇。别说让他讲两句，就是让他上台站着就能镇住场子！

年小慕说完，台下果然一片沸腾：“寒少——寒少——”

年小慕眼珠一转，她发现相比大家的兴奋，突然被点到名字的男人脸色黑沉，像是暴风雨来临前的宁静，他幽幽地朝她瞥了一眼。

他身旁的人，听见年小慕的话，忍不住倒抽了一口气。像是不敢相信，余越寒真的会为一个小小的发布会致辞。大家见他坐着不动，狐疑地朝年小慕看过去。

年小慕心急如焚，她用求救的眼神看着台下的男人：寒少，救人一命胜造七级浮屠，你忍心看着我死吗？

余越寒从容淡定的表情像是在回应她：你的死活，关我什么事？

年小慕顿时瞪大了眼睛：我死了，谁帮你照顾小六六？

余越寒：另外找护工。

年小慕：……

绝望！

久久不见余越寒有动作，台下已经有人开始窃窃私语：“怎么回事？不是说寒少要发言吗？”

“我就知道是我痴心妄想，能远远地看着男神的背影就该知足了，不应该奢求看见他的正脸。”

“寒少不上台，上心也一直没出现，这发布会是怎么回事？”

“你这么一说，我也突然觉得有点儿不对劲……”

各种各样的议论声传入耳中。

年小慕握紧了麦克风，正准备说什么的时候，余光忽然瞥见一直坐在贵宾席上的余越寒缓缓地从座位上站了起来。

余越寒的长指扣上了西装外套的纽扣，他慢条斯理地在众人瞩目中踱步走向舞台。

看见他站起身的那一刻，现场爆发了一阵惊呼声，紧随其后的是一阵雷鸣般的掌声。

那道尊贵的身影不受任何人的影响，依旧保持着淡漠，他不紧不慢地走上舞台。他走到年小慕面前，深邃的眼睛盯着她发怔的小脸，嘴角勾起一抹邪肆的弧度，像是很满意她这个反应……

年小慕回过神，对上他似笑非笑的目光，深吸了一口气，才稳住心神："谢谢寒少肯来跟我分享一下他对这款手机的看法。"

年小慕说完，连忙双手捧着麦克风，递到他面前。

余越寒却没有接，而是冷冷地看着她。

年小慕嘴角抽了抽，从来没见过这么不配合的嘉宾。可台下的人看见余越寒都很兴奋，就连记者都嗅到了大头条的气息，纷纷往前面挤。

年小慕骑虎难下，只能继续问："不知道寒少有没有试过我们这款手机，你感觉怎么样？"这种标准的公关问题，压根儿就不需要思考，他只要客套两句"很好""还可以""我觉得还不错"之类的答案，就万事大吉了！

年小慕现在已经不指望余越寒能帮她致辞，只求他开开金口，哪怕随便回答她几个问题也好。

就在年小慕火烧眉毛的时候，他说话了："没试过。"

年小慕："……"

她现在已经肯定，他不是上来帮她，而是嫌她死得不够惨，来补刀的。

要是换成别的发言嘉宾，来替新产品站台，结果却连产品都没有试过，一定会被人喷死。可这句话从他嘴里说出来，台下居然没有一个人露出意外的表情，一副"你长得帅，你说什么都对"的乖巧表情。

年小慕竟不知道该怎么接话！

在年小慕几乎要绝望的时候，余越寒又慢悠悠地补上了一句："一会儿可以试试。"

年小慕："……"

话说一半，真的能把人吓死！

年小慕听见他大发善心给自己台阶，二话不说顺着就下，还连带着坑了他一把："不用一会儿了，我们现在就请寒少来给我们试试新手机吧！"

"……"余越寒沉默，任由她兴高采烈地将手机拿到他面前，还替他开了机，递到了他手里。他只要接过手机，随便摆弄两下，再说句漂亮话，这事就能翻篇了。可余越寒只是瞥了手机一眼，又冷冷地瞥了她一眼，然后，就没有然后了……

年小慕一急，直接抓起他的手准备将手机硬塞给他。手指刚碰上他的手，年小慕就被他指尖冰凉的温度给吓了一跳，下意识地想要缩回手。可年小慕一想到台下还有那么多人盯着，她只得硬着头皮拉着他的手，将手机放进他的掌心里。

这说什么也是余氏集团投资合作的产品，大少爷你就赏脸夸个一句半句吧，她心里别提多着急了。

余越寒："……"

第一次有女人敢这么堂而皇之地抓他的手，指尖传来的温度让他的瞳孔微微一缩，他盯着只到他下巴的年小慕。

她低着头，正紧张地看着他的手，头顶的碎发有些不听话地往上翘，从他的角度看下去，有点儿可爱。她的手很软、很暖，让人忍不住想要牵住，将她的手都包到自己的掌心里。

余越寒目光深邃，他见她将手机放进自己的掌心，手就撤了回去，眉心不自觉地蹙了蹙。良久，他才像她期望的那样，将手里的手机随意打量了两眼。

"怎么样？"年小慕举着麦克风，眼巴巴地问道，生怕余越寒再给她出什么幺蛾子，连预选答案都给他准备好了，"寒少是不是觉得这款手机跟你以前看见的都不太一样？"

只是不太一样，没让他直接表态，这样他总能配合了吧？可人生没有最绝望，只有更绝望！

"没看出区别。"余越寒淡漠地启唇。

年小慕："……"

咱不聊了好不好？

再聊下去，她怕自己会用手机将他砸死！

现场一片尴尬……

"外观看不出来区别，可是系统做了很多升级，是款很不错的手机。"

余越寒瞥了一眼她气呼呼的小脸，伸手接过麦克风，低沉的声音缓缓地传遍全场。

这是他上台之后，第一次也是仅有的一次正面夸奖这部手机。他说完，现场立时响起一片掌声。最激动的莫过于盛达科技的人。经历过刚才的几个问答，这会儿他们听见余越寒的夸奖，都快感动哭了，就差没当场跪谢寒少给条活路了！

“年主管还有其他问题吗？”余越寒从容地转身，挑眉看向她，帅气的脸，嘴角噙起的弧度引得现场的女性尖叫连连。

年小慕：“……”

她可不敢再问手机的问题了，还是聊点儿安全的话题吧。她问：“听现场嘉宾的掌声，寒少的人气非常旺，不知道你喜欢什么样的女生？”

年小慕的问题一出，全场突然一片静谧，随即，就是一阵骚动。刚才还能按捺住的记者，此刻都拼了命地往前挤，就怕漏听一个字，错过大新闻！

要知道，余越寒年纪轻轻，可是已经名震商界，是公认的天才。他身份尊贵，又长得英俊潇洒。这样优秀的男人，却偏偏不近女色。多少人都在猜测，他是不是gay。一直到两年前，他突然多出一个女儿，这个谣言才被破除。可两年过去了，他女儿的妈妈一直没有出现。多少记者挤破头，想要采访他的感情生活，却没有一个人敢当着余越寒的面问出来。

年小慕的问题简直就是在场媒体记者的福音！

现在已经没人关心上心怎么还不出现，所有人直勾勾地盯着台上的余越寒，紧张地期待着，他会不会回答这个问题。

年小慕没想到，她随口暖场的问题会产生这样的效果。她抬头朝余越寒看过去，却发现他的眸色变得很深，幽幽的目光从她脸上扫过，他挑起眉，像是在怀疑她的用意。然后，他又侧目看向台下的众人，一字一顿地道：“不会自己作死的。”

年小慕：“……”

她怎么觉得他这句话是在说她作死呢？

不对不对，一定是错觉。

年小慕稳住心神，继续像个八卦主持人一样，笑眯眯地接话：“听寒少的意思，好像已经有喜欢的人了？”

现场的气氛瞬间就炸了。

一听见余越寒可能名草有主，这次不只是记者，场内的其他人也都竖起了耳朵。大家急切地想要知道，哪个女人上辈子拯救了银河系能让余越寒高看一眼。

余越寒神色淡漠，他似乎根本不在乎台下的反应，听见年小慕的话，心中泛起涟漪。旋即他定定地看着年小慕，良久，都没有开口说话。

年小慕：“……”

对上他专注的目光，不知道为什么，年小慕的心跳居然漏跳了一拍。她的余光瞥见舞台边缘的主持人在朝她打手势，她连忙转移话题：“这个问题，我们留个悬念，期待能早日听见寒少的好消息，接下来，让我们有请上心——”

年小慕说完，连忙拉着余越寒转身就往台下走。

余越寒微微一怔，低头看向牵着自己的那只手，眼珠一转，他放弃了挣扎，任由她拉着他下台。走秀的背景音乐响起，舞台的灯光也变得绚烂。光影交叠，打在年小慕白皙的小脸上，弯弯的眉眼像是会说话。

“总算是蒙混过去了，再来几次，我得少活好几年。”年小慕看着安然无恙地出现在舞台上的上心，还有被她走秀吸引住眼球的人群，拍着胸口吐气。

年小慕发现身边还站着个人，才回过神，连忙松开手，开口解释：“我不是故意占你便宜，就是太着急了。”

“……”

“刚才的那些问题，也是糊弄记者的，寒少你不会记仇的对不对？”

年小慕说完，小心翼翼地盯着余越寒，年小慕见他脸色微微变沉，立刻缩了缩脖子，挤出可怜兮兮的表情，说道：“寒少，今天的活动虽然是盛达科技的新产品发布会，可说到底，也是余氏集团的合作项目。我是为了寒少你才那么拼命地想挽回局面的，刚才实在没有办法才借了寒少你的名号，我保证，以后再也不会了！”

年小慕举起右手，竖起三根手指头发誓。

余越寒听见她说是为了他才会这么拼命的，平静的面色终于波动了一下，很快，又恢复了。他看着自己面前努力装乖巧、眼底却藏着狡黠的人，心里清楚她嘴上说的话八成就是为了哄他高兴，不能当真，嘴角却不自觉地上扬，也不再那么郁闷了。至于他找不找她算账……

“看你表现。”他说道。

年小慕：“……”

她都赔礼道歉、发誓保证了，还要怎么表现？

“年主管，你不经商量就拉我替盛达科技站台，是公司教你这么算计自己的总裁的吗？”

“……”不是。

“你前面问的问题我勉强算你过关，可后面出卖我的隐私，这也是公关方案里准备好的？”

“……”不是。

“违反公司制度，对总裁不敬，这两条罪名加起来，你觉得该扣你几个月奖金？”余越寒盯着她快低到胸口的小脑袋，缓缓地启唇。

闻言，年小慕霍地抬起头，委屈地看着他，恨不能从后面长出一条小尾巴，冲着他摇一摇：“我也是为了拖延时间，等上心来，能不能将功补过？”

年小慕一想到一大笔钞票就要挥着翅膀离她而去，脸一下子就垮了。她伸手揪住余越寒的衣角：“我做牛做马补偿你，不扣奖金行不行？”

没等他回答，现场就响起了一阵掌声，还有上心“粉丝”激动的尖叫声。

“女神！女神！”

“上心好棒！我爱你！”

“我们都爱你！”

一浪高过一浪的尖叫声将发布会的气氛推向了高潮。

年小慕看着余越寒薄唇动了动，却听不见他说了什么。她想再问一遍的时候，上心已经朝台下走过来，走秀环节很精彩，现场反应也很好，上心的脸色却不是很好，眼眶也有些红，看起来，她像是在隐忍。上心好不容易忍到代言人的活动结束，情绪有些失控，她下了台就捂着脸朝休息室走去了。

“上心……”年小慕看着她的身影，想到她刚遭遇了绑架，顾不上余越寒就急匆匆追了上去。

余越寒站在原地，看见她从他面前跑开，眼睛微微一眯。他刚要上前，口袋里的手机突然响了。他低头看了一眼，发现是唐原斯打来的电话，蹙眉接了起来。

“我看了直播，盛达科技的发布会很成功。”唐原斯有些嘶哑的声音从电话里传来，“这次的事情算你欠我一个人情，我想让你帮我个忙。”

唐原斯的语速很慢，语气也有些不对劲。

余越寒立时停下脚步，眼底掠过一抹暗光：“怎么回事？”

他跟唐原斯认识不是一两天了，他很清楚唐原斯的为人，唐原斯不是喜欢将恩情挂在嘴上的人。唐原斯突然开口求他帮忙，想必是今日的事件触到了他的底线。

“绑架上心的人，我会处理，别让她知道今天去救她的人是我。”唐原斯低沉的声音从电话那头传来。

余越寒皱起眉，沉默了，脑海里闪过的是唐原斯听见上心出事后的反应。

唐原斯那么着急地动用了自己的所有势力查到上心的位置，还不管不顾地冲过去救人，居然能忍住不露面？现在还让自己帮忙隐瞒？

余越寒眉心拧成了一条线，他不认同地讥讽：“自虐好玩吗？”

电话那头的人安静了几秒，才幽幽地启唇：“我们不合适，这样的结果对彼此都好。”

唐原斯说完，知道余越寒不会拒绝他的要求，率先挂了电话。

另一侧。

年小慕追着上心，一路跑进了后台。年小慕瞥见上心眼角的泪，以为上心之前失踪的时候发生了什么不好的事情，着急地冲向休息室，准备进去。结果她的手还没有摸到门把手，上心的经纪人就将她拦住了。

“年主管，上心没事，只是心里不舒服，想一个人静静。”经纪人很客气地说道。

年小慕还想问什么，余越寒已经走到她身边，薄唇微启：“跟我过来。”

年小慕：“……”

她现在满脑子都在担心上心，只想进休息室看看。可一想到她刚才利用余越寒救场，欠了人家一个大人情，这会儿就无视他好像不太好，只能慢吞吞地跟上他的脚步。

他们一直走到后台没人的角落。

余越寒才停住脚步，转身看向一脸着急的年小慕。发布会已经结束，上心也已经正式跟盛达科技签约，年小慕没必要这么紧张。可看样子，她是真的把上心当成了朋友。

“忘了今天从助手那里听见的所有话。”余越寒定定地盯着她，颀长的身形抵着墙壁，双手放在口袋里，语气很平静，像是闲聊一样。

“什么？”年小慕一愣，像是不明白他的意思。

“上心今天被绑架，查到地址的人是我，通知经纪人带着保镖去救她的也是我，听清楚了？”余越寒将放在口袋里的右手拿出来，长指微微捏住她小巧的下巴，他低头靠近她。

两个人的距离很近，他温热的呼吸喷在她的脸上，淡淡的薄荷香带着霸道，很迷惑人。可年小慕却还记得：“你胡说，我明明听见杨特助说是唐原斯去救上心……”

她话说到一半，突然反应过来，错愕地瞪大了眼睛，难以置信地看着余越寒。他刚才那句话的意思是让她假装什么都不知道，瞒着上心？

“余越寒，你该不会对上心……哎哟！”年小慕还没说完，额头就被余越寒用力地敲了一下，她疼得伸手捂住脑袋，瞪向打她的男人。

“收起你的脑洞，照我的话做。”

“我是有原则的人，你要我骗上心，总要给我一个合理的解释。”年小慕的立场很坚定。

余越寒捏着她下巴的手微微一紧，他盯着她看了几秒，才启唇：“做好事不留名是优良的传统美德，你可能不懂。”

这是冷笑话吗？一点儿都不好笑。

“这是唐原斯的意思。”余越寒见她得不到一个满意的答复是不会乖乖听话的，只得如此说道。

听见是唐原斯的意思，年小慕小脸微怔，正想问为什么，余越寒已经松开了手，又靠到了墙上。

“唐原斯被唐家接回来之前，跟上心算是关系很好的伙伴，两个人或许曾经有过什么，不过唐原斯现在已经放手了。你如果真的想管她的事，最好劝劝她，一别两宽，各自安好，未必不是好事。”余越寒说完，没有再看年小慕愣怔的小脸，越过她，径直离开。

上心是发布会的压轴嘉宾，全部活动结束之后，还有一个小型的“粉丝”见面会，回馈一直支持和陪伴她的“粉丝”。上心化好妆，就跟着经纪人走了。

发布会结束，年小慕也要回公司汇报情况。她刚走出上心的休息室，迎面走来一个人，猝不及防地跟她撞到了一起！

年小慕被撞得往后退了一步，又站回了休息室门内，没等她回过神，就听见一道声音从头顶传来：“对不起，你没事吧？”

她抬起头，发现面前站着一个年轻男子，二十多岁的模样，穿着一身笔挺的西装，短发飞扬，长相不算很英俊，却让人感觉很温暖。

她微微一怔，想到这里是上心的休息室，以为是来找上心的，连忙开口："上心刚走。"

没想到，下一秒，眼前的男子却露出了灿烂的笑容，冲着她很愉悦地说道："年主管，我是来找你的。"

年小慕："……"

找自己的？

她认真地看了一眼眼前的人，不认识，但是又有点儿印象，好像在哪里见过。

没等她开口问，眼前的人已经朝着她伸出手："陈子新，很高兴认识你，今天的发布会很精彩，你主持得……很有趣。"

他说完，眼底的笑意又加深了几分，他看着年小慕的眼睛发着光。

陈子新……

这个名字从脑海里闪过，年小慕顿时瞪大了眼睛。

盛达科技的陈总，只有一个宝贝儿子，就叫陈子新！听说他今天刚从国外回来，就来了发布会，她一直在忙，压根儿没时间留意。

年小慕抬头拍了一下自己的额头，总算明白为什么觉得眼前的人眼熟了，她刚才在台上介绍新产品的时候，他就坐在台下挨着余越寒的贵宾席上！

年小慕回过神，连忙扬起笑容："原来是小陈总，幸会幸会，不知道你找我，有什么事吗？"

盛达科技的陈总，年小慕见过一次。人到中年，微微发福，却很和蔼，尤其提起自己宝贝儿子的时候，那双眼睛都快笑成了一条线，俨然一副好爸爸以儿子为荣的感觉。

年小慕也听过一些关于陈子新的事情。据说他刚成年时就被安排进盛达科技实习，原本是准备空降到某部门当副经理的，最后他自己找了陈总，要求从基层做起。他通过自己的努力，短短几年，成了那个部门的经理。在所有人以为他要正式进入管理层，接手整个公司的时候，陈子新又突然辞职了，申请出国留学，到国外进修，学习更先进的企业管理理念，直到今天才回来……

年小慕握了一下他的手，很快就松开了。她露出笑容，礼貌又疏离，一双漂亮的眼睛格外迷人。

"我听说，这次的发布会全是你负责的，上心会答应盛达科技的代言也是因为你。”陈子新目光灼灼地看着她，很温和地询问，“我想请你吃饭，当作感谢，不知道年主管有没有时间？”

“不用不用，这些事都是我应该做的……”

“其实，我是有私心的。”陈子新打断了她的话，往前走了一步。

他很高，站在年小慕面前，身影完全将她笼罩住了。他微微垂眸，很认真地看着她，神色看起来有点儿紧张，像是准备告白一样。

没等他开口，年小慕的余光突然瞥见拐弯处站着一个人，她下意识地喊出声：“寒少。”

闻言，陈子新微微一怔，旋即他扭头朝自己身后看过去……

余越寒就站在墙边，淡漠的眼神，朝他们的方向瞥了一眼。他听见年小慕的声音，踱步上前。

陈子新看见他，连忙转身，笑着打招呼：“寒少，我爸经常跟我提起你，说你是商界不可多得的天才，让我多向你学习。”

余越寒没有看他，而是径直看向年小慕：“忙完了？”

“嗯，发布会已经结束，我正打算……”

“那还不走？”余越寒冷冷地启唇打断她的话，见年小慕愣住不说话，才扭头看向陈子新，“你还有事？”

“没有了。”陈子新看了两人一眼，似乎跟普通的上下级不太一样，被余越寒这么一问，他有些尴尬地回答。

陈子新说完，就见余越寒抓住年小慕的手，牵着她从他身边擦身而过。等陈子新回过神，两人已经消失在眼前。

“余越寒，小陈总一个人在那里……你走慢点儿，我跟不上……”年小慕被余越寒拽着，都快摔倒了，一生气就甩开了他的手，连名带姓地喊道。

余越寒停下脚步，回头看她：“你很舍不得他？”

他的语气很淡，眼神也很平静，看不出来情绪，只是眸色变得格外深。

年小慕正喘着气，头也不抬地回答：“你有病？我跟陈子新一点儿关系都没有，我舍不得他干吗？”她的话一出口，周围的低气压仿佛突然消失了。

男人的脸色瞬间缓和下来，被骂了也不计较，语气依旧四平八稳：“管家说小六六不肯吃饭，非要等你。”他淡漠的语气，仿佛刚才的不正常都是因为关心女儿。

“少拿小六六当借口，你刚才发什么疯，那是盛达科技的太子爷，人家主动跟我说话，我一声招呼都没打，就没礼貌地跑了……”年小慕双手叉腰，气势汹汹地准备讨个说法。话到一半，她突然觉得脊背一凉。

眼前男人的脾气，也像是被她刺激醒了，一双眼睛又开始幽幽地盯着她。她的脑海里顿时闪过她拽着他从舞台上下来的那一幕。他当时也是这么看着她，像要吃了她……

她神经一紧："没、没关系了，就当扯平，反正我跟那个小陈总也不熟。"

年小慕瞥见他黑沉的脸，连忙给自己找台阶下："寒少，我们快回家吧，小六六肯定饿坏了！"

她说着，转身就往路边跑，认出余越寒的车，拉开车门，立刻爬上副驾驶座坐好。下一秒，他手一扬，将车钥匙丢进她怀里。

年小慕一脸疑惑地看着他。

等她回过神，就见他已经拉开了车后座的门，坐了进去。

余越寒见她愣着不动，凉飕飕地丢出一句："我有病，不能开车。"

年小慕："……"

不就骂了他一句吗，他居然还记仇。

小气的男人!

从小六六的护工到公关部的主管，现在她又多了一个身份：余越寒的司机!

年小慕一边在心里扎小人，一边爬到驾驶座。她系好安全带，当一个称职的司机，拉着他回余家别墅。

一路上，车里格外安静。

年小慕偷偷从后视镜瞥了一眼坐在车后座的男人，见他没睡觉，只是冷着脸。

年小慕小脑袋瓜转啊转，她觉得应该想个别的话题来转移注意力。于是，她的脑海里就浮现出了上心离开时强打精神的样子，她忍不住问道："寒少，你跟唐原斯是不是认识？"

话一出口她就后悔了。

说好的缓和气氛，怎么感觉这个话题更凝重了？可既然已经问了，她又真的有些担心上心，就决定问到底："我听给唐氏集团送手机的人回来说，唐总似乎很喜欢那部手机，拿在手里反复看，二话不说就留下了，他心里明明是在意上心的，为什么又不让她知道？"

年小慕说完，抿了抿唇，又小心翼翼地瞥了一眼后视镜。

镜子里，余越寒依旧保持着原来的坐姿没有动，只是慵懒地抬眸看了她一眼，薄唇微启：“他们的事，你管不了。”

“你真的跟唐原斯认识？很熟吗？他是什么样的人？”年小慕抓着方向盘的手一紧，她着急地问道。

她满脑子都在担心上心，压根儿没有注意到，她说完，原本面无表情的余越寒脸色一沉，他挑眉冷冷地瞥了她一眼：“你很关心唐原斯？”

“当然！”年小慕想也不想地回答道，不等他开口，又兀自说道，“我不知道你们认识，还托人打听了一下，听说这个唐原斯原来在孤儿院待过，后来又被人收养了，再然后才回到了唐家，而且还是一回来就挤掉了唐家原来的继承人，当了总裁。

“关于他的新闻可多了，我也就挑了一点儿靠谱的看看，不过我听说他长得很帅、很斯文，还是那种特别温柔的人。按理说，他如果喜欢上心，应该会拼命地宠着她才对，怎么会……”

年小慕说得正来劲，突然觉得哪里怪怪的，抬头看向后视镜，才发现车后座的男人脸色已经黑成了锅底。

余越寒见她回过头哼了一声，冷不丁地挤出一句：“没见过就发花痴，肤浅的女人。”

年小慕：“……”

帅哥是全宇宙的共享资源，她夸两句怎么就是花痴了？怎么就肤浅了？

而且，这是她说的重点吗？

不过，瞥见男人黑沉的脸，她还是改了口：“我是没见过唐原斯，只是大家都说帅，应该差不到哪里去，不过就算唐原斯再帅，应该也不如寒少你吧？”

她说完，还特别谄媚地冲着他笑笑，就差举手跟他保证了，全天下他最好看。

余越寒瞥了她一眼，神色没有什么变化，嘴角却扬了扬：“还算有点儿眼光。”随后他嘱咐道，“离唐原斯远一点儿，他跟上心的事情你管不了。”

同样的话，他说了两遍，而且这次的语气明显比前一次更加严肃。

年小慕胆子已经透支，她缩了缩脖子，安静下来。

一直到余家别墅，他们都没再说话。

车子停稳，年小慕就见一抹软糯糯的小身影从客厅里跑出来，笑得眉眼弯弯。小六六看见余越寒，拔腿就朝他跑过去：“爸爸。”等余越寒将她抱起来，小嘴一噘，小六六就在他脸上吧唧亲了一口。然后小六六又扭头看向慢一步下车的年小慕，伸着胳膊，想要她抱抱。

年小慕怕她摔着，连忙朝她走过去，走到余越寒面前。没等年小慕接过小六六，小六六已经搂住她的脖子，用刚亲过余越寒的小嘴又在她脸上吧唧亲了一口。

小六六的小身子还被余越寒抱在怀里，胳膊却搂着年小慕，这导致年小慕的身体也被她拽着，像是扑到了余越寒的怀里。

一瞬间，她的鼻息间全是他的气息，她刚准备往后退，小六六却搂着她的脖子不放，她只能继续这别扭的姿势，正准备哄小六六的时候，口袋里的手机突然响了。

她瞥了一眼，发现是文雅黛打来的电话，怔了怔，接起来。

“年主管，发布会很成功，恭喜你。盛达科技的小陈总看了发布会很满意，希望由你继续来负责接下来的项目，他明天会亲自去公司跟你对接。”文雅黛在电话那端说道。

小陈总?

年小慕的脑海里闪过刚才在上心休息室门口看见的陈子新，满身阳光气息的人，应该挺好相处的。这么一想，她顿时心安了，刚要跟文雅黛说声“好”，突然觉得脊背有点儿凉，哆嗦了一下。

她抬起头，就对上了余越寒幽幽的眼睛，他的眼睛像是广阔的星域一样，一望无垠。她呆滞了几秒，电话那头的文雅黛又说了一句：“我还有事要忙，过两天才会回国，盛达科技的项目就先交给你了。”然后她就先挂了。

“那个，文经理通知我工作的事情。”年小慕不确定他听没听见刚才电话里的内容，像是交代一样，嘟哝了一句。

她刚准备将手机放进口袋里，就听见小六六清脆的声音响起：“我亲亲完了，换你们了！”

“……”

年小慕的手一下子僵住了，她错愕地瞪大了眼睛，看着童言无忌的小六六。什么叫“换你们了”？亲、亲余越寒吗?

听见这句话的余越寒，目光也变了变。刚才的电话内容他听得很清楚。

盛达科技的项目一直有固定的项目经理，突然换人，很可能是因为陈子新刚回国，陈总想让自己的儿子早点儿在公司立足，才急着把今年最看好的项目交到他手上。可一想到陈子新在发布会后台找年小慕聊天的样子，余越寒的胸口突然就有些发闷，脸色也不自觉地沉了下来。就在这个时候，他突然听见小六六的声音，让他们亲亲……

他盯着眼前吓得不轻的年小慕。

没等他开口说什么，她已经飞快地踮起脚，在小六六的小脸蛋上亲了一口："好了，已经亲了。"然后，她扭头看向他，像是在问他还在等什么。

余越寒眼睛微眯，盯着她刚亲过小六六的红唇，在微光中散发着迷人的光，一张一合，诱人采撷。

意识到自己被她影响了情绪，余越寒皱了皱眉，低头在小六六脸上亲了一下。小糯米团子不太满意："爸爸不可以只亲小六六，也要亲漂亮姐姐哦！"

余越寒："……"

年小慕："……"

她刚以为自己机智地化解了一场尴尬，没想到更大的尴尬在后面等着她。

"小六六，你还小，不知道大人之间是不可以随便亲亲的……"年小慕的话还没有说完，头顶上已经笼罩下来一片阴影。

余越寒一手抱着小六六，一手搂着年小慕的腰，俊美的脸庞上没有多余的表情，他轻轻地在她的额头上落下一个吻，旋即他站直身，利落的动作让人猝不及防。在年小慕还没回过神的瞬间，他已经松开搂着她的手，抱着满意的小六六转身走了。

"……"

年小慕愣在原地，呆滞了很久都没有回过神。她伸手摸了摸被亲过的额头，一想到他刚才突然弯腰朝她亲过来的那一幕，只觉得心跳都快被吓停了。半晌，她才反应过来，这是被人占了便宜！

"余越寒，你这么做不对！"年小慕气冲冲地往客厅里跑。她刚跑到客厅，发现没人，怔了怔，扭头进了餐厅。一抬头，她就看见了刚坐到位置上准备吃饭的父女俩。听见动静，父女二人齐刷刷地朝她看过来。她瞬间成为焦点，顿了一下。

她对上余越寒黑沉的双眼，前一秒还准备揪着他耳朵教训一顿，此刻却缩了缩脖子，指着小六六单纯的小脸，说道："小六六还小，不懂事，你不能什么都顺着她，会教坏她的。"

年小慕见他不说话，走上前，将小六六抱到自己怀里，抱着小六六软糯糯的小身子，她才觉得自己多了几分底气，继续说道："万一下次她在大马路上随手给你指一个女人，难不成你也要亲吗？"

余越寒皱了皱眉，目光阴沉沉地盯着她，盯得她头皮发麻，她连忙解释："我只是打个比方，假设、只是假设……"

余越寒："……"

没有这样的假设，他不会亲一个陌生的女人。

年小慕瞥见他的脸色有变化，只当他听进去了自己的话，兀自说道："所以，最保险的办法，就是告诉小六六，大人不可以随便亲亲。"

"你是在跟我讨论怎么教育女儿？"余越寒瞥了她一眼，薄唇微启。说完，他慢条斯理地拿起餐具，开始用餐，优雅的吃相令人赏心悦目。

年小慕都忘了要表示抗议，只是听见他的话，有些愣怔。

怎么觉得这句话听着有点儿不对……

可是一时半会儿，又感觉不出来哪里不对……

"我不是要干涉你怎么教育小六六，我只是觉得孩子不能溺爱。"年小慕说着，好像又觉得自己确实是在跟他讨论小六六的教育问题，突然不知道该怎么说下去。

而且小六六也不是对谁都这样，就是对她格外亲近一点儿。自己如果太严肃，告诉小六六不可以这样做，会不会抹杀了孩子的天真？一时之间，年小慕也有些纠结。

"小六六，你答应我，以后除了漂亮姐姐，不可以看见谁都让你爸爸亲亲知道吗？"

话一出口，餐厅里忽然有些安静。一旁的管家，还有准备上菜的用人，都用一种震惊的眼神看着她。就连余越寒也停下了吃饭的动作，挑眉看向她。

等她意识到自己刚才说了什么，慌忙说道："我不是那个意思，我对你没有企图，我只是、我只是担心小六六，她还小，要替她树立正确的观念。我也不是让你亲我，我只是说，不认识的人不能乱亲……"年小慕急切地解释。她发现自己根本解释不清楚，只能绝望地低头看向怀里的"罪魁祸首"，希望小六六能懂。

结果小六六仰起头，嘟起小嘴，说道："漂亮姐姐生气了，爸爸刚才亲了漂亮姐姐，都没有让漂亮姐姐亲亲！"

年小慕："……"

她是这个意思吗？

年小慕抬头看向周围的人，大家似乎都很认同小六六的话，不约而同地沉默了。余越寒面无表情地看着她，似乎在思考要不要让她亲回去……

年小慕最害怕突然安静。

她身体僵硬地坐在椅子上，很快，小六六就从她怀里爬下去，跑到余越寒面前，拽着他，走到她面前，笑眯眯地努了努小嘴，邀功似的说道："漂亮姐姐，爸爸来了，你要亲亲吗？"

年小慕："……"

看着站在她面前的男人，她浑身一抖，差点儿从椅子上摔下去。她霍地站起身，一边摆手一边往后退。

"不用了，不用了，这种事不用算得那么清楚，我吃点儿亏没关系。"她若是真的亲回去，就亏得更大了！

年小慕腹诽，她忙往后退，脚反而碰到了椅子腿，一个趔趄，整个人就朝后倒去！

"小心！"余越寒目光一凝，一个箭步上前，他伸手搂住了她的腰，一把将人捞进怀抱。

两个人几乎贴在了一起。她的手还撑在他结实的胸膛上，掌心下是他搏动有力的心跳，一下一下，像是要跳进她的胸口。

年小慕手心一热，她连忙缩回手，喊道："我不是故意要占你便宜的。"

余越寒瞥了一眼她绯红的脸颊，淡定地启唇："这种事不用算得那么清楚，我吃点儿亏也没关系。"

年小慕："……"

这话似乎有点儿耳熟？

明明是她刚说过的……

他居然拿她的话来挤对她，年小慕脑子一热："我不用你救了，你快撒手！"

余越寒真的松了手。年小慕没站稳，直接摔到了地上，屁股着地，疼得她哀号了一声。她愤怒地抬头，却瞥见他薄唇翕动："第一次见人有这种自虐的要求，个性真独特。"

他说完，转身抱起小六六，指了指摔在地上的年小慕，将她当作反面教材教育小六六："小六六，以后离她远点儿，智商太低会传染。"

年小慕："……"

认识余越寒之前，她对他的印象是高冷、长得帅、非常有钱；认识余越寒之后，她才知道，这个男人不只高冷、腹黑、小气、记仇，还有一条一句话就能把人气死的毒舌!

一顿晚饭，年小慕没吃就已经气饱了。她揉着摔疼的屁股，狠狠地瞪了他一眼，转身回了自己的房间。她拿起手机，给自己的好朋友发微信吐槽。

【慕慕小仙女：气死我了！天底下怎么会有余越寒这种男人？要不是余家别墅有保镖，我今天一定会抱着煤气罐跟他同归于尽！】

【崩崩大债主：……】

【慕慕小仙女：苦水太多，一言难尽，我需要安慰。】

【崩崩大债主：想开点儿，起码你有自己的优势。】

【慕慕小仙女：……】

【崩崩大债主：肤白貌美大长腿，如果你把煤气罐换成红酒，今天晚上去敲他的房门，或许明天你就可以从地狱到天堂。】

【慕慕小仙女：崩崩，你变了，你以前不是这样的，以前要是我受了委屈，你会让我辞职，然后含情脉脉地跟我说，“没事，我会养你”。】

【崩崩大债主：呸！大白天少做梦，醒醒吧！我准备进手术室了。】

【慕慕小仙女：……】

年小慕将手机丢到一旁，往床上一躺，抓过抱枕想象成余越寒的样子，瞬间就把抱枕捏扁了，心塞地躺在床上。等气消了，她发现小肚子饿得咕咕叫。

她翻来覆去睡不着，想了想，还是决定下碗面，慰劳下自己。她刚走到客厅，就发现管家正像站岗的士兵一样守在餐厅的门口。

管家看见她，眼神像是看着古代那种祸国殃民的妖姬。

咕噜——年小慕刚想说自己要借厨房煮碗面，小肚子就先叫了。

她尴尬地打招呼：“管家，你怎么还不睡？”

管家瞥了她一眼，往旁边移了一步，让她进餐厅，随后管家将餐厅的灯都打开了。餐桌上还放着几个保温盒。盒子打开，里面是香喷喷的饭菜。荤素都有，连米饭都是热的！对饥肠辘辘的人来说，简直没有比这更幸福的事了！

年小慕感动得都快哭了：“管家，我一直以为你不喜欢我，我怎么都没有想到原来你对我这么好，以前都是我不懂事儿！”

“……”

管家看着忏悔的年小慕，嘴角抽了抽，脑子里浮现出自家寒少离开餐厅前的话："她没吃晚饭，一会儿一定会饿，让厨房备点儿吃的。"

管家当时已经震惊得忘了反应，要知道，他家寒少从来不会主动关心任何异性。清冷矜贵，连余老夫人都怀疑过他的性取向，可如今，他居然会主动关心年小慕，还是一脸宠溺的样子！

如果这还不够让管家震惊，那他接下来那句："别让她知道是我的意思。"这句话差点儿让管家连下巴都惊掉了，关心一个人，还要瞒着她。这样的举动怎么看都像是暗恋……

可他家寒少，乃是H市第一家族的掌权人，余氏集团的总裁，身份高贵，想嫁给他的女人不计其数。他随便勾勾手指头，要什么样的女人没有，怎么会像情窦初开的年轻小伙一样，学别人暗恋？

管家当即用力掐了自己一把，等回过神，余越寒已经从容地抱着小六六出了餐厅，留下他一边在心里嘀咕年小慕是不是给他家寒少下了什么蛊，一边帮她准备吃的。

原本看时间晚了，他见年小慕一直没有出来，心里还稍稍放松了一下，寒少猜错了，结果，他就见年小慕捂着肚子进来了！

"管家，你要不要一起吃？"年小慕往嘴里塞了一口饭，她看着一直在发愣的管家，忍不住喊了几声，"管家？管家？"

管家猛地回过神，脱口而出："寒少，我什么都没说！"

年小慕扭头在餐厅扫了一圈，没发现余越寒的身影，不解地问道："管家，你在说什么？"

管家不语。

"你没事吧？"年小慕放下勺子，走到管家面前，刚要伸手摸他的额头，管家就躲开了。管家严肃的老脸竟然出现了窘迫、惊慌的表情。这跟平时的古板严谨，简直形成了鲜明对比。他对上她打量的目光，像是被踩到尾巴的猫一样，心虚地强调："饭菜都是我给你准备的，好好吃你的饭，吃饱了早点儿睡。"说完，他就转身急匆匆地走了，像是有人在追杀他。

年小慕站在餐桌前，看着转眼不见的管家，又扭头看向桌子上的饭菜，蹙了蹙眉，她总觉得哪里怪怪的，难道这些饭菜不是管家替她准备的？那还有谁会怕她饿，给她留饭菜？余家别墅很大，可是她认识又有权力吩咐厨房留菜的人还真不多，难不成是余越寒？

年小慕一想到这个名字，脑海里顿时闪过某人松开手，眼睁睁地看她摔到地上，还当成反面教材教育小六六的画面。她顿时气得牙痒痒，坐到餐桌前，拎起一只羊腿就咬了一口，用力地嚼着，彪悍的动作像是将手里的羊腿当成了余越寒！她心想：冰疙瘩才不会体贴地给她留饭，一定是可爱的小六六见她不吃饭，才让管家给她留的。

年小慕吃饱喝足，总算能睡一个安稳觉了。

第二天，她想起今天还有工作交接，很早就去了公司。

余越寒起来的时候，别墅里已经看不见她的人影。

“寒少，早餐准备好了。”管家走上前，恭敬地提醒。

“她呢？”余越寒收回目光，踱步进餐厅，淡淡地启唇。

“年小慕一早就去公司了，好像有很重要的事儿。”管家跟在他身后，一脸纠结地回答。

余越寒脚步一顿，他回头看着管家：“原话。”

“今天天气真好，我要去公司迎接我的小太阳了。管家，拜拜，不要太想我哦！”管家将她离开时说的话，一字不漏地重复了一遍。

余越寒的脸色沉了下来，如果他没有记错，昨天文雅黛提醒年小慕今天盛达科技的太子爷会去公司跟她进行工作交接。

“小太阳”指谁？陈子新？！

余越寒蹙起眉，俊美如斯的面容覆盖上一层阴霾，他扫了一眼餐桌上的早餐，顿时没有了胃口，转身就往外走：“备车，去公司。”

第十章

对你的在意，是苦涩也是甜蜜

盛达科技的新品发布会非常成功。

线上线下都掀起了热烈的讨论，年小慕走进公司的时候，周围全是道喜的声音。

“年主管，发布会这么成功，现在不会再有人敢质疑你的能力了。”实习生晓晓跟在她身边，开心地说道。

晓晓身旁的秘书也附和道：“大家都是同事，能和睦相处是最好的。”

秘书说着，就将一张行程单递给了年小慕：“盛达科技的小陈总今天上午十点会过来，跟他一起来的还有原来的项目经理，资料都在这里。”

年小慕接过资料，看见上面还夹着一张照片。

秘书解释道：“这是盛达科技太子爷的照片，有关他的传闻不少，听说他人很亲和，没有什么架子，是个很好相处的人。”

年小慕看着照片，眼前浮现出昨天在发布会后台看见的年轻男子。真人比照片要好看一些，尤其笑起来的时候，确实给人很温暖的感觉，像冬日里的太阳，很舒服。

昨天他还说要请自己吃饭，早知道这个项目会是他来接手，她昨天就不应该着急跑掉。太子爷该不会觉得她没有礼貌，今天一来，先劈头盖脸地把她骂一顿吧?

年小慕想着，刚准备回座位看资料，突然听见有人喊自己。她一回头，看见电梯里走出一个人。

银色的西装，飞扬的短发，步履坚挺，脸上还挂着令人如沐春风的笑意，竟然是陈子新……

年小慕愣了愣，回过神，连忙扭头看向秘书：不是说盛达科技的人十点钟才会来吗？那现在是怎么回事？

“年主管，我也不知道怎么回事，约的是今天上午十点。”秘书对着行程表也是一脸茫然。

一眨眼的工夫，陈子新已经走到了公关部门口。

年小慕定睛一看，发现只有他一个人，那盛达科技的其他人呢？

“不用看了，只有我一个，我是提前来的。”陈子新双手插在口袋里，笑吟吟地道。

他的笑容很真诚，让人看一眼，就会不自觉地跟着露出微笑的那种。

他走到愣着的年小慕面前，挠了挠头，像个害羞的大男孩，说道：“年主管，昨天本来想约你吃饭，跟你请教一下工作上的事情，后来没吃成，我今天特意提前过来，不知道你吃早餐了没？”

没等年小慕回答，他又兀自开口：“我知道余氏集团大楼对面就有一家很好吃的早餐店，不知道有没有那个荣幸，请你吃早餐？”

如果只是请吃饭，年小慕或许会拒绝。可陈子新已经说得很清楚，是为了请教工作上的事情，她如果拒绝，显得有些不近人情，加上两个人今天还要交接工作……

她眼珠子转了一圈：“好呀，我正好没吃早餐呢。”

“太好了，我们走吧。”陈子新很绅士地伸手接过她的包，示意她走在前面。

两个人快到电梯门前的时候，他又快一步上前，先按了电梯，拦着门，让她先进。他的举止很自然，很有风度。

年小慕心里正嘀咕着，这个太子爷果然跟秘书说的一样，很好相处，这样一来，她接下来的工作就轻松多了。

叮！电梯门打开。

她走在前面，正要问陈子新说的那家早餐店在哪里，忽然听见集团大堂内不约而同响起的问候声：“寒少——”

余越寒在助手的陪同下从外面踱步而入，他正朝着总裁专属电梯走去。

他瞥见跟陈子新站在一起的年小慕，瞳孔一缩，脚步蓦地停了下来!

助手没注意到他的目光，还在汇报工作：“……今天的会议行程就是这样。对了，寒少，我问过了，盛达科技的小陈总今天上午十点会来我们集团交接。”

助手说完，抬起头，发现余越寒停下了脚步，眼睛幽深，浑身都散发着冷意。余越寒听见他的话，呵了一声，薄唇微启：“已经来了。”

助手顺着他的目光看过去，瞥见站在年小慕身旁的陈子新，顿时就噎住了。

陈子新看见余越寒停下脚步，朝他看过来，连忙走上前打招呼：“寒少，早！没想到你也会这么早来公司。”

余越寒薄唇抿成了一条线，没有说话，目光却越过陈子新，看向躲在他身后的年小慕。

年小慕跟在陈子新后面，原以为余越寒会直接进电梯，没想到他会突然停下来跟陈子新打招呼。

她慢一步走到他面前，扯出一抹笑：“寒少，早。”

余越寒的脸色沉了沉，打招呼的台词都一样，她倒是跟陈子新有样学样，感情进展得很快。

年小慕见他不理自己，低着头悄悄地吐了吐舌头，准备走人，刚迈开步子，就听见男人低沉又有磁性的声音响起：“去哪里？”

“吃早饭。”年小慕脚步一顿，她无比老实地回答。对上他的目光，她总觉得哪里怪怪的，他似乎心情不好？哪个倒霉蛋惹到他了？

听见他的话，一旁的陈子新也开口道：“我刚回国，对H市的很多情况都不了解，所以提前来余氏集团，想先跟年主管熟悉一下情况。”

盛达科技和余氏集团现在是密切合作伙伴，为了工作约饭局，怎么样都说得过去。可瞎子都看得出来，陈子新看年小慕的眼神充满了兴趣。他急急巴巴地跑过来请她吃饭，只怕不单单是为了工作。

“不知道寒少吃过早饭没有，要是没有的话，不如一起？对面的餐厅听说不错。”陈子新客气地询问道。

一般这种客套话，说说就算了。余越寒身份尊贵，工作又忙，想请他吃饭，必须跟秘书预约，轻易请不到，所以陈子新问出那句话，心里已经开始等着自己被拒绝。

没等余越寒开口，年小慕已经先急了：“寒少日理万机，怎么可能有空跟我们吃早餐？寒少，我们不打扰你了，你慢走！”

她说着，还没来得及转身跑，就听见耳边传来一个字：“好。”

年小慕：“……”

她身体一僵，分不清他那句话是在回答自己，还是在回答陈子新，就听余越寒又道：“正好我也没吃早餐，可以一起。”说完，他率先转身，拎着她的衣领，提着她往外走。

年小慕只能踮着脚，像只小鸡扑腾：“余越寒，你干什么？你快撒手，我自己能走！”

周围还有人，年小慕不敢喊得太大声，只是用两个人能听见的声音嘀咕。就算有人不经意朝他们的方向看过来，忽略余越寒拎着她衣领的手，只会以为两个人是在并排走路。只有跟在两个人身后的陈子新，能清楚地看见年小慕被余越寒拎着走的画面……

正当他震惊得差点儿忘记跟上去的时候，余越寒看见落在他们后面的陈子新，便松开了手，像是什么都没有发生过一样，淡漠地启唇：“腿短走得慢，帮你还有意见？”

年小慕的眼睛瞪得老大。

她刚要说什么，瞥见跟上来的陈子新，眨巴了下眼睛，到嘴边的话又忍住了。当着外人的面，跟自家总裁顶嘴，她怕她的奖金不够扣。

“寒少有时间真是太好了，我正好有些工作上的事情想向你请教。”陈子新很开朗，见两人之间气氛不对，连忙打圆场。

既然是他请客，招呼人的事，也得他来。陈子新走到前面，指着余氏集团对面的一家餐厅：“过了马路就到了，我已经订好了位置。”

他说完，三个人都没有再说话，一起朝餐厅走过去。

留在原地压根儿来不及说话的助手，半晌，才对着自己手里的行程表，喃喃自语：“寒少不是说今天没胃口不想吃早餐吗……”

这年头，不只女人，男人也很善变！

助手合上手里的表格，连忙追了上去。

余氏集团坐落在H市寸土寸金的地段，它对面的餐厅，档次肯定不低。

陈子新选的店是一家私家小厨房，味道正宗，当然价位也非常贵。平时生意火爆，没有预约，根本抢不到位置。看来陈子新提前下了不少功夫，早就订了小包间，轻车熟路地带着他们往里走。他刚坐下来，就拿起菜单，准备递给年小慕，想起身边还坐着余越寒，迟疑了一秒，又将菜单先放到了余越寒面前：“寒少，你先看，我让服务员再拿一份。”

余越寒用两根手指夹起陈子新放到他面前的菜单，看都没看，就丢给了年小慕：“吃货，给你。”

年小慕：“……”

他一定要在陌生人面前诋毁她的形象吗？当众叫一个单身未婚女青年“吃货”，要是换作别人，他是会被打死的知道吗？可一想到他不是别人，而是自己的大boss，拿人手软，吃人嘴短，年小慕只能继续忍着。

她刚准备一会儿多吃一点儿，来安慰自己受伤的小心脏，低头一看菜单上的价位，吓得差点儿从椅子上跳起来，双手按住菜单，她用力地咽了咽口水。

“真的要在这里吃吗？”

“怎么了？菜不合你的胃口吗？”陈子新听见她的话，脸色一急。

陈子新献殷勤的样子实在刺眼，余越寒收回目光，眼底掠过一道幽光。

年小慕没注意到余越寒的眼神，她听见陈子新的话，下意识地回答：“不是合不合胃口，这里的菜好贵，吃个早餐而已，会不会太让你破费了？”

闻言，余越寒的脸色更难看了。两个人还没什么，她就急着替陈子新省钱？

陈子新也是一愣，像是第一次遇见像她这样真实可爱的女孩，眼底的笑意越发明显了，从她手里接过菜单，他笑着开口：“这家店是贵了一点儿，不过东西是真的好吃，你喜欢吃什么，我帮你点，能为美女买单，是我的荣幸。”

年小慕大大咧咧惯了，见他不在意，也就没拘着，端起桌子上的水杯喝了一口：“我不挑食，吃什么都可以，你熟悉这里，不如给我推荐几个吧。”

“这家店的蟹黄包做得非常好吃，还有云腿一口酥……”陈子新拿着菜单，指给年小慕看，见她点头，扭头吩咐一旁的服务员下单。

两人你一句我一句，为了看同一本菜单，几乎都要黏到一起了。余越寒端着水杯的手无声地收紧，手背青筋突起，他蓦地将杯子重重地放到了桌子上，砰的一声，顿时引起了两个人的注意。

“手滑。”余越寒对上两道朝着他看来的目光，脸不红气不喘。周身冰冷的气息，却不像是没事的样子，反倒像是有人欠了他几十亿，还负债跑路了。包间的气氛伴随着他身上散发出来的低气压，也变得低沉。

年小慕连忙拿起菜单，放到他面前："我们点好了，就剩你了。"

余越寒听见她嘴里说出来的"我们"，脸色又冷了几分，他睨了一眼她放到自己面前的菜单，又看了一眼还跟陈子新挨得特别近的年小慕，薄唇微启："这里我不太熟，你过来给我介绍一下菜色。"

年小慕："……"

她也是第一次来，怎么给他介绍?

可他开口了，她要是不搭理，又不太好。

年小慕只能挪了挪椅子，靠近他的方向，指着桌子上的菜单，努努嘴："我点了蟹黄包，还有这个甜蛋散，其实我都没吃过，小陈总给我推荐的，看起来很好吃的样子。"

年小慕一提起吃的，表情都变了，一双眼睛亮晶晶的，她怕余越寒看不见她指的点心，又往他身边挪了挪，几乎都要挤到他怀里了。她身上天然的馨香飘进他的鼻息里，毛茸茸的小脑袋也在他眼皮子下晃来晃去……

她看着菜单，他却看着她。直到她仰起头询问他的意见，余越寒才意识到自己在走神，轻咳了两声："就点你推荐的。"至于她推荐了什么，他根本不知道。

年小慕并没有察觉到他的异样，见他没有意见，笑眯眯地看向服务员："再加一份一样的。"

她话音刚落下，小包间的门就被人推开了，餐厅经理从外面走进来。

经理看见余越寒，毕恭毕敬地迎上前："寒少，你是我们店的常客，怎么能坐普通包间，我马上让人给你换到专属包间！"

经理的话一出口，包间里顿时陷入了诡异的静谧气氛中。

年小慕扭头看向身旁的男人：常客？他刚才不是说对这里不熟？结果连专属包间都有……

对上她探究的目光，余越寒淡定地伸手拍了拍她的额头，薄唇微启："太久没来，忘了。"

年小慕："……"

餐厅经理也是个聪明人，看气氛不对，就意识到自己说错话了，连忙附和道："寒少确实有段时间没来了。"经理迟疑了几秒，才小心翼翼地询问，"寒少，那专属包间，还需要换吗？"

余越寒没开口，而是扭头看向年小慕。他们来这里吃顿饭，都把她吓成这样，再坐到专属包间，怕是会把她吓得吃不下。

他收回目光，淡淡地启唇："不用了。"

他说完，明显听见身边的人有些失落地叹了一声气。

他怔了怔，侧目看向她，挑眉："你想换包间？"

一听见他的话，年小慕的双眼立刻变成了星星眼，她眼巴巴地看着他，点头如捣蒜："这里的普通包间都这么奢华，不知道专属包间是什么样，反正不用我付钱，看看就当长见识。"

余越寒："……"

这话的意思，他可以理解成，陈子新的钱她急着帮忙省，他的钱就可以随意花?

余越寒抬起手，一把捂住她的眼睛，将她从面前推开了些："离我远点儿。"他怕自己会忍不住一巴掌将她拍死!

年小慕突然被嫌弃，气呼呼地坐回自己的位置上，一边喝水，一边在心里吐槽：果然越有钱越抠门儿!

陈子新坐在她旁边，看见两个人亲昵的互动，突然有一种自己是多余的感觉。他愣了愣，回过神，连忙找了个工作上的话题跟年小慕聊起来："我回国之前，就有人跟我说过，上心的背景不简单，想请她代言几乎是不可能的事情。我怎么都没有想到，最后真的让你办到了，换作一般人，可能一早就放弃了。年主管，你真的很厉害。"

年小慕听见他的话，下意识地扭头看向余越寒，犹豫着要不要说请到上心的事情，其实有余越寒的功劳。可她一瞥见他那张高冷的脸，又默默地缩了回去，看向陈子新："其实上心并没有那么难接触，主要是外界谣言传得太夸张了，她人很漂亮，性格又温柔。"

"温柔？"陈子新有些诧异地看着她，"这可跟传言大相径庭，我可听说，上心揍了几个想要占她便宜的大老板。"

"那不是她……"年小慕话到一半，她忽然顿住了。

没有认识上心之前，她也以为上心真的能揍扁几个人。等认识她之后，年小慕才知道她是会一些防身术，可是想要撂倒几个大汉，几乎不可能。一问之下，年小慕才知道，传言中的故事有另外一个版本，真正动手打人的是唐原斯。

那时候的唐原斯，知道上心要进娱乐圈，一方面极力反对，一方面又忍不住担心，偷偷地保护她。上心被大老板约去谈代言的时候，带了保镖，但她根本不知道，唐原斯跟在她身后。

当时那人刚抓住她的手，想占她便宜，唐原斯就像是在包间里装了监控一样，突然踹门而入，没等保镖动手，就冲上前，二话不说就将动手动脚的大老板揍了一顿。

上心压根儿连反应的时间都没有。等回过神，她看见唐原斯将人揍得奄奄一息，再不停手，只怕就得出人命，连忙上前阻止。唐原斯差点儿错手打到她，铁青着脸，拉着她丢下所有人就走了……

事后，因为唐原斯的身份，消息都被压了下来，就连那个大老板也知道自己碰了不该碰的人，医药费都是自己付的。结果莫名其妙到最后传出来的消息就成了上心亲自动手教训了妄想占她便宜的登徒子！

“不是上心？那是谁？”陈子新好奇地问道。

年小慕听见他的话，回过神，连忙摇了摇头：“没什么，我只是觉得上心很温柔，不像是会动手打人的人。”

她说完，想到了什么，扭头看向余越寒。别人不知道，她很清楚，这次发布会上心遇到危险去救上心的人也是唐原斯！

不只是救人，发布会结束之后，她还听说绑架上心的林家少爷林超被抓了，就连林家企业也在一夜之间陷入危机……这些事情根本不是上心做的。

唐原斯明明那么喜欢上心，为什么非要将她推得那么远？

餐点很快就上来了，打断了年小慕的思绪。餐厅经理亲自上场，将东西先放在了余越寒面前，小心地伺候着：“蟹黄包的精髓都在馅儿里，蟹黄带着汤，可以先用吸管尝尝鲜味……”

蟹黄包可是这家餐厅的招牌，他以前就给余越寒推荐过几次，可是余越寒一直没尝。今天难得他有兴致，经理当然要好好伺候。

余越寒接过吸管，扫了一眼面前的蟹黄包，目光却下意识地看向坐在他旁边的人。

他们的餐点是一样的。此刻，她的面前也放着一个鲜香四溢的蟹黄包。没等经理说完，她已经心急地吸了几口包里的汤汁，舌头被烫到了，往外吐了吐。她嫌弃地丢掉吸管，吹了吹包子，用手拎起来，从边缘咬了一小口。

入口香浓的汤汁，还有让人味蕾发颤的蟹黄，她娇俏的小脸上写满了满足。

余越寒见她吃得那么香，刚想把自己面前的这个也给她，就听见陈子新开口：“好吃吗？”

“好吃！”年小慕咽下嘴里的包子，飞快地应了一声，又咬了第二口，嘴角沾到了汁液也不知道，她冲着陈子新笑。

灿烂的笑容，格外刺眼。下一秒，陈子新就一脸宠溺地拿起纸巾想替她擦嘴……

余越寒眸子一眯，抢先一步抽出纸巾，就朝她的脸丢过去，宽大的纸巾直接盖住了她的整张脸！

年小慕正开心地吃着包子，一双大眼睛亮晶晶的，突然被一张从天而降的纸巾盖了个严严实实，吓得她都僵住了。随即，纸巾从她脸上掉下来，落到她手里的包子上，露出她惊恐的脸，一脸“我是谁？我在哪儿？发生了什么？”的表情。

“吃东西这么脏，你是猪吗？”余越寒对上她的目光，轻咳了一声，掩饰自己的异样，佯装嫌弃地启唇。

年小慕：“……”

她吃个包子，怎么就是猪了？

他才是猪！

年小慕见他盯着自己的嘴角，下意识地抬起手，摸了摸嘴角，指尖沾到汁液，她才回过神，抽出一张纸巾擦嘴。她对上陈子新含笑的双眼，尴尬地扯出一抹笑：“让小陈总见笑了。”

“不会，你吃东西的样子很可爱。”陈子新毫不掩饰地说道。

盛达科技虽然比不上余氏集团，可也算是大企业，陈子新身边从来不缺豪门千金，可相比之下，单纯、不做作的年小慕，比任何千金大小姐都吸引他的目光。他说着，将自己面前的点心也递给了年小慕：“你尝尝这个，也很好吃。”

“好呀！”年小慕看见好吃的，眼睛一亮，她拿了一块乳白色的糕点放到了嘴里。她咬了两口就满足地眯起眼睛，“好吃！”

“还有，他们家的小馄饨也不错，皮薄馅儿大。”陈子新对吃的似乎很有研究，一边优雅地用餐，一边给年小慕介绍。

两个人吃得津津有味，聊得也津津有味。

余越寒坐在一旁，看着完全无视他恨不得凑到陈子新面前的年小慕，完美的脸庞又开始阴云密布，无声地释放着冷气。

“怎么忽然有点儿冷。”年小慕坐在他身边，不自觉地缩了缩小脖子。她回过头，瞥见余越寒面前的餐点，动都没有动过。

“寒少，你怎么不吃？很好吃的。”年小慕说着，像是心疼美食被浪费，抓起他面前的筷子，将包子夹起来，递到他嘴边，“真的好吃，我不骗你，不信你尝一口！”

余越寒眼睛眯了眯，他看着凑到他面前、喂他吃包子的年小慕，余光扫了一眼脸色有些失落的陈子新，嘴角勾了勾，他张嘴就咬了一口。蟹黄的味道在唇齿间散开。他蹙了蹙眉，并不喜欢这个味道。可对上她期待的目光，余越寒到嘴边的话莫名其妙就变成了：“还不错。”

“我都说了，很好吃的，你快点儿吃，不然上班要迟到了。”年小慕说着，将筷子塞进他手里，又拎起面前的包子，美滋滋地继续吃。

两个男人都没有开口催，静静地等着她吃饱喝足。

陈子新刚拿出银行卡，余越寒就淡淡地启唇：“挂到我账上。”然后，他从容地从座位上站起来，慢条斯理地整理身上的西装，侧目朝着年小慕看过去，“还有什么想吃的，可以打包。”

年小慕一愣。

冰疙瘩摇身一变成为暖心小天使，是她产生幻觉了吗？该不会一会儿她点完餐，他又跟她说，钱从她的奖金里扣吧？想到这里，年小慕头摇得跟拨浪鼓一样：“我吃饱了，很饱。”

倒是一旁的陈子新，打定了主意要请年小慕吃饭，现在却让余越寒买单，有些纠结地挠挠头：“寒少，说好是我请的。”

余越寒挑眉，薄唇微启：“我们两个人，让你请不太好。”

“……”

“两个人”是什么意思？

这话听着怎么像是宣示主权？

可余越寒跟年小慕都是余氏集团的，年小慕现在又是公关部的得力干将，论亲疏，确实是跟余越寒亲近些。可陈子新总觉得余越寒那句话不单单是这个意思。他一时愣在原地，忘了接话。

余越寒却没有理会他怎么想，听见年小慕说不要打包，提步就往外走。他走到门口，见年小慕还没跟上来，扭头看了她一眼。年小慕害怕他又要拎着她走，连忙小跑跟上。一路上，余越寒走多快，她都拼命跟着。等他们进了集团大堂，她才发现把陈子新一个人落在后面了。她正想要等等，就被余越寒拎进了电梯！

“急什么，怕他找不到公关部？”余越寒将她堵在电梯内壁，垂眸盯着她娇俏的小脸，眼睛阴沉。

“礼貌，礼貌你懂不懂？你以为大家都跟你似的，冷着一张脸就能谈生意吗？我们做公关的，要让客户觉得可靠，客户才能放心将项目交给我们呀。”

年小慕说着，噘起了小嘴。她想起秘书早上拿给她的资料还没来得及看，这会儿跟陈子新分开了也好，她正好先回去做做功课，等十点再跟盛达科技的团队交接工作。她回过神，发现余越寒还站在她面前，他一只手臂撑着电梯，正好将她锁在了他怀里。

空气仿佛一瞬间变得暧昧。他霸道的气息将她笼罩，他的眼神深邃，他盯着她的目光很深沉，像是要将她看穿。

年小慕有些紧张地抿了抿嘴，正想问他怎么了，公关部所在的楼层就到了。

叮——电梯门打开。

“我到了。”年小慕戳了戳他的胸口，示意他让开，葱白的手指头戳在他的胸口上，痒痒的。余越寒皱起眉，盯着她小心翼翼的样子，良久，他才慢悠悠地侧开身，让她出电梯。

电梯门重新关上，直通总裁办公区。余越寒一进办公室，就烦躁地扯了扯领带，说不上来为什么，只觉得胸口闷得慌。

他一闭上眼，年小慕巴掌大的脸就在他眼前晃，她看见他，就像老鼠看见猫，看见陈子新倒笑得像朵花。小太阳和鲜花，倒是很配!

余越寒踱步走回办公桌前坐下，端起水杯喝了一口，才压下胸口那股郁闷。他正准备开始工作，就听见敲门声。助手拿着一份文件，大步从外面走进来，神色严肃：“寒少，查到谭崩崩的背景了！”

一句话说完，办公室里的气氛瞬间变得凝重。

助手走上前，将查到的资料放到余越寒面前：“谭家是医学世家，谭崩崩的祖辈几乎都是医生，可以追溯到上百年前，家族出过不少名医，谭崩崩自己也是非常优秀的医生。”

余越寒拿起资料，示意他继续说。

“谭崩崩从出生开始，就被规划了要走医学这条路，国内名牌医学院毕业，又出国进修，完成过不少出色的手术，目前在医院任职。”助手顿了顿，抬起头，“寒少，谭家不只是医学世家，还是很受人尊敬的慈善家。”

“慈善家？”余越寒蹙眉，疑惑地将目光从资料上移开，挑眉看他。

助手点点头：“是，从谭崩崩的爷爷那辈开始，谭家行医所得的收益几乎都用在了慈善事业上，帮助了很多病人。谭崩崩也是这样，根据我们查到的资料，谭崩崩从医学院毕业之后，一直在救助病人，很多病人付不起医药费，都是她帮忙垫付，据说她跟年小慕认识也是因为这个。”

“你的意思，年小慕曾经是她的病人？”余越寒的眼底掠过一道暗光。

“是，只是年小慕的病例我们查不到，谭家对帮助过的病人，都会保护他们的隐私。”助手想到什么，又霍地抬起头。

“对了，年小慕缺钱的原因也查到了，谭崩崩为了替年小慕垫医药费，把房子抵押了，年小慕似乎是想替谭崩崩赎回来。”

“你是说，谭崩崩为了年小慕把房子都抵押了？”余越寒不可思议地道。谭崩崩能为了一个陌生人，将自己的房子抵押！这个谭崩崩，如果不是真的视金钱如粪土，就是还有别的原因。

余越寒翻开面前的资料，将谭家的资料看完，表情变得有些复杂。

助手很快解释道：“我原本也觉得这个谭崩崩有点儿奇怪，可是调查之后却发现，她不是第一次做这样的事，每次遇到真正需要帮助的病人，谭崩崩都不会吝啬，谭家祖辈也有不少人都这么做过。”

谭崩崩对病人的关怀，倒像是家族传承，谭家是真正的医学世家。

“谭崩崩的身份没有任何可疑的地方，她从出生到现在做的每一件事都是中规中矩，并没有发现她跟年小慕有什么不正常的接触，只是医生跟病人成了好朋友。”助手小心翼翼地回话。

他们原本想通过谭崩崩调查年小慕的身份。现在看来，谭崩崩很可能也不知道年小慕到底是什么人，更不用说替她掩藏身份了。可这样一来，年小慕的身份又成了谜。

助手看着面色不豫的余越寒，犹豫了几秒，才开口：“寒少，去查消息的人还说，谭崩崩抵押的房子快要到期了，年小慕着急筹钱，应该是不想房子被拍卖。”

闻言，余越寒脑海中闪过年小慕几次眼巴巴地看着他，求奖励的模样，还有听见他扣她奖金时，瞬间垮掉的小脸……

他一直不明白，她为什么那么爱钱，现在终于知道，她爱的不是钱，她只是想还谭崩崩的恩情。他收回目光，眼睛里闪过一抹复杂的光。

公关部。

年小慕忙碌了一整天，总算跟盛达科技方面做好交接。她收拾好东西，打卡下班。文雅黛不在，盛达科技的项目现在是她在全权负责。经过新品发布会的事情，部门里的同事对她的态度改变了很多，一切朝着好的方向发展。

她走进电梯，轻吐了一口气。

“等一下！”电梯门刚要关上，突然一只手伸了进来，电梯门重新打开，只见陈子新俊逸的身影从外面挤了进来。

年小慕发现只有他一个人，盛达科技团队的人好像并不在。

“年主管，今天真是辛苦你了，现在时间也不早了，不知道你晚上有没有约，不如我们一起吃个晚饭？”电梯门一关上，陈子新就紧张地问道。

他跟年小慕接触的时间越长，对她就越欣赏。她跟外面那些女孩一点儿都不一样。她长得很漂亮，是那种干净的美。可她又不仅只有美貌，她站在展示台上，讲解方案的样子，神采飞扬，更加让人着迷。

陈子新第一次想认真追一个女孩。

“今天不行，我还有事，改天吧。”年小慕听见他的话，怔了怔，随即扬起笑容。现在盛达科技的项目负责人变成了陈子新，以后他们见面的机会应该还会很多。

陈子新似乎也明白有些事情不能着急，听见她的话，很干脆地说“好”，又绅士地问道：“你是要回家吗？需不需要我送你？”

年小慕一愣。

“只是顺便，我还想多跟你请教一下这个项目的事……”他的话还没有说完，电梯就到了。电梯门打开，没等年小慕回答，陈子新就看见了倚在电梯外的余越寒。

余越寒穿着简单的白衬衫、黑西裤，单手插在裤袋里，另一只手拿着长款的风衣外套，他斜靠在墙上。俊美的脸微微侧着，似乎在思考什么。电梯门开的那一瞬间，他看见站在年小慕身旁的陈子新，眼神一瞬间变得锐利。

陈子新愣住了。

“寒、寒少，你怎么也在这里？你是在等人吗？”陈子新回过神，连忙打招呼，旋即他又笑着调侃，“什么人能劳驾寒少你亲自来接，真是太有面子了。”

他说完，就见余越寒的目光从他身上移开，睨向站在他旁边的年小慕。那眼神让人觉得有几分讥诮。

陈子新呆滞了一秒，旋即像是脑子开窍了，错愕地瞪大了眼睛：“该不会是……”

“不是你想的那样！”年小慕一看陈子新的表情，就知道他误会了。

她刚要开口解释，余越寒已经打断她的话，不耐烦地启唇：“回家。”

回家……这两个字像是有魔咒，一瞬间就让另外两个人愣住了！

陈子新的脸色一阵灰一阵白，他张了张嘴想要问什么，最后却震惊得一个字都说不出来，眼睁睁地看着余越寒拎着年小慕的衣领朝停在一旁的房车走去，余越寒打开车门，让她上车。

那是余越寒的专车。嚣张的车牌号，在H市没有人敢模仿。

车门关上，像是隔开了两个世界，陈子新愣在原地，看着车子驶出地下停车场，驶出他的视线……

车上。

“余越寒，你刚才干吗那么说话，会让人误会的！”年小慕一坐稳，立马扭头看向身旁的男人，双手抓着安全带，她鼓着腮帮子问道。她刚才被他那句话给吓得都忘了解释，现在回头想想，陈子新似乎也被吓傻了，该不会她明天一到公司就会听见漫天的谣言，比如：“总裁包养小主管”“空降主管背景惊人，原是总裁小蜜”“年小慕潜规则上位”等等！

“有什么好误会的，就你？”余越寒慵懒地靠在椅背上，单手支着头，不经意地扫了一眼缩在车门边的年小慕。

她离他那么远做什么？怕他吃了她？她刚才还跟陈子新有说有笑，一看见他，就只会鼓着个腮帮子。她在模仿河豚？

“我怎么了？”年小慕被他鄙视的眼神一刺激，顿时从座位上坐直，抬头挺胸，“好歹肤白貌美大长腿，是碍你眼了还是哪里对不起你了！”

余越寒的目光从她的胸口掠过，眼神微微一变。

她巴掌大的小脸，因为气恼透着自然的绯红，凹凸有致的身材，用最撩人的姿势坐在他对面，拼命地想证明自己的魅力，却不知道这对男人来说是一种什么样的诱惑……

余越寒的喉咙有些发紧，他察觉到自己身体本能的变化，蹙了蹙眉：“辣眼睛。”

年小慕：“……”

车子无声地在路上行驶，前排的司机瞥见车后座不对劲的气氛，一路上都异常安静。

车子抵达余家别墅，一停稳，年小慕就拉开车门，气呼呼地从车上跳下去。她看见站在门口迎接的管家，下意识地问：“小六六呢？”快让她看看她的小可爱，不然她怕自己控制不住回头将余越寒那块冰疙瘩按死在车上！

“小小姐在小院陪老夫人，还没有回来。”管家挺直了腰杆，穿着一身职业装站在门口，听见她的话，一板一眼地回答。

余老夫人年纪大了，最宝贝的就是自己的曾孙女。她时不时会让人将小六六接到她那里，陪陪她。小六六也是因为这个才没有跟余越寒去公司。

两个人说话间，余越寒已经下车，踱步从年小慕身边走过，眼皮一掀，睨了她一眼。他淡漠地从她身边走过，径直走到客厅，在沙发上坐下。

余越寒看见她慢一步进来，修长的双腿往茶几上一伸，他慵懒地启唇：“小六六不在，你可以照顾我。”

年小慕脚步一顿，像是怀疑自己听错了，她错愕地抬头看他，上下打量了他一眼……用那种关爱残障人士的目光。

她没上去揍他一顿就算对得起他了，她是吃饱了撑的才会照顾他！

做梦去吧！

年小慕拍拍屁股，甩给他一个嫌弃的眼神，准备回房间。

她刚迈出第一步，听见身后传来男人低沉的声音：“有奖金。”

革命胜利的道路需要抵制敌人的糖衣炮弹。这个时候，她应该咬咬牙，很有骨气地说不稀罕，可是……

年小慕只犹豫了一秒，就转过身，刚才还嫌弃的小脸，顷刻间笑容满面：“照顾寒少是我的荣幸，有没有奖金都不重要，不过寒少你非要给，我就勉为其难地接受了。”

年小慕一个箭步冲到他面前，眼巴巴地看着他，问道：“多少钱？”

“……”

余越寒看着变脸跟翻书一样快的年小慕，嘴角抽了抽。余越寒想到她是为了帮谭崩崩赎回房子，目光不自觉变得柔和，淡淡吐了一句：“看你表现。”

说完，他的手往自己身上指了指：“肩膀有点儿酸，头有点儿疼。”

年小慕是护工，除了照顾病人，一些基本的推拿她也会。听见只是这么简单的要求，她二话不说就将包丢到沙发上，走到他身后，替他按摩。

她葱白的手指，指腹柔软，指尖刚碰触到他的时候，有些微凉。余越寒的眼珠转了转，旋即身体放松下来，他靠到沙发上。鼻息间时不时传来她身上淡淡的馨香，比起按摩，她身上的馨香更能让他平静。

余越寒很快就闭上眼睛……

“寒少，这个力道够不够？”

“这样呢？”

“肩膀有劳损的话，刚开始捏会有些痛，你忍忍……”刚开始，年小慕还会得到余越寒只字片语的回应。到后面，她几乎听不见他的声音，只剩下她在自言自语。

年小慕按了一会儿，估摸着他应该渴了，特别贴心地去给他倒了杯热水放到他面前。见他不说话，她又继续给他按摩，心里美滋滋地计算着时间。按了这么久，她态度又这么好，要是余越寒一高兴，今天她应该能赚不少奖金……

一想到奖金，年小慕顿时笑成了星星眼，更加卖力地给他按摩。

“寒少？寒少？”按了一会儿，她突然发现空气安静得有些诡异。她手都要按酸了，他怎么一点儿反应都没有？该不会睡着了吧？

年小慕停下来，绕到沙发前，看了一眼，发现沙发上的人双眼紧闭，呼吸均匀，好像是睡着了。

他俊美的脸庞，在微光中散发着定瓷的光华，皮肤看起来比女孩子还好。

年小慕看着看着，忍不住弯腰往前凑，想伸手摸摸……

没想到她刚要碰到他，面前的男人突然睁开了眼睛！

四目相对，吓得年小慕瞪大了眼睛，腿一软，整个人就摔到了他身上。她着急地抬起头，正好他低头看着她，两个人猝不及防地亲到了一起！

年小慕的护理学得不错，尤其是按摩的指法和力道都很到位。余越寒原本只是想找个理由给她发奖金，没想到被她按着按着，人一放松，一天的疲惫忽然袭来，小睡了一觉。可谁来给他解释一下，他只是小憩片刻，睁开眼睛，却有一个大活人投怀送抱？现在还亲上了！

他看着近在眼前的人，对上她清澈的眼睛，发蒙的小脸，瞳孔微微一缩，也忘了自己该有什么反应。

她的一只手还撑在他的大腿上，仰着头的姿势有些辛苦，眼看就要从沙发边缘滑下去……

他不自觉地伸手搂住了她的腰，将她往自己怀里一带！

两个人的唇终于分开了。

年小慕的脑袋撞到他的胸口，总算是回过神来。她撑着沙发，就像是弹簧一样，飞快地从他身上弹起来，娇俏的小脸，以可见的速度变得红扑扑的。小嘴张了张，又闭上，然后又张开，一副“我有话想说，可是尴尬得怕咬了舌头”的样子。

最后，她手足无措地站在他面前，耷拉下小脑袋像个犯错的孩子，弱弱地开口：“我以为你睡着了，只是想要喊你，不是故意占你便宜的。”

“……”

“我说真的，我发誓，我刚才就是不小心碰了下你的嘴，真的就一下下，什么感觉都没有的！”年小慕说完，又飞快地低下头。

她以前惹他生气了，倒是能拔腿就跑，可今天不行。奖金眼看就要到手了，要是这个时候跑了，刚才那一通忙活，不就泡汤了吗？谭崩崩抵押的房子就要到期了，自己这个时候不能夙。早知道自己刚才就不该盯着他看，只是多看了两眼就把持不住了。

她本来想碰碰他的脸，现在还一不小心亲上了。听说余越寒这么多年不近女色，该不会对女人有什么忌讳吧？以前不小心亲上是意外，两个人都有责任，可这一次，是她自己往人家怀里撞，责任在她。

他该不会一气之下就把她的奖金全给扣了吧？

一想到这里，年小慕瞬间就不淡定了。小手指纠结地扣在一起，她小心翼翼地问：“你要是觉得吃亏，要不……要不，让你亲回去？”

她的话一出口，自己都愣住了。她懊恼地咬住舌头，不敢抬头看他。客厅的气氛瞬间变得诡异。

年小慕低着头，没有看见坐在她面前的男人从两个人分开之后，耳根就染上了红晕。他的眼睛定定地盯着她低垂的小脑袋。余越寒听见她的话，眼底掠过一抹诧异。目光落到她殷红的樱唇上，刚刚碰触时的柔软感觉，一瞬间又冲进他的脑海里，挥之不去……

余越寒身体变得更加僵硬，就连手也不自觉地攥成了拳头。

时间悄悄地过去。

年小慕迟迟没有听见他说话，心里更加不安。

他该不会真的要亲回去吧？

小六六呢？

年小慕心怀希冀地朝门口望了一眼，她多么希望这个时候能看见那抹可爱的小身影出来化解她的尴尬。

可她偷偷瞄了好几眼，门口一个人都没有，就连管家也不知道跑去哪里了！她有种感觉，今天在劫难逃了……

她抱着早死早超生的念头，一咬牙，一跺脚，霍地抬起头，闭上眼睛，大声开口："寒少，我准备好了，只要你不扣我奖金，我……"年小慕话还没有说完，沙发上的余越寒突然站了起来，挺拔的身躯，一瞬间就遮挡住了她面前的光，年小慕眼前蓦地暗下来，只剩下他俊美的脸在一点点地靠近。

他、他想做什么？

年小慕紧张得都忘了往后躲，就这么愣在原地，呆呆地看着他。

下一秒，年小慕见他只是站稳身体，然后余越寒迈开步子，越过她，朝楼上走去，一眨眼的工夫，已经在楼梯口消失了……

他这是生气了，还是没生气？他怎么总是这样，一言不合就走人？年小慕撇撇嘴，周身的低气压消失了，她快虚脱了，一屁股坐到沙发上，双手抓过抱枕。她一想到刚才那个吻，一股热气又直冲脑门儿。

年小慕抿了抿唇，紧张的心情一消退，她就想起了奖金。

余越寒就这么走了，那她的奖金怎么办？

她可是伺候了他一个小时，手都捏软了，他不能赖账。

年小慕将抱枕一丢，从沙发上站起来，提步就朝楼上走，刚走上楼梯口，又停住了，心想：他这会儿正在气头上，她这么上去问奖金，是不是有点儿危险？为安全起见，等他气消了再去！

二楼的主卧室里，余越寒一进房间，径直进了浴室。他用力地关上门，拧开了花洒。冰冷的水花，淋在棱角分明的俊脸上，水顺着他脸部的轮廓往下流。来不及脱的衬衣和裤子都被打湿了，贴在健硕的身躯上，勾勒出他完美的腹肌。

水温很低，在这样的天气浇到身上是透心凉。余越寒却连眉头都没皱一下，良久他都保持着一个姿势站着不动。脑海里不断闪过刚才那个意外的吻，还有她耷拉着的小脑袋，类似撒娇的认错……

那一刻，他竟有一种她说什么他都想答应的冲动。他只觉得一股热血直往脑子里冲，几乎让他失去理智。这样的感觉，在他过去的二十几年里从来没有出现过，陌生得让他本能地抗拒……

胸口像是压着一股气，他将花洒开到最大，任由水流冲刷着不清醒的头脑。不知道过了多久，浴室里的水声才停了下来。

余越寒打开门，只围着一条浴巾，走了出来。他刚准备去拿衣服，就听见敲门声。他怔了怔，走到门口，拉开房门。扰乱他心绪的年小慕此刻正站在门口，闭着眼，一脸视死如归的表情。她不知道门已经开了，还保持着敲门的姿势，挥着小拳头用力地敲着他的胸口！

余越寒还没来得及穿衣服，结实的胸肌被她捶了两下，好不容易消下去的火又迅速地冲上了头。余越寒面色一沉，正想扣住她的手腕，站在他面前的人像是终于发现自己敲的东西手感不对，停了下来，她抬头看向他。

年小慕一看清面前的人，猛地往后退了两步，灵动的眸子瞪成了铜铃！她看着眼前浑身上下只有一条浴巾的男人，呆滞了半天都说不出话来。

“有事？”余越寒瞥了一眼她惊恐的小脸，皱眉问道。

她大晚上冲到他房间来敲门，就是为了表演活见鬼是什么样子？

“……”当然有事！

有大事！

她的奖金，他还没给呢。

可是现在这种情况谈钱，她总觉得哪里不对，感觉像是要论斤把自己给卖了……

她捂住眼睛，朝着他低吼：“你先把衣服穿上，我们再好好说话！”

她说完，原本以为余越寒会进去穿衣服，又或者说些什么。没想到他仍旧站在门口，颀长的身躯斜靠在门框上，俊美的脸微微一侧，眼睛斜睨了她一眼。

打湿的短发搭在他的额头上，微微遮住了眼睛。他深邃的眼睛散发出一丝危险的邪气。他这么站着，非常撩人！

年小慕盯着他的脸，不自觉地咽了咽口水，手心都攥出汗了，气势不自觉地弱了下去：“那个，你要是不喜欢穿衣服，就算了。还有，如果你不生气了，能不能先把奖金给我……”

年小慕的声音越来越小，她的眼睛睁开一条缝偷偷看了一眼他的表情，然后她又飞快地捂住脸。不穿衣服什么的，简直就是耍流氓！

她的声音太小，到最后余越寒几乎听不清她在说什么，只有像蚊子一样的嗡嗡声。他身体微微站直，薄唇微启：“说人话！”

年小慕被他一吼，脾气也上来了。她冲上前，朝着他大声喊道：“你要是还生气，大不了让你亲回去，不亲就把奖金给我！”

她一吼完，两个人都愣住了。

她抬起头，看向余越寒，发现他正阴沉沉地盯着她。

年小慕紧张得差点儿咬了舌头，语无伦次地道：“我的意思是，我刚才不是故意的，亲你不是故意的，看你不穿衣服的样子也不是故意的，我就是想要奖金……”

年小慕的话还没有说完，眼前的人已经伸手抓住她的肩膀，转身将她按到了墙上。

他的头微微一低，薄唇贴近她的鼻尖，一字一顿地道：“你很想我亲你？”

他低沉的嗓音，带着一丝喑哑，很有磁性。

年小慕一愣，她刚才说的话是这个意思吗？

寒少，冤枉！

她明明只想要钱！

年小慕小嘴一撇，可怜兮兮地瞥了他一眼：“我只是怕你不给我奖金。”

要换作平时，她根本不会这样胡搅蛮缠。可是谭崩崩抵押的房子真的快要到期了，她再凑不到钱，只能眼睁睁地看着房子被拍卖。

想到这里，年小慕的小脸就垮了下来。

余越寒松开了她，眼珠微微一转，他淡淡地启唇：“等着。”

说完，他率先转身进了房间。他走到衣柜前，从里面拿出一套睡衣，准备换上。年小慕的脑子正蒙着，她听见他的话，下意识地就跟着他往里走。她刚走进去，就看见余越寒抓住浴巾，准备扯掉，对上他错愕的眼神，她吓得浑身一激灵，连爬带滚地跑出房间，差点儿一头撞到栏杆上。

她双手抓着护栏，大口喘着气。

啊！

这都什么跟什么。

自己刚不小心亲了他，这会儿又光明正大地冲进去看他换衣服……别说余越寒，她都快要怀疑自己是不是有病了！

“进来。”过了几分钟，年小慕才听见房间里传出男人淡漠的声音。她连忙转身往里走，刚走进房间，就发现刚才站在衣柜前的人此刻已经坐到了奢华的沙发上。俊美的脸庞如画，透着冷峻、疏离，他挑眉看着一脸心虚的年小慕一步步走到他身边。

他面前的茶几上还放着一张支票。

年小慕一看见钱，眼睛顿时变成了星星眼，哪里还记得害怕，二话不说就走到他面前，准备拿钱。手还没有碰到支票，茶几上的支票被他先拿了起来。年小慕一愣，不是给她的？

余越寒将她困惑的表情收入眼中，将手里的支票转向她。年小慕对数字一向很敏感，只一眼就注意到支票上的数额，居然跟她目前缺的钱一样，这简直就是替她准备好的，可已经远远超出了奖金……他这是什么意思？

“我不能白拿你的钱。”年小慕下意识地说道。她刚说完，就见余越寒冷冷地瞥了她一眼，讥诮的眼神像是在嘲讽她的天真。

他慢悠悠地启唇：“超出奖金的部分，算我借你，用你自己来还债，什么时候还完，什么时候才能离开。”

“你想得美！我不卖的！”年小慕双手捂着胸口，她往后蹦了两米远，一脸警惕地盯着他。

余越寒脸一黑：“我说的是让你留在余氏集团上班，用你的工资还债！”

年小慕：“……”

她自作多情了，他不是让自己肉偿的意思，这么尴尬，要怎么接话？

年小慕小心翼翼地挪到他身边，看了一眼他手里的支票，飞快认错：“寒少，我错了，你说什么就是什么，我以后肯定会努力工作，争取多赚点儿奖金，早点儿把钱还给你。”

年小慕说着，小手已经朝他手里的支票伸去。手还没碰到支票，他长指微微一抬，又避开了她。

年小慕满脑子问号。

她一激动，差点儿扑到他身上抢。然后她硬生生地忍住了，乖巧地扭头看着他，用让自己都起鸡皮疙瘩的温柔声音问：“寒少，还有别的吩咐吗？”

“再回答我一个问题。”余越寒看着她急切的小脸，问道，“你当时，为什么会住院？”

既然什么资料都查不到，就让她自己来回答这个问题，她是什么人？为什么会住院？她的家人呢？

年小慕没想到他会问这个，怔了怔，旋即直勾勾地盯着他手里的支票，她害怕自己万一回答错了，到手的支票就要飞。半晌，她只是抿着唇。

“我只听实话。”余越寒看了一眼她纠结的小脸，淡漠地启唇。

他说完，年小慕像是开窍了一样，飞快地抬头：“我也不知道。”

“……”

“是你说要听实话的，这就是实话！”她说着，小手飞快地伸出去，从他手里抢过支票。她美滋滋地朝他挥挥手，转身就跑了。她一口气跑回房间，关上门，才靠在门板上喘气。

脑海里闪过他刚才的问题，她的情绪变得有些低落。她刚才没有说谎，她醒来的时候，已经在医院了，救她的人是谭崩崩，可是谭崩崩说只是在医院门口捡到她的，身边没有家人、朋友，就连她是谁都不知道。如果不是她运气好，遇见谭崩崩，或许，世界上早就没有她了。

年小慕走到床前，倒头就扑到了被窝里。她卷过被子将自己裹了起来，半晌，她又从被窝里探出脑袋。一双灵动的眼睛散发着澄澈的光，她直勾勾地盯着天花板。

不对劲，余越寒怎么会知道她住院的事情？还有，这张支票上的钱……

年小慕重新坐起来，打开床头灯，将支票放到灯光下，仔细看了一眼上面的金额，真的跟她缺的钱一模一样。

他调查过她？不过也对，有钱人怕死，像他这样的人，身边每个人的底细都应该被调查过。所以他是知道她缺钱，特意帮她？这么算起来，他也不是那么冷漠无情。

第二天。

年小慕是被电话吵醒的，她伸手抓过来一看，发现是陈子新的电话，连忙接了起来：“小陈总。”

她一边说着，一边从床上爬起来。她怎么忘了还有陈子新这号人物，想起昨天离开时的尴尬场景，她觉得还是有必要解释一下：“那个，昨天的事情，其实我跟寒少……”

“年主管，我已经在余氏集团，你什么时候过来，我能请你吃早餐吗？”陈子新打断了她的话，询问道。

年小慕心里暗暗地低咒了余越寒一声，看他干的好事，没事说什么“回家”，现在小陈总肯定误会了她和余越寒的关系，想找她求证。她一个小主管，没什么分量。可余越寒不一样！她还得辛苦跑去替他解释，免得“玷污”了他的英名。

“我半个小时左右到公司。”跟陈子新约好了时间，年小慕匆忙洗漱，换了身衣服就出门了。

她刚离开，余越寒挺拔的身影就出现在楼梯口，他缓缓踱步而下。他瞥见她离开的身影，蹙起眉：“她急着去哪里？”

管家回头，看见余越寒，连忙迎上前："回寒少，年小慕没说，就是穿鞋的时候抱怨了一声，小太阳每天都起这么早吗？"

小太阳……听见这三个字，余越寒的脸色瞬间变得阴沉。

管家被他身上释放的寒气吓得后退了几步，硬着头皮回话："寒少，老夫人那边让人过来传话，她想让小小姐再留在小院陪她一天。"

小小姐不在，管家觉得寒少的脾气好像都变差了。

管家压根儿没意识到，余越寒的脾气变差，只因为"小太阳"三个字！

管家正准备跟他说早餐准备好了，就见余越寒提步出了别墅，然后他径直坐进车里，吩咐司机开车。

另一边，早走一步的年小慕，很快就到了余氏集团。她刚下车就看见了站在路边的陈子新。

他没有穿西装，一身休闲装让他看起来更加俊朗、年轻了，他双手插在口袋里，靠在跑车上。他看见年小慕下车，连忙站直身体，面带微笑朝她走过来。他笑起来的时候有两个酒窝。阳光洒在他身上，就像是从他身上散发出来的光芒，很温暖。他身上根本看不见任何"富二代"的坏习惯，只有迎面而来的热情。

"年主管，你一个人来的吗？"陈子新扭头看了一眼，没有看见余越寒，眼底的笑意更明显了。原本昨天听见余越寒喊她回家，他还以为两人是情侣呢。他正伤心地准备放弃，结果找朋友借酒浇愁的时候才意外得知，年小慕是余家别墅的护工，在照顾余家的小小姐。她是为了工作，才住在余家别墅。

是他误会了！

陈子新一晚上都没有睡好，一大早就爬了起来。这会儿他看见年小慕，抓住了她的肩膀："年主管，我有话想要对你说！"

陈子新目光灼灼地盯着她，像是鼓起了莫大的勇气："昨天的事情，我知道是我误会了，我跟你道歉，其实我喜……"

"你都知道了？"年小慕听见他的话，笑眯眯地打断他的道歉，拍了拍他的肩膀，"其实你不用放在心上，昨天别说是你了，连我都被吓了一跳。寒少平时不是这样的，昨天也不知道是哪根筋搭错了，突然说了一些奇奇怪怪的话。"

"……"

"既然误会解释清楚了，那早餐就不用了吧？"年小慕说着，冲着他笑了笑，转身就准备进公司。

陈子新见她要走，一着急，伸手扣住了她的手腕：“年主管，其实我……”

唰——一辆奢华的房车蓦地停在距离他们只有一米的路边，车门打开，露出余越寒祸国殃民的俊脸，在车门打开的那一瞬间，他微微侧目，锐利的目光朝两个人的手看过去，阴鸷的眼神让陈子新不自觉地松开手。

“寒少，早！”年小慕一看见余越寒，立马朝他跑过去。余越寒现在是她的大债主，讨好债主是人生第一大事！

年小慕跑得太快，没看脚下，被绊了一下，于是朝刚迈下车的余越寒扑了过去，一头栽到他的怀里。速度和角度，堪称教科书般的投怀送抱。瞬间，三个人都愣住了……

余越寒的手臂下意识地搂住她的腰，他低头就看见一颗毛茸茸的小脑袋贴着自己的胸口，头顶有几根短发，在微风轻拂下，轻轻摇晃着，莫名可爱，让人很想揉揉她的脑袋。

她工作上很干练，可是在他面前总是冒冒失失的，他就这么让她不自在？

余越寒刚准备扶她站稳，余光瞥见愣在路边的陈子新，余越寒搂着她的手臂蓦地收紧，不自觉地将她按在了怀里。本能的动作，很流畅，一丝犹豫都没有，连他都没有反应过来，自己为什么要这么做。只是看见陈子新一瞬间震惊失落的脸，他心里的那股烦闷忽然消散多了。

他的注意力只在陈子新身上，却没有注意到两个人现在的姿势很暧昧。年小慕被他抱在怀里，脸贴着他的胸口，他的一只手臂还搂着她盈盈一握的腰。看起来，他们就像是一对热恋中的情侣在拥抱。

别说是陈子新会误会，换作任何一个人看见都会误会！

陈子新走上前，刚想开口说什么。

一道清脆的声音从不远处传来：“寒少，你……你们……”

“寒少！”文雅黛下车后，关上车门，转身走上前，刚认出余越寒的背影，正想要上前打招呼，没想到走近了才发现他怀里还有一个人，看清是年小慕时，文雅黛脸上的笑容顿时僵住了。

“文经理，你回来了？”年小慕从余越寒的怀里抬起头，回过神，连忙想往后退，可余越寒还搂着她的腰，她根本动不了。她连忙伸手拍了拍他的手臂，压低声音，“快松手呀！”她好不容易才跟陈子新解释清楚，现在又多了个文雅黛。

余越寒听见她的话，瞥了一眼她紧张的小脸，眉峰一挑：“你自己扑到我怀里，现在怪我？”

年小慕：“……”

是是是，她错了，是大少爷好心救她，她应该感恩戴德，可现在不是讨论这个的时候，他再不撒手，全世界的人要误会他对她有意思了！

“有没有摔到哪里？”余越寒似乎并不在乎其他人的看法，缓缓地松开手，垂眸扫了她一眼。见她摇头，他才侧身看向文雅黛，淡淡启唇，“提前回来了？”

闻言，文雅黛顿时仰起自信的脸庞，骄傲地开口：“是，我这次去意大利，好不容易跟隆巴迪先生联系上，他愿意给我们团队一次机会，如果考察通过的话，就答应我们的合作。”

隆巴迪先生是意大利顶尖的设计师。他有自己的工作室和一个优秀的小团队。余氏集团一直想跟他合作，但隆巴迪迟迟没有答应。没想到，文雅黛这次居然请到了隆巴迪先生！难怪她能露出那么自信的笑容，在工作上，文雅黛确实优秀得让人挑不出毛病。

“做得不错。”余越寒面色平静，说完，他就准备进公司。

文雅黛却着急地拦住他：“寒少，我一路赶回来，还没有吃早餐，既然你也夸我做得不错，能不能赏脸陪我用餐？”